海の城

海軍少年兵の手記

渡辺 清

JN018582

角川新書

目次

戦艦「播磨《はりま》」は実在した艦ではなく、戦艦「武蔵《むさし》」をモデルにしたものである。私は水兵として武蔵に二年ほど乗組んでいたが、しかし文中の出来事は必ずしも武蔵だけにあったものではない。むろん私の四年余にわたる海軍での体験が主であるが、なかには間接に他艦の乗組員から聞いた事件なども含まれている。したがって文中にあるような出来事は、多かれ少なかれ、どの艦にもあったとみて差支えない。「武蔵」をあえて「播磨」にしたのもそのためである。

なお、文中の人物だけは私の仮作によるもので、たとえそこに同姓のものがあっても、それは偶然の一致にすぎない。

著　者

軍艦ハ名誉アル歴史ヲ保有シ崇高ナル国家的精神ノ下ニ結合シテ終始分離スヘカラサル海上軍隊ノ基本単位ニシテ乗員ノ為ニハ存亡ヲ同フスル干城タルト同時ニ喜戚ヲ偕ニスル家庭タリ故ニ乗員タル者ハ宜シク公私相和シ緩急相援ケ上官ハ躬行実践以テ部下ヲ指導シ部下誠心誠意以テ上官ニ信頼シ上ノ下ニ接スル寛厳相済ヒ恩威竝ニ行ハルルコト師父ノ子弟ニ於ケルカ如ク下ノ上ニ対スル専ラ恭敬ヲ主トシ其ノ教訓ヲ恪守シ之ヲ仰クコト猶子弟ノ師父ニ於ケルカ如ク上下融合全艦ヲ挙ケテ一心同体ト為リ艦ノ任務ヲ完全ニ遂行スルニ努ムヘシ

――艦船服務規程より――

第一章

1

おれたちは昼まえ錨地《びょうち》にはいった。艦隊の前進根拠地トラック島だ。空母千歳《ちとせ》は、静かにその行きあしをとめた。内地を出てからまる五日、これでおれたちもやっと航海あけになったわけだ。

思えばぶっそうな航海だった。途中、大時化《しけ》にあったり、グラマンに襲われたり、潜水艦にしつっこく追いまわされたりして散々だった。いちどなんか、バシー海峡のど真ん中で、あぶなくどてっ腹に魚雷をかまされるところだった。見張りが一瞬早くそれを発見して、うまくかわせたからよかったようなものの、あの太い葉巻のようなやつをまともに喰《く》らったら、一万トンやそこらのこんなちっぽけな改装空母なんか、それこそひとたまりもなかったろう。

そんなことにでもなれば、今ごろ、おれたちはさしずめ深海魚かなんぞの餌食《えじき》になっているところだ。それがともかく、こうして無事に錨地についたのだから、とてもうれしかった。

けれどもおれたちは、いつまでもここに落着いちゃいられなかった。おれたちは、ただ千歳に便乗してきた転勤兵だ。これから千歳をおりて、この錨地から島一つへだてた向う側の艦隊泊地に碇泊《ていはく》中の戦艦播磨へいかなくちゃならない。それがおれたちの転勤先だ。きょうからおれたちの艦だ。

おそらくあと一時間もすれば、播磨の内火艇《ランチ》がおれたちを引取りにやってくるだろう。それまでに、だから急いで退艦の準備をしておかなくちゃならないのだ。

千歳が冬島《ふゆ》沖に錨《いかり》を入れると、それまでデッキに坐《すわ》ってのんびりかまえていたおれたちは、あべこべに腰の錨をあげた。

おれたちは、早めに昼の「当番食事」をすますと、まず事業服をぬいで、衣嚢《いのう》の底から、ナフタリンの匂いのプンプンする白い二種軍装をひっぱり出してそれに着かえた。新しい艦に転勤していって、まず最初に目をつけられるのが服装だ。それだけでその兵隊のおおよその見当をつけられてしまう。だから連れの下士官たちが、「これから播磨に婿入りするんだから、みんなパリッとしておけ。」と言ったのは、冗談やあてこすりじゃなく、もっともな忠告なのである。服装なんかにケチをつけられて、のっけからヤキをいれられるのも癪《しゃく》だ。

何事にも外見を重んずる海軍のことだから、きちんとしていくことにこしたことはない。

そこでおれたちは、もういっぺん念をいれて、帽子のペンネントは曲っちゃいないか、襟飾りは胸のところで規定の寸法に結んであるかどうか、中着襟や階級章は、ちゃんとついているかどうか、神経質なくらい気を配った。靴下も、水虫だらけの足には少しもったいない気がしたが、思いきってまっさらなやつにはきかえた。むろん靴にも十分刷毛《ブラシ》をかけた。

支度ができると、おれたちは前部の錨《いかり》甲板にあがった。ここでひとまず待機だ。錨甲板は、千歳の乗組員たちが忙しそうにわいわいやっている。積荷をおろすので、両舷《りょうげん》にクレーンを組立てているのだ。航海中親しくなった顔もいくたりかまじっている。その中の一人のでぶの下士官が、あがってきたおれたちをみて笑って言った。

「やあ、いよいよ出《で》っぱつかい。」

「あ、ここまで連れてこられちゃ、いやでも逃げるわけにゃいかんしな……。」

うしろのほうで誰かが言った。

「播磨じゃ、きっと赤飯に尾頭づきで待ってるぜ。」

「とんでもない、いったら最後の助、ケツの毛までぶん抜かれちまわあ。」

「そんなこといって、あんたらまだ抜かれる毛でものこってるのかい。」

「阿呆《あほう》、からっケツはお互いさまよ。」

それから三十分ほどして、播磨のランチが二隻おれたちを引取りにやってきた。おれたちは、いったん舷門に整列して、若い播磨の少尉から人員点呼をうけた。

おれたちは全員で九十七名、下士官六名と十五名の旧兵を除いて、残りは全部この秋海兵団を出たばかりの新兵だ。それもまだ、子供の世界に片足をつっこんでいるような、いかにもやわい感じの十六、七の志願兵である。

未知の艦に対する恐怖と不安からだろう、みたところどの新兵も、荒天のブイのように落着きがない。おれの脇につっ立っている新兵なんか、もう石のように固くなって、そわそわしている。話しかけてもろくすっぽ返事もしない。うわの空だ。

もっとも新兵にかぎらず、誰にしたって、はじめて乗っかる艦というものは、気持のいいもんじゃない。だいいちその勝手がわからないし、勤務やデッキの空気に馴《な》れるまでがひと苦労だ。もうかれこれ一年余り艦隊生活を経験してきているおれにしたところで、いってみりゃ、新兵の気持とおっつかっつだ。おまけに相手が、

〝鬼の「山城《やましろ》」地獄の「播磨」、いっそ「金剛《こんごう》」で首つろか〟

と、ざれ唄《うた》にまでうたわれている当の艦であってみれば、なおさらである。かねがね噂には聞いていたが、かりにも〝地獄〟というからには、恐らく大変な艦にちがいない。けれどもたとえ地獄だろうと天国だろうと、命令どおりおれたちは行かなくちゃならない。おれた

ちは兵隊だった。

点呼がすむと、おれたちは毛布と一緒に細引きで結わえた細長いケンバス〔帆布〕の衣嚢をかつぎ、片手に白風呂敷《ふろしき》に包んだ帽子罐《かん》を下げてランチにのりこんだ。

いよいよ出発だ。バーメン（艇員）がもやいを切ると、ランチは大きくへさきをふって発進する。ところどころ赤錆《さび》のうき出たねずみ色の千歳の外舷がすべるように右手に後退していく。千歳とも、もうこれでお別れだ。見ると、千歳の乗組員たちが、上の発着甲板に立ってさかんに帽子をふっている。むろんおれたちも帽子をふってそれにこたえた。

けれども、そうしているうちに、おれは急にひねくれたように気持がさめてしまった。帽子をふるほうと、ふられるほうの立場の違いを不意に意識したのである。すると千歳の乗組員たちがひどく羨《うらや》ましく思われてきた。あと四、五日もしたら、ふたたび内地へ帰っていける千歳の乗組員たちが……。彼らは、これから積んできた飛行機や資材を島の基地におろしてしまえば、またさっさと錨をぬいて内地へ引き上げていくのだ。

艦が無事に港に入る。すると彼らは、うきうきと港の桟橋をかけ上がって、あるものは集会所か外食券食堂か馴染《なじ》みの飲み屋にとんで行くだろう。あるものは熱くほてった体を真っ直ぐ遊廓《ゆうかく》へと運ぶだろう。あるものは下宿へ行ってタタミの上にごろりと横になるだろう。またあるものは、くにから家族を呼んで、たのしい面会に花を咲かすだろう。あるいは、ひょっとすると彼らには、今度は一週間くらいの帰省休暇が出るかもしれないじゃないか。いずれにしろ彼らには、そういう内地が待っているのだ。

ところがおれたちはどうだろう。内地との直接の関係はこれで切れてしまったのだ。完全に閉めだされてしまったのだ。そればかりじゃない、生きて再び内地へ帰れるかどうか、わかったもんじゃない。

こんどもおれは、駆逐艦五月波に乗ってやっと一年半ぶりに内地へ帰っていったのに、一度も上陸できなかった。いよいよ入港だという前の晩、おれは突然分隊長から播磨への転勤を言い渡されたのだ。しかも転勤者は、五月波からは、よりによっておれひとりだった。

おれは、分隊長のおぼえがあまりよくなかったのかもしれない。おれだけというには、そこになにかあるような気がしたので、ただしたいとは思ったが、上官の気まぐれでどうにでもなる、たかが捨て駒のような上等水兵の分際では、圧倒的な権威にみちた大尉を前に言葉をかえすことはできなかった。おれは不意に足許《あしもと》をすくわれたようなみじめな気持で転勤の命令をうけとって引き下がった。

そして、その晩のうちに荷物をまとめて、翌朝はもう南方行きの千歳に送りこまれてしまったのだ。散々待ちこがれて、夢にまで見た横須賀《よこすか》の街をすぐ目の前にしながら……。

あの時のおれは、ぼんやりと情けない気持で、千歳の甲板に立って、だんだん遠ざかっていく陸《おか》の景色を眺めていたが、一刻でも上陸したいという思いが突風のようにおこって、いてもたってもいられなかった。脱走してでもいいから上陸したいと思ったくらいだ。

もっとも上陸したからって、別にこれという当てがあるわけじゃなかった。まだ十八やそこらの少年兵であるおれには、やけ酒をあおってみたいとか、女を買ってみたいとかいう、そんな熱っぽい欲望なんかこれっぽっちもありゃしない。むろん恋人だっていやしない。そんなことはみんな大人たちのやることで、おれなんかにはまだ関係のないことだと思っている。

そんなことよりも、おれは上陸したら好きな汁粉でも腹いっぱい食べたかったのである。久しぶりに土の上を自由に歩いてみたかったのである。にぎやかな街路の店先や、そこらを往《い》き来する人々の話し声、下駄《げた》の足音、自転車のリンリン、台所の煙の匂い、遊んでいる子供らのくったくのないさんざめき、いってみればなんでもない娑婆《しゃば》のそんな風物に、むしょうにふれてみたかったのである。そうして、ちょっとでもいいから娑婆での生活の思い出を自分の中によびおこしてみたかったのである。

それがおれの上陸だった。ただそれだけなのだ。考えてみれば、われながら実にたあいない、ちっぽけな欲望だ。けれどもそれは、おれにとっては、士官たちの欲しがる勲章なんかより、もっともっと切実だった。

だからその未練は、いまもひとしおで、内地に片腕でも置き忘れてきたような、なんともかたのつかない気持だ。だが、ここまで連れてこられたら、もうなにもかもおしまいだ。ここは戦線だ。それにこのかたのつかない宙ぶらりんな気持も、まもなく播磨につけば、たちどころにけちらされてしまうだろう。とにかく兵隊というものは、いつでもなにかにむしょうに飢《かつ》えていなければならないものなんだ。

ランチは快速で島の海岸ぞいを走っていく。おれたちは日除《ひよ》けの幌《ほろ》の中に立って、うかない顔で外の景色をぼんやり眺めた。海は静かだ。澄んで青い。目をこらせば底まで見えそうだ。空もまたもう一つの海のように碧《あお》く雲一つない。そこから黄いろく熟《う》れたむきみの太陽が照りつけている。暑い。さっき着かえてきた軍服も、もう背中は汗がすっかりにじんでしまった。

やがて冬島のはなをかわってランチは夏《なつ》島の西端に出た。この島をまわりきってしまえば、そこが艦隊の泊地だ。

島は逃げるように右へ右へと廻《まわ》っていく。高い擂鉢《すりばち》型の山稜《さんりょう》。気ままな曲線を描いている海岸線。そのまわりは一面密生したココ椰子《やし》の林だ。その葉の繁みの間から、つやつやした青い椰子の実が、梢《こずえ》にピンと尻《しり》をあげてしがみついている。こちらから見ると、まるで風船玉を一つところにまとめてくくりつけたような感じだ。

その椰子林の奥、島の中腹はずっと熱帯樹の林で、パンの木やマングローブなどの巨木が紺碧《こんぺき》の空にその枝を高々とさしひろげている。まったくどっちに目をやっても、青い水と空と目のさめるような原色の緑だ。けれども、そんなまわりの風景も、いまのおれたちの目にはちっとも入ってこない。これから先のことで頭がいっぱいなんだ。もっとも、自然に親しむなんていう殊勝な気持は、もともとおれたち兵隊に一番欠けているところのものだが……。

そうこうしているうちに、ランチは夏島を迂回《うかい》した。みると急に海の色が濁った白緑色にかわった。ところどころ油がしまになって浮いている。島の突端が身をかわすように後ろへまわる。やがてランチは針路を左へ切った。すると、パッと幕をあげたように、目の前に泊地の艦船が飛びこんできた。

2

戦艦播磨は、泊地の右手のほうに艦首をブイにつないで碇泊していた。

おれはこれに近づいてみて、まずそのでっかいのにおどろいた。前に一度、呉《くれ》の港内で見かけたことはあるにはあるが、そのときはまだ艤装《ぎそう》中でドックに入っていたのと、遠くからみたせいか、これほど大きいやつだとは思わなかった。高層建築のようにそびえて、反対舷の島の山稜をそっくりさえぎるほど、目いっぱいに立ちふさがって見える。
おまけに最新艦ときているから、つくりもなかなか凝ったものだ。舷梯《げんてい》のあるあたりから、なだらかな勾配《こうばい》をみせてふくれたようにもりあがっているスマートな波形甲板、壮大な、やや円筒形の前檣楼《ぜんしょうろう》、そのトップに、左右にのびた十五メートル測距儀、すわりのいい太い一本煙突、煙突と後檣《こうしょう》のあいだに角のようにつき出た末広の三角マスト、副砲や高角砲、機銃でびっしりと身をかためた砲甲板、口径だけでもゆうにひとかかえもありそうな四十六サンチの三連装主砲台、それが前部に二基、後部に一基、でんと腰をすえてあたりを睥睨《へいげい》している。

艦隊はぜんたいを濃いネズミ色できれいに塗装してあって、見たところ錆《さび》ひとつない。その外観といい、大きさといい、おれが今まで乗っていた駆逐艦なんかに較べたら、さしずめ鯨とメダカぐらいの違いがある。まったく、なにからなにまで大がかりで、堂々として、実に豪壮なものだ。これじゃ艦というより一つの鋼鉄の島だ。浮上する巨大な海の城だ。

けれども、艦全体から受ける感じはあまりぱっとしたもんじゃない。そこは船乗りのカンだ。一目見て、艦には、こいつはいけそうだと思えるやつと、そうでないものとがあるもんだが、播磨の場合はどうみても後者の部類だ。威厳がありすぎるのか、なんとなく仰々しく、さわりの冷たい感じだ。おまけに堅固な城塞《じょうさい》のように、どこにも隙がなく、つんととりすまして、よし、どっからでもこいという、ふてぶてしい面構えだ。

おれは目を正面にすえながら、向うからだんだんのしかかるように迫ってくるその鋼鉄の城にむかって、熱い息を吐きつづけた。これが今日からどんなふうにおれに向ってきやがるか……。

播磨から少し離れた奥のほうに、連合艦隊の旗艦、大和《やまと》がいた。そのマストには、艦隊司令長官の、黒ずんで色のさめた大将旗が風にはためいている。この大和と播磨は、いわば同型の姉妹艦である。だからマストの長官旗を見落すと、ちょっと見分けがつけにくい。

艦隊は、この二隻をとりまくようにして、大小、思い思いの方向に艦首をむけて碇泊していた。

ランチの幌のかげからのぞいてみると、いる、いる、戦艦の長門《ながと》がいる。榛名《はるな》、金剛、伊《い》勢《せ》がいる。重巡の愛宕《あたご》、鳥海《ちょうかい》、利根《とね》、筑摩《ちくま》、空母に十数隻の駆逐艦がいる。それから春《はる》島の沖のほうにも、二本マストの輸送船や油槽船《タンカー》が錨をおろしている。中には、吃水《きっすい》線を高くあげて、錆《さ》びた赤っ腹をのんびり陽にあてているのや、敵にやられたのか、ぶざまに片方に傾斜したのや、煙突のくしゃくしゃにつぶれた艦なんかも混じっている。こんなものまで数に入れたら、ざっと三十隻はいるだろう。

やがて播磨から弾倉のぶつかるがちゃがちゃという音が聞えてきた。機銃員たちが対空訓練をしているのだろう。砲甲板の連装機銃塔が、回転木馬のように一つところをくるくる旋回している。張出し天幕の下を四、五人の水兵が並んで後部へ駆けて行く。舷門で誰かが大声で怒鳴っている。すると、他艦に何か信号を送るらしく、艦橋の発光信号器が急にあわただしく点滅しはじめた。

チン、チン、チン……。

ランチは一度後進をかけて、播磨の左舷梯にぴたりと横づけされた。

「上がれッ」

艇尾で艇指揮《チャージ》が叫んだ。

おれたちは最初前甲板に連れていかれたが、そこでおれたちを待っていたのは、嚙《か》みつくような甲板士官の蛮声だった。彼は舷門に棒をもって突ったって、下から重い衣嚢をかついでふうふう言いながら舷梯をあがってくるおれたちに向って、

「遅い遅い、デレデレするな、駆け足《あーし》ッ。」と上から嚙みつくように浴びせかけたが、これが、おれたちが播磨からうけた最初のあいさつだった。

おれたちは階級順に所定の位置に整列した。するとそこへ、当直将校にともなわれて播磨の艦長がやってきた。おれたちは、あわてて不動の姿勢をとって、今日からの直属上官を号令台の上に眺めた。

歳は五十三、四、鼻は高い。顔はあさ黒い。撫《な》で肩のすらりとした長身で、やせてはいるが目方は十六貫は下るまい。骨太の筋肉質だ。半ズボンに白い膝《ひざ》までの靴下をはき、よく糊《のり》のきいた防暑服の襟もとに光っているのは大佐の襟章だ。

艦長はそれが癖らしく、「であるからして」という言葉を何度も間にはさんで、戦況をまじえた型通りの訓示をすすめていったが、無理に力んでみせるせいか、その声はかすれてききとりにくかった。

艦長は最後に、

「本艦はちかぢか大和にかわって連合艦隊の旗艦となる予定である。であるからして、お前たちもそのつもりで一日も早く本艦の生活と訓練になれて、名誉ある旗艦の水兵として恥かしくないように、専心御奉公に邁進《まいしん》しなければならん。」

と訓示を結んだ。

そこでおれたちは直ちに、兵科別に従って各分隊に所属をふりあてられた。

3

おれは四分隊に所属がきまった。ほかに七人の新兵もいっしょだった。

四分隊というのは何の分隊か、そばを通りかかった水兵をつかまえて聞いてみると、副砲分隊だということだ。するとまえの駆逐艦と同じで、ここでもまた砲塔砲員だ。もっともおれは砲術学校の普通科練習生の水上砲班を出ているので、いずれ大砲にまわされることはわかっていたが、それにしても、この播磨に据えつけてあるような三連装の大砲なんか、まだ実際に見たこともなければ、いじってみたこともない。ずぶの新米も同然だ。きっとこれから先こってりとあぶらをしぼられることだろう。

四分隊の居住区《デッキ》は左舷後部の中甲板にあった。

おれたちは迎えにきた分隊の当番兵に連れられてハッチを降りていったが、外観にたがわず中も実によくできていた。まずたまげたのは、デッキに冷暖房装置のあったことだ。便利な陸《おか》のビルディングならいざ知らず、戦闘を目的とした軍艦にこんなシャレたものがあるなんて、いままで考えてみたこともない。はじめてだ。冷却された空気は、壁ぎわに取付けてあるラッパ型の通風筒《ファン》の口から吹きでていたが、それがまたとてもよくきいていて、涼しくてなんともいえないいい気持だ。これじゃ、デッキにじっとしていさえすれば、汗をかくことなんかめったにあるまい。おまけにデッキは天井が高くて、電灯の数もたっぷりで、まわりの壁は全部白ペンキときているから、みるからに明るく広々とした感じだ。

設備のほうも申分ない。壁ぎわには緑色の観音開きの被服戸棚《チスト》がずらりと並び、その下には靴箱までちゃんとくっついている。寝具はというと、これも半分以上が取りはずしのきく帆布《ケンバス》製の軽便寝台だ。釣床格納所《ネッチング》は隅のほうに一箇所あって、入れてある釣床は四、五十本ぐらい。その数からみて、釣床を使っているのは、おそらく若い兵隊だけかも知れない。それにしても袋のように窮屈で、そのたびにくくりほどきの厄介な釣床のかわりに、軍艦の中で毎晩底のたいらな寝台にねられるなんて豪勢だ。

万事こんなふうだから、むろん掃除手入れもよくゆきとどいている。ラッタル（鉄はしご）の真鍮《しんちゅう》の金具や舷窓の窓わく、ハッチの止め金などもピカピカだし、床のリノリュームにいたっては、鏡のような光沢をはなって顔がうつるほどだ。ちりっぱ一つ落ちていない。……けれども、そうそう感心ばかりしちゃいられない。なぜなら、この掃除は今日からおれたち若い兵隊の手にかかってくるのだから。

デッキはみんな課業に出はらっていて静かだったが、おれたちは逆にそのがらんとした静けさに圧倒されて、かえって落着けなかった。あとどうしていいかわからない。おれは今のうちに厠《かわや》へいっておきたいと思ったが、へたに出歩いて気合をいれられてもつまらないので、結局それも我慢して、新兵たちといっしょに隅のほうに小さくかたまったまま、神経をとがらして、次の上からの指示を待っていた。兵隊というのは、待つことばかりだ。何ごとによらず、自分の意志でみだりに動いてはいけないものだ。

するとそこへ降りてきたのは、紙ばさみを小脇にかかえた古参の下士官だ。肩幅の広い大柄な男で、どういうわけか洗いたての白い掃除服《いんかんふく》を着ていた。彼はおれたちの敬礼にあごをふってうなずきながら、紙ばさみにはさんだ紙きれをパチンと指ではじいた。

「全部で八人、そうだな？」

「はあ、よろしくお願いします。」

「どれ、携帯履歴《おくり》は？」

おれは、あらかじめ集めておいた八人分の携帯履歴表を彼に手渡した。

「よし、そこへ一列に並べ。」

彼はそれから携帯履歴表を一冊一冊手にとって本人と引き合わせながら、こいつらがどれだけ使いものになるか、種馬を値ぶみする博労のような渋い目つきで、おれたちの顔を一人一人じろじろ眺めた。

これが分隊の先任下士官だった。上等兵曹で、胸にぬいつけた布の名札には吉金と書いてあった。

いったいに先任下士官というと、兵曹長がすぐ鼻の先にぶら下がっているせいもあって、どこへいっても大抵おおようで口数の少ないものだが、この男は例外だった。「艦船服務規程」をそのまま頭にとかしこんだようなコチコチで、口やかましかった。

その証拠に、これから分隊長と分隊士のところへあいさつに連れていくというので、おれたちは服装について散々ケチをつけられたものだ。一人の新兵なんか襟飾の紐《ひも》を六ぺんも結びなおされ、軍帽のペンネントも、うしろのタレにまで目をつけて、両方が一ミリでもちがうと何回でも揃えさせた。それぱかりじゃない。チンボはズボンの中心の縫い目からきちんと右側によせておくのが正規の位置だといって、いちいちのぞいて直させたものだ。おれははじめ冗談かと思ってあやうく吹きだすところだったが、あわてて生つばをのみこんだ。冗談どころか、彼の顔は真面目そのものだったからである。まったくよくもこうこまかいことに目くじらがたつもんだ。しかもこれが今日からおれたちの先任下士官だ。

おれたちは分隊長のもとへ出かけた。

分隊長の私室の前までくると、先任下士官は入口の通路におれたちを待たせておいて、分隊長を呼びに中へ入っていった。おれは、砲科分隊だから分隊長はおそらく年のいった特務士官（兵隊からたたきあげの士官）だろうと思っていたが、入口のエンジ色のカーテンをはねのけて出てきたのは、まだ三十一、二の若い兵学校出のバリバリの大尉だった。肉付きのいい均整のとれた体格で、あごの長い勿体《もったい》ぶった顔をして、頭は今どきめずらしい長髪で、きれいに七三に分けていたが、おれはそれをみて、ああと思った。こりゃ気どりやのしゃれものだ。しゃれものには気をつけろ、自分には甘いかわり部下にはおそろしく厳格で融通がきかないっていうじゃないか……。

分隊長はポマードの匂いをぷんぷんさせながら、ちょっとのけぞるように胸をそらすと、わしが分隊長の山根大尉だと言っておいて、いきなり正面の新兵のひとりにあごをしゃくった。

「お前に聞くが、ここはどこか？　娑婆か。」

新兵が気ばった声で叫んだ。

「はいッ、軍艦であります。」

分隊長はうなずいた。

「よし、軍艦だな、お前らは今日からそのことを一刻も忘れちゃいかんぞ。」

「はいッ」

「それから言うとくが、軍艦生活にとって大事なことが三つある。耐えろ、馴れろ、考えるな。これだ。どんなつらいことでも黙って耐えて、それに馴れていく、そしてそのほかのことは何も考えない。これが軍艦生活のモットーだ。よいか……。一度みんなで言うてみい。」

おれたちは声をはりあげた。

「耐えろ、馴れろ、考えるなッ。」

「うむ、よく憶《おぼ》えておけ。そのうちどれか一つ欠けても一人前の水兵にゃなれん。大砲だって動きゃせん。わかったな、よし、それだけだ。帰ってよろしい。」

分隊長はそれっきりおれたちの方には見むきもしなかった。

おれたちはそれから士官次室《ガンルーム》にまわったが、分隊士の片桐少尉と森兵曹長は二人ともチャージに出てて留守だった。もっともこのほうは、別にすぐでなくても、あすの「課業始め」の時にでも引き合わせればいいというので、おれたちはそのままデッキに引き上げた。

4

そのあと、おれたちは白い事業服に着かえて艦内見学をさせられた。引率者は、額にやけどのあとのある六班の須東兵長だった。

最初、なにを思ったのか、須東兵長はおれたちを禁錮《きんこ》室に連れていった。

禁錮室は、ちょうど前部の先任衛兵伍長《ごちょう》室の真下にあたるうす暗い下甲板にあった。中をのぞいてみると、タタミ二畳敷くらいの広さで、ここだけは床にリノリュームが張ってない。じかに鉄板だ。扉には、四角な金網ののぞき窓がついていて、真鍮製のでかい鍵《かぎ》がぴんと尻をあげてぶら下がっていた。

須東兵長は、わざとその鍵をガチャガチャさせながら、こんなことを言っておれたちをおどかしたものである。

「いいか、よくおぼえておけ。ここが陸軍でいえば重営倉だ。つい先だっても一人若いのが入っていたが、お前らも、なにかやらかすと、すぐここへぶちこまれるんだぞ。」

艦の前部の半分は士官たちの公室だ。分隊長以上のいる士官室は右舷、普通士官（兵学校出の中少尉、候補生）の一次室《ガンルーム》と特務士官（兵隊あがりの中少尉）のいる二次室はその反対舷といった具合に、艦の一番いい場所を占領している。ただ、どういうわけか準士官（兵曹長）室だけは艦尾《とも》にあった。

公室には、いずれも白麻のクロースをかけた長卓と、クッションのきいたやわらかそうなソファーが並べてあって、天井には扇風機まで取付けてある。おまけに、古参の兵曹長以上の士官となると、こういう公室とは別に、めいめいちゃんとした私室をもっている。

私室は右舷中部の上、中甲板にあった。中でも士官室士官（分隊長である中大尉以上の士官）の私室は、よりぬきの一番いい場所で、通路にそって一列に並んでいる。入口にはそれぞれしゃれた茶色の木目模様の扉がついていて、どこもかしこも清潔で、静かで、ちょっとしたホテルのような感じだ。通路をぬけながらあいていた一部屋をのぞいてみると、中は四畳敷ぐらいの広さで、海に面して舷窓が開き、備えつけの机やチスト（衣料函《ばこ》）やベッドがあり、ベッドの下は三段のタンスになっている。それから壁ぎわの洗面器とはめこみの大きな鏡だ。まったく何もかもいたれりつくせりで、その快適さときたら、下っぱのおれたちの兵員室とは較べものにならない。まずどうみても大公と乞食《こじき》ぐらいのちがいがある。

　下の機関室のほうも見てまわったが、ここは兵科分隊のおれたちには、見ただけではよくわからない。中はパイプや電線やメーター器や、ごちゃごちゃした機械、それにむせっぽい油の臭いでいっぱいだった。

　ついでにとなりの発電機ものぞいて見たが、そこの機関兵の説明によると、八基あるディーゼル型の発電機の合計発電量は四千八百キロワットで、それはちょうど八王子《はちおうじ》市全体の工業用動力や、電熱、電灯のすべてに給電することができるほど尨大《ぼうだい》なものだそうである。

　けれどもおれが特に関心をもったのは外郭部の方で、それは主砲と前檣楼の構造だった。

　檣楼は、いわば艦の頭脳ともいうべきもので、戦闘中おれたちが遂行しなければならない命令はすべてここから発せられるのだが、それだけに装備も堅牢《けんろう》にできていた。とくに重要な無線電話や射撃指揮用の電線通路になっている司令塔のまわりは、厚さ五百ミリのバイブラッグ鋼で防禦《ぼうぎょ》してあった。その高さは、水面からトップまで約四十二メートルあり、晴れた日に、その第一（昼戦）艦橋に立てば、肉眼でも同型艦の戦闘艦橋を、距離三万五千メートルまで見ることが出来る。ここには主砲をはじめ、各砲の射撃指揮所があり、さらに作戦室、海図室、操舵《そうだ》室、長官・艦長休憩室、伝令所、信号所などがあるが、これらは毒ガス防禦にそなえて、いずれも気密室になっている。それらがまた整然と区画されて、この単純で頑丈な二重円筒式の檣楼の中に、きっちりとおさまっているのだ。おまけにその中央部には、てごろな四、五人乗りのエレベーターまで備えつけてあった。もっとも、これを使えるのは、艦橋に戦闘配置をもつ準士官以上だけだという。

主砲は、口径四十六サンチの三連装だ。それくらいだから砲身も肉が厚くておそろしく太い。おそらくそのもとを抱えたら、二人がかりでも、ゆうに両手にあまるだろう。むろんその中は、体を横にしさえすれば、砲口まで自由に出入りできる。塔壁も、全体を厚さ三百ミリの特殊鋼で固めてあるというから、二百五十キロ爆弾の直撃をうけてもビクともしない、という砲員の自慢も、まんざら誇張ではあるまい。

砲員の話によると、これにこめる弾丸一発の重さは二トン半、火薬は一嚢十六貫の常装薬を六嚢、都合九十六貫の火薬を燃やして一発とばすんだそうである。この弾庫と火薬庫は艦の最低部にあって、戦闘になると、そこから昇降機で供給する仕組みになっている。動力はすべて水圧だった。この砲塔が前部に二基、後部に一基、いずれも艦の中心線上に据えてある。

副砲も同じ三連装であるが、こいつは細くて口径は十五・五サンチしかない。ただ基数は、艦の前後部と両舷中央に各一基ずつあって、計四砲塔だ。それから露天甲板から一段上がった砲甲板には、十二・七サンチの連装高角砲や、十三ミリの連装機銃や、電動式の二十五ミリ三連装機銃などが両舷にずらりと砲身を並べて、いかめしく空をにらんでいる。

艦の最後部は、短艇庫と飛行機格納庫になっていた。格納庫には、ちょうど水上偵《げ》察《た》機《ばき》が三機、羽根をたたんで入れてあったが、こいつは主に近距離の索敵とか弾着観測、対潜哨《しょう》戒《かい》などに使われるもので、艦尾には、これを飛ばすための射出機《キャタパルト》が両舷に一基ずつ備えてあった。

引率の須東兵長の説明によると、これらの装備で身を固めた播磨の満載排水量は七万二千トン、最大速力二十七ノット、その全長は二百六十三メートルもあって、トン数からいえば、長門級戦艦のちょっと倍ぐらいはあるのだそうだ。

艦内をひと巡りして後甲板にあがってくると、須東兵長は、そこの旗竿《はたざお》の下におれたちを集めて、まるで自分が播磨の持主のような口ぶりで、

「どうだ、大きいのにゃびっくりしたろう。海軍部内じゃ、この播磨と大和を世界最大の戦艦だとか、海の要塞だとか、超弩級《どきゅう》の不沈艦だとかいっているんだけど、お前らもこんどそれに乗れたんだからうれしいだろう。うん、水兵としてこんな名誉なことはないんだぞ。」

といいながら、こんどはおれのほうに顔をむけて、「お前なんか、ずっと駆逐艦《こっぱ》に乗っていたんだから、よけいそう思うだろう」と念をおしたが、おれは笑って何も言わなかった。

正直のところ、おれは播磨に乗組んだことをそんなに名誉などと思っちゃいない。たまたまそういう廻りあわせになったというだけのことで、かくべつ昂《たか》ぶった気持もない。それだけおれも艦《ふな》ずれしてきたのかもしれないが、どのみち、駆逐艦《こっぱ》だろうが、戦艦《まるた》だろうが、おれたちが名誉などには縁遠い下積みの水兵であることにはかわりがないのだ。

もっとも以前はこんなふうじゃなかった。すくなくとも志願する前までは……。おれは小さいころから軍艦が好きだった。なかでもとりわけて戦艦が好きだった。むろん艦といっても、山国育ちのおれには、話や写真や雑誌の口絵などから得た知識ぐらいで、実物に接する機会はなかったが、それでも雄大な構成美をもった、威風堂々たる戦艦は、おれにとってたまらない魅力だった。そして、海軍にはいって、乗るんだったらまずこれだと思った。戦艦に乗らずして、なんの水兵かといいたいところだった。

今から考えてみると実に不思議なんだけど、当時のおれは、軍艦というものを、またそこでの生活を、自分で勝手に理想化して、それこそ有頂天になっていたのだ。それ以外のことは、ほとんど考えていなかったといってよい。そうして、志願資格の最低年齢に達した十六の年、遠足にでも出かけるような、はしゃいだ気持で、おれはあこがれの海兵団の団門をくぐったのである。

けれども、そんなはずんだ気持も、ちょうど団門の鉄格子のところまでしかもたなかった。

おれたちは、そこで丸四カ月新兵教育を受けたが、そこには、おれが娑婆で空想していたような、はなやかなものなんかこれっぽっちもなかった。毎日あけてもくれても、不動の姿勢、敬礼、整列、かけ足、罵倒《ばとう》、殴打、それに、うぐいすの谷渡り、食卓のおみこし、ミンミン蟬、電気風呂など、卑劣きわまる罰直だ。ところが、これがまたおれたちから娑婆っ気をぬくのにおおいに役立ったのである。

おまけにおれたち少年兵は、まだやわで純情で、大人の兵隊のように要領よく立ちまわるだけの才覚がなかった。なにもかも夢中だった。それだけに、そのきたえられ方も決定的だったのである。

入団して一週間もたたないうちに、おれたちの頭の中はすっかりからっぽになってしまった。たまに、うちへ書く手紙の簡単な漢字さえ、ど忘れして思い出せないという始末だった。そればかりじゃない、娑婆にいたときの自分が本当なのか、ここへ来てからの自分が本当の自分なのか、自分でも自分の見分けがつかないくらいぼけてしまった。

むろん、そのからだ格好から目つきまでも変ってしまった。もう、こうなったら、いくらじたばたしたところで、さしずめカスミ網にかかった雀みたいなもんで手も足も出ない。もっとも、なかにはこういう仕打ちに絶望して、自殺したり逃亡したりするものも何人かいたが、逃亡者のほうは、いずれも途中で憲兵か巡邏兵《じゅんらへい》の手につかまって軍法会議にまわされてしまった。

須東兵長はそれからもしばらく得意になって艦の自慢をしていたが、おれは、そんな話にはあまり興味がなかった。

5

艦内見学は夕食前にすんだが、おれにはまだ一つ、今日のうちにどうしても知っておきたいことがあった。それは分隊員の年次だ。むろん年次といっても、百四十人からいる分隊員のことだから、その一人一人については、とても一日や二日じゃ憶えきれるもんじゃないが、それでも、さしあたりうるさい下士官と兵長ぐらいの年次は知っておかないと、なにかにつけて面倒だ。たとえば靴一つ磨いてやるにしても、誰から先に手を出したらいいのか見当がつかない。そこを下手に間違えたりすると、さんざんいや味をいわれ、あとで棍棒《こんぼう》のおまけがつく。分隊長はさっき何ごとにも「馴れろ」と言ったが、こういうことは馴れてからじゃ遅い。馴れる前にまず「聞け」だ。

デッキに戻ってみると、休業兵が三人居残っていた。午後の診察から帰ってきたらしい。そのうち二人は休業札をぶら下げた隅の釣床の中にもぐりこんでいたが、足首に包帯をまいたもう一人のほうは、食卓に坐って靴下の穴をかがっていた。ちょうどいい。おまけに相手は桜田というおれの同年兵だった。そこでおれはこいつをつかまえていろいろ聞いてみた。

　桜田ははじめに兵長たちの年次をひと通りあげたあと、

「まあ、一口にいって荒れた分隊だぜ。なにしろここにゃ甲羅のはえた古狸がゴロゴロしてるからな。甲板整列だって毎晩おわたり〔官給品、転じて体罰を指す〕よ、ひでえもんだ。もちろん中には話のわかるのもいるにゃいるけど、たいてい勝手なくだ巻いておれたちに当りちらしてらあ。でも、こりゃなにもうちの分隊だけじゃなくて、どの分隊でもおんなじさ。……なに？　甲板係、そりゃ平屋兵長だ。兵長じゃ一番古参で、いい加減じゃやくってるぞ。おまけにお天気やで、気がたつと、火事場の牛みてえに手がつけられねえ。それから言っておくけど、役割の中元兵長にゃ気をつけろよ。ありゃ無神経でおそろしく手が早いからな。娑婆じゃブリキ屋だったそうだけど、おれたちゃ陰で焼玉エンジンって言ってるんだ。しょっちゅうがあがあ騒いでいるからよ。」

「じゃ、下士官は？」

「下士官？　下士官だっておんなじさ。みんないい気になって下士官風吹かしてらあ……。」

　桜田はそう言って、馬のような大きな目をおれにつきつけるようにして、下士官たちのたなおろしをはじめた。

けれども、下士官のことまで聞いているひまはなかった。まもなく「課業やめ」のラッパが鳴り、「食卓番手を洗え」の号令がかかったのである。

「それじゃ、またあとでな……、さあ食事用意だ、こんなことしていられねえ……。」

彼は言いながら縫いかけの靴下を急いで手箱の中にまるめこんだ。

「ありがとう、だいたいわかった。」

と、おれは言ってから、ついでに聞いてみた。

「それで、ここにゃおれたちの同年兵は何人いるんだい？」

「五人だ。みんないいやつだよ。これもあとで酒保の時間にでも紹介してやらあ……。」

「よろしくたのむよ。」

彼はうなずいて、こんどは新兵たちのほうに顔をむけた。

「それからそっちの新兵さん、お前らうんと張切ってやってくれよ。でれでれしないようにな。おれは、こうして新兵が入ってくるたんびにひやひやなんだぜ。お前らがなにかヘマやらかすと、こっちもかならずその巻きぞえをくうんだから、気をつけてくれよ。」

投げやりなあわてた声でそう言って、桜田は手箱をうしろのチストの上にのせに行った。

おれはそのズボンのバンドに、「軽業」と書いた小さな木の札のぶらさがっているのを見た。

6

夕食の時間だ。

　まもなく課業に出ていた兵隊たちが、ぞろぞろとデッキに帰ってきた。みんなゴム底の防暑靴に、カーキ色の半袖《はんそで》半ズボンの防暑服という軽快な身なりだ。その中でおれたちの白い事業服が目立たないわけはない。

「おッ、新入りじゃねえか。」

「なんだ、またえらくやわいのがきやがったな……。」

　彼らは口々にそんなことを言いながら、おれたちのほうをじろじろ見ている。それはおれたちの首筋のあたりに生あたたかくねばりついて、いつまでも離れない。おれは息苦しくなって、なんどもため息をついた。気のせいか、さっきまで静かで明るかったデッキが、なにか風雲をはらんで急に暗くかすんできたような感じだ。

　まもなく食卓番が上の烹炊所《ほうすいじょ》から食器やお茶や鍋《なべ》を下げてかけこんできた。若い兵隊たちは、入口に備えつけた洗面器の昇汞水《しょうこうすい》に両手をひたして消毒したあと、食卓に黄色い帆布製の食卓カバーをひろげ、食器籠《かご》から箸《はし》袋と青いホーローびきの食器を引っぱり出す。それから食器を一枚一枚マッチ（布巾《ふきん》）でぬぐいながら配食にかかったが、どの班の食卓番もあわてていた。

「早くまんま食わしてちょうだいよ、まんま、まんま……。」

古い兵隊たちは、まわりから食卓番をあおりたてた。

「こいつら、よその班にまけやがったら、またおあずけくわすぞ。」

「おい、食卓番、こりゃなんだ？」

向うの班で別の声が言った。

「班長の汁とめしの食器のおき方が、あべこべじゃねえか。」

「はいッ」

返事より先にとびだした食卓番の一人は、通風筒《ファン》の前に突っ立っていた出目の兵長にいきなりあごをかちあげられた。兵長は体を横にしなしなふりながら怒鳴った。

「きさま、これで班長にめしくわすつもりか。」

「はいッ」

食卓番は食卓の上手《かみて》にまわって班長の食器の位置をなおそうとしたが、手をのばしたところを、また別の兵長にビンタをはられてよろめいた。

「きさま、こんなことがまだわからねえのか。」

「はいッ、すみません。」

「なに、すみませんだと、この野郎、ここをどこだと思ってるんだ。気やすく娑婆っ気こくない。」

「は、はいッ」

首にいっぱい田虫の斑点《はんてん》をつけた食卓番は、殴られて泳いだ体をやっとふみこたえて、赤い小さな顔をふりつづけた。

するとまた、奥の班のほうからカンばしった声がとんできた。

「ほら、またふちへめしつぶくっつけやがって、こいつらやる気でやってるのか、うん、いやだったらおれたちがやるぞ。」

「なんだ、この魚のつけかたあ、頭は左にむけて出すんだろうが、気をつけろ。」

「お茶、お茶、お茶どうした?」

古い兵隊たちのさわぎには、半ば気晴しの意味もあったが、彼らの目にあぶられて、若い兵隊たちの顔はすでに冷房のきいたデッキの中で汗をふきだしていた。

けれどもおれたちには、手伝いたくも手の出しようがない。まだ班が決まらないので、隅のほうに小さくなって見ているしかないのだ。落着かないことおびただしい。それにしても班だけでも早く決めてもらいたいもんだ。こんなところにいつまでも突っ立っていると、目ざわりになって、そのうちこっちにもどんなおはちがまわってくるかわかったもんじゃない。おれはいい加減気がいれてきた。

するとそこへ、のっぽの兵長が一人はいってきた。彼は入口のチストの前に突っ立って、

「食卓番きけッ、このデッキの二班と四班は、今日きた転勤者を入れるから二名増しだ。烹炊所には伝票を出しておいたから、鍋にはその分入っているはずだ。それから食器のほうは、きょうだけ班のスペアで間にあわしておけ。それで足りないところはすぐおれの班にとりにこい。」

と言いながら、こんどはおれたちのところにやってきた。

「お前らの班が決まったけど、その前にひと言いっておく……。」

彼はさぐるような目でおれたちを見ながら言った。

「新兵は明日から五日間の予定で特別に新兵教育をやる。新兵係はさっきお前らを案内した八班の須東兵長だ。あとでまた須東兵長からいろいろ話があるだろうが、わからないことは何でも聞いて早く艦になれるようにする、わかったな。」

「はいッ、わかりました。」

新兵たちは力んだ声で叫んだ。

「それからお前にも言っておくが……。」

彼はこんどはおれのほうに顔をむけて、上から下へ見おろした。

「駆逐艦じゃどうだったか知らねえが、ここじゃな、上水だなんていったって大きい顔はさせないぞ。やることは新兵なみだから、そのつもりでやれ。」

おれは、はなから人を小馬鹿にしたようなものの言い方に、いささかむっとしたが、返事だけは「新兵なみ」にしておいて、まっすぐ相手の顔をみつめた。せまい額とうすいまゆ毛、一重瞼《まぶた》の小さな目、肉のうすい唇、一見気よわそうなやさ男だが、こういう男は油断できない。気の弱いところをかくそうとして、かえって向うみずに荒らくれるからである。

そしてこれが、さっき桜田から聞いた役割の中元兵長だということは、その胸の名札を見なくてもおれにはすぐわかった。

役割というのは、先任下士官の助手のようなもので、分隊事務を手伝いながら、当直や作業員の割りふりをするのがその主な役目であるが、同時に、ふだんは先任下士官室に寝起きしている先任下士官にかわってデッキの「目付役」もかねているので、分隊内の清掃整備の面を取締る甲板係とともに、おれたち若い兵隊がもっとも警戒しなくちゃならない兵長だった。そしてこれがその役割だ。

「こりゃ焼玉エンジンもいいとこだぞ。気をつけなくちゃ……。」

おれは心のなかで思った。

中元兵長は先任下士官から渡されたらしい紙片をみながら、おれたちの班を読みあげたが、新兵の江南一水とおれは二班だった。二班というと、二番砲の右砲員のテーブルである。そこでおれは江南と、となりのデッキに入っていって、まずそこの班長に申告した。

「班長、私たち二人は今日から二班のお世話になることになりました。よろしくお願いします。」

塚本班長は、向い側のヒゲの下士官と夢中でミカンの罐詰をつっついていたが、やっと、それもわざとゆっくりおれたちのほうに顔をまわした。年は二十六、七、体はそれほど大きくはないが、胸の厚いがっちりした体格で、みるからに健康そうだ。ただ、下あごが張っているところへ、ひたいから上が妙にとがっているので、頭はうしろからみるとおたまじゃくしそっくりである。班長は妻楊子《つまようじ》にさしたミカンの一切れを口の中に放りこんでおいて、

「あ、さっき先任下士から聞いた。お前が北野っていうんか、前はどこにいたんだ。」

「駆逐艦五月波であります。」

「五月波、ありゃ四水戦だったな。そこでお前はなにをやっていたんだ。」

「主砲の一番砲手であります。」

「そうか、ここでもだいたいそんなところだ。いまちょうどうちの右砲の一番が欠員だから、多分お前にそこをやってもらうようになるだろう。おれは二番砲の砲員長だが、細かいこた

あ、明日にでも砲塔へ行って話す。まあしっかりやれ。それからあとで各班をまわって挨拶《あいさつ》してこい。」

おれは敬礼して班長の前を離れた。するとそこへ声をかけたのが、甲板係の平屋兵長だ。

「おい、お前は何年《いつ》の兵隊だ。」

おれは食卓ごしに兵長に言った。

「十六志《し》（十六年の志願兵）です。」

「十六志イーい。」

兵長はいかにもわざとらしく「志」の字を舌の先で長く引っぱって言った。おれはそれでピンときた。この兵長も、たいていの徴募兵がそうであるように志願兵を憎んでいるんだ。

「十六志にしちゃ、いやに、でかいつらこいていやがるな。」

おれが黙っていると彼はフンと鼻をならした。色は黒くてなりは小さいが、そのひっつれた目尻といい、角ばったあごといい、いかにもひとくせありそうだ。前歯は上下ともベタの金歯で、それが口をひらくたびに、ピカピカして、まるで唇のまわりにあかりがついているように見える。兵長は言った。

「まあ、いいや、そのうちそのでかいつらも、おいおい平らにのしてやるからな。あとで泣きっ面こかにゃようにしろよ。」

「はあ……。」

おれはあいまいに答えて相手より先に目をはずした。これが兵長に対するおれの精一杯の抵抗だった。

するとこんどはヒゲの下士官が、にやにやしながら江南一水をつかまえて言った。彼は江南のほうにあごをふって、

「よう、そのやわいの、お前なんていうんだ。なに？　江南、女みてえな苗字《みようじ》だな。年はいくつだ。」

「はい、十六であります」

うわずった声で江南が言った。彼は色が白くて背が低い。顔の面積のわりに黒目のはった大きな目と鼻をもった、まだいかにも子供っぽい少年である。相手は大袈裟《おおげさ》に首をかしげて、

「へえ、十六ね。よくお前、かあちゃんところを離れてこんな遠くまでこられたなあ……。」

これを聞いて、となりに坐っていた、肥《ふと》ったあばた面の兵長がこんなことを言ったものだ。

「おい江南、お前もう出たか？」

江南はのぼせてしまって、目をぱちぱち動かすばかりでろくに返事もできない。兵長はいよいよ面白がって、

「頓馬《とんま》、出《でず》べきところへ出べきもんが生えそろったかって聞いているんだ。」

「はッ？　はあ……。」

やっとその意味がのみこめたらしく、江南はぱっと顔を赤らめて目をふせた。

それを見てまたみんながどっと笑った。

「野瀬、いいかげんにしろよ。それでなくたってびくついているのに、みろ、お前のその顔じゃ誰だっておじけるぜ。」

と班長が言った。

けれども、そんなことで引っこむような野瀬兵長じゃない。こんどは女の声色まで使って、

「江南さん、今夜はあたしと一緒にねんねしましょうね。いいでしょう、巡検がすんだらあたしの寝台に来てね。きっとよ、あたいたんと可愛がってあげるわ。」

それから兵長は、ふぞろいな黄色い歯をむき出しにして、くつくつ笑った。

するとヒゲの望田兵曹がチェッと舌をならして、

「いいか、江南、気をつけろよ。こんな淋病《りんびょう》やみに抱かれたひにゃ、それこそチンポのつけ根までくさっちまうぞ。」

と言って、これもひとりでけらけら笑った。

おれたち若い兵隊は、こんなふうに下士官、兵長の前に出ると、口がきけなくなるばかりじゃない。まるで去勢された豚みたいに、どんなにいびられ、侮辱されても、なんとも思わ

ないような涼しい顔をしていなくちゃならない。いくら心が煮えても、それを表にあらわすことはできない。それにだいいちそんなことをいちいち気にしていたんでは兵隊稼業はつとまらない。兵隊に必要なのは、なによりも針金のごとき太い神経だ。

みんなが食卓についたところで、おれたちは分隊の班（班は三つのデッキに分れて、みんなで十二あった。）を廻って転勤の挨拶をすませたが、これで一日引きまわされていたおれたちも、やっと落着くべきところに落着いたのである。

夕食後は、分隊の被服係兵長から、手箱や釣床、それに新しい防暑服を貸与された。チストも決められた。それから入口の戦闘配置表には、新しくおれたちの名前が書きこまれた。おれはやっぱり二番副砲の右砲の一番砲手だった。

こうしておれは、二千三百人からなる戦艦播磨の乗員の一員となったのである。

第二章

1

新兵教育も昨日ですんだ。

そこで新兵達もけさからは旧兵並みの日課だ。これはどの艦も大体同じだが、「総員起し五分前」の号令があって、かっきり〇五〇〇《マルゴーマルマル》になると、高声令達器から「総員起し」のラッパが鳴る。それと同時に、舷門《げんもん》の当直伝令が、号笛《ホイツスル》を吹きながら号令を連呼して甲板をかけめぐる。軍艦の一日が始まったのだ。

「総員起し」

「総員釣床収め」

艦内はたちまちひっくりかえったような騒ぎになる。おまけに号令があとつぎつぎにかかってくるので、よっぽど急がないと間に合わない。おれたち若い兵隊は、だからたいていいつもその十五分前には起きて、自分の釣床をくくって待機していて、ラッパと同時に下士官、兵長たちの分にかかるのである。

ところが彼らときたら、おいそれとは号令に応じない。きまってひとくさり、ふてくされたあとでなければ起きちゃくれないのだ。

「なに、総員起しだって？　まだ海は暗いぞ。もう少し寝かせろったら。」

「うるせえなあ、ばたばたしやがって、横っつらどやしあげるぞ。」

と言いながら、わざと寝返りをうったり、毛布をかぶったり、そうかと思うと別の寝台では、いやにのんびり構えた声で、

「おれはきょうは休業するぜ。ゆんべせんずりこいたもんで腰が痛いのなんのって、とてもじゃないが……。」

「おっと、と、と、手をかけるなよ。こっちゃ朝マラがおったっちゃって、恥かしゅうて起きられねえのよ。」

けれども、そばで待っているおれたちのほうは気が気じゃない。このあと総員朝礼、つづいてあの厄介な甲板洗いが待っているのだ。それまでにオスタップ（鉄の水桶《みずおけ》）を甲板にあげなくちゃならない。雑布《そうふ》やブルーム（柄のついたゴムの刷毛《ブラシ》）を運びあげなくちゃならな

い。足洗い桶も用意しておかなくちゃならない。

彼らがようやく寝台をおりるのは、こうしてさんざんおれたちを焦《じ》らしておいてからである。

おれたちは、寝ざめの悪い仏頂面の彼らの前に、爆薬にでもさわるようなビクビクした手つきで、急いで枕にしておいた上衣をとってやる。靴下をとってやる。帽子をとってやる。足もとに靴をそろえてやる。それから急いで毛布をたたんで寝台おさめだ。

ところがそのあいだに兵長たちは、もうそこらに棒くいのようにつっ立って、こんどはおれたちを追いまわしにかかるのである。

「ほらほら、もっと手ばしっこくやらんかい。朝っぱらから、でれんこでれんこしやがって、時計は待っちゃいないぞ。ばあっとやれ、ばあっと……。」

「それ、なんだ。その毛布のたたみかたあ、きちんと耳をそろえんかい。おそいおそい、そ、そ、そ、そい。」

あっちからもこっちからもたかぶった怒鳴り声、罵《のの》り声が束になってとんでくる。おれたちは顔をふっていよいよあわてなくちゃならない。

十分たつと総員朝礼だ。

夜あけの朝もやの中を、艦長以下全員が前甲板に整列する。そこでおれたちは当直将校の号令で、内地の方角をむいて「宮城遙拝《ようはい》」を行なう。このときは総員脱帽して規定の最敬礼だ。そのあと「皇軍の戦勝」と「家族の安泰」を祈願して、やはり内地のほうを向いたまま一分間の黙禱《もくとう》を捧《ささ》げる。これがすむと直ちに甲板洗いである。

副直将校から号令がかかる。

「分かれ、両舷直（機関科、通信科、航海科などを除いた一般兵科分隊）露天甲板洗い方。」

おれたちは、いちもくさんに受持甲板に駆けつける。どの消火栓もすでに全開して、蛇口から海水が泡立ちながら噴き出ている。若い下士官と兵長たちが、それをブルームで甲板いっぱいに広げていく。甲板はたちまち水びたしになる。

おれたちは裸足《はだし》になり、ズボンを股《また》ぐらまでまくりあげ、略帽にもしっかりあごひもをかける。

「さあ早く支度して、並ばんかい、早く早く……。」

甲板の中央につっ立って、ブルームをふりながら怒鳴っているのは甲板係の平屋兵長だ。

支度がすむとおれたちは、熱湯でもぶっかけられたみたいにあわてながら、急いで甲板刷毛をもって、甲板のサイドに横に長く整列する。なかには、水にすべってぶっ倒れたりするのもいるが、そんなものはかまっちゃいられない。

「いいかあ！」

平屋兵長はブルームをかまえながら、おれたちのうしろにまわって号令をかける。

「用意ッ！」

おれたちはさっと腰をおとし、つまだちした右足のかかとに尻《しり》をのせ、左足を斜前につき出しておいて、腰にはずみをつけながら両手で力いっぱい刷毛を動かす。洗いむらのないように、あらかじめ手前の甲板をこすっておく。頃合いをみて平屋兵長が叫ぶ。まったくあのちっぽけな痩《や》せた体のどこから、そんな大きな声がでるかと思われるほどだ。

「まわ、れえーッ」

同時におれたちもそれにあわせて、

「おー、そらあー」

と叫んで、くるりと体の向きをかえ、そのまま列を作って一気に甲板をこすっていく。そしてあとはもうしゃがんだなりの浮き腰で、一刷毛ごとに片足を交互に前におくりながら、甲板の端から端をザリガニのように這《は》いずりまわるのだ。姿勢が姿勢だから、これがまたとてもつらい。骨だ。これだけに一日の精力の大半をつかい果してしまうといってもいいくらいである。おまけにそのあいだじゅう、おれたちは下士官、兵長たちに気合をいれられ通しだ。彼らは甲板をぶらぶらぐるぐる廻《まわ》りながら、おれたちを追い立てる。

「ほら、ちゃんと並んで並んで、……なんだそりゃ、女の股ぐらさぐるような手つきしやがって、もっと力を入れてこすらんかい。」

「そら、まだケツが高い、大根ぬくんとちがうぞ、もっとケツを下げんかい、ケツを……。」

起きぬけのムシャクシャをここで晴らそうというのか、彼らの声は妙にはずんでうれしげだ。

甲板の向う端についたら、すぐまた反転だ。息つくひまもない。「まわれえッ」「そ、らあーッ」

おれはたちまち汗ばんできた。腿《もも》のつけ根がつれて痛い。しだいに息ぎれがしてくる。だが夢中だった。なにしろずっと駆逐艦づとめで、甲板洗いというのは今度がはじめてだから、コツがよくわからない。そのうちおいおいのみこめるだろうが、今はくそ汗かいて、みんなについていくのがやっとだ。

それにしても甲板洗いがこんなにきついもんだとは思わなかった。たしか小学校五年の国語読本に「軍艦生活の朝」というのがあった。そこには甲板洗いの絵までついていて、「甲板洗いはいかにも勇ましく面白いものである」という文句があったのを、おれは今もはっきり覚えているが、ありゃ嘘っぱちだ。まゆつばだ。おそらく自分じゃ一度だって刷毛をもったことのないやつが書いたに決まっている。

陸《おか》でしゃらしゃらと涼んでいる奴に、この甲板洗いがわかってたまるか。

「まわ、れえーッ」

「そ、らあーッ」

おれはもう何も見なかった。明けそめた緑色の水平線も、朝もやをぬいて、くっきりと浮き出てきた島々の尾根も、艦尾から吹きつけるさわやかな朝風も、そっけなく頬を素通りだ。……それッ、かかとをたてて足をいっぱい前へ、刷毛は開いた内股の角度にそってV字型に……。そしてこの動作だけが永遠のように繰返される。

そのうちに列がでこぼことみだれ出す。へばって遅れるやつが出てきたのだ。ハアー、ハアー、ハアーとはげしい息づかいが、列中のあとさきから、ふいごのように聞える。だが列からうっちゃられたら、ただじゃすまない。

「こいつら、もうアゴをだしやがって……。」

兵長たちは、こんどは遅れたやつのうしろに山犬のようについてまわって、その尻っぺたを、持っているブルームのあたまで思いきりひっぱたいて歩く。

「それッ、早くいけーッ。」

そのたびにブルームから水がぱっぱっとはじく。それをおれたちはしゃがんだまま、まともに浴びるので、何往復かするうちに腰から下はぐしょ濡《ぬ》れになる。

けれども、いくら濡れても叩《たた》かれても刷毛をもっているものはまだいいほうだ。こういう場合、刷毛にあぶれるのが四、五人かならずといっていいくらい出るのである。それもたいていが、要領の悪い若い一水か新兵だ。むろん、から手じゃいられないから、彼らは仕方なく雑布《そうふ》をもって、ハッチの隅あたりに小さくなってこすっている。それが目ざとい兵長の目にとまらぬはずがない。

「おい、そこの新兵、花田。貴様、だれが刷毛をもってると思ってるんだ。」

平屋兵長がブルームをふりまわして怒鳴る。

「よくみろ、刷毛もってるなあみんな旧兵じゃないか。ぼやぼやしやがって、いいか、ここにゃ手めえより若い兵隊はいねえんだぞ。」

「はいッ」

花田は棒立ちになってふるえた。

「はいじゃない、貴様、早くどこへでもいって刷毛さがしてこい。」

探してこいといったって、刷毛なんかもうどこにもありゃしない。それを一番よく知っているのは当の甲板係じゃないか。刷毛はもともと甲板係と、ギヤ（要具庫）長のほうで、わざと数を少なくして出してあるのだ。つまり、はじめっからあぶれが出るような仕掛けになっているのである。それがまた兵長たちのつけ目だ。全員に刷毛がいきわたってしまっては折角の「朝の芝居」が面白くない。

甲板洗いにかぎらず艦内掃除というものは、ただ場所をきれいにするだけが目的じゃない。もうひとつ、それによって兵隊を鍛えるという大事な狙いがある。掃除は、いわばそのためのうってつけの道場であり、まさに一石二鳥。掃除であごを出すようなやつは、戦闘でも一番先にへたばるやつだ。そのつもりでうんとしぼってやれ！　うんと鍛えてやれ！

花田とほかのあぶれた四、五人の兵隊は、兵長たちの目におびえながら、列のあいだをあっちへとびこっちへとび、「やります、私がやります、私にかして下さい……。」と頭を下げて叫んでまわる。けれども誰も貸せやしない。貸したが最後、こんどは自分が狙われるからである。

彼らはいよいよオロオロして甲板を空しくかけまわる。それを見て向うから役割の中元兵長がブルームを引きずりながら矢のようにふっとんできた。彼はいきなりのっぽの一水をつきとばし、花田をハッチの横に押し倒した。

「この野郎、だばきやがって、なにしてくさるか。」

中元兵長は、あおのけにひっくりかえった花田の上に片足をのせ、その顔にブルームをこすりつけながらわめいた。同時にまわりから、兵長たちのうきうきした声がそこに集中する。

「貴様、刷毛がなかったら、いいか、褌《ふんどし》とってあそこの毛でこすれ、こすってみろ。」

「どれ一つ出してみい、チンボー、チンボー。」

「密林か、かわら毛か。」

「あんまりこすって白いよだれたらすな。折角の甲板がねちゃついちゃうからよおー。」

平屋兵長は叫びつづける。

「まわ、れえーッ」「そ、らあーッ」

「まわ、れえーッ」「そ、らあーッ」

海は消えゆく朝もやの中から、しだいに矢車菊のような青味をおびてくる。空には淡いすじ雲が悠々と漂っている。すでに水平線は明るいオレンジ色にかわり、マストの尖端《せんたん》には、最初の太陽の光線がやわらかにさしそめてくる。

そして、その下でおれたちは、はあはあ息をきりながら、ゼンマイ仕掛けの人形かなんぞのように這いずりまわっている。腰も手も足も、もうくたくたになまっているが、立ってひと息いれる自由なんか、むろんおれたちにはない。「立て」の号令がかかるまでは、たとえ甲板にのたりこんでも刷毛を動かしていなくちゃならないのだ。

「まわ、れえーッ」「そ、らあーッ」

「貴様ら元気がない、もう一度まわ、れえーッ！」

まわってまわって、くるったようにまわって、そのあと雑布《そうふ》で甲板の海水をきれいに拭《ふ》きとって、やっと立たせてもらったときのおれたちの腰はもうふらふらだ。心臓は今にもぶっ裂けそうだ。もうなんのことも思わない。このまま甲板にべったり坐《すわ》って、頭をかかえてしまいたいくらいである。

やがて、朝やけの水平線が、赤くほおけだった大きな花輪のような太陽を、しずしずと持ちあげてくるが、それも汗と疲れでくらんでいるおれたちの目には、かっきりと輪郭がまとまらない。ぼーっといびつに歪《ゆが》んで、遠くへ暗くかすんでいくかのようだ。

けれどもおれたち若い兵隊は、そんな日の出の水平線にうつつをぬかしているひまはない。このあと甲板要具をギヤにおさめて、流し場に洗面水を用意して、下士官、兵長たちの洗面器と洗面袋をもってきてやって、それからすぐ朝食の支度にとりかからなくちゃならない。

朝食がすめばすんだで、今度はデッキのリノリュームのつや拭き。「軍艦旗揚げ方」「課業始め」と、号令が次から次とおれたちを追いかけてくるのだ。

〇七五五《マルナナゴーゴー》、舷門から「軍艦旗揚げ方用意」の号令がかかる。

当直先任衛兵伍長《ごちょう》は、すでに軍艦旗をもって艦尾の旗竿《はたざお》の下に立ち、衛兵司令は十六人の儀仗《ぎじょう》隊をしたがえて、その上の鉄甲板に整列している。むろん二人の信号兵も一緒だ。やがて当直将校の先導で、艦長、副長、つづいて各科の士官たちが集まってくる。そしていつもの位置に整列する。

後甲板は静まりかえって、音ひとつしない。

副直将校は秒時計を見つめ、時間を当直将校に合図する。

「三十秒前」

そのとき信号兵はラッパを口にあてる。

かっきり〇八〇〇《マルヤーマルマル》、当直将校が号令をかける。

「あげーッ！」

同時にラッパが吹奏され、衛兵司令の声がひびき渡る。

「捧《ささ》げエー銃《つー》ッ！」

先任伍長は、かかえていた旗をぱっと手放して、顔を仰向《あおむ》けながら両手でしずかに紐《ひも》をたぐる。軍艦旗は、ラッパの音に合わせてゆっくりと旗竿をつたってあがってゆく。これに向って士官も兵員もいっせいに敬礼する。もっとも軍艦旗の見えない位置にいるもの、もしくは艦内で作業中のものは、直ちにその場で艦尾のほうを向いて不動の姿勢をとる。いずれもあげ終って解散のラッパが鳴るまでの二分間は、そこを一歩たりとも動いてはならない。

2

艦隊は、つぎの作戦にそなえて連日この泊地にあって猛訓練を重ねていたが、とりわけ播磨の場合はその度合がはげしかった。

播磨は艦籍に入ってまだ半年にならない。いわば就役したての最新艦である。乗組員も、古いものでも一年、これは艤《ぎ》装《そう》当時から乗っていたものだが、それも数にしたら全体の二割くらいで、あとは殆《ほと》んどが竣《しゅん》工《こう》前後に各艦船や陸上部隊から寄せ集めた兵隊たちである。したがって訓練の日も浅い。そこへもってきて、搭載兵器の構造、各種機械の取扱いが、すっかり新式になっているので、他艦から来たものでも、はじめからやり直さなくちゃならない。

それに現在戦局は逼《ひっ》迫《ぱく》している。すでにツラギ島は全滅し、半年近くにわたって惨烈な攻防戦をくりひろげていたガダルカナル島も大半が敵の手に落ちた。こうして昨年の夏あたりから、敵は大がかりな反撃作戦に転じて、いたるところで味方の防《ぼう》禦《ぎょ》線を突破してきているのだ。播磨にも、いつなんどき出撃命令が下るかわからない。それだけに兵員の訓練は急を要するのである。

軍艦旗あげ方がすむと十五分の休憩だ。

だが、砲塔当番にあたっているおれは休憩どころじゃない。このあとすぐ午前の「課業始め」だが、それまでに砲戦訓練の下準備をしておかなくちゃならない。

おれは急いで砲塔へあがって、いつもの油だらけのいんかん服［掃除服］に着かえる。それから砲尾覆をとる。機動部に注油する。発火装置の具合をたしかめてみる。演習弾と装薬囊《のう》を砲尾に備える。これが訓練前にやっておかなくちゃならん砲塔当番の仕事だ。

砲戦訓練がはじまった。いつも前甲板で行なわれる「課業整列」から、砲員たちは駆足でめいめいの戦闘配置につく。全員あごひもをかけて不動の姿勢だ。まもなく下の弾火薬庫、給弾薬室からも各長の「配置よし」の報告が伝声管で伝えられる。砲員長は、そこで直ちに全砲塔の整備を艦橋の射撃指揮所に報告する。同時に伝令がそれを電話で復唱する。

「二番砲、配置よし」

これはどの軍艦でもそうだが、砲戦を指揮するのはトップの射撃指揮所だ。おれたち砲員が遂行すべき一切の号令はここから出てくる。指揮官は砲術長で、その号令はすべて電話とブザーと戦闘表示器によって砲側に伝える仕掛けになっている。それにもとづいて、直接砲員を指揮しているのが砲員長だ。

砲室は周囲を分厚い甲鉄でかこってあって、前楯《まえだて》に四角い小さな照準孔があいている。中には三門の砲身が等隔に並び、その砲尾には、弾丸や装薬をあげたり、こめたりする装塡《そうてん》機や揚薬機、動力用の油圧管などがごちゃごちゃひっぱり廻してあり、そこへ砲員二十三名と測距員四名がつめているので、ただでさえせまくるしい砲室は、ちょっと足の踏みこむ余地もないくらいだ。

砲室の下部には、でかい歯車がついていて、それは艦底までつきぬけている円筒の部分に嚙《か》みあって、砲室といっしょにぐるぐる旋回できる仕組みになっている。この旋動部の円筒内には、給弾室と給薬室とがあるが、ここは防水壁一枚で隣りあっている弾火薬庫から送られてくる弾丸と装薬を、一発発射するごとに上の砲室へ供給するところだ。

ここにも庫員と室員を合わせたら二十人近くの兵隊がつめている。動力で動いているとはいえ、結局これだけの砲員が一糸乱れぬ動きをとってくれない限り、砲塔は満足に機能を発揮することはできないのだ。

指揮所のブザーが鳴る。塚本砲員長は戦闘表示器をにらみながら号令をかける。

「装塡！」

おれたちはその号令で装塡にかかる。けれども実戦じゃないから、この場合は型通りの手続きだけですませる。

一番砲手のおれがさっと尾栓を開く。すると五番の江南一水が、開いた尾栓のあたまと膅《とう》中《ちゅう》（砲身の中）を一度、目でぐるっと点検してから揚薬筐《きょう》の蓋《ふた》に手をかける。そこへ四番砲手が演習弾をのせた装塡盤をさっと両手で砲尾へ送る。三番砲手は、それを見て装塡機の動挺を「込め」に押す。すると、その装塡機からチェーン式の装塡鋼《かん》が鎌首をもたげ、蛇のように勢いよくとび出してくるが、これも演習だから、あたまが弾底にあたる寸前で、またもとへ引きもどされる。

それといれちがいに五番が擬装薬を実際にこめる。同時に二番砲手は空になった揚薬筐を下の給薬室にさげて、反対に充塡ずみのB筐を砲側にあげておく。

一番砲手はその間に発火装置に火管を挿入し、二番以下が弾薬をこめ終ったところをみて尾栓を閉め、砲尾接断器を「接」につなぎ、火管灯がついたのをたしかめながら砲尾に軽く右手をのせて、

「よーしッ！」

と叫んで一発分の装塡を終るわけだが、これに要する時間は、ふつう十秒以内におさえなくちゃならない。

つづいて指揮所から号令がかかる。伝令がそれを大声で復唱する。

「右砲戦、右九十度、同航の敵巡洋艦」

その時、射手と旋回手《せんかいて》は、両手で動輪をあやつりながら照準に入る。だが照準といっても、直接には指揮所《トップ》の方位盤の射手と旋回手がやっている。

トップで照準して方位盤の眼鏡を動かすと、それがそのまま砲側の受信器の赤針《もとばり》に伝わる。だから砲側の射手と旋回手は、自分の砲を動かすことによって、動く白針をその赤針にぴったりつけておきさえすればいいのだ。

この両針が狂いなくぴったり重なっていれば、トップの射手が引金をひいた瞬間、電流が

通じて、自動的に火管から火薬に引火して、ドカンと弾がとび出る仕掛けになっている。その際受信器の中の赤ランプと青ランプが同時にパッと点滅するので、砲側の射手と旋回手は、それによって発射の瞬間を知ることができる。

砲塔が目標にむきおわると、次のブザーが鳴り、表示器の針が動く。砲員長がそれを見て叫ぶ。

「打方始めッ！」

そしてこれから先は、もう同じ操作のくりかえしである。

その間、塚本砲員長は、砲尾に立って秒時計と砲員全体の動きを交互に注視しながら、ときどき大きな声で気合を入れる。

「左砲《ひだり》一番、動作がおそい。それ中砲《なか》、尾栓の閉め方が荒いぞ。もっと動挺をしぼってやれ。」

すると、こんどは秒時計をふって、

「右砲《みぎ》、また遅れやがった。みろ十三秒もかかっているじゃないか、そんなことで実戦に間に合うか。」

それも吼《ほ》えるだけならいいが、時には腕力に訴える。おれもおとつい一度、火管を込めそこなって、長さ八尺もある装塡棒で首根っこが肩にくいこんでしまうほど頭をぶんなぐられた。そのときは、あんまりひどくやられたので、おれは軽い脳しんとうをおこして、ふたふたと砲床にしゃがみこんでしまったくらいだ。あとでさわってみたら特別みごとなコブが一つところに三つもできていた。とにかく一回の訓練がすむまでに、こういう装塡棒のお見舞いをうける砲員が、かならず一人や二人は出るわけである。

けれどもここで気合を入れるのは砲員長だけで、兵長たちは一切おれたちに口出ししない。それというのも、彼らもここでは砲員として若い兵隊と同じように、砲員長の脅威にさらされているからである。それに彼らは、砲塔の複雑な構造については、ほとんど知らない。またすすんで知ろうともしない。これはどの砲塔でもそうだが、砲塔に関することは、すべて章持ち（砲術学校出）の砲員長をはじめ、射手、旋回手、一番砲手にまかせられているからである。だからデッキではごねてうるさい兵長たちも、砲塔へあがると、途端に人が変ったようにおとなしくなる。また若い兵隊が砲塔でいくらしくじりをやらかしても、それをデッキへ持ちこむようなこともしない。配置は配置、デッキはデッキ、この使いわけは彼らの間では実に徹底している。いわばここは自分の出る幕かどうかを、ちゃんと心得ているのである。

午後も日課はたいてい同じだが、午後は午後で砲室の暑さがまたひと通りじゃない。朝から太陽にジリジリあぶられているので、砲郭の鉄板は中まで灼《や》けきっている。手をふれると、とび上がるほど熱い。おまけに下からはたえず油圧の熱気が上ってくる。むろん通風管《ファン》は通っているが、そんなものはなんの役にも立たない。まるでボイラーの中に放りこまれているみたいだ。温度はゆうに四十度を越えているだろう。しかもおれたちは、その中でひっきりなしに動いていなくちゃならない。だからようやっとその訓練から解放されて砲塔を出てくると、だれの顔にも白い汗塩がざらざらとこびりついて、赤くふやけたようになっている。

夕食後には別科がある。これは時間も短いので、おもにデッキや甲板の整備作業、またときには分隊毎に相撲、銃剣術、体操などが行なわれる。もっとも体操だけは毎日、午後の課業はじめ前、艦長以下全員が上半身裸になって露天甲板でやることになっている。

日没五分前、軍艦旗をおろす。儀式はあげ方のときと全く同じである。それがすむと間もなく入浴と酒保の時間だ。ただし入浴は、真水の節約上、三日か四日おきくらいだが、酒保のほうは毎晩欠かされることがない。もっともアルコール分だけは、特別に副長から許可のあった日にかぎられていて、たいていの日は、「酒のほか酒保許す」の号令ではじまるのだが、それでも下士官や古参の兵長ぐらいになると、みんな陰でけっこうよろしくやっている。販売品はビスケットのような干菓子かラムネに罐詰《かんづめ》くらいなものだ。

けれども、おれたち若い兵隊が小さくなっているのは、酒保時間といえども例外じゃない。だいいち椅子にのんびり腰をおろして菓子をつまむなんていうことは思いもよらない。もしそんなところを見られようものなら、たちまち罰直のエサにされてしまうくらいが落ちだ。

それに酒保へ品ものを受けとりにいったり、それをまたデッキへ運んできて、配給したりして、下士官、兵長たちのサービスに追いまわされていると、おれたちには、事実そんな時間のゆとりもないのである。だからおれたち若い兵隊は、酒保といっても結局、兵長たちの監視の目のとどかない廁《かわや》のなかか、消灯後の釣床のなかで、毛布をかぶって、こそこそ食べるしかないのである。

3

「釣床おろし」がすんでまもなくである。おれたちは全員受持の露天甲板にあがった。「甲板整列」がかけられたのである。

甲板整列というのは、分隊の下士官、兵長たちが、おちょうちん（丸三年ごとに一本つく善行章《やまがた》をまだつけていない若い兵長）以下おれたち若い兵隊を、甲板に並べて気合を入れるためのものだ。気合といっても、むろんただのお説教だけじゃすまない。これはいわば一日の日課の総決算で、「整列」がかかったら、上水、一水は十中八九、殴られると思えばまず間違いない。

おまけにそのやり口がまたとてもひどい。まずその責《せめ》道具だが、これにもいろいろあって、いちばんひんぱんに使われるのが、渡し三尺くらいの太い樫《かし》の棍棒《こんぼう》だ。これは一般に「軍人精神注入棒」とか「水兵さんの尻泣かせ」などとよばれ、柄《え》には仰々しく紫のふさがついている。そのほか木刀、グランジパイプ（消防蛇管の筒先）、チェーン、ストッパー（わざと海水につけて固くした太い麻縄）などが使われることもあるが、とにかく、これらの道具が毎晩のようにおれたちに向ってものを言うのだ。

といって、別段こっちに殴られる理由があるわけじゃない。理由はむこうが勝手につくっておしつけてくる。「大鼓は叩けば叩くほどよく鳴る、兵隊は殴れば殴るほど強くなる」というわけだ。むろんそこには下士官、兵長たちの「うらみ返し」もある。彼らもかつて「若い兵隊」だったころ散々殴られてきたが、殴られっぱなしじゃ気がすまない。そのうらみつらみは、いつか晴らさなくちゃならない。そして、いまになってやっとその爆発の機会が彼らに与えられたのだ。こころに何の痛みもなく、平気でひとを殴ることができるのは、自分もかつて同じような目にあわされた体験が根にあるからなんだ。

星の冴《さ》えた静かな夜だ。中天を少しはずれた右ての空に半月がななめにかかっている。白いうす絹のようなそのあわい月あかりに、僚艦の黒い影がぼんやりと浮き上がって見える。

おれたちは右から年次順に整列する。そこへ両手をうしろにくんだ古参の兵長たちが、入れかわりたちかわり出てきて、いつもの「御託《ごたく》」を並べたてる。曰《いわ》く〝貴様らはたるんでいる〟〝デレデレしてやる気がない〟〝いい気になって娑婆《しゃば》っ気を吹かしている〟。そして最後はきまって〝そんなことでお前らは内地の親兄弟に顔むけができると思うのか〟という感傷的な結びがつく。要するに、どれもこれもただ殴る前の口実、「地獄」へのつゆばらいだ。ひと通りおきまりの説教がすむ。

するとそこへ棍棒をひきずって出てきたのは、役割の中元兵長だ。のっぽでやせちゃいるが、その腕っぷしにかけては分隊でも彼の右に出るものはない。おまけに棍棒に一種のよろこびを感じているような男だ。こいつが出てきたら、もう観念しなくちゃならない。

中元兵長は列前につっ立って、威嚇するように棍棒の先でトントンと甲板を叩きながら、「貴様らにゃ、何を言ったって蛙のつらに水だ。おれはこれ以上もう何もいわん。」

と言って、片方のそでをゆっくりまくりあげた。

「よし、今夜は新入りから先にのしてやる。新入り前に出ろ。」

まさか初っぱなにやられるとは思っていなかったので、おれは一瞬どきりとして息をのんだ。まわりの空気がいっぺんに凍りついて、背筋につめたくはりついてきたような気持がした。けれどもうわべはいせいよく列前にとび出して、新兵といっしょに彼の前に並んだ。中元兵長は額を下げておれたちの顔をじろりとにらみつけたが、その顔は月の光で赤黒くふくらんでいるように見えた。

「北野、お前からこい。」

両手にペッとつばをふっかけながら、彼は一歩前に出たおれのうしろにまわっていった。

「足を開け、手を上にあげろ。」

いよいよ始まったのである。

おれは言われたとおり甲板に両足を開いて突っぱり、両手を上にあげて、こころもち尻をうしろにおくりながら肛門《こうもん》をきつくすぼめたのである。だがおれは、このあわれな屈辱的な姿勢を拒むことはできない。絶対にできない。(上級者の命令は直ちに「朕の命令」である。謹んで朕——天皇から棍棒をいただく汝《なんじ》忠良なる兵士らよ。)

途端にぐわーんときた。まるで骨の芯《しん》まで打ちくだかれたようだ。瞬間、おれは気が遠くなりそうな気がした。けれども、しっかり踏んばっていなくちゃいけないぞ、と自分に言いきかせて、すぐまた気をとり直した。

棍棒は一発ごとに風を切って、鋭い刃物のようにやわらかな尻の肉にくいこんでくる。そのたびに眼から星が飛ぶ。息がつまりそうになる。額から脂汗が流れる。頭はしびれ、腰から下はもういうことをきかない。血は逆流し、全身火のような激痛の塊りだ。だが、おれは歯をくいしばって、最後まで一歩も動かなかった。七発くらわしたあと、中元兵長はやっと「地獄の縄」をといておれに言った。

「ふん、でかいつらこいてるだきゃあって、生きはいいや、よし、行け、……次ぎッ。」

おれのすんだあと、こんどは新兵たちが前に出て両手をあげる。中元兵長は腰をいっぱいにひねって、エイクソ、エイクソとかけ声をかけながら、ブリキ板でも叩くように次々棍棒をかませていく。相手の体はそのたびに、弾みをくって飛びあがったり、のけぞったりする。なかには呻《うめ》きながら、ボールのようにサイドのほうまで吹っとんでいくのもいる。

するとまわりに突っ立っている若い下士官たちがわめく。

「ほらほら、それっくらいのことでフラフラすんない。足はだてにくっついているんじゃないぞ。」

「棍棒がそんなにおっそろしいかよ。おっそろしかったら三べんまわってワンといえー。」

「なんだその格好は。おたんこなす、しっかり足を突っぱって、もっとケツを出さんかい……。」

ところが下士官たちは、こういう場合めったに自分から手をくだすことはない。ときどき活《かつ》を入れるぐらいのもので、あとは高みの見物だ。兵長たちの顔をたてて、制裁はいっさい彼らにまかせておくのである。

殴るほうも力まかせだから楽じゃない。中元兵長は十人目を片付けると、坪井兵長と交代した。坪井兵長はつぎに平屋兵長と交代するといった具合に、兵長たちはつぎつぎにあら手をくりだしてくるのだ。

この時間になると、どの分隊でも同じような「整列」がおこなわれる。すぐとなりの甲板では、主砲の三分隊がやっている。その向うの機銃分隊のほうからも、肉をうつ鈍い棍棒の音がさかんに聞えてくる。夜の甲板はどこも拷問の修羅場だ。

おれはまだ燃えている尻の肉を指でこっそりもみほぐしながら、前の駆逐艦でもこうだったことを思い出している。あそこもひどかった。機関科の新兵だったが、一人そのために気が狂って病院船おくりになったのも出たくらいだ。

おれも一度、洗濯綱に洗って干しておいた班長の褌を誰かにパクられたのを知らずにいて、その晩甲板係に手摺《てす》りのチェーンで殴られたことがある。唸《うな》りながら蛇のように下腹にからまるあの鉄のチェーンを……。

さすがにあの時だけは、おれは甲板にぶっ倒れて気を失なってしまった。あとで釣床にかつぎこまれてやっと気がついたが、朝になってこっそり厠に入ってズボンをおろしてみると、尻から下腹にかけてぐるりと楕円《だえん》形の鎖の歯形が書いたように青黒くはっきり残っていた。そしてそれはあざになって、長いあいだ消えなかった。

けれども甲板整列は、なにも五月波や播磨に限ったことじゃない。いわゆる軍艦と名がつけばどこへいってもおわたりだ。だいたい甲板整列のない艦なんて日本海軍にあるだろうか。

あったらお目にかかりたいもんだが、おそらくただの一隻もあるまい。

大砲をもたぬ軍艦がないのと同様、大砲があればそこには必ず棍棒があると思えば間違いない。どちらも軍艦にはなくてはならぬ大事な「武器」というわけだ。一方は外がわの「敵」に対して、片方は内がわの「味方」に対して向けられる。そして、それはおれたちにとって、外がわの目にみえない敵よりも、はるかに怖ろしい「敵」なのだ。

甲板整列というのは、だからいってみれば軍艦の精神であり、教義であり、紀律であり、矜恃《きょうじ》であり、意志であり、感情であり、要するに軍艦を内がわから守るための一切である。おれたちはせっせと大砲を磨く。ところがそのおれたちも逆に棍棒で入念に磨きをかけられるのだ。

二〇五五《フタマルゴーゴー》、「巡検五分前」の拡声器がひびく。この号令がかかると、どの分隊でも巡検に立ち合う甲板下士官と掃除番の二人だけをのこして、全員が釣床に入って副長の巡検をまつ。このときばかりは、一日荒れくれたさしもの艦内も、潮がひいたように静まりかえる。

やがてそのしじまをさいて巡検をつげるラッパが鳴る。タンターン、タンターン……。ラッパは滑らかな抑揚をつけながら、しみいるようにデッキに流れる。ビーム（釣床をつる鉄の棒）にはりわたした釣床の中で、おれたちはあおむけに目をとじてそれを聞いている。いつ聞いても、なにか郷愁をそそるような哀しいラッパだ。

ラッパと同時に副長の巡検がはじまる。これには甲板士官と艦内甲板下士官、それに当直の先任衛兵伍長、伝令、掃除番らが同行する。先任衛兵伍長は、赤い携帯灯をさげ、「巡検」と連呼しながら、前部から順に副長を先導していく。これにたいし各分隊の巡検番はデッキの入口に立って「××分隊異常なし」と報告して巡検をうけるのだが、艦内が広いと、しぜん廻る場所も多いわけで、巡検がおれたちの後部のほうまで廻ってくるのは、それから三十分もすぎてからだから、気の早いものはそのままもう眠ってしまう。

けれども、おれたち若い兵隊はそうはいかない。ひととおり巡検がすんで、舷門から「巡検終り。煙草盆出せ」の号令がかかると、おれたちはすぐまたとび起きて、洗面器や薬罐《やかん》を磨かなくちゃならない。兵長以上の靴も磨いてやらなくちゃならない。それにときには、どっからかうまく真水《まみず》をギンバイ（盗み）してきて、彼らの靴下や褌などの洗濯や、先をみこしてこまかな身のまわりのこともしておいてやらなくちゃならない。そして、やっとそれらの雑用がすんで、心身ともに古綿のようにくたくたになった体を釣床の中に横たえるのは、だから大抵いつも消灯後だいぶたってからである。

おれは靴磨きがすむと、いそいで防暑服をぬいで襦袢《じゅばん》ひとつになる。体じゅうすえたような汗の臭いだ。もう三日ごし風呂《バス》に入っていないので、今日こそはと思っていたが、日没後カッター「手漕《てこ》ぎボート」揚げに追いまわされたりしているうちにまた時間ぎれになってしまった。あすはなんとかうまく順番をとりたいもんだと思いながら、おれは防暑服を四つ折りにたたんで釣床の上にのせる。これが枕がわりだ。それからビームを軋《きし》ませないように、ひらりととび上がって、足から先にそっと釣床の中にもぐりこむ。

デッキはもうしんかんと寝静まっている。聞えるのはみんなの寝息だけだ。「やります、わたしが、わたしが……。」となりの釣床で江南が寝言をいいながら寝返りをうっている。向うのほうで誰かがギーギー歯を鳴らしている。

おれはあおむけになって毛布を腹にのせる。殴られた尻はまだあつくほてっているが、これでやっと監視の眼からのがれて一人になれた。兵隊の自由は廁と釣床の中にだけ僅《わず》かに残されているが、その一つがいまようやく自分の手に入ったのである。けれどもそれも、疲れと眠気のまえにはどうすることもできない。おれはたちまち死んだように重い泥の眠りの中に引きずりこまれていく。軍艦の一日がこれで終ったわけだが、とにかくこうしておれたちは、「総員起し」から「就寝」まで、坐ることも立つことも自由にならないラッパの時間の中に投げこまれ、果しなく続く錨鎖《びょうさ》のように、くる日もくる日も同じ日課にしばられていくのだ。

4

二週間もたつと、どうやらおれも播磨の生活に馴《な》れてきた。分隊の下士官、兵長たちの年次や日課のやり方なども、ひととおりわかってきたし、肝腎《かんじん》の大砲の操作についても、大体のコツはおぼえたので、もうひところのように慌てたりまごついたりすることもなくなって、気持にもだいぶゆとりがでてきた。むろんこの間に、新しい仲間も何人かできた。もっとも仲間といっても、そのほとんどが気のおけない同年兵である。

分隊の同年兵は、今度おれを入れて六人になったが、この連中が、きょうは新入りのおれのために盛大な歓迎会をやってくれた。むろん深夜のことで、場所は二番砲塔の動力室だった。

ここはちょうど砲塔の一番下で、おまけに水線下にあるから、どっからも見られる心配はない。ただこたえるのは、きつい油の臭いと熱さだが、それだけ我慢すれば、密会するのには実にうってつけの場所だった。

おれたちは、消灯になってデッキが寝しずまったら、目立たないように一人ずつ厠へでもいくようなふりをして、こっそりここへ集まろうと約束した。おれはこの日も砲塔当番に当っていたので、いつもよりすこし早目に砲塔の扉をしめて、動力室へおりていって待っていると、やがて泥棒猫のような慎重な足どりで、一人五分おきぐらいの間隔をおいて順にやってきた。

まず一番先にやってきたのが、茨城の三等郵便局長の息子の弓村だ。これは鼻筋の通ったなかなかの男前で、分隊では「お嬢ちゃん」の渾名《あだな》で通っている。もう長いこと分隊長の従兵をやっているので、士官室の情報にも明るく、上からの情報はたいていこの男がもってくる。年はおれと同い年の十八だ。

つぎの桜田というのは、おれの砲塔の動力室長で、魚雷のような頑丈な体つきをして、口も八丁、手も八丁というところから、兵長たちにも一目おかれている。おまけにギンバイの腕にかけては、分隊でもこいつにかなうものはない。この男のチストをあけてみると、玉葱《たまねぎ》や罐詰の一つや二つころがっていないことはない。ときには砂糖から塩、醬油《しょうゆ》まで入っている。むろんどれもたいしたものじゃないが、いずれも主計科あたりからギンバイしてきたものである。

この男をあべこべにしたのが、やせっぽちの山岸である。福島の小学校教員の息子だが、いたって気の小さい正直もので、その上てんから要領が悪く、しょっちゅうへまばっかりやっている。同年兵制裁があると、その種をまいたのは、たいていこの男だと思えば間違いない。

つぎは原口だ。これはおれの砲塔の中砲の一番砲手だが、もともと大砲の虫みたいなやつで、艦砲操法の赤本の一冊を、はじからはじまで暗記しているという熱中ぶりである。顔は脂ぎってにきびだらけだが、頭はなかなかいい。おまけに努力家だ。おれたちの中で将来特務士官になるやつは誰かといえば、まずこの男を真っ先にあげなくちゃなるまい。渾名が「目ソロバン」だというのは、目をしじゅう病的にパチパチやっているからである。

それから最後にやってきたのが木暮。これは同年兵中いちばん年長で二十歳。年が多いだけあって、おれたち同年兵のまとめ役で、人気もあり、おれたちは何かあるとこの男を中心に行動する。年のわりにヒゲが濃くて色も黒く、見た目はごついが根は善良だ。クソ落着きに落着いていて、ちょっとのことには動じない。おれたちのなかで、中等教育を受けているのはこいつだけである。

おれたち六人は、上半身裸になって、床に敷いたケンバスの上にすわりこんだ。六人とも気ごころの知れた同年兵同士だから、いたってのんびりしたもんだ。あの気の小さい山岸までが、今夜はまるで提督のように、油圧筒の前にどっかりあぐらをかいてがんばっている。

そこで木暮が入口の扉のハッチを内側からしっかりしめて、

「これでみんな揃ったな。じゃ、そろそろはじめるか。」

と言うと、桜田がわざと大きな咳払《せき》いをしておごそかに立ち上がり、

「ではただいまから北野上等水兵の歓迎会を行なう。全員配置につけ。」

するとその号令でみんなにやにやと立ち上がった。何をやるのかなと見ていると、めいめいがタンクの後ろや奥の油圧筒のかげあたりから、今宵《こよい》の出しものをひっぱり出したものである。

それを見ておれは目をまるくしてしまった。まず半ダースのビールの包みが出てきた。それに、サケ罐に駄菓子にするめ。そればかりじゃない、日ごろ士官の口にしか入らない赤いレッテルのついたカニ罐から茄子《なす》漬まで出てくるじゃないか。いずれも、酒保で買ったか、どこかでギンバイするかして、前もってここにかくしておいたものである。最後に桜田が床のマンホールをあけて、パイナップルと桃の大罐を二個ひっぱり出してきて、

「よし、これで全部だ。」

といって、それをたかだかとあげてみせた。そこでおれたちは早速その御馳走《ごちそう》のまわりに車座にすわりこんだ。油でうす汚れたごわごわのケンバスの上だが、おれたちにとっちゃ真っ白い麻の卓クロースの上に並べた士官食なんかより、このほうがはるかに上等で豪勢に思えた。

とにかくたいした御馳走だ。おれたちは早速ズボンのかくしから罐切りや海軍《ジャック》ナイフを取

りだして、罐詰を切り漬物をきざんで、横に倒した道具箱の上にひろげた。ビールは、わざとしゃれた手つきで王冠を軽くぽんぽん叩いてみちゃ栓をぬいたものである。それをめいめい湯呑《ゆの》みにつぎ終ったところで、木暮が、

「おい、それじゃ景気よくいこうぜ。」

と言うと、みんな待っていましたとばかり、まず湯呑をあげて乾杯した。それからおれたちの舌は猛烈に動き出したのである。なにしろこんなところでもなくちゃ、おれたちはおおっぴらに呑み食いなんかできないんだから……。

桜田はビールをひと息にのみほすと、大人びた、いやにませた口調で、

「ああ、うんまい……。」

と舌をぴちゃぴちゃ鳴らしながら、おれにむかって、

「どうだ、北野、カニ罐の味は。」

と言った。おれはうなずいて、

「すまないなあ、こんなにしてもらって。」

と言うと、桜田は手をふって、

「なんの、なんの……、もう少し早くやろうと思ってたんだけど、戦利品がうまくそろわなかったもんでな。なに、もともとロハだからよ、遠慮しないでうんとやってくれ。」

おれたちはお互いに兄弟のようにうちとけ合って、おおいに飲みかつ食った。ゆったりとして、なんともいえないいい気持だ。

しかも外は暗い夜だ。海は黒いとばりのなかで静かにまどろんでいる。マストの上には星がこぼれている。そして深夜の艦内は静寂そのものである。

壁には油がたれている。天井にも、ところどころ黄色い油の玉がぶら下がっている。そこへ膝《ひざ》を接したおれたちの影が黒く大写しに動いている。どっちをむいても殺風景な鉄板と、つんとくる油の臭いだ。けれどもおれたちには、娑婆の畳の上にでもいるような気持さえするのである。

おれたちは、六人ともまだ検査［徴兵検査］前の少年だ。これが娑婆にいれば、まだとてもビールなんか口にできない年頃である。そんな真似をすれば、さしあたり親を泣かせるか、警察のやっかいにでもなるところだ。それがこうして、いっぱし大人になったようなつもりで気焔《きえん》をあげて飲んでいるのだ。

考えてみれば、軍隊に来るまえのおれたちには、これという生活の基盤がなかった。大人からみれば、まだ西も東もわからない世間知らずだった。いきおい考えることも非現実的で、不安定で、ちょうど進水前の船のように、なにもかもこれからというところだった。本当の意味での生活の幕は、まだあがっていなかったのである。

むろん両親や学校の先生の影響からも抜けきっていない、いわばまだ尻っ骨《ぽね》の青い子どもだったのだ。それが軍隊へ来ていっぺんに大人の世界に放りこまれたのである。

そしてこの軍隊が、おれたちにとっての最初の生活だったのだ。人生だったのだ。

だから、こんなふうに酒を飲むことをおぼえたのも軍隊へ入ってからである。タバコをすって鼻から煙を出すことをおぼえたのもそうである。だがそれも、だてや酔狂からおぼえたわけじゃない。おれたちはそうすることで、いくらかでも自分を大人に見せたかったのである。古い兵隊から、甘くみくびられて子供あつかいされないためにも……。

むろんおれたちはまだ酒や煙草の味も、本当のところはよくわからない。それがわかるのは、もっとずっとあとになってからだろう。けれどもそんなことは、いまのおれたちにとっちゃどうでもいいのである。おれたちはただ、こうして大人たちのやる真似をして、同年兵同士でわいわい言いながら、飲んだり食ったりすることが、たまらなく愉快なんだから。

アルコールがまわってくると、しぜん話もはずんでくる。そろそろ舌のもつれてきた弓村が、おれにむかってこう言ったものだ。

「お、おい北野、お前世界の三馬鹿って知っているか。」

突然なにを言い出したのかと思って、おれがポカンとしていると、

「なに？　知らない、じゃ教えてやらあ。」

そこで弓村は指を一本一本折ってみせながら、

「いいか、まず一つがピラミッド。二つ目が、えぇーと、そうだ万里《ばんり》の長城。三つ目が、ほれ、いまおれたちの乗っかっているこの播磨と大和だ。図体《ずうたい》ばかり大きくて、あんまり能がない。これを称して世界の三馬鹿、わかったか。」

「なるほど、うまいこと言うなあ。」

と、おれが感心すると、

「それじゃ、その三馬鹿の一つに乗っかっているこの俺たちゃ、もっと馬鹿じゃないのか。」

とぼやいたのは山岸である。

「理屈からいきゃ、たしかにそうなるな。」

と木暮が相槌《あいづち》をうった。

これを聞いてムキになったのは原口だ。

「阿呆《あほう》、変なこと言うない。だいたいお前らなんかこんな戦艦に乗る柄じゃねえや。掃海艇かなんかのボロバケツがいいとこよ。きっとなにかの間違いだったんだ。それを勝手に熱をふきゃあがって……。まあいいからそれを艦長の前で言ってみろ。そうすりゃあ、おれがマストのてっぺんで素っ裸になって逆立ちしてみせらあ。」

「そうすると、おれたちゃあ、さしずめトンボが飛行機になったみたいなもんだな。」

と桜田が言った。おれたちはみんな笑い出した。

「それにしても、よくこんなでかいものを作ったもんだ。」

と天井を見あげながら、おれは言った。

すると桜田が、新米のおれに聞かせるつもりで、播磨の故事来歴を喋《しゃべ》りだした。彼は、弓村、原口などとともに、播磨の艤装当時からの乗員だ。それだけに播磨の事情には明るい。

桜田はビールを一口ぐいと飲みほして、

「こいつは長崎の三菱《みつびし》造船所で作ったんだ。なんでも、着工から完成まで五、六年かかったっていうからな。おれが艤装員になっていったのは、十六の年の暮で、そのころはまだ播磨とはいわないで、機密上二号艦とよんでいた。一号艦は大和で、あれは播磨より一年ばかり早く呉で出来上がったんだ。なにしろ当時は、機密保持の点じゃ実に徹底して、気ちがいじみていたな。これを長崎の飽《あく》の浦《うら》の岸壁に横付けして、毎日突貫工事で艤装していたんだけど、とにかくどっからも見られちゃ困るというので、艦のまわりへトタン板や棕梠《しゅろ》縄の網を、地上から二百フィート位の高さにぐるぐる張りめぐらして船体をかくしてしまった。それでも安心できなくて、今度はよ、市街の丘や山の要所要所に警備所を作って、そこから望遠鏡で一日中、街の往来を監視するし、附近の海にも、浮べたブイの上に監視員をのせて、出入りする漁船やはしけを見張っていた。それくらいだから、これを作る工員も大変だったんだ。

まずさ、建造にかかる前に、工員は一人一人宣誓書に捺印《なついん》させせられたそうだ。あれはなんていったかな、ちょっと忘れたけど、一口に言うとこういうんだ。建艦の内容については、肉親、交友にも一切漏洩《ろうえい》せず、万一宣誓に反するようなことがあれば、会社または海軍当局において、適当と思われる処置を執《と》ることに異存なし。とまあ、こんな意味の宣誓書を提出して、その工員の家庭状況から思想、宗教、血統までも厳重に調査して、とにかく身元の確実なものだけを使っていたようだ。おれたちも当時は有馬《ありま》隊といって、みんな左腕に警戒隊と書いた白い腕章をつけて艦に出入りしていたんだけど、その腕章をちゃんと付けていないと、士官でも監視所の通用門を通してくれないし、またこれをなくしたりしたら最後、それこそひどい目にあった。陸さんの憲兵隊まで来て調べられたぜ。スパイだとかなんとかいわれて……。一枚の青写真をなくして、長いことブタ箱をくった幹部技師もいたし、お陰で長崎市民も始終びくびくして、なかには思わぬ嫌疑をかけられたりして、ずいぶん迷惑をしていたようだったな。とにかくよ、この播磨一隻つくるのには、大変なさわぎだったんだ。」

「それで費用は、どのくらいかかったんだろうな。」

おれは、いちばん知りたいことのほうへ話題をむけた。

「なんでも一億四千万円とか聞いたぞ。だけど、一口にそういうけど莫大《ばくだい》な金だぜ。巡洋艦一隻の費用と国会議事堂の建造費と、どっこいどっこいっていうから、播磨一隻つくる金があれば、あの議事堂くらいのビルが七つも八つも建てられる勘定だ。なにしろ播磨に使った鉄だけだって、東京・大阪間の線路に使った鉄の量と同じくらいだっていうからびっくりするじゃないか。工員も、完成まで延べで五百万人、その大きさだって、ちょうど東京駅ぐらいあるんだから、まったくバカでかいものを造ったもんさ。」

するとそこへ口を入れたのが弓村だ。

「だいたいよう、人間でも国でもそうだけど、小さいやつに限ってでっかいものを作ったり、ほしがったりするんじゃないのかい。」

と言って、するめをしゃぶりながら、しばらく考えこんでいたが、やがてこう言った。

「前に先生に聞いた話だけどさ、過去の歴史は、小さいやつによってつくられてきたっていうじゃないか。おれはなんだかその意味がわかるような気がするよ。」

「過去の歴史ときた。弓村なかなか学のあるところを見せるじゃないか。」

と原口がからかった。するとと弓村はおこって、

「馬鹿こけ、おれは真面目なんだぞ。」

と言った。桜田はうなずいて、

「そういえば、ナポレオンだって家康《いえやす》だってみんな小さかったっていうな。東条《とうじょう》首相も大将の中じゃチビのほうだっていうじゃないか。」

「するとあれか、日本は国がチッポケなもんだから、こんなでかいものを造って箔《はく》をつける気になったってわけか。」

と、おれが言うと、弓村はやっと機嫌をなおして、

「そうよ、そこよ、おれの言っている意味は。」

と言いながら、おれの湯呑にいっぱいビールをついでくれた。

けれどもそれから先のことは、結局おれたちにはわからないのである。しばらく、六人ともなんとも言わない。そのうちに木暮がまた例の先生のような口調で、

「そりゃそうと、どうだい北野、播磨の感想は？」

と口をきったものだ。おれはごくかんたんに、

「うん、まあ想像してきたとおりだ。」

木暮は割箸《わりばし》でサケ罐をつっつきながら、

「そうだろうな、なんしろここにゃ兵長のじゃくったのがわんさといるし、甲板整列にでもなると、あのとおり目もあてられねえからな。」

「まったくだ。それにしても、これが娑婆だったら、兵長のやつら、ただじゃおかないんだけど。」

と、おれがりきんで言うと、桜田が横から、

「お前も本当にそう思うか。」

と急にいきおいづいて、

「おれもよう、満期とって娑婆へ出たら、まず一番先にやつらを四つにたたんで半殺しにしてやろうと思ってるんだ。おれは今からちゃんとやつらの住所を覚えといて、一人一人アイサツに廻ってやるから。あの時のお礼に来ましたってな。」

と言った。これを聞くと木暮は笑って、

「そんなこと言ったって、お前、お互いに無事で生きて帰れるかどうかもわからんぜ、戦争だもの。」

と言ったが、おしの強い桜田はひっこんじゃいない。

「なに、おれはあいつらにアイサツすますまじゃ、絶対死なないよ、死ぬもんか。」

すると、それまで黙りこんでいた泣きじょうごの山岸が、赤らんだ目に涙をいっぱいためて、

「おれはそんなことより、いますぐにでも志願を取消したいよ。」

と、しょげかえったものだ。山岸に言わせると、おれたち志願兵は自分で志願してきたんだから、いやになったら取消すことだってこっちの自由でいいんじゃないかというのである。

なるほど理窟《りくつ》はそのとおりだが、兵隊となると娑婆の学校や会社なんかとはわけがちがう。

門をあけて、さかんにこいこいと呼びこむが、いったん入れられたが最後、蛇にのまれた蛙みたいに、こんどは出口がないのである。

そこで原口が名案を出して、

「それじゃ山岸、手でも足でもどっちでもいい、揚薬機かなんかにはさんで、ひと思いに一本ぶったぎっちまったらどうだ。そうすりゃ文句なしに兵役免除だ。」

山岸は横目で原口を見ながら、

「とんでもない、そんなことしたら、おれ軍法会議にまわされちゃうよ。」

と半分泣き声になって言った。すると木暮がいやにしんみりした声で、

「それでも死ぬよりましだぞ。」

と言ったものだ。

これがよほどこたえたらしく、山岸はそれっきり油圧筒にもたれて黙りこんでしまった。

すると、そこへ弓村がゆで蛸《だこ》のような顔をあげて、

「だから言うじゃないか。人のいやがる軍隊に、志願までしてくるなんとかって……さ。」

弓村はくつくつ笑いながら、

「そういうお前も、同じ穴のムジナじゃないのか。」

と水をさしたものだ。すると桜田は一つかみ塩豆を口にほうりこんでから、

「なにをぬかす。おれはな、ただ一足先に来て、同級生のやつらが徴兵でのこのこやってくる頃にゃ、下士官になって、満期とって、さっさと帰ろうと思ってきたんだ。男だからどうせ一度は来なくちゃなんないし、そんなら早いほどいいと思ってな。手前みたいに、役場の兵事係の口車にのってだまされてきたのとはわけがちがうぞ。」

「負けおしみ言うな。」

弓村も引っこんでいないで、

「えらそうなこと言ったって、志願兵なんかどっちもどっち、煮た餅《もち》や雑煮よ。」

と、わけのわからんことを言うと、これでまた目をパチパチさせていきりたったのが原口だ。

「おい変なこと言うない。おれは別だぞ。おれは、はじめから自分で来たくて志願したんだからな。」

「だからお前はおめでたいっていうんだ。」

弓村が言った。

「なにもよりによって、こんなところへ来なくたっていいじゃないか。」

「なに、三等郵便局長、だまってろ。おれはそれを承知で来たんだ。苦労するのはどこへいってもおんなじだ。娑婆だって、おれたちみたいな小学校出はうだつがあがらねえ。一生下積みだ。それにくらべりゃ軍隊はいいや。会社は日の丸、食うことも着ることもみんなむこうもちで心配ないし、黙って年期さえかせぎゃ、あとは神様ぐらしだ。くよくよするない。」

弓村はぱちんと指をならして、

「安心しろ、その分だと、お前は将来まちがいなく短剣がつれるぞ。」

おれは通風筒にもたれながら、みんなのしゃべったり笑ったりするのを見ている。おれはこの五人が好きだ。むろん五人とも、生れも、育ちも、性格もちがう。ただ同じ年に志願して同じ教育をうけて、偶然この艦でいっしょになったにすぎない。汗くさい防暑服をひっかけた、棍棒とビンタのなかの少年兵士だ。それがいまこうして何もかも忘れて、心を一つにして和やかに一枚のケンバスを囲んでいるのである。

おれはまだ乗りたての新米だ。それだけに上の監視の目もきびしい。うっかりまばたきもできない。けれどもおれには、この同年兵がいる。なにかあれば、いちばん力になってくれる同年兵が……。この連中がそばにいるかぎり、おれも元気を出してなんとかやっていけるだろう。あの滅入《めい》るような孤独の深淵《しんえん》からも救われるだろう。この連中こそ、おれにとってなにものにもかえがたい友情の火花である。敵のなかの唯一の味方である。

弓村と原口は、まだムキになってさかんに言い合っている。興奮しているせいか、原口の目ソロバンはいよいよいそがしげだ。そのそばで山岸は、背中をまげて黙って、するめの足をむしっている。桜田は目のまわりをほおずき色にそめて、口をすぼめてつくった煙草の煙の輪を、ひとつひとつうっとりと天井に吹き上げている。酒ののめない木暮はパインの輪切りを口いっぱいにほおばっていたが、やがてそれをたいらげてしまうと、口のまわりをぬぐいながら、

「おい、ところでいま何時だ。」

と、やっとそれに気がついたように桜田のほうに顔をまわした。

「時間か。」

桜田は腕の時計を耳にあてながら言った。

「や、や、……じきに二時になるぞ。」

時間はここでもやっぱり流れていたのである。待っていちゃくれなかったのである。

「じゃそろそろ打ち方やめにするか。あんまり遅くなると、あしたまたこたえるからな。それにあしたがわるいや、なんでもあしたから二日間、両舷直はネズミだっていうぞ。」

「ネズミ？　なんだそのネズミって。」

と、おれが聞くと、木暮が、

「艦底掃除のことよ。」

「艦底掃除？　ドックでもないのに、なんでまた……。」

「それが近いうちに、播磨が大和に代って旗艦になるんで、上だけじゃなくて、下のほうもピカピカに磨いておくんだってさ。」

「へえ、それでか、やんなっちゃうな。旗艦となると、万事これだから末思いやられるよ。」

するとと原口が、カニ罐をまだむしゃむしゃやっている桜田をつかまえて、

「おい、こんど司令部が移ってくるとなると、お前の得意のギンバイもできなくなるんじゃないか。」

と言うと、桜田はすました顔でおれたちをひとわたり見廻して、

「だってそうも言っちゃいられないだろう。こんな育ちざかりのガキどもを五人もかかえているんだもの……。」

と笑って、片目をつむってみせた。

おれたちは満腹してすっかりいい気持になった。けれども、いつまでもここにがんばっているわけにゃいかない。そこで大急ぎで、あとがバレないように、もと通り室内をきちんと片付けて、またさっきのように、一人ずつ適当な間隔をおいてデッキへ引き上げたのである。

さいわい六人とも、釣床にもぐりこむまで誰にも見つからずにすんだ。

5

翌日の日課は、案の定、艦底掃除だった。軍艦旗揚げ方がすむと、舷門から号令がかかった。

「本日課業整列なし。両舷直は直ちに受持艦底の掃除にかかれ！」

艦底掃除といっても、おもに鉄板の錆《さび》をおとして、そのあとに錆どめペンキを塗りなおしたり、そこらの溜《たま》り水をくみとったりするのが仕事だが、なにしろ場所が場所だけに、これはあまり感心しない作業だった。

おれたちはさっそく、つきのみやさびかき、あかくみ、チンケースなどの道具をもって、マンホールづたいに艦底へおりていった。

それから五分もすると、ざわついていたさしもの艦内も、杜《もり》の御堂のようにしーんとなってしまった。みんなそれぞれの受持艦底へもぐりこんでしまったからである。上に残っているのは、両舷直では、当直の番兵と見張員、それに体のきかない休業患者ぐらいのものだった。

おれたちは艦底につくと、すぐさま腰から上、裸になった。額には手拭《てぬぐ》いでしっかり鉢巻をしめた。汗が目にしみこまないようにするためである。それから組ごとに各区画に分かれて、つきのみやさびかきを使ってまわりの錆を落しにかかった。

これで一日、暗いじめじめした艦の底にもぐっていなくちゃならないのである。むろん出るときは、体じゅうペンキや錆の粉で真っ黒になってしまうだろう。やがてあっちからもこっちからも、ガリガリいうさびかきの音が、わけのわからない人声にまじってやかましく聞えてきた。

艦底の中は防水壁で細かく仕切りがしてあって、どこも狭くて窮屈だ。区画によっては、四つんばいにならなくちゃ入れないようなところもある。そこをおれたちは、ネズミみたいにもぐっていくのだが、奥にいくにしたがって空気が悪い。おまけにひどい臭気で、まるで鼻っつらにガスでもかがされているような気持だ。入ってしばらくすると、頭の芯が変にズキズキ痛んで、ひとりでにぽろぽろ涙が出てくる。みんなくしゃみをするときの前のような顔をして、半分は口で息をしている始末だ。

むろん中はどこも真っ暗である。あかりといえば、空罐に入れた手もとのローソクの光だけだが、それも酸素が稀薄《きはく》なのか、ときどき消えそうになって、こころ細い。

けれども、こうしてまわりが暗いと、反対にこっちの気持が明るくなってくるから不思議だ。だいいち、そばにうるさい下士官や兵長がいないところへ来て、まわりが暗いから、どつからも監視される心配がない。

もっともついさっきまで、おれたちの組にはヒゲの望田兵曹がついていたが、いつのまにかあとを坪井兵長にたのんで、どこかへ行ってしまった。するとまた坪井兵長も頃合いをみて、木暮とおれにあとをたのんで姿をくらましてしまった。彼らは彼らで、どこか適当な場所にもぐりこんで、よろしくやっているのだろう。おかしくてネズミの真似なんかできるかというわけだ。

やがて、おれたちは次の区画に場所をうつした。湿気と錆がいやに多いと思ったら、そこは艦のいちばん底だった。ローソクの光でよくみると、まわりの壁は汗をかいたようにびっしょりとぬれて、隅っこのほうが水たまりになっていた。天井には頑丈そうな太い龍骨《キール》が一本真っ直ぐ通っていて、みるからに艦の全重量をこの一本で支えているといった感じだ。

木暮が考え深そうな顔をして、こう言った。

「すると、この一枚下は地獄だっていうわけだな。なんだか妙な気持だなあ、おい。」

みんな珍らしそうに船底を叩いてみたり、あおのいて天井を眺めたりしている。すると、ひょうきんものの桜田が、床にぴったり耳をつけて、わざとすとんきょうな声で、

「おい、聞いてみろ、下から魚がつっついている音がするぞ。」

と言った。それが冗談だとわかっていても、おれたちもしゃがんで、底の鉄板にそっと耳

をつけてみる。厚み十センチもある鉄板の下がわのことだ。むろん何も聞えてくるはずがない。それでも口々にふざけて、

「ありゃりゃ、おれんところは鯨の寝言がきこえるぞ。」

「おれんとこは鮫《さめ》のあくびだ。」

「こっちゃアコーダイのおならよ。」

と言って、口々に笑いあった。それから、下にいる魚どもをおどかすんだといって、みんなでドシンドシン底をふみならしたものである。これを見て、桜田がまた頓狂《とんきょう》な声で、

「おいおい、いい加減にしろよ。底がぬけちまったらどうするんだ。おれたちみたいな文なしにゃ、こんな大きな艦の弁償なんかできゃしないぞ。」

おれたちは、真ん中のいくらか乾いた場所に腰をおろして、まずひと休みすることにした。隅のほうで、もうガリガリやっている新兵の江南と市毛一水も呼んで、おれたちはローソクのまわりに集まった。とたんにおれたちは顔を見合わせて笑いこけた。どの顔も、目と鼻だけを残して真っ黒に汚れていたからである。どうみても勇敢な少年兵士の顔じゃない。それどころか、こうして暗い艦底で、上半身裸になって、錆くずだらけの真っ黒い顔をして、ローソクの灯《あか》りをかこんでいるところは、さしずめ童話に出てくる海賊にそっくりじゃないか。

桜田は、ちゃんとこういうときの用意にキャラメルを持ってきていて、疲れたときは甘い

ものにかぎるぞといって、それをおれたちに気前よく分けてくれた。おれたちはそれをしゃぶりながら、それから十分ほど、そこにのんびりかまえていたものである。

するとそこへやってきたのが、先任下士官の吉金兵曹だ。上で足音がしたと思うと、いきなりマンホールのかげから、懐中電灯の光の帯がななめにとびこんで来た。現場の見廻りにやってきたのである。

おれたちは、すかさず口の中のものを丸呑みにして、さっと奥へ散らばったが、そのひょうしに江南のやつが、ローソクを蹴《け》とばしたので、中は真っ暗になってしまった。そのときのおれたちのあわてかたといったらなかった。木暮は滑って転んで、溜り水の中に顔をべったりつっこんでしまった。

けれども本人が降りてくるまでには、まだいくらか間があった。そこでおれは要領よく、みんな作業にかかったところを見届けてから、わざとゆっくりローソクに火をつけた。内心、こりゃ感づかれたかな、とひやっとしたが、降りてきた先任下士官は、そんなけぶりはなく、いつもの調子で、

「ここはどこより錆がひどいなあ、うん……。」

と言って、懐中電灯を泳がせて、ぐるりの壁や天井を眺めた。おれはほっとして、

「はあ、なにしろ一番底ですから。それに空気が悪いもんで、ときどきローソクが消えてし

まうんです。」

　と、うまく調子をあわせた。

「でも、これでも艦がまだ新しいから始末がいいんだ。古いボロバケツになってみろ、手がつけられねえから……。」

　先任下士官はそんなことを言いながら、ふと奥のほうに電灯をむけて、

「なんだ、ここにゃお前らだけか、望田兵曹と坪井のやつはどこへ行ったんだ。」

と聞いたが、まさか本当のことを言うわけにゃいかない。それに、当人がいなけりゃ、何処にどうしているかぐらい、誰よりも先任下士官自身が一番よく心得ているはずだ。

　そこでおれは出まかせに、

「さっき厠へいくといって出ていきましたから、もうじき帰ってくるんじゃないですか。」

　先任下士官もその辺はわかっているらしく、それ以上は何も聞かなかった。彼はそれからちょっとの間、うしろにつっ立って、おれたちの作業ぶりを見ていたが、

「それじゃ、いいか、火だけはよく気をつけて、ていねいにやるんだぞ。あとで副長の艦底点検があるそうだから。」

「それはいつですか、先任下士官。」

「塗ったペンキが乾いてからだから、多分、四、五日たってからだろうが、こんどの検査は

特別やかましいっていうから、手をぬかないでしっかりやるんだぞ。」

　先任下士官はそれだけ言うとすぐまた出ていってしまった。それを見届けて、桜田が奥からニヤニヤして出て来た。

「北野、お前気転がきくなあ。おれは、ひやっとしたぜ。でもきょうの先任下士は、わりに天気がよかったんじゃないか。」

「なーに、こんなとこに長くいられなかったのよ。」

　と木暮が言った。

「まあいいや、そんなこたあ。とにかく御難のがれに、もう一服しようや……。」

　おれたちは、またさっきの場所に腰をおろした。もう大丈夫だというので、煙草までとり出した。するとそこへまた足音が聞えてきたじゃないか。おれたちはあわてて、またそこらをつきのみでガリガリやってみせた。

　けれども、こんどはそんなにあわてることはなかった。さっきチンケースの溜り水を上に捨てにいった新兵の花田が帰ってきたのである。桜田は、ひょうしぬけしたようにチッと舌を鳴らして、

「なんだマンドリンか。おどかしやがって。おれはまた甲板下士でも廻ってきたのかと思った。まったくあぶらをうるのも楽じゃないなあ……。」

マンドリンというのは、下唇と首ったまがくっついて、人並にあごのふくらみのない、まるまっちい花田の顔からとった渾名である。おれは花田に聞いた。

「おい、途中で先任下士にあわなかったか？　いまここから出てったばかりだけど。」

「はあ、会いませんでした。」

「じゃ左舷区画のほうへ廻っていったんだなあ。」

するとと桜田が、花田をからかってこう言った。

「おい花田、先任下士がおこってお前を探していたぞ。花田のやつ、新兵のくせに、もうもぐることをおぼえたかって……。今夜はきっと特別バッタだぞ。」

「本当ですか、それ。」

「おれを信用しないのか。」

「でも、わたしは……。」

マンドリンの顔がみるみるこわばった。それを見て木暮がくつくつ笑いながら、

「バカ、うそだ、そんなこと。それより花田、どうだった上のほうは、下士官や兵長たちゃ、やっていたか。」

花田はほっとしたように息をぬいて、

「はあ、みんなやっていました。」

「古参の兵長や下士官たちのことだぞ。」

「古いひとは、右舷の奥のほうに休んで、なんだかこそこそ笑っていました。でも暗いし通りがかりですから、わたしにはよくわかりませんでした。」

「きっとまた女の話だろう。」

と桜田が言った。

「やつら三人よると、たいてい話はあそこへ落ちるんだから。でもこっちゃあ、そのほうがうるさくなくて気楽でいいや。」

けれども、こっちもいつまでも気楽にかまえちゃいられない。どっちみち、お客さんでいられる彼らの分は、おれたちがやらなくちゃならないのだから。まもなくおれたちは腰をあげた。

二日目はペンキ屋だった。前の日に錆を落したところを乾いたボロ布で水気を拭きとりながら、そのあとに赤い錆どめペンキで塗るのである。これがまたひと苦労だった。空気が濁っているところへ、きついペンキとボイル油の臭いだ。おれたちは一日中、窒息しそうな気持だった。中にはそのために貧血をおこして倒れて、外にかつぎ出されたものも何人か出たくらいだ。

おまけに、狭いマンホールを、いくつも上がったり降りたりしているうちに、こっちのほうがペンキだらけになってしまった。それもあとで、たっぷり真水がもらえれば文句はないが、なにしろその体を洗うのに、水はどんぶりくらいの大きさの洗面器にかるく三杯の配給ときている。これじゃ艦底はきれいになるかもしれないが、かんじんのおれたちの体は、アセモと田虫が増殖して、ますます不潔になるばかりだ。

それでも夕食前には、予定どおり全区画を塗りおえた。こうして艦底は二日間でみちがえるほどになった。あとは副長の点検を待つばかりである。おれたちはまず甲板にかけ上がって、新鮮な外の空気を胸いっぱい吸いこんだ。なんだか生きかえったようで、いくら吸っても吸いたりない気持だった。デッキにひきあげながら、下士官たちはさかんに悪態をついていた。

「今夜はなんぼなんでもアルコールの特配はあるだろうな。ないなんてぬかしてみろ、艦底のど真ん中に穴ぶちあけてやるから……。」

6

おれたちは素っ裸になって、おお急ぎで石鹸《せっけん》と手拭いをもって露天甲板にかけ上がった。その日の当直将校が気をきかして「スコール浴び方用意」の号令をかけてくれたのである。

スコールというのは、内地でいう夕立に似ている。粒のでかいやつで、降り出すと、ぶっ通し水桶をひっくりかえしたように豪勢に降るが、じきからっと上がってしまう。上がったあとは、涼しくてさわやかで実に気持がいい。こいつが、雨季になると週に三、四回、多いときは連日定期便のようにやってくるのである。

毎日水の上に暮らしていて、誰よりも水に不自由しているおれたちだ。たっぷり使える水ほどありがたいものはない。だからスコールは大歓迎だ。たまに大きいのがくると、それで洗濯したり、防火用水を汲《く》みとったり、ときにはこうして水浴したりして、おおいに利用している。そして、わけても歓迎されるのが、このスコール浴びである。

むろん艦には、ちゃんと兵員浴室《バス》があるけれども、そこだと、入る前に一人三枚の水券しか渡してくれないから、もらう真水もきっちり洗面器三杯の配給である。なんでもかでもそれだけで間に合わせなくちゃならない。それ以上、いくらもらおうと思っても、水槽の前に棒をもったごついバス長ががんばっていて、一ぱいだって余分にくれないのである。

しかも入浴は上から階級順だから、おれたち若い兵隊に順番の廻ってくるころには、湯舟はもうみんなの垢《あか》で底が見えないほど黒く濁っている。それでも週二回も入れればめっけもんで、たいていの場合、おれたちは雑用に追われているうちに時間ぎれになって、あぶれてしまうのである。なにしろ、三坪たらずの二つの湯舟に、士官を除いた二千数百人の下士官兵がおしかけるのだから、おしてしるべしだ。せんだっての艦底掃除のあとだって、おれたちは、とうとうバスに入ることができなかった。

だからおれたちは、このときとばかり、いちもくさんに甲板に駆け上がったのである。むろん、どの甲板も裸で上がってきた兵隊でいっぱいである。とにかくこうして二千人もの水兵が、素っ裸で露天につっ立って、襲来するスコールを待っているところはなかなかの壮観だ。

スコールは、手前の春島《はる》の尾根をせんせんと洗いながら、なだれこむようにこっちへ迫ってくる。見ていると、まるで巨大な水の柱の移動だ。

まもなく真向いに碇泊《ていはく》している大和が、それにすっぽり呑まれて白くかすんでしまった。その上を海鷹《うみたか》が群をなして、あわてて明るい沖のほうへとんでいく。みんな口をあけて、真っ黒な空を見上げている。そこへ、前ぶれのラムネ玉みたいな大粒のやつが落ちてきた。

「それ、来たぞーッ」

と、下士官、兵長たちはふざけて、洗面器のケツを叩いて口々に叫ぶ。

いよいよ本降りだ。ごうごうと降りしぶく雨の音、やがてマストも、艦橋も、煙突も、砲塔も、あたまから厚い雨のすだれをかぶって真っ白にけむり、ともの軍艦旗も、みるまにべったりと旗竿《はたざお》にまきついてしまう。甲板はみるみるうちに溢《あふ》れ出して、このまま艦が沈むかと思われるほどだ。あふれた水は、舷側からざあざあと滝になって海へ落ちこんでいく。おれたちは甲板に立ったまま、おお急ぎで石鹸を全身にこすりつける。あとはじっとしていたって、スコールのほうできれいに洗い流してくれるというわけだ。

スコールは上から真っ直ぐ叩きつけるように落ちてくる。それがまたとび上がるほど痛い。けれどもこうして素っ裸で頭から水を浴びているのは、なんともいえないせいせいした気持だ。

頭の上は無限の空である。そこから、なめてもしょっぱくない真水がふんだんに落ちてくるじゃないか。それも、いくら使っても誰も文句を言わない。これこそ天然のシャワーだ。

甲板はどこも沸きかえっている。腕をくんだまま目をとじて気持よさそうにつっ立っている者もあれば、のんびりしゃがんで足の裏の水虫をこすっているものもある。中には、あおのけにひっくりかえったり、水をぶっかけ合ったり、ふざけて相手かわまず抱きついたり、たいへんな騒ぎである。まったく、戦艦たちまち変じて風呂《ふろ》屋になった感じだ。

新兵や若い一水たちは下士官たちの三助をやっている。彼らが自分の体を洗うのは、それがすんでからである。

江南一水は、波よけのところにあぐらをかいている塚本班長の背中を流してやっていた。手もとから石鹸の泡が煙のようにはじいている。

するとそこへ、にやにやしながらやってきたのが望田兵曹だ。また何かいたずらするな、と思っておれが見ていると、望田兵曹は、わざとみんなのほうに鼻の下のひげをしごいてみせた。それからひょいと、しゃがんでいる江南の股ぐらをのぞきこんで、さもびっくりしたように顔をふった。

「なんだ、江南、われのチンボ、まだかわらけか。」

その声で、まわりから物好きな兵長たちが寄ってくる。どの目もあけすけで、みだらで、まるで女を見るときの目つきだ。

「どれ、どれ。」

「おう、こりゃかわいい、まるでおかいこさんのサナギみてえだ。」

みんなどっと笑った。

江南は真っ赤になって腰をよじる。望田兵曹はそれをまた面白がって、

「どら、おじさんにひとつさわらせてみな。ばかにスベスベしてやわらかそうじゃねえか。」

と言って手をのばしたものだ。

江南は、体をはずしてあわててとびあがった。それをみて塚本班長も、笑いながら立ちあがって、

「おいおい、あんまりうちの坊やをいじめないでくれよ。それでなくったって、こいつぁう

ぶなんだから。」

と言いながら、自分も江南の体をしげしげと眺めたものである。江南は小さくなって、やっとそこを逃げだした。かわいそうに、その顔は恥かしさでいまにも泣き出しそうだった。けれどもこれは江南だけに限ったことじゃない。志願出の若い新兵となると、たいてい誰も一度や二度は、こんな目にあわないものはないのである。

いってみれば下士官、兵長たちは、まだ娑婆から出てきたばかりの若い新兵から、なにか「兵隊」でないもの、自分たちがいつも求めている娑婆の匂いのようなものを感じ、それに強くひきつけられるのかもしれない。

おれも新兵時代は、下士官や兵長たちのいいおもちゃにされたものだ。わけても裸になったときにだ。そのたびに、これが娑婆だったらと、何度唇をかんでくやしがったかしれない。だからおれは裸にならなくちゃならない入浴とか、スコール浴びが一番いやだった。

けれどもおそろしいもので、そのうちにそんなことにもだんだん馴れて、いまでは何を言われても侮辱を侮辱と感じなくなってしまった。それにだいたいが、軍隊じゃ恥かしいとかなんとか、そんなお上品なことは言っちゃいられない。こっちがそんなことを言ってる間に、まわりの大人の兵隊たちが、寄ってたかって余計なものはみんなはぎとってしまうのである。

そして、自分でそれと気づくころには、身心ともに裸にされて、なにもかもごくあたりまえのことになってしまうのである。とにかく兵隊というものは、どんなことにでも「馴れる」ように、それをいたるところで強制されているのだ。

スコールは、もう西のほうから上がりかけていた。

第三章

1

午後の砲戦訓練がすんでまもなくである。突然おれたちの分隊は全員デッキに集合させられた。分隊長から何か話があるという。あまり不意打ちだったので、一体なんだろう、と思って待っていると、やがて防暑服に開襟シャツの白い襟をのぞかせ、膝《ひざ》までの白靴下に白靴の分隊長山根大尉が、うしろに二人の分隊士をしたがえてやってきた。

分隊長は軽くあごをふって列前に立ちどまった。見るとその顔つきがどうも普通じゃない。なにか険をふくんで、こちんと目にあたるものがある。そういえば二人の分隊士——兵学校出ののっぽの片桐少尉と馬面の森兵曹長の態度もふだんとは様子がちがう。そこは上官の顔色を読むのに敏感なおれたちのことだ。直感的に、こりゃなにかあったなと思ったが、案の定、台の上に立つと分隊長は言った。

「突然ここに集合をかけたのは、ほかでもない、実に破廉恥な事件が分隊におきたのだ。」

思わせぶりにいって、分隊長はひとわたり列中を見まわした。急に静まりかえったデッキに、通風モーターの鈍いうなりが流れ、舷側《げんそく》にぶつかる波の音がぴちゃぴちゃと聞えてきた。けれども息をころして台の上に目をすえているおれたちには、もうなにも耳にはいらない。

分隊長はそれから一段ときつい調子で、その事件なるものを説明していったが、それによると、ことのおこりはこうだ。実は今日、朝から副長の艦底点検が行なわれた。せんだっての掃除のあとを、副長自身が運用長や甲板士官などと一緒に、くまなく見てまわったのである。

ところがその際、うちの分隊の受持区画から、あるふざけた落書が発見されたのである。なんでもチョークで、あそこの部分を強調した男女の裸体画を重ねあわせに描いて、おまけにそこへ、これも一目でわかる大文字で、

〈朕心地ヨシ、ソチャイカガ〉

と書きそえてあったという。これがまた運悪く副長の目にとまったのである。軍艦における落書は、懲罰令によってかたく禁じられているが、それが副長に発見されたことによって、それまでこっそり艦底の闇に眠っていた落書は、とたんにおそろしい生きもののように明る

みへおどり出たというわけだ。

むろん問題となったのは、その絵もさることながら、なによりもこの「朕《ちん》」の字だ。朕とは、ほかの誰でもない、天皇のことだ。

さすがの副長も、この落書はよほど頭にこたえたらしい。さっそく分隊長を現場によびつけて、そこでさんざん油をしぼったあげく、畏《おそ》れおおくも上大元帥陛下にたいし、これ以上の侮辱はない。今後のみせしめのためにも、懲罰令にてらして厳重に処罰するから、直ちに犯人をさがしだすように命じたというのである。

分隊長は、ひととおり説明をおわると、

「わしが思うに、犯人は必ずこの中におる。現場が分隊の受持区画である以上、おらんはずはない。わしはもうこれ以上なにもいわん。……身に覚えのあるものは、いますぐ言って出よ。兵隊らしく正直に言って出よ。そうすれば、わしからも副長と衛兵司令に話して処罰のほうは考えんでもない……。」

といいながら、あらためてさぐるような目つきで、おれたちを見廻《みまわ》したものだ。

けれども、そういわれても、おれたちにしてみれば少々意外の感がないでもない。だってこんなことは、日ごろ、かげで誰でも言っていることで、別に珍らしいことでもなんでもない。かえって、どうしてこんなことが大さわぎされるのか不思議なくらいだ。きのうだったかも、望田兵曹が起きぬけに、ブーッととびきり大きなおならを一発とばして、〈朕オモウニ屁《へ》ヲタレテ汝臣民《なんじ》臭カロウ〉とみんなを笑わせたくらいで、この〈朕〉の字も、おれたち兵隊のあいだでは、ごく当り前の、いわば一種の流行語みたいになっているのだ。

むろんそれだからと言って、おれたちは本心から天皇を侮辱しているわけじゃ毛頭ない。それどころか、なにごとも天皇への御奉公だと思って、辛《つら》い日々の訓練や制裁にも耐えているのであるが、ただこの〈朕〉なる言葉が、とっさに〈狆《ちん》コロ〉を思い出すように、その発音からしてはなはだけったいで、愉快なことやあてこすりには、きわめて適切で重宝な言葉だから、ヤットコでも使うようなつもりで、ちょいと拝借しているにすぎないのである。落書のぬしだって、おそらくその調子で、ふざけ半分の軽い気持で書きちらしたのにちがいない。したがって、こんなことがいちいち犯罪になるとしたら、おそらく兵隊の大部分は、軍法会議にまわされてしまうだろう。そうはいっても、ご法度の証拠をあとに残しておいたのは、たしかにまずかった。はっきり証拠があげられた以上、しらぱっくれて頬かむりをきめこむわけにゃいかないからである。

はやく出んか、分隊長の目がそんなふうにおれたちを問いつめる。

すると二人の分隊士も前のほうに出てきて、

「分隊長もああ言っておられる、あとになるとだんだん出にくくなる。出るなら今のうちだぞ。」

「誰もおらんのか、やってしまったことはもう仕方がない、いさぎよく申出よ、……そのほうが身のためだぞ。自分から進んで出ろ。出ろというのに……。」

と、さかんにせきたてて、ならんでいる顔の列を一つ一つ目で縫いあわせていく。おれたちは緊張した。たまたま相手の目玉が自分の顔にとまって動かなかったりすると、自分が犯人にされたような錯覚におそわれ、心にもなくドキリとするのだ。

分隊長は、そのまましばらく黙って台の上からおれたちをにらんでいた。舷窓からさしこむ西陽をうけて、顔の半面が赤く燃えているようだ。けれども、いくら待っても誰も名のり出る者はなかった。

「よし。」

と、ついに分隊長は叫んだ。

「もう出んでよい。そのかわりにだ、罰直として、今晩から分隊総員に酒保物品の支給を一切禁止する。もちろんこれには煙草もふくまれる。いいな、先任下士は、あとで各班の酒保帖《ちょう》を一括してわしのところへ提出せい。自今、犯人が出るまで、わしがそれをあずかっておく。それからもし、わしのこの命令に違反するものがあれば、それを落書犯人とみなす。わかったな、よし解散。」

分隊長はそれだけ言うと、おれたちの敬礼をうけもしないで、台を降りてさっさとデッキを出ていってしまった。

分隊長が帰ったあと、分隊士は班長たちをデッキの隅に集めて、なにか小声で相談をはじめた。きっと班長を通じて、個々に班員をあたってみさせるためだろうが、すでに分隊長から軍法会議だの、懲罰だのと散々おどかされたあとだ。そうかんたんには犯人もあげられまい。それに、班長たちにしてみれば、なにも進んで自分の班からそんな「ふとどき者」を出してまで班の株を下げたくないから、自然てごころをくわえるだろう。いたしかゆしで決定的な手がうてないわけである。……いずれにしろ、これは面倒なことになりそうだ。むろんこのまま放っておくような分隊長じゃない。次にどんな手を考えてくるかわかったものじゃない。

あわてたのは、おれたちである。なかでもおさまらないのは下士官や兵長たちで、彼らは口々に、酒保どめも結構、そんならこっちもあしたっから休業だ、大砲なんかまわしてやるもんか、というわけで、さかんに気をたてた。無理もない。明けても暮れても、海の上から一歩も動けないおれたち水兵のたのしみといえば、さしずめ食うことと眠ることだけだが、そのひとつが、いま、いともあっさり取上げられてしまったのである。甘いものも食えない、酒ものめない、そのうえ煙草も吸っちゃいけない。それではまるで監獄なみじゃないか。

「えらいことになっちゃったなあ。」

整列がとけてからそう言ったのは、人一倍食いしん坊の原口である。

「おれはまさか酒保どめまでくうとは思わなかったぜ。」

「それにしてもヤマネコのやつ、うまい手を考えたもんだなあ。」

小暮が言った。(ヤマネコというのは、むろん分隊長の渾名《あだな》で、これは兵隊たちが、その山根の苗字《みょうじ》をそのままもじったものだが、感じとしてはなんとなくぴったりだった。)

すると桜田が、いまいましそうに鼻をならして言った。

「ふん、なにが落書だい、たかが女の絵じゃないか。そのくせ自分はベッドに女の写真をもちこんだり、ちょいちょい島のピーヤ〔売春宿〕へ足をはこんだりしているくせして、聞いてあきれらあ……。」

「だいたい、部下にやかましい士官にかぎって、自分にはいいかげんだっていうからな……。」

おれは言った。

「だけど太《ふて》えしくじりだな、これでまたデッキは荒れるぜ。いったいどうなるんだろう?」

うかない顔で山岸が言った。

「なに、くよくよするな、そのときはそのときよ。」

と木暮が言った。

「それよりどうだ、いって吸いじまいに一服つけてきようじゃないか。」

おれたちは、それから露天甲板にあがって煙草盆（喫煙所）のまわりをかこんだ。もう今夜から煙草もおおっぴらには吸えないと思うと、なんだか下獄まえの囚人のような気持だった。おれたちは夢中で煙草に火をつけた。

2

酒保どめになっていらい、デッキの空気はいよいよ重苦しいものになってしまった。そればかりじゃない、分隊長はこれによって、すみやかに犯人を摘発して、分隊のゆるんだタガをしめなおすつもりだったのだろうが、結果はむしろあべこべで、分隊はすっかり以前の活気をなくしてしまったのである。

それまでは、軍艦旗おろしがすんで日没になると、その日の酒保当番から、干菓子の袋や罐詰《かんづめ》、たまには酒やビールなどを配給してもらって、みんなご機嫌だったものだ。艦のなかでつくっている冷たいラムネも一日おきに飲むことができた。むろん、どれも金はこっちもちだが、なにしろ海の上だと、ほかに金の使い道もないので、みんな喜んでこれにとびついた。それに、一日ぐったり疲れたあとのアルコールや甘いものは、なによりのたのしみだ。

ところが、それをぱったり止められてしまったのだから、おだやかじゃない。もっとも煙草だけは、みんなこっそり吸っていたが……。

そこでまず荒れだしたのは下士官と兵長たちだ。たちまち彼ら一流のうさばらしと八つ当りがはじまったのである。むろん、それは上にもっていきようがないから、自然、下士官は兵長に、兵長は上水に、上水は一水に、一水は新兵にというふうに、下へ下へと順ぐりに肩がわりされていった。だからなんといっても、この酒保どめでいちばん馬鹿をみたのは、おれたち若い兵隊である。なにしろ、上からの圧力を一手にひき受けなくちゃならないからである。酒保どめもさることながら、おれたちには、このほうがはるかにこたえた。

けれども、そんなことをしているうちはまだよかった。みんな同じ被害者として通っていたからである。ところがそのうちに、下士官、兵長たちが、犯人を、おれたちのほうへなすりつけにかかってきたのだ。誰が言いだしたのかしらないが、あの落書は、若い兵隊のうちの誰かが、ふだんのはらいせに書いたもんだ、というのである。

おれは、これを聞いて憤慨した。だいいちそこにははっきりした証拠がない。それに肝腎《かんじん》の落書も、副長がすぐその場で消させてしまったので、その筆蹟《ひっせき》をもとに犯人を割り出すてだてもなくなっている。わかっているのは、艦底に、そういう落書があったという事実だけだ。

けれども軍隊じゃ一階級でも、一日でも麦めしの数の多いものにはかなわない。なにを言われようと、なにを押しつけられようと、上級者がこうだといえば、それが通ってしまうのである。いわば問答無用だ。こんどの場合もそれで、落書は、いつのまにか若い兵隊のしわざということにされてしまった。彼らにしてみれば、そのほうが万事好都合だったからである。

もっとも、なかには話のわかる下士官や兵長もいて、おれたちを弁護してくれたが、それは数からいってもずっと少ないし、またそういうものは、とかく分隊では影がうすいのである。

むろん、こういう犯人のなすりあいは、デッキの内輪だけのことで表沙汰《おもてざた》にはならなかったが、とにかくそうなると、下士官、兵長たちには立派な口実ができたわけで、それからは、よるとさわるとおれたちに当り散らした。甲板整列はいうに及ばず、それまでずっとなかった釣床教練まで復活したのである。

ゆうべも、おれたち若い兵隊はそれでこっぴどくしぼられた。酒保時間になるのを待って、甲板係の平屋兵長がおれたちにこう言ったものだ。

「いまから釣床教練をやる。いいか、今夜は吊《つ》るのに十五秒、くくるのが二十秒、それ以上でたら何回でもやるからそう思え。」

おれたちは観念した。吊るのも、くくるのも、この時間内じゃとても無理だ。もっともそこに兵長たちの計算があったのである。だってそうすれば、何回でも気のすむまで、おれたちにうさばらしできるからである。おれたちは略帽にあご紐《ひも》をかけ、めいめい自分の釣床をもって、ビームの下に整列した。それから平屋兵長のパイプにあわせて、連続二十四回、釣床教練をさせられた。

まずパイプ一声、釣床の釣環《つりわ》を両方のビームのフックにかけ、大急ぎでゆわえてあるロープをといていく。といたロープは、掌《てのひら》とまげた肱《ひじ》の間でくるくる巻きにしてはじを結び、それを釣床の中におさめ終ったところで不動の姿勢だ。

するとまた次のパイプが鳴る。こんどはそれを五つとこ同じ間隔にロープをかけて、きちんと繭の形にくくっていくのだ。それもよっぽどロープをしめてかからないと、ぐたぐたしてしまって、くくりおわっても、真っ直ぐ棒のように立ってくれないのだ。むろんいくら急いでも、平屋兵長の言う時間の倍はかかるのである。すると、まわりをとり巻いている兵長たちが妙にはずんだ声で、

「おそい、おそい、そ、そ、そい。海洋少年団のガキどもだって、まだ手前らよりはやいぞ。」

「ほら、よく見てみろ。どれ一つだって満足にくくってあるやつぁないじゃあないか。」

と、何度やってみても、きっとなにかしら文句をつけるのである。そこへまた酒保時間の

退屈しのぎに、下士官たちがぞろぞろ見物にやってくる。

おれたちは、いよいよあわてるばかりだ。けれどもそのうちに両手はだんだんなまってくる。指さきはすりむけて爪から血がにじんでくる。ロープははねて顔にムチのようにあたる。むろん汗だくだくで、もうスピードもくそもない。みんなふらふらして、ただ惰性で、吊ったりくくったりしているようなものである。これを見て前にとび出してきたのが、役割の中元兵長だ。

「貴様ら、こんなことでもうでれでれしやがって、……よし、こんどはおれが気合をいれてやる。いまからすぐ雨衣を着て、脚絆《きやはん》をまいて、防毒面つけて、そのハンモックかついで、露天甲板を三回駆足で廻ってこい。」

おれたちはまた急いで、いわれたとおりの身仕度をして、釣床をかついで露天甲板にかけあがった。甲板は暗く、艦橋の輪郭だけが抜いたように黒々と闇にそびえている。おれたちはその下を黙々と長い列をつくって駆けて行った。全長二百六十三メートルの甲板を三廻り、直線にしたら相当な距離である。

おれののどは防毒面のなかでぜいぜい鳴った。とても苦しくてたまらない。口は細い蛇腹のゴム管でふさがれている。空気はそのゴム管の中にしかないのである。顔はたちまちはりついたゴムのお面のしたで真っ赤になり、いまにも息がつまって、あばらがバラバラに分解してしまいそうになる。

やっと三まわりめにきた。もうだれも疲れきって、すねにからまるゴム引きの雨衣のすそをさばいていくのがやっとだった。

おれは途中で釣床を左肩にかつぎなおした。すると闇に白くういた甲板の上に、釣床をひきずるようにして這《は》っているやつがいる。みると新兵の江南だ。だいぶ参っているらしいのだ。無理もない、泉熱《いずみねつ》［発熱を伴う感染症］を起して昨日まで軽業だったのを引っぱりだされたのだ。おれはかまわず追いこして通りすぎようとしたけれども、あわてて、彼だけをうっちゃっていくわけにゃいかないと思った。だって一人でも落伍者《らくご》が出れば、また全員やりなおしを喰《く》らうだろう。この上また、そんなことをされちゃたまったもんじゃない。

おれは、ちょうどそばを通りかかった木暮をつかまえて、二人で江南の釣床を両方からぶらさげて駆けだした。江南はそのあとから、どうにかよろよろしながらついてきた。むろんそれがばれないように、デッキへおりるまえに、釣床はこっそりまた江南の肩にのせてやった。

デッキへ帰って防毒面をはずしたときには、おれは気が遠くなって、ぶっ倒れそうだった。

ところがまだこれだけじゃすまなかった。おれたちはまだ気合が足りないというので、そのあと、こんな芸当をやらされたのである。それは「うぐいす」と「蟬」と「蛙」の罰直だった。

新兵たちは、さっそくうぐいすになって、

「ホーホケキョー、ホーホケキョー……。」

と啼《な》きながら、並んでいる食卓の下をくぐったり、飛びこえたりして這っていく。「うぐいすの谷渡り」というやつだ。

それから、よじのぼった寝台の鉄柱にぴったりはりついて、

「ミーン、ミーン、ミーン……。」

とケツを振って、蟬をやっているのは、新兵より半年古い一水たちだ。

おれたち上水は蛙だった。デッキはたちまち、あわれなうぐいすと蟬と蛙の交響楽だ。

それに和してまわりから下士官、兵長たちが活《かつ》を入れる。棍棒《こんぼう》をわざと床に引きずりながら、おれたちの間をうろついているのは平屋兵長だ。

「おい、そら、そっちのうぐいす、なんだ、その声は……、坊主のお経か、ちっともうぐいすに似ちゃいないぞ。」

「おたんこなす、蟬がそんな格好して鳴くかよお、もっとケツをぴくぴくふらんかい。」

坪井兵長もそう言いながら、蟬のしがみついている寝台の鉄柱を、一本一本足で蹴《け》とばしていく。

「ほんまににぎやかで風流じゃのう。蟬や蛙は鳴くし、ちょっと娑婆《しゃば》へ帰ったような乙《おつ》な気分じゃねえか。」

菅野兵曹の声だ。そのうしろから両手をまえにくんだ中元兵長が、おれたちを追いたてにかかる。

「ほらほら蛙よ、もっと気分をだして、じょうずに鳴いてみろ。どいつもこいつも情けない声ばかりだしやがって……。」

おれは蛙だから、蓮《はす》の葉っぱにとまった青蛙のように、両手を床についてゲエッコ、ゲエッコだ。木暮も山岸もおれと並んで、およそ蛙とは似ても似つかぬ声で、汗まみれの顔をふっている。おれは恥かしくて、腹がたって、なんともいえないみじめな気持になった。もしもこんなところを娑婆の両親や友だちが見たらどう思うだろう。きっとたまげてしまうにちがいない。

おれたちにしたって入団するまでは、こんな目にあうなんて夢にも思っちゃいなかった。水兵といえば、あの志願募集のポスターの絵のように、潮風にひるがえる軍艦旗の下で大海をにらんでいる勇ましい姿だけを想像していたんだ。それが実際はどうだ。あわれなうぐいすと蟬と蛙だ。全くこんな恥っさらしな真似をして、兵長たちの笑い草になるくらいなら、いっそ死んでしまったほうがましだと思う。

おれはゲエッコ、ゲエッコと四つんばいになって、やにさがる兵長たちの前を這っていった。けれどもそのうちにのどがつまってしまって声がでない。むしょうに涙がこみあげてきた。すると、そのおれの尻《しり》を、うしろから中元兵長が思いきり足でけとばした。そのはずみで、おれはデッキに鼻トンボをついて、起きあがったが、瞬間、体中がぶるぶる震え、おさえていた涙がどっと溢《あふ》れてきた。けれども兵長たちに涙なんかみられるのはしゃくだから、そのままおれは顔だけふせて夢中で這いずってやった。顔は涙と汗でべとべとにぬれてしまった。

それにしても、蛙も鳴くときはこんなにして涙を流すのだろうか。あの絹のような白くてやわらかい蛙ののどの奥にも、こんな無念の思いがこめられているのだろうか……。おれは蛙になってしまったのか、一体おれは何処にいるのだろう。でもおれは蛙じゃない、断じて蛙なんかじゃない。人間だ。人間だぞ！

ゲエッコ、ゲエッコ、ゲエッコ……。

〈間奏〉

（被服点検まえのデッキ。壁ぎわに並んだチストはどれも扉をあけたまま、中は空っぽになっている。

食卓と椅子は脚をたたんでデッキにたいらにおいてある。兵隊たちはそのうえに、衣嚢《いのう》といっしょに被服一式を並べながら、員数をかぞえたり、名前を書きなおしたり、穴やほころびをかがったりしている。兵隊たちはみんなあわてている。)

塚本上曹「おい、はやくしろ、時間はないぞ……それから釣床も今のうちにこっちへ出しておけ。」

山岸上水「あッ、そうだ、釣床だっけ。」(あわててネッチングのほうへとんでいく)

野瀬兵長「おい、誰か糸もってないか。糸、糸、おれの袴下《こした》やぶけてるんだ。」

望田上曹「おたんこなす、今になって間に合うか、いいからそこへツバでもくっつけておけ。」(笑声)

中元兵長(顔をしかめて)「花田、なんだそりゃ、三番醬油《しょうゆ》で煮しめたような褌《ふんどし》、それでも員数のつもりか。」

花田一水「はい、これしかないんです。」

北野上水「バカ、褌は私物だ。いいからしまっておけ。」

江南一水「班長、わたしは靴下が一足たりません。」

塚本上曹「ばかたれ、おれはお前の靴下の番兵じゃないぞ。なかったらどこでもいってかっぱらってこい。」

野瀬兵長　「ほれ、江南、おれのスペアを一足かしてやるわ。」

江南一水　「すいませんです。」

坪井兵長　「三十分やそこらで準備ができるかどうか、分隊長にやらせてみたらいいんだ。くそいまいましい。」

平屋兵長　「どうだ、汚れてるもんは裏返しておこうや。かまうもんか、相手はヤマネコだ。」

桶谷兵長　「そのヤマネコがこわいよ。ネコは暗くたって目がきくからね。」

塚本上曹　「みんなちゃんとして、たのみまっせ。この班長のカブを下げるようなことはしてくれるなよ。」

原口上水　「あれ、桜田、おれの軍帽知らねえか、いまここへ出しておいたんだけど。」

桜田上水　「あきめくら、見ろ、ちゃんと自分の頭の上にのっかってるじゃないか。」

岡沢兵長　「おい、墨汁ないか、墨汁。あったらかせや。」

北野上水　「はい、あきましたよ。」

平屋兵長　（外套《がいとう》をひろげたまま）「岡沢、われうまいとこで、ついでにおれの外套にも書いてくれや。うすくなっちゃってわからねえや。」

門部二曹「酒保どめはくう、被服検査はやる、この次はまらの検査でもやるのか。」

菅野一曹「それだったら簡単よ、ズボンぬぐだけだ。」（笑声）

花田一水（靴のカビを手でこすりながら）「靴はどっち側へ並べておくんですか。」

木暮上水「雨衣の横だ。」

平屋兵長「こんな官品なんか全部つっかえしてやるから、おれに満期くんねえかな、満期、満期。」

坪井兵長「うんだ、うんだ。」

野瀬兵長（並べた被服の前で、もみ手しながら）「さあ買ってらっしゃい、買ってらっしゃい、どれもこれも天皇陛下《おてんちゃん》からの御下賜品だよ。もったいないけど二足三文の大安売りだよ。」

望田上曹「野瀬、われうまいぞ。呉服屋のデッチ上がりだけのことはあるわ。」

須東兵長「新兵、いいか、しっぽつかまれんな。一つ軍人は要領を本分とすべしだ。」

菅野一曹（歌うように）「検査検査で日が暮れる。兵隊さんはつらいねェー。」

3

突発的な分隊長の被服点検だ。ふつう被服点検といえば、たいていその一週間か十日くらい前に予告があるもんだが、今度に限って不意打ちだった。それも、いまから三十分後にははじめるからすぐ用意しろ、というのだ。むろんこれは、いつまでたっても落書犯人のあがらないことに業を煮やした分隊長のいやがらせである。酒保どめのきき目がなければ、つぎは「兵隊泣かせの被服点検」で、もっとしめてやれという魂胆だ。

おかげでおれたちはてんてこまいだ。みんな目の色をかえてチストのまわりをとびまわっている。デッキはたちまち被服のほこりと汗とナフタリンの臭いでいっぱいだ。それにしても三十分やそこらで六十点近い被服から釣床、帽子罐、手箱にいたるまで、官給品全部を落度なく整備するのはとても無理だ。ただそれらを規定の順序に並べるだけで精一杯である。

やがてそこへ分隊士の片桐少尉と森兵曹長がやってきた。あらかじめ下検分にきたのである。デッキは静かになった。二人は時計を見ながら僕らをせきたてた。早くやれ、おっつけ分隊長がくるぞ。

ところが、下検分がまだ半分もすまないうちに当の分隊長が来てしまった。いよいよ本点検である。

おれたちは、やっと並べおわった自分の被服の前に起立した。分隊長が前に来たら、まず自分の官等級氏名を申告しなくちゃならない。それもとびきり大きな声で……。

分隊長は例によって一班から順にはじめた。みると、一人一人たっぷり時間をかけて検査はめんみつだ。古参の兵長でも下士官でも、容赦しない。なかに汚れているもの、破けているもの、ボタンのとれているもの、名前の書いていないものなどがあると、その本人の名前を、いちいちうしろに紙ばさみをもって立っている先任下士官につけさせた。これにはみんな青くなった。というのも、最初に分隊長が、この点検の成績如何《いかん》はつぎの進級に考慮すると、おれたちに宣言したからである。

そうこうしているうちに、いよいよおれの番になった。おれは不動の姿勢をとって、

「海軍上等水兵、北野信次、被服点検をお願いします。」

と言って、まん前に来た分隊長に「室内の敬礼」をおこなったが、内心雨衣のことが気になって仕方がない。それは穴ぼこだらけで、おまけに頭の帽子《フード》がないのだ。分隊長は甲のすべすべした女のようなふっくらした指の先で、そこらを引っかきまわしていたが、さっそくその雨衣に目をつけて、

「これはどうしたんか。」

と、そいつを高々ともちあげて、おれの顔に目をすえた。見ていて底冷えのする二種瞼《まぶた》の大きな目だ。おれは大いにろうばいして、それは前の駆逐艦で戦闘中着用していて破けたこと、あとで再交付願いを出したが、その前に転勤になってしまったと事実を報告した。

「フード帽は？」

「やはりそのとき紛失しました。」

分隊長の丸いしもぶくれの顔は少し興奮してきて、

「お前はそう簡単にいうが、これが誰のものか知っとるか。」

おれはまたさっと不動の姿勢をとって、

「はいッ、天皇陛下からお借りしたものであります。」

「それはわかっとるんだな。わかっとったら、よし、あとで始末書を書いてわしのところへ提出せい。」

おれは、ふんと思った。戦闘中の過失だったのに、始末書といわれたのが癪《しゃく》にさわったのである。おれはいささかうんざりした気持で、あらためて前に並べてある被服を見まわした。四つ折りにたたんだ紺色の軍袴《ぐんこ》、夏衣、事業服、袴下、その横には帽日覆と一緒に軍帽が二つおいてある。ペンネントには「大日本帝国海軍」の金文字。

考えてみると、かつておれは娑婆で、このセーラー服と軍帽にどんなに憧《あこが》れたことだろう。

どれほど心を燃やしたことだろう。それがいまは、なんのことはない、検査の重荷だ。検査のたびごとにその員数を揃えるのに戦々兢々《きょうきょう》としていなくちゃならない。そこからくるものは、いじましいわずらわしさだけである。おれはなんだか急にむかむかしてきて、できることなら、この官給品五十六点一揃いをそっくり分隊長に突き返してやりたいと思った。……でも分隊長はそれだけ言って、やっとおれの前をはなれた。敬礼して頭を上げると、分隊長はもうとなりの山岸の前に移っていた。おれはようやくほっとして肩の力をぬいた。

それからも、おれの班は別に大過なくすみそうだった。江南の靴下の員数不足も、さっき野瀬兵長が自分のスペアをまわしてくれたので無事にすんだ。むろんおれの場合も、始末書はとられても、戦闘中の紛失だから問題にならない。班長なぞはこれに気をよくして、そろそろすんだものから片付けるように命じたくらいである。

ところが、ちょうど最後の一人というときになって、さわぎを起したのが新兵の花田一水だ。そこで分隊長がはじめに手をふれたのは釣床で、その藁蒲団《わらぶとん》の下から、袋に入った食べかけの酒保のタンキリまんじゅうが発見されたのだ。おそらく他分隊の同年兵からでも貰《もら》ってきて、消灯後、釣床の中で食べているうちに、眠くなってそのまま忘れてしまったのだろう。まんじゅうは袋ごとおしつぶされて平べったくなっていたが、まだ干からびていないところをみると、二、三日前のものらしかった。これには分隊長もキッとなって、すぐさま班長を呼びつけた。

「班長、これをみい。お前の班はわしが禁じとる酒保をゆるしとるのか。」

分隊長は、つまみあげたその袋を塚本班長の鼻っ先へぐいとつきつけた。当の花田はその間にはさまって、春先の蓑虫《みのむし》のようにがたがた震えている。マンドリン型のその顔は血の気がひいて、真っ青だ。

塚本班長は、顔をうしろへひきながら言った。

「いえ、分隊長の命令通り実行しております。」

「では聞くが、どうしてこんなものが出てきたんか。」

「はっ、わたしは知りませんでした。」

分隊長の声は、いよいよけんつくになって、

「塚本、お前が知らんで班長としての責任がつとまるか。」

「はっ。」

「わしも、だてや酔狂で酒保をとめているわけじゃありゃせん。これも分隊のためを思えばこそだ。」

「はっ、申しわけありません。」

分隊長は、そこで腕時計をながめて、

「よし、これについてはあとでよく調べる。班長、いいか、点検がすんだら花田を連れてわしのところへ来い。」

塚本班長は、そこにしおたれている花田の鼻っつらをじりっと焼くようににらみつけておいて退いた。ただどういうわけか、分隊長は、その場では花田にはひと言もいわなかった。けれども花田にとっては、このあとがたいへんだった。

塚本班長は、分隊長室からもどってくると爆発した。

「おい、二班の兵隊、みんなここへ来て並べ、兵長も並べ……。」

班長は、隅の釣床格納所《ネッチング》の前につっ立って叫んだ。すでに上衣をぬいで手には棍棒をもっている。そのうしろに頭をたれて立っているのは、いまいっしょに連れてもどってきた花田一水だった。

おれたちはちょうど食卓で夕食の用意をしていたが、もうそれどころじゃない。食卓のほうはそのまま放ったらかしにして、急いで班長の前に整列した。さっきから、いまかいまかと恐れていたことが、とうとうやってきたのだ。その刺すような目で花田の顔をじろりとにらみつけておいて、班長は、並んだおれたちのほうに顔をあげた。

「いいか、おれの班にはな、よもやと思っていたのにこういう不心得者が出やがった。おかげでな、おりゃ今まであの分隊長の野郎に、手荒く油をとられてきたぞ。班長のおれがよう、……ふん、それもこれもみんな、てめえらがたるんでいやがるからだ。そのかわり、きょうは容赦しねえぞ。兵長だって容赦しねえぞ。」

班長はそういうが早いか、もういっときも待てないというふうに、手につばをひっかけて、はじから順におれたちの尻に棍棒を打ちこんでいった。全員におわたり五つ。それも力まかせのどえらくきくやつで、これには海千の野瀬兵長でさえ、その一撃でうめき声をあげて前につんのめったくらいである。

「えいッ、こうかッ、えいッ、こうかッ……。」

その一振りごとに班長はわめいた。こうなると、よその班の兵隊も食事なんかしちゃいられない。食卓に坐《すわ》っているのは古参の下士官ぐらいで、あとは総立ちだ。ひとわたり殴り終ると、班長はこんどは花田を前にひっぱり出した。

花田はもう怯《おび》えきって膝をがたがたふるわせ、立っているのさえやっとのようだ。班長はそのうしろにまわって、獲物を前にした猫のように毛を逆だてた。

「貴様、あのまんじゅうをくらいながら、これっくらいのことは覚悟したろうな。いいか、これからおれがたっぷりそのお礼をしてやるぞ。この棍棒がぶち折れるか、貴様の尻がぶちくだけるか、二つに一つだ。」

花田の体はその最初の一撃でとっつきのチストの前に吹っとんで、あおのけにひっくりかえった。彼はひっくりかえったまま、両手で尻のあたりをおさえながら、つまみあげられたくるまえびのように足をよじってうめく。すると班長はその首っ玉に手をつっこんでひきずりあげ、また殴ってひっくりかえす。

「たてッ、たてッ……。」花田はそのたびに透けたように青ざめたまるい顔をふって起きあがるが、またそのたびに殴りたおされた。

班長は、こんどは梶棒をほうりだすと、腰をおよがせてふらふらと立ち上がりかけた花田に、いきなり激しいいきおいで飛びかかっていった。

「この野郎、おれの顔をつぶしやがって、よう、よう、よう、こうしてくれる……。」

彼は引き倒した花田の上に馬乗りになると、口からはあはあ熱い息を吹きだしながら、両手でその襟首をひっつかんで、ゆさぶるように頭をごんごん床にうちあてた。

「そんなに菓子《シャリ》が食いたかったかよお、食いたかったかよお、食いたかったかよお……。」

花田はその下敷きになったまま、目をむきだし、両足をばたばたさせて、泣き声ともうめき声ともつかない細い声をあげる。

「班長、ゆるして、ゆるして下さい。班長、班、班長……。」

せんだっての配置転換で、花田は藤木一水と交代になって二班にうつってきたばかりだったが、それがまた班長の気をかきたてるのか、

「班長、班長と気やすく言うない。こんなコスッカキの、おたふくの、つらよごしの、ハシタ野郎が、よくもおれんとこに来やがった、来やがった……。」

と言いながら、そばにあった雑布《そうふ》をまるめて花田の口におしこんで、

「そんなに食いたかったら、これでもくらえ、くらえ、それくらえというに……。」

班長は歯をくいしばって片手で雑布をおさえつけ、もう一方の手で、雑布をくわえたまま顔じゅうつぶつぶの脂汗をうかべてあごをふっている相手の横っつらを、ところかまわず殴りつけていった。

おれはもう見ていられなかった。体じゅう寒気がして足ががたがた震えてきた。……班長の野郎、班長の野郎、なんだタンキリの一つや二つぐらいのことで。てめえだって、こっそり飲んだりくらったりしてたじゃないか……。おれは今からでもとび出していって、花田の上におっかぶさっている班長をひっくりかえして、その鉢のひらいた縮れっ毛の頭をめちゃめちゃにぶち割ってやりたいと思った。だが相手は古参の下士官、おれは上水、そこには、いのちを賭《か》けなくちゃならないほどの隔たりがある。掟《おきて》がある。おれの足は動かなかった。が、そこへ救いのように声をかけてくれたのが望田兵曹だ。さっきまではデッキにいなかったが、煙草盆あたりから戻ってきてうしろで様子を見ていたらしい。

「おい、塚本兵曹、もういい、よせよせ、そのくらいにしとけよ。」

望田兵曹は言いながら、まわりを囲んでいるおれたちを押しのけて、うしろから班長の肩をひいた。相手は班長より二年年次の古い下士官だ。班長もいきおいにのって一度はその手をふり払ったが、やがてゆっくりと立ち上がって、大きく息をついて手の甲で額の汗をぬぐった。しかしそれでもまだおさまらないのか、いきなりネッチングの横においてあるドラム罐の防火用水をチンケースにくみとって、とってかえすと、もういい加減床にのびてしまっている花田に、それを頭からざあーッとぶっかけて、

「こんなハシタ野郎なんか、いっそ殺してやりたいわ、殺してやりたいわ……。」とけもののように吠《ほ》えながら、片足をふんづかんでひとしきりデッキを引きずりまわし、体のところかまわずぐしゃぐしゃに踏みつぶし、足げにかけて、さいごに、ころがっていたチンケースを思いきりけとばしたが、花田はもうぐったりして声をあげる力もなかった。色の白いまるいマンドリン形のその顔は、いまは殴られたあとが紫色のあざになってごつごつとふくれ上がり、裂けた唇と鼻血のしみで首から上は血だらけだった。

けれども、ことは班長の制裁だけじゃすまされない。古参の下士官がこのように派手《はで》に立ちまわったからには、兵長たちの引っこみがつかない。顔がたたない。それでなくてさえ、酒保どめ以来みんなチリチリと気のたっているときだ。兵長たちはあとをうけて、またよってたかって花田をもみくちゃにしてしまうだろう。といっても、いまはまだ兵長ばらの出る

幕じゃない。それは夜の甲板整列だ。このうさを晴らすのはそのときだ。そしてそのときは、同じおれたち若い兵隊も当然その仕上げのとばっちりを覚悟しなくちゃならないのだ。

4

被服検査がすんだあと、おれたちはすっかり観念して、やがて来るべき夜の甲板整列を待っていた。

ところが、そこへまたとんでもない騒ぎがもちあがった。花田が突然いなくなったのである。それも、もうかれこれ二時間ちかくデッキから姿を消してしまっているのだ。

おれたちが、それにやっと気づいたのは日没になってからだった。露天甲板のはき掃除もすんで、みんなデッキへ引きあげてきているのに、どうしたわけか花田の姿が見えない。それでも最初のうちは、ちょうど夕食後、各分隊七名あての「運用科作業員整列」の号令があったので、きっとそれにでも出たぐらいに思って、別にだれも気にとめなかった。

ところが、やがて帰ってきた作業員の中にも、花田はいなかったのである。それにしても、若い兵隊、ことに新兵が無断で二時間以上もデッキをあけるということはありえないし、おまけに、これが問題の被服検査のあとだけに、とたんに分隊中が騒ぎだしたのである。

先任下士官は、さっそく全員をデッキに呼び集めると、いつになく興奮した例のきんきら声で、

「今からみんなで手分けして花田を探すことにする。時間は三十分。三十分したら、いてもいなくてもよし、みんな一度またデッキへ戻ってこい。それからもし見つかった場合は、そのままおとなしく連れてくる。おどしたり、なぐったりしちゃいかんぞ……。なお、このことは他分隊のものには絶対口外するな。わかったな、よし、かかれ。」

そこでおれたちは、きめられた場所に、それぞれの組に分れて花田をさがしにかかった。むろん逃亡かどうかまだわからないので、分隊長と分隊士には、一応報告は見合わせた。そうなっては、ことさら騒ぎが大きくなるからである。だから、とにかく表沙汰にならないうちに、一刻も早くさがしださなくちゃならなかった。

おれは桜田と木暮の三人で、後部の左舷外側短艇庫に降りていった。中は真っ暗だ。運搬台の上には、ランチと水雷艇が二隻のっかっている。ここらは、かくれるのに格好の場所だ。おれたちは懐中電灯でランチの中やそのまわりをくまなく照らして見てまわった。けれども、どこにもそれらしい人影はない。

それからとなりの飛行機格納庫の中も入ってみたが、中には両翼をたたんだ水偵機《げたばき》とドラム罐が四、五本隅のほうに転がっているだけだった。

それにしても花田のやつどこへ行ってしまったのか。本当に逃げるつもりで身をかくしたのか。むろんその気になれば、これだけ大きな艦の中のことだ。一時間や二時間、どこだってもぐりこめないことはない。だが陸《おか》と違ってここは艦の中だ。逃げのびるなんていうことはとてもできゃしない。おまけに周囲は足場のない海じゃないか。すると花田は、この艦の中のどこかにきっといなくちゃならないはずだ。

おれが最後に花田を見かけたのは、夕食後カッターの揚げ方がすんでまもなくだった。中部厠《かわや》の前で、ちょうどそこから出てきた彼とすれちがったのだが、とてもふた目とは見られなかった。顔は殴られたあとがむくんで青ぐろくはれあがり、そのため両方の目は糸のように細くなって、顔をあげかげんにしないと、前がよく見えないようだった。口もとと右のこめかみには絆創膏《ばんそうこう》がななめに貼ってあって、みるからに痛々しい。おれは立ちどまって、

「どうだ、花田、大丈夫か、しっかりしろよ。」

と声をかけたが、花田のほうは痛みをこらえているようなおよいだ目つきで、

「は、はあ……。」

と気のないぼんやりした返事をしただけで、びっこをひきひき行ってしまったのである。

おれたちは後甲板にあがって、こんどは後部から順に舷側を上からのぞいて見てまわった。ひょっとして海にとびこんだんじゃないか、という疑惑があったからである。

おれが前にいた駆逐艦でも一度同じようなことがあった。日没後、機関科の若い兵隊がいなくなって騒ぎだし、その晩は総員でおそくまで探してみたが、とうとう見つからなかった。ちょうどそのときは緊急に機関を修理する必要があって、前日から工作艦明石《あかし》を横付けしていたので、あるいはそっちに乗り移ってかくれたのではないかということになり、明石にも応援を求めて捜索してもらった。ところが本人は翌朝屍体《したい》となって海からあがったのである。直接の動機は、些細《ささい》といえば些細なことだった。なんでも食後、甲板に鍋《なべ》を洗いにいって、残飯を捨てるとき、あやまって舷側のスカッパー（残飯などの汚物を捨てる筒型の流し口）から汁鍋を海に落してしまった。しかし若い兵隊にとっては、それは決して些細なことじゃなかった。それだけでも、十分いのちを賭けるほどのことだったのである。彼はおそらくそのあとの制裁のおそろしさに動顚《どうてん》して、死を選んだのにちがいなかった。

おれは手すりから体をのりだしながら、暗い海の上を、いちいち遠くまですかすようにして、後部から前部までたんねんに見てまわった。けれどもそれらしいものはやっぱり見当らなかった。もっともこれがはっきり表沙汰になれば、すぐランチか水雷艇がまわりの海をあらい、ボートクリー（艦で選抜されているカッターの漕手《そうしゅ》）が徹夜で捜索にあたるだろう。

予定の三十分がすぎた。おれたちは、もしや、という期待をもってデッキに戻ったが、どの組もやっぱり手ぶらだった。花田はどこにもいなかったのである。もはや逃亡の事実は明らかだとみなくちゃならない。むろんこれ以上、ことを内輪ですますこともできなくなった。そこでこのことは、直ちに先任下士官から分隊長と分隊士に報告された。その晩も分隊では手分けして深夜まで艦内のめぼしい箇所を探しまわったが、花田はついに姿を見せなかった。それでも、もしかしてみんなが寝しずまってから、こっそり出てくるかもしれないというので、彼の釣床だけは、すぐもぐりこめるように吊っておいてやった。しかし朝になっても、その中はからっぽだった。こうして花田の逃亡は、とうとう艦内に知れわたってしまった。

5

分隊は翌日から花田の捜索に全力をあげた。そのためおれたちは一日中、猟犬みたいに艦内を探しまわった。あっちでもこっちでも花田を呼ぶ声が聞え、懐中電灯や移動灯の光が交錯した。分隊長も起きぬけからやってきて、おれたちを指図した。

艦でも、副長の命令で、番兵と当直見張員を除いた全乗員が朝と夕方の二回にわたって、大がかりな捜索を行なった。この時は総員前甲板に集合し、衛兵司令の秋野少佐から、花田の顔や体の特徴、逃亡時彼が着ていた衣服など細かい説明をうけたのち、各分隊毎に分れて、それぞれの受持区域をかたっぱしから洗った。砲塔、弾火薬庫、各科倉庫、機関室はいうに及ばず、しまいにはマンホールをあけて、まったく可能性のない艦底にまで手をのばしたのである。けれども、やはりどこからも花田の姿を発見することはできなかった。

夜間は投身する恐れがあるというので、二隻のランチとボートクリーがまわりの海の警戒にあたり、分隊は四直交代で甲板に徹夜の見張を立てた。また各火薬庫にも臨時に番兵が増員された。むろん、火薬庫には厳重に鍵《かぎ》がかけてあるのだが、どんな不祥事が起きないともかぎらない。というのは、過去にも、戦艦の三笠《みかさ》、河内《かわち》をはじめ、松島《まつしま》、日進《にっしん》、筑波《つくば》など、乗員の個人的恨みから火薬庫に火をつけられて爆沈した艦の例がいくつかあるので、艦長以下艦の首脳部は、とりわけこの点を極度に警戒したのである。

夜は空気を冷え冷えと感じた。おれは見張に立って闇の中を見つめていた。甲板はどこもひっそりしている。舷側に打ちよせる波の音のほかは物音一つしない。まるで深夜の墓地にでもまぎれこんだような感じだ。おれはときどき波の音にはっとして振りかえった。そこから、いまにも花田がひょいと出てきそうな気がして……。舷側には夜光虫が青白く点滅している。けれどもそれから四、五間先はタールを流したように暗澹《あんたん》として、もう見分けがつかない。おれはそこにも花田を感じてぞっとした。

おれはそうやって長いこと海を見つめていた。おれの目に映るものは、いっしょに横須賀をたつとき、おれにしつっこいくらい、軍艦ってどんなところか、いろいろ心配そうに聞いていた花田の姿だ。艦のサイドに立って遠ざかっていく内地のほうをながめながら、目をうるませていた花田の姿だ。だがその花田はいない。いったいどこに身をかくしてしまったのか。艦の中だろうか。それとも暗いこの海の中だろうか。

三番主砲の砲口の真下には、繋留索《けいりゆう》を巻きつけた大きなケーブルがある。おれはそこによりかかってしばらく様子を見ることにした。交代にはまだ三十分ほどあった。するとそこへ木暮たちが後部のほうからやってきた。ひとまわり探し歩いてきたのだろう。すえくさい汗と油の臭いがぷーんと鼻にきた。

「ああ、暑い、暑い。いまみんなで、機械室の中を探してきたとこなんだ。」

はだけた胸に風をいれながら木暮が言った。

おれたちは砲郭の上に並んで腰をおろした。暗いから誰にも見られる心配はない。やがて桜田が言った。

「あいつも馬鹿だよ。どうせ逃げるんなら内地へいってからにすりゃいいもの、こんなとこで逃げたって、どうしようもないじゃないか。」

木暮は頭をひねった。

「それにしても不思議だなあ。どこへ消えちまったのか。」

「やつ、きっと忍術でも使ったんじゃねえか。」

と弓村は言って笑った。

「おれは、もう花田は艦の中にゃいないと思うな。」

そう言ったのは原口である。

「じゃ何処にいるんだ。」

と、おれは聞いた。

「とっくに土左衛門《どざえもん》よ。」

「なに？　土左衛門。」

と、山岸がびっくりして聞きかえした。

「そうさ、これだけ大騒ぎして探してもいなけりゃ、もうそれしか考えられないじゃないか。」

「人のことだと思ってそうあっさり言うない。」

すると、桜田が原口にむかって、

「そんならちゃんと屍体が上がるはずだろう。そのために救助艇だって出ているんだし……。」

原口はムキになって、

「でもよ、体に何か弾のようなおもりでもくくりつけて飛びこんでみろ、それっきり上がっちゃこないぞ。」

これにはみんな黙ってしまった。この想像はあまりにも深刻だったからである。しばらく

は誰もなんともいわない。すると弓村が、空を見上げながら溜息《ためいき》をついて、

「そうなると、あいつも可哀想だなあ、せっかく志願してきて、十六やそこらでさ、まるでここまで死にに来たようなもんだ。」

「だけど、まだなんともいえないぞ。それにこれだけごちゃごちゃした大きい艦だもの、その気になりゃ、人間一人ぐらいどこだってもぐりこめるさ。」

と、おれは言ったが、別におれにも自信があるわけじゃない。

　すると木暮も、

「そうだといいがなあ。そうすりゃそのうち腹をすかして、のこのこ出てくるだろう。どっちにしろ死なれるのはお互いにいやだからな。」

「でも、おれはどっちともいえないなあ。」

　と、聞きとれないほど低い声で山岸が言った。

　やがて、おれは山岸と交代してデッキへ帰って、班長に、甲板は異常のない旨を報告した。塚本班長は上目づかいにおれを見て黙ってうなずいただけだったが、その顔は、二日前あの花田をひっとらえて大立廻りを演じた当人とはとても思えないほどしおたれて元気がなかった。よほどこたえているらしい様子だ。けれどもおれはそれを見ると、同情どころか逆に心が煮えてきて、これもみんなてめえのせいだ、ざまみやがれと、口にこそ出せないが、ここ

ろの中で何度もそういってやったものである。

あくる日も、分隊は日課をつぶして全員が捜索にあたった。けれどもやはりなんの手がかりもなかった。……そしてついに、今日の夕刻六時をもって、

「戦時ニアリテ〈故ナク職役ヲ離レ、又ハ職役ニ就カサル者〉三日ヲ過シタルトキハ、六月以上、七年以下ノ懲役ニ処ス」

という、軍刑法第七十三条（逃亡罪）に定められた三日の期限を割ってしまったのである。

むろんおれたちはまだあきらめなかった。生きているのか死んでいるのかはっきりしない以上、できるだけのことはするつもりだった。

けれども、これまでの例からいって、軍艦内での逃亡が三日以上におよんだことはない。生きていれば、たいていその日のうちに見つかっている。それが花田の場合はもうまる三日を経過しているのだ。いくら艦が大きいからといったって、あの自由な陸《おか》とはわけが違う。三日間ももぐりとおすということは、まったく不可能に近い。

それにあれから飲まず食わずじゃないか。とすれば、花田はすでに死んでいるのかもしれない。それも原口の言うように、みんなの手のとどかない艦の外で……。そうでもなければ、これだけ探して見つからないはずがない。おれたちも、いまとなってはだんだんそれを認めざるをえなくなった。

次の日から、分隊ではその捜索を打ちきった。そのために、これ以上大事な日課をさくわけにはいかなかったのである。

〈間奏〉

（日没後の士官室。中は冷房がよくきいて、かすかにアルコールのにおいが漂っている。奥の黒革張の長椅子《ソファー》に、士官たちが七、八人ふかぶかと腰をしずめて、さっきから花田のことについて話しこんでいる。卓のうえにはビール瓶やコップ、口をあけたカニ罐などがのっかっている。そこへ従兵がまたビールを二本おいて一礼して戻っていく。天井の電灯の下には煙草のけむりがうすくもやのようにたゆたっている。）

神崎中佐〔**航海長**〕（椅子から体をおこして）「四分隊長、その花田というのは泳ぎはたっしゃかね。」

山根大尉「さあ、それはわかりませんが、身上調査の特技の欄にはなにも書いておらんです。」

神崎中佐「もし泳ぎがたっしゃだとすると、春島あたりに泳ぎついてあがってやせんかね？」
音羽大尉〔六分隊長〕（コップにビールをつぎながら）「艦内にもおらんし、海にもとびこんだ形跡がないとなると、そういう可能性もありますな……。」
古川特務中尉〔二分隊長〕（うなずいて）「春島まではここから二マイルとないでしょう。するとその気になれば、やってやれんことはありませんでしょう。」
副　長〔名藤大佐〕「わしもそれは考えんではないが、実際は無理だろう。いくら夜間でも、これだけいる各艦の見張の目をくぐって、あそこまではとても行けやせんよ。それにあの辺はすでに水雷艇でなんども洗ってみたんだ。」
音羽大尉（副長のほうに顔をまわして）「基地の警備隊には連絡したんですか、副長。」
副　長「まだしておらん。艦の恥を外部に知らすというのは、できるだけさけにゃならんからな……。」
神崎中佐（チェリーに火をつけながら）「でも副長、それはそれとして、艦から一度島に捜索隊を出してみたらどうでしょうな。とにかく、あたるべきところは全部あたってみて、そのうえでどっちかに処置せんと……。」
副　長（ビールを一口にのみ干して）「まあ、その点については、艦長に一応お伺いしてみよう。わしとしては、おそらく無駄だと思うが……。」

山根大尉（副長のほうに頭を下げて）「いろいろご心配かけてすみませんです。」

岩沼特務大尉〔一分隊長〕「たしか、行方不明というのは、その日から一カ月経過せんと公表できんことになっていましたね。」

秋野少佐〔衛兵司令〕「規定はそうなっとるが、この逃亡というのは、いちばん扱いに困るんでね。」

嶋田中佐〔砲術長〕（灰皿に煙草をもみつぶしておいて）「わしも一度、陸奥《むつ》で分隊長をやっておったとき、これと同じ事件にぶつかってね。わしの分隊の兵隊なんだが、いくら探してもどこにもおらんのだ。ところがそれが三カ月後に屍体で見つかったよ。」

山根大尉（体をのりだして）「どこにいたんですか、それは……。」

嶋田中佐「艦の錨鎖庫《びょうさ》さ。ほら、あそこは入港中は錨鎖をおろしてあるから空っぽだろう。それでもぐりこんだらしいが、翌朝ちょうど出港でね、錨《いかり》をまきあげたんだ。あれは一環だけでも二、三十貫あるだろう。それが上からふいに数珠《じゅず》つなぎにおりてきたからたまらん、やっこさん、その下敷きになってしまったわけさ。ところがそのあと横須賀でずっとドックに入っとって、錨をおろす機会がなかったんで、それから三カ月後に艦隊演習で佐伯《さいき》に投錨するまで、ずっとそのままになっておったわけだ。もちろんそのときにはもう白骨になっとったがね。」

秋野少佐　（あごをなでながら）「ふむ、そりゃあんまりぞっとしませんな。」
山根大尉　「それで、その場合の扱いはどうしました、砲術長。」
嶋田中佐　「もちろんその日にさかのぼって除籍さ。逃亡死の場合まで海軍は責任をもてんからな。」
岩沼特務大尉　「あれですな、わしも今までに三回逃亡兵を出した経験があるんですが、兵隊も、入った一、二年がいちばん危いね。それをすぎると、なんとか固まってしまうもんだが……。」
古川特務中尉　（山根大尉にビールをついでやりながら）「花田というのは年はいくつなんですか。」
山根大尉　（首をかしげて）「たしか十六だったかね。」
古川特務中尉　「十六ね、それでその班長というのが、例の被服検査のあと相当ヤキを入れたというのはどの程度なんですか。」
山根大尉　（コップを卓において）「あとで班長をよんで聞いてみたんだがね、まあ一寸《ちよつと》気合を入れた程度だって本人は言っとるんだが、デッキのことはよくわからんでね。」
副　長　（下腹に両手をくんで）「分隊長、そんなことはあまり気にせんでもええ。ウェリントン公じゃないが、殴られん兵隊なんて考えられんからな。兵隊というのはだな、上のものに常時恐怖心をいだかせておかんといかん。それが戦闘のときに敵にむかって爆発する。目的はそこにあるんだから、一寸くらいのことで怖気《おじけ》づいて逃げるようなやつは、もう役にたちゃせん。」

嶋田中佐「ところで副長、弾火薬庫の番兵はこのまま当分つづけますか……。いま四直交代で各庫二名ずつ立っとりますが……。」

副　長「まあ、どっちかにはっきり片がつくまで、今のままつづけて貰おう。万が一ということもあるからのう。弾火薬庫だけはとくに厳重にせんと……。」

神崎中佐（手をおどけた格好にふって）「願いますよ。逃亡兵もええが、こんなところで松島や筑波の二の舞はごめんですからな……。」

山根大尉（足をくみなおして誰にともなく）「わしもこんどのことではよくよく疲れました。」

音羽大尉（笑いながら）「山根さんもこれじゃ当分、島のレス（士官用の料亭）のほうはおあずけですな。だいぶおさかんのようだったが……。」

山根大尉「いや、とてもそれどころじゃない。まったくえらい兵隊をかかえこんだもんですわ。」

6

花田がいなくなってから、ちょうど一週間たった。もういまでは誰も花田のことはあきらめてしまっていた。それればかりじゃない。おれたちは彼の衣服や持物を整理し、私物は遺品として、いつでも親もとに送れるように用意しておいたくらいである。

ところが、その花田が見つかったのである。それも艦内にちゃんと生きていたのである。いたところは砲塔の中だ。

その朝、おれはちょうど砲塔当番だった。したがって起きたのもみんなより早く、総員起しの一時間くらい前だった。むろん艦内はまだどこも寝しずまっていて、海も明けきっていなかった。おれは釣床をぬけると、あとを木暮に頼んですぐ砲塔へ上がっていった。総員起しと同時に早朝訓練があるので、その準備をしておかなくちゃならなかったのである。

おれは、さっそくいんかん服に着かえ、まず砲口栓と砲尾覆をとり、それから油をとりに下の応急弾室に降りていった。ちょうど砲室のタンクに注油用の油がきれていたのである。

応急弾室は小さなラッタル一つで砲室につながっているが、そこはふだんは真っ暗だった。

おれは中へ入って手さぐりで壁ぎわの電灯のスイッチをひねった。するとその明るくなった床の上に、乾パンのかけらが散らばって落っこちているのが目についた。みるとそれは、よく夜食などに配給される小粒の乾パンとはちがう。肉が薄くて表面にぶつぶつ穴があいているところを見ると、あきらかに砲塔内に格納してある戦闘糧食用の乾パンである。

これは誰かきてギンバイしたかな、それともネズミの仕業か。けれども罐は全部ハンダで密封してあるのだから、ネズミにやられるわけがない。

おれは念のため壁ぎわに積み重ねてある箱を一つ一つゆすってみた。すると、どうも上から二番目の箱がガサガサしていやに軽い。そこでひっぱり出してみると、その箱だけふたがあいていて、中身がごっそりなくなっている。おまけに、乾パンだけかと思ったら、そのうしろの、同じ戦闘糧食用のサイダー瓶の箱にも手がつけてあるじゃないか。それもだいぶぬいてあるらしい。おれは、かぶせてあったケンバスをのけて、何本位ぬかれているか数えてみようとした。

するとその時である。ガタンという音といっしょに、奥のほうで、なにかものの動く気配がした。おれはどきっとして、思わず後ろをふりむいた。音のしたのは、たしかに防衛器室である。誰かいるんだろうか。するとこの戦闘糧食をギンバイしたのもそいつにちがいない。だが、総員起し前のこの砲塔の中には、いまおれよりほかにいるわけがない。そう思うと、しゅんかん花田のことが頭にひらめいた。そうだ、ひょっとすると花田のやつかもしれない。

おれは急いで移動灯をもって防衛器室のなかにとびおりた。

防衛器室は狭いうえに天井も低く、ひざを折ってやっと人が通れるくらいの高さしかない。おれは入口にしゃがんで奥へ移動灯をかざしてみた。けれども誰もいるような気配はない。中には砲塔の旋回制限用の油のたれた大きな防衛器と砲身の洗滌《せんじょう》用具がおいてあるだけだ。もっとも、ここもすでに捜索の際何度も入って探したところである。するとさっきの物音はおれの耳のせいだったかもしれない。そう思って、おれは出る前にもう一度しさいに中を見廻した。

ところがその時になって、奥のマンホールのふたのナットがはずされて、ちょっと見には、ふたがはまっているような具合にうまく立てかけてあるのに気がついた。これは、ふだんはちゃんと密閉してあるはずのマンホールだ。それを、これまで誰も気づかなかったのは、ちょうどそこに油の空罐が積んであったからだが、それがいま見ると、空罐は全部横にどけられていて、おまけにそこにも、さっきの乾パンのくずが散らばっているじゃないか。

おれは不思議に思って、マンホールのふたをどけて中に首をつっこんでみた。するとその直径四十センチくらいの真っ暗なマンホールの口から、むっと生ぬるいいやな臭いが吹きあげてきた。なにか糞のような臭いだ。ここに入ったときから、へんにくさいと思ったのは、ここだったんだな。そして、その臭いがいよいよおれに花田を感じさせたのである。

おれは思いきってマンホールに両足をつっこみ、つま先からそろそろ下へ滑りおりてみた。そこは円筒形になっている砲塔の旋動部と不動部との間で、ぐるりは、おとなひとりやっと通れるくらいの空間になっている。むろんおれは砲塔にこんな場所があるなんて、いままで知らなかったし、ここに入るのも今日がはじめてだった。

おれは床にかがんで、いっとき中の様子をうかがった。それからなんとなくさそいをかけるつもりで、二回、わざと大きな咳《せき》をしてみせた。すると円筒支柱の向うがわで、こんどははっきりと人の動く気配がして、かすかに靴の裏をずるような音が聞えた。おれはとっさに、

「誰だ！」

と叫んで、急いで移動灯の線をたぐっておいて、壁づたいに音のしたほうへ廻ってみた。すると、見つかったと悟ったのか、相手も円筒にそって動き出したようだ。こっちのあかりをさけて、円筒のかげへかげへと廻っていくらしい。

おれはかまわずあとを追ったが、ちょうどガスタンクのような太い円筒のまわりだ。おれが追えば相手もその分だけ逃げるといった具合で、なかなかつかまらない。そのうえ足場が悪い。ただでさえ狭いところへ、下は油でぬめぬめしている。おれは立ちどまった。これじゃらちがあかない。イタチごっこだ。それにもう移動灯のコードものびきっていっぱいだ。

そこでおれは、今度はこっち側から行くと見せてそっと反対のほうへ廻っていった。する

とそこへどしんと突きあたってきたものがあった。おれはすかさず両手で抱きつくようにそいつにしがみついたが、それが花田であることは、もう顔を見なくてもおれにはわかった。

花田は、あっと声をあげて一瞬棒立ちになり、とび出るほど大きな目でおれを見た。けれども、もう逃げる気力もないらしく、それっきり観念したように、移動灯の光からまぶしそうに顔をそむけながら、ぐったりと膝を折ってしまった。

おれは、とりとめのない何か中途半端な気持で、あらためて花田を見たが、その顔色ときたら、変にやつれて青っちろく、そのうえ一面田虫におかされてとてもひどい。首筋のあたりもひっ掻《か》いたあとが、ところどころ血がういて赤くただれている。この分では、おそらく体中に田虫がひろがっているだろう。むろん着ている防暑服は油と汗で真っ黒で、おまけにその臭いといったらない。まるで彼自身がくさりかけてでもいるようだ。

体もよほど衰弱している様子で、顔からぼんのくぼにかけてげっそり肉が落ち、全体がひとまわりも小さくしぼんで見える。無理もない。この一週間、食いものといったら乾パンとサイダーだけで、飢えをしのいで生きていたのだ。しかもこの狭い暗やみのなかにたった独りで……。その間の恐怖と飢えと苦しみがどれほどのものであったか、それは当の花田だけにしかわかるまい。

花田は急に筒壁に頭をおしつけて泣き出した。進退きわまったとでもいうように……。おれはなにか慰めてやりたいと思ったが、へんにのどがつかえてしまって、なんにも言うことができない。なにか言ったらこっちまで涙がこぼれてしまいそうだ。でも、これでいい。……花田は生きていた。ちゃんと生きていてくれた。そうして、いまこうしておれの前にいる。それだけで十分だ。それ以上、なにを言うことがあるか。

おれはできることなら気持の落着くまで、彼をこのままそっとしておいてやりたいと思った。けれどもいまはそんな余裕はない。まもなく総員起しだ。そうなるとよけい人目について本人も出づらくなるだろう。それに、早くこのことをデッキに知らせなくちゃならない。花田はデッキと聞いて水でも浴びせられたように体をふるわせたが、おれはかまわず彼の手を引っぱるようにして砲塔を出た。

むろん彼が中にもちこんでいた手入れ用のボロ布や、大小便をたらしこんだチンケースやサイダーの空瓶などは、あとで現場を見られてもいいように、出る前にちゃんと始末してやった。

彼は甲板におりると、久しぶりに新鮮な外気にあたってめまいでも起したのか、泳ぐようにふらふらした足どりで、あいかわらず顔をふせたまま、おれのあとについてきた。

デッキでは、花田ときいてみんなとび起きた。これはあとで聞いた話だが、入ってきた花田を見て、だれも幽霊じゃないかと思ったそうだ。なかでも驚いたのは塚本班長で、彼には、それがすぐに花田とは信じられなかったらしい。いっときけげんな顔をしてぼんやりしていた。けれども、彼の前に小さくちぢかんで固くなって立っているのは、まぎれもなく花田だった。

「おお、花田、花田じゃないか。」

班長はやっと我にかえると、褌のまま寝台からとびおりて、両手で花田の肩をつかんで言った。

「花田、お前生きていたのか。そうか、生きていたのか。心配したぞ、花田、よく生きていた、花田……。」

花田が無事にでてきたのがよほどうれしかったのか、班長の声は、ことの原因が自分にあったことも忘れて、いったいどこをおしたらそんな声が出るかと思われるほど、あまくやわらかだった。班長は笑った。だがその目は笑っていなかった。おれは班長の言葉も笑いも信じなかった。

おれはそこで班長に今までのことを簡単に説明したが、花田はそのそばで、ふかく頭をたれて、御心配かけてすみませんでした、……すみませんでしたと、蚊のなくような声をくりかえすだけだった。

他の下士官や兵長たちも花田のまわりに集まってきたが、さすがにぎょっとしたらしかった。

「おー、やっぱり生きていたか、それにしてもよくいままで生きていたじゃないか。」

「どこにいたって？……なに、砲塔に、……そりゃ本当か。」

「おい、もういいから、今日は黙ってそっとしておいてやれや……。」

しかしこのときの彼らの声は、いつもと違っておだやかで、控えめで、それ以上ひとことも文句らしいことはいわなかった。

そればかりか彼らは若い兵隊たちを指図して、花田の服をとりかえさせたり、体を洗う水をもってこさせたりした。しかしその間も花田の体はふるえていた。そしてそのふるえはいつまでもとまらなかった。

7

花田は即日軍医の診断をうけ病室に入れられた。体の衰弱がひどかったからである。それから四日間、彼は病室にいた。そして、その間に艦長公室で、艦内軍法会議が開かれ、彼に十日間の禁錮《きんこ》刑が決定された。

普通なら「戦時逃亡罪」で、最低でも六カ月、当然内地の刑務所送りになるところだ。それがわずか十日くらいですんだのは、彼がまだ乗りたての新兵だという点の考慮もあるが、それ以上に、播磨が近く連合艦隊の旗艦になろうという矢先、これが外部にもれることを艦長以下首脳部が極度におそれたからである。

その言い渡しは、花田が病室を出た翌日、前甲板に集合した乗組員総員の前で行なわれた。おれと桜田は、特別護衛兵として、剣帯と脚絆をつけ、着剣した銃をもって花田の左右につきそった。この日の花田は、だぶだぶの二種軍装を着て、これもまだよく頭になじまない、いかにも新兵のものらしいやねのそっくりかえった軍帽を頭にのせて、総員の列前に引き出されたが、すでに総員の目におしつぶされたように、おびえきった顔をして硬直したまま終始頭をたれていた。彼は最後に艦長から「特別のはからいによって拘禁十日に処す」と宣告されたときも、その顔をあげなかった。

おれは十日ときいて、処罰の意外に軽いのにほっとした反面、なんとも釈然としなかった。というのも、今度のことで花田一人だけが処罰されたことに納得がいかなかったのだ。

だいたい今度のことでは、班長もおおいに関係があるのだから、当然班長だってなんらかの処罰をうけていいはずだ。それなのに班長のほうは全くうっちゃらかしにして問題にしようともしない。せいぜい分隊長から「気合を入れるのもええが、やるんならもっと要領よくやらんといかん。」という程度の訓戒で、それはすまされてしまったのだ。

私刑《リンチ》は軍刑法でもちゃんと禁じてあるのに、それをあえてくわえて、無力な相手を逃亡にまで追いこんでおきながら、当の本人はなんの処罰もうけないというんじゃ、いったい軍刑法は誰のためにあるというんだ。むろんおれには軍刑法の奥の奥のむずかしいことなんかはよくわからない。わからないけれども、すくなくとも法律というからには、すべての兵隊がそこでは平等でなくちゃならないはずだ。士官だから下士官だから兵だからといって、その扱いに差別があっていいわけがない。ところが実際はこのありさまだ。いつも刑法の網の目にひっかかって、ぎゅうぎゅうの目にあうのは下っ端の兵隊で、「上のもの」ときたら、ことごとに階級をかさにきて、自分からちゃんと抜け道をこさえておいて、どじょうのようにするり、するりだ。そうして何かあると、それをこっちのせいにおっかぶせてしまって、容赦なくとっちめにかかる。だからバカをみるのは、きまって日ごろ法律を忠実に遵奉しているおれたちなんだ。まったくどこにこんなこけで間尺にあわん話があるというのか。

たしかに花田の処罰は思ったより軽くてすんだ。だが考えてみれば、それはどっちにしても同じことなんだ。一年が十日になったところで、十日が三日になったところで、それが禁錮刑であることにかわりはない。禁錮となれば、もうそれだけで兵隊としての花田はおしまいなのだ。

彼は今日かぎり軍隊じゃうだつがあがらない。いわば彼は兵隊の屑《くず》だ。軍隊の「余計者《たからもの》」

だ。おそらく進級だって、まともにゃできないだろう。また彼が今後いかに努力してみたところで、この禁錮刑の「汚名」を返上することは到底できないだろう。それは彼が軍隊にいる間中、手足のように彼についてまわるのだ。しかも花田をここまで追いつめたやつは無傷なんだ。無傷でけろりとしている。(塚本班長の野郎めが)まったくなにもかもいいかげんなんだ、軍隊というところは……。おれは、からからになった口の中でそう呟《つぶや》きながら、着剣した重い銃を力いっぱい握りしめた。

刑の言い渡しがすむと、花田は先任衛兵伍長につれられて、そのまま下甲板の禁錮室に移された。

8

今日は日曜日だが、珍らしく休業になった。ここのところ、連日訓練、訓練で日曜もなにもなかったので、休業なんて実に久しぶりだ。ありがたい。おまけにそこへまた思いがけなく女学生からの慰問袋まで届いた。昨夜入港した秋津《あきつ》丸が内地から運んできたのである。そこで、だれもかれも、そいつを一袋ずつ配給してもらった。ついでに手紙もどっさり届いて、たいがいの者が二、三本は受けとった。

とにかく今日はとてもいい日だ。

おれたちは朝のうちデッキの大掃除（その間に食卓番は食器や鍋や食卓カバーなどの石鹸《せっけん》ずりをやる）と、「日課手入れ」をすませたあと、午前中はずっとデッキで過した。休業といったって、おれたち若い兵隊には、けっこう雑用があるんだ。まず、こんなときでもなくちゃできない「身の廻り整理」だ。

おれは早速手箱をもち出して、靴下のつぎあてをはじめた。襦袢《じゅばん》と掃除服《いんかんふく》もほころびているので、そいつも縫っておかなくちゃならない。うちへ手紙も書きたいが、それはずっとあとまわしだ。

おれのとなりでは桜田が、これも無器用な手つきで、縫いやすいように、かかとに石鹸箱を押しこんで靴下の穴をかがっている。山岸は食卓に中腰になって、防暑服の胸に名札を縫いつけている。口をへの字に曲げて、夢中でチクチクやっているところは、いかにも彼らしい。木暮と原口は隅のほうで床屋だ。バリカンが切れないのか、二人ともぶつぶつ言い合っている。

床屋といえば、艦にもちゃんと散髪所があって、徴用の本職の床屋が三人いるにはいるが、おれたち若い兵隊は、そこじゃなかなかやってもらえない。たまに行って並んで待っていても、途中から下士官たちに割りこまれたりして、たいていあぶれてしまう。それに、だいいちおれたちには、長い時間順番を待っているだけのひまもない。そこで消灯後か、こんなときにでも、分隊に備えつけのバリカンで間にあわせているのだ。

　下士官、兵長たちは、例によって椅子に寝そべったり、あっちこっちにたむろして将棋を指したり、トランプをやったりしている。それから編物と刺繡《ししゅう》だ。どういうわけか、最近この刺繡と編物が彼らの間で大流行だ。暇さえあると競争で編棒を操り、丸い経木の枠にはめこんだ布に糸を通している。いずれも内地を出るとき、外出先の小間物屋あたりから仕入れてきたものらしいが、中でも熱心なのはヒゲの望田兵曹で、すでに自分の腹巻を一枚仕上げてしまって、いま奥さんのトックリシャツにかかっているという熱の入れようである。手もちの毛糸の切れたものは、ギンバイしてきた厚地のケンバスをほどいて、その糸で手袋なんかを編んだりしている。刺繡のほうも、これにまけずおとらずだ。ときどき品評会をやったりして腕を競っているほどである。猥雑《わいざつ》で、すれっからしの海のあらくれ男に、お嬢さん仕事の刺繡でもないもんだが、なにしろ長い期間、陸《おか》と没交渉の艦の中だ。こんなことでもしていないと、気持が鬱積《うっせき》するばかりでどうにもやりきれないのかもしれない。人間というやつは、とにかくひとつところにとじこめられていると、やたらむしょうに手を動かしてみたくなるものらしい。

　けれども、いくら下士官、兵長たちが編物や刺繡にうつつをぬかしていても、おれたちのほうはそれをいいことに「大きなつら」なんかしちゃいられない。しょっちゅう忙しくなにかしているように見せておかなくちゃならない。それだけに、こうしてデッキに一緒にいても、気持の上ではかえってきゅうくつで、同年兵と話一つするにも、彼らの動静をうかがってから声を落すといった具合で、ちっとも休業らしいのんびりした気分になれないのである。さっきもらった慰問袋だって、遠慮してまだ口をきらずにそのままだ。

そこでおれたちは、午後は班長に兵器整備をするという口実をつけて、砲塔へあがってしまった。むろん慰問袋は、ちゃんと上衣の下にかくして持っていった。

砲塔のうしろ側には、罐室《かましつ》の大きな通風筒がある。まわりに金網をはった塔のようなものだが、上は平らな屋根になっていて、暑いのさえ我慢すれば、休むのにはおあつらえむきの場所だ。

おれたちは、さっそくそこへ三台の発火装置をばらばらに分解して拡げた。木暮とくると、わざわざ砲身から重たい尾栓まではずして、そいつを両腕にかかえてもってきたものだ。とにかくこうして拡げておけば、はた目には、いかにもそれらを手入れしているといった格好にみえる。それからおれたち五人は、そのまわりにあぐらをかいて坐りこんだ。どうやらこれで、おれたちもやっと落着けたわけだ。

すると桜田がくつくつ笑いながら、やがてこう言った。

「おいどうだ、お膳立《ぜんだて》ができたところで、そろそろ慰問袋でもあけてみようじゃないか。」

おれたちはそこでおもむろに慰問袋をあけてみた。慰問袋といったって別にたいしたもんじゃない。表に「栃木県立××高等女学校」の青いスタンプの押してある、ぺらぺらした白スフの小っちゃな袋で、中身は絵はがきとか歯刷子《はブラシ》、スゴロク、人形、千人針、それに手紙なんかが入っているくらいのものだ。

けれども、これでも心をこめた女学生の手で、はるばる海をわたって内地から送られてきたんだ。中身なんかどうだっていい。戦線のおれたちには、それが内地からきたというだけで、もう十分なんだ。その中には内地の空気があり、内地の匂いがこめられている。たとえ絵はがき一枚でも、石ころ一つでも、それが内地のものであれば、おれたちにはたまらなくうれしいのである。

おれたちはしばらくわいわい言いながら、袋の中のものを一つ一つ手にとって見た。なかでもご機嫌なのは原口で、

「おい、どうだ、きれいだろう、これ……。」

と言って、両手で胸に抱いてみせたのは、赤いビロードのスカートをはいた手製の小さな人形である。

するとこれを見て木暮が笑った。

「だけど、お前のその赤めんこじゃ、人形が泣くぜ。」

赤めんことといったのは、むろん原口のにきびだらけの顔のことだ。

だが原口は平気な顔で、

「バカをいえ、おれは今夜からこいつを抱いて寝るんだ。みろ、ちゃんと手紙にも書いてあらあ、これをわたしの身代りだと思って、大事にしてちょうだいってさ。」

山岸はかきまわしていた袋の中から、黄色の小さな罐をとりだした。そばからおれが聞いた。

「なんだ、それは？　女の子の針箱かい。」

山岸は無口で、ふだんでもめったに笑わない男である。けれどもこのときばかりはにこにこしながら、

「ちがうよ、これダイヤモンドゲームだ。」

見るとなるほど罐の中には、赤、青、黄の三色の坊主駒がじゃらじゃら入っている。山岸はその一つをつまみあげて、

「このゲームはおもしろいぞ。おれは前からこいつがとても好きだったんだ。」

という声は、子供のようにはずんでいる。

するとこれにケチをつけたのが原口だ。

「だってお前、そんなものもらったって、おれたちにゃ、おおっぴらにやれないじゃないか。」

「でもこいつは一人でもたのしめるよ。おれは、うちでよく一人でやったもんだ。」

山岸はそう言って、膝の上にひろげた台紙の上に、ていねいに駒をのせはじめた。

「どうだ、誰かいっしょにやってみないか。」

ところがそんなことよりも、おれたちはもっとほかのことで騒ぎだした。

実は桜田の袋の中に、女学生の写真が入っていたのである。前あきの制服を着て、校門の白い柱に一人でもたれて立っている手札型の素人写真だ。目が細くて、団子鼻で、それほど美人じゃないが、口もとにぽっちりえくぼをうかべてはにかんでいるところは、なかなか魅力的だ。桜田はもう得意である。

「どうだ、いかすだろう、名前は悦子っていうんだ。芳紀まさに十八歳、ちょうど年もおれとおんなじだ。」

「こいつ、うまくやりやがったな。」

と木暮が茶々を入れた。桜田は笑って、

「まあそんなに嫉《や》くな。これからお前らにもときどき拝ませてやるからよ。」

「それにしても、わざわざ写真を入れてよこすなんて、心掛けのいい女学生だな。」

と、おれが言うと、桜田は胸をぽんとたたいて、

「なに、心掛けのいいのはこっちよ。」

と言いながら、写真に向ってなんどもウインクしてみせたものである。

するとと、原口の横にすわりこんでいた木暮が肩ごしに振りむいた。

「写真といやあ、中元兵長の袋にも入ってたらしいぞ。それでやつ、さっき得意になって、どうだどうだって、みんなに見せびらかしていたっけ。そのうちこの女学生をものにしてやるんだって言っててよ。」

「へえー、あの焼玉エンジンが。」

と桜田が鼻をならして笑った。

「笑わせやがるな、だいたいあんなすべた野郎に女学生が見向きもするもんかい。ありゃ人間の皮かぶっちゃいるけど、人間じゃねえや。身のほど知らずもほどほどにしてもらいたいもんだ。」

「本当だ。それから平屋と坪井、おれは前っから、あいつらをたれたおふくろのつらを、いちど見たいと思ってるんだ。」

と原口も吐きすてるように言った。彼はきょう、あわてて兵長用の厠に入ったところを見つかって、平屋兵長らにしたたかのされたことを根にもっているのである。

それがきっかけで、おれたちはしばらく兵長たちのたなおろしをやったが、今夜にかぎらずおれたちが集まるとたいていそういう話になる。面と向って言えないので、こんなときお互いにそのウサを晴らすのである。

「だけどあれだぞ。」

と、しばらくして木暮が言った。

「中元兵長なんかも、娑婆にいれば結構親切で、腕のいいブリキ屋で通っていたかもしれないぜ。」

「そうかな、……それにしてもあの野郎、なんであんなにじゃくってあたけるんだ。」

原口が言った。木暮は急に考えこんだ目つきになって、

「それは、軍隊のせいだとおれは思うな。軍隊へ入るとみんなああなっちゃうんだ。豆粕《まめかす》みたいに上からぎゅうぎゅうしぼりあげられているうちに、人間として大事なものをなくしちまうのさ……。それを下っぱのうちはみんな小さくなって我慢してるけど、やがて兵長になって善行章《やまがた》でもつくと、その反動がくるんだ。いままでの借りを返そうと思ってな。おれにはその気持はわかるな。ここじゃなんといったって階級の威力は絶対だから、いい気持なんだよ。」

「そんなことはわかってるさ。だけど全部が全部、中元や平屋兵長みたいになるっていうわけじゃないぞ。」

と、おれが口をはさむと、木暮は溜息をついて穏やかな声で言った。

「まあ、そこは人柄にもよるだろうけど、でもだいたい十人のうち六、七人はそうなるんじゃないのかな、知らず知らずのうちに……。それに自分じゃそうなりたくないと思っても、はたのもっと上の連中が、それじゃ通さないからな。軍隊ってそういうとこよ、うまくできてるんだ、なあ、山岸。」

声をかけられて、山岸はピョンピョンの台紙の上から顔をあげて言った。

「木暮はやっぱり中学出てるだけあって考えてるなあ。でもさ、前にほら、高雄《たかお》に転勤していった生駒兵長、あれなんか話のわかるいい兵長だったぞ。なにかあると、すぐ若い兵隊をかばってくれたし、いつも静かで文句一つ言わなかったし、中にゃああいう兵長もいるんだぜ。」

「だから人によりけりさ。」

「いまの兵長の中じゃ」とおれは言った。「野瀬兵長なんかいいほうだろう。わりと人はいいな。おれも来てから野瀬さんが棍棒を持ったのを見たことないもの……。」

「うん、ありゃいいんだ。助平だけどな。それから岡沢兵長、早川兵長、桶谷兵長なんかも、まああだな……。」

原口が言った。すると木暮が笑いながら一座の顔を見まわして、

「おれたち同年兵の中じゃ、さしあたり原口や桜田なんかが兵長になると、張りきるんじゃないのかな。」

「おれもそう思うな。だけどおれはいやだぞ。棍棒なんか頼まれたって持たないよ。」

山岸はムキになってそう言うと、また一人でピョンピョンをはじめた。

桜田は木暮にそういわれても、口もとにうすら笑いをうかべて例の写真をいじりまわしていたが、

「そんなこたあ兵長になってみなくちゃわかるもんか、……それより、おれも中元じゃないけど、この悦ちゃんに返事出して文通でもしてみるかな。」

「お前、それ本気か。」

木暮が言った。

「本気さ、だってこりゃ、おれの未来のお嫁さんかも知れないじゃないか。」

「阿呆《あほう》、毎晩ケツに棍棒をかまされてるくせして、お嫁さんでもないもんだ。おヘソが茶をわかすぞ。」

「まあ、そう言うな。おたのしみ、おたのしみ……。」

そう言って桜田は写真にうやうやしく一礼して、それをポケットにしまいこんだが、むろん彼も本気にそんなことを考えているわけじゃない。あと二、三時間もすれば、写真のこと

なんかけろりと忘れてしまうだろう。こんなへらず口を叩《たた》いていても、おれたちにとっちゃ、女はまだなんの力も持っちゃいないのである。

するとそこへひょっこりやってきたのが弓村だ。従兵室からうまくぬけだしてきたらしい。これを見て木暮が言った。

「おー来たな、三等郵便局長、待ってたぞ。」

弓村はにやにやしながら、

「おい、みんな目をつぶれ、今日はお前らにいいものをもってきたぞ。デッキへいってもいないから、たいていこっちだろうと思ってきたんだ。」

と言って、おれたちの間に割りこむと、ズボンのポケットから、なにやらごそごそ引っぱりだした。見ると、うまそうな菓子の袋だ。おまけにそいつを、ちゃんと一人一袋あて出してくれたもんだ。

おれたちは顔をつきだして、いっせいに生つばをのみこんだ。桜田は、いきなり袋をひったくって破って、

「おッ、こいつはアンコの入った本物のまんじゅうだ。」

と叫んだ。原口も目を細くして、

「お嬢ちゃん、われやっぱりいいとこあるな、見直したぞ。」

弓村はわざと、おおようにかまえて、

「どうだ、慰問袋なんかより、こっちのほうがいいだろう。」

「いいとも。花よりだんごだ。」

おれたちはさっそく袋をかかえて通風筒のかげに身を寄せあった。せっかくのまんじゅうだが、ゆっくり味わっているひまなんかない。見つかっては面倒だ。原口はあわてて、のどにつかえて目を白黒させたが、山岸が、その背中をたたいてやっと通してやった。こうしておれたちは、ものの二、三分とたたないうちに、それぞれ四つのまんじゅうをきれいに胃袋に格納してしまったのである。

木暮は満足そうに袋をまるめながら、

「ああうまかった。弓村、恩にきるぞ。」

と言った。そこでおれも、

「まったくだ。……ところでお嬢ちゃん、こいつは秋津丸がけさ内地から持ってきたやつだろう。士官だけじゃなく、あとで下士官兵にも配給になるのか。」

と聞いてみた。弓村はうなずいて、

「もちろんさ。だけど酒保どめ中のうちの分隊だきゃおあずけだよ。……だからお前らにゃ、おれが内緒で食べさせてやったんだ。ありがたく思え。」

「それで酒保どめはまだ解けそうもないか、どうだい、分隊長なにか言ってなかったか？」

と、おれが聞くと、弓村は首をふった。

「だけど、どこまで意地をはるつもりなんだろう、一体……。」

「わかるもんか、そんなこと。本人は痛くもかゆくもないんだから。」弓村が言った。「あれで自分じゃ毎晩ウイスキーを飲んだり、ときにゃピーヤへ行ったりして、勝手な真似してるんだから。せんだってもよ、上陸するというからサックを五つもポケットに入れておいてやったんだ。そうしたらさ、帰ってからみると一つも残ってないんだ。」

「ふん。下士官兵は上陸させないで、酒保どめなんかくわしておいて、士官なんて勝手なもんだなあ……。」

木暮がいまいましそうに顔をしかめた。

「だからさ、まあ当分見込みはないな、覚悟しておけよ。」

おれたちはがっかりした。糧秣《りょうまつ》船の秋津丸がついたので、おそらく今日あたりから酒保どめが解けるだろうと期待していたからである。

すると桜田が口をぬぐいながら顔をあげて、

「だけど弓村、お前そこんとこヤマネコに言ってやれよ、そんなにいつまでも酒保どめにしておくと、兵隊はいざっていうときに言うことときかないって。お前、だてに従兵に出てるんじゃないんだぞ。」

「ばかたれ、言って通ずるようなヤマさんだったら苦労しねえや。」

と弓村は笑って言った。

それからおれたちはみんなでスゴロクをはじめた。とにかく弓村のおかげで、久しぶりに甘いものにありつけたのだから、みんな機嫌がいい。おれたちは何もかも忘れてサイコロをふった。

空と海はひとつらなりに青く澄んで、はるか水平線にとけこんでいる。島のほうから、ときどき涼しい風が吹きよせてくる。おれたちはときどき顔を見合わせて、わけもなく笑い合った。デッキでは、まちがっても見せたことのない心からの笑いを……。笑いは目から手や足にもひろがった。

けれども、こんなのんびりした気分も長くは続かなかった。まもなく拡声器で「一、二番ランチ揚げ方用意」の号令がかかったのである。こんなとき、なにはさておき一番先に駆けていかなくちゃならないのはおれたち若い兵隊だ。そこで、分解した兵器の後始末は砲塔当番の木暮に頼んで、おれたちは急いで後部へ駆けていったが、これでまたたっぷり一時間は作業だ。そして、次にはもう別科の時間が待っている。休業日の別科といえば、きまって軍歌だ。これは総員露天甲板に集まって、副直将校か甲板士官の音頭で、目の高さにあげてもった軍歌帳を見ながら、その場で足踏みをしたり、輪になって行進したりしながら大声をはりあげて軍歌をうたうのである。

とにかくこんなことで、せっかくの休業もあっけなく終ってしまった。が、考えてみると、もともとおれたち兵隊には、自分の自由に使える時間なんかないのである。一見あるようにみえても、それはいつでも相手によって取りあげられてしまうあてがいぶちの時間なのだ。

9

花田の食事は、毎回班の若い兵隊が交代でデッキから届けることになっていた。おれはこの日も出かけるまえに、彼の食器にはできるだけ大目につめてやった。拘禁中の花田にしてみれば、食うことだけが唯一のたのしみだろうと思ったからである。

禁錮室は水線下にあるので、外部の物音はほとんど聞えない。いつもながらうす暗くて無気味なほど静かだ。ただ入口の金網の前に剣帯をしめた番兵が一人立っているだけである。(番兵はたいてい他分隊の兵長だった。)番兵は、おれが食事をもって入っていくと、一応お盆の上に余計なものがのっていないかどうか調べてから、中にむかって言った。

「おい、かいばがきたぞ。」

おれは番兵に入口の鍵をあけてもらって中に入った。それから、壁ぎわに両手を膝にのせたまま正座している花田の前にお盆をおいた。

「花田、ほら夕食だ。はやく食べろよ。」

「どうもすいません。」

花田は低い声で言ってお盆に手をのばした。そこで、おれは入口までさがって彼の食べおわるのを待った。ついでに空の食器をもって帰らなくちゃならないからである。

すると番兵は、おれのいるうちだと思ったのか、「おれ、ちょっと厠へいってくるからその間あとを頼むぞ。」とおれに言い残して上にあがってしまった。番兵がいなけりゃこっちも気が楽だ。おれは入口のハッチの上に腰をおろして中の花田に話しかけた。

「どうだ、花田。」

「はあ……。」

と花田もやっとゆるんだ顔をみせた。

「体のほうはなんともないのか。」

「はあ別に……。」

「そうか、……でも具合が悪くなったらすぐ番兵に言って診察をうけろよ。こんなところで病気にでもなったら、よけいつまんないからな。」

「はい。」

「だけど辛いだろう？　そうして一日中鉄板の上にじっと坐ってるのも。」

「はあ、……でも……。」

「軍艦ってこんなところよ。」

「はあ、……だんだんわかってきました。」

「そうだろうな……。」

おれはうなずいて、あらためて金網ごしに花田を見たが、その顔は、まるでしなびたうどの茎のようだ。ふだんから色白のところへもってきて、あれ以来ずっと陽にあたっていないせいだろう。

花田はときどき顔をむけるだけで、返事をするのさえもどかしそうに夢中で箸《はし》を動かしていたが、まさか花田自身も、乗艦早々、こんなことになるとは夢にも想像しなかったろう。

けれども、そういう思わぬあてはずれのあるのが軍隊の軍隊たる所以《ゆえん》だ。いずれにしろ軍隊というところは、いったん軍服を着せられてしまえば、なにごとも馬鹿になって、いってつにそれに耐えていくか、さもなければ逃亡するか、死ぬ以外にのがれる道はないのだ。それにしても、ただの一度でも、この軍艦からのがれて、独りになって、広大な空にむかってちぢかんでいた手足をぞんぶんに伸ばしてみたいという誘惑を感じなかった、といいきれる水兵が一人でもいるだろうか。

　花田の場合もおそらくそうだろう。最初から逃げようという計画的な意志があったわけじゃない。誘惑の魔がさしたというか、あの時はあまりの恐ろしさに、一時頭がへんになってしまったにちがいない。冷静にあとさきのことを考えるだけの余裕はなかったのにちがいない。むろんこのことによって、花田は逃亡兵のレッテルをはられ、兵隊生活を台無しにしてしまった。だがそれが花田にとって果して不幸なのかどうか、それはおれにもわからない。

　それに戦争のさ中だ。不幸もくそもない。お互いにいつ戦場に果てるかわからないじゃないか――。

　花田は食べ終って満足そうに大きな溜息をついた。さっきよりいくらか元気が出てきたらしい。

「どうだ、いっぱいになったか。」

「はあ、もりがいいので、……ありがとうございました。」

「お前、夜はよく眠れるのか。」

「はあ、……でも一晩中夢ばっかり見ています。それもたいていうちのことなんですが……。」

　と花田はしんみりした声で言う。その声の調子から、彼がなにを考えているのかおれにも想像がつく。内地といえば、それは秋田の山の中の貧しい百姓家だ。軒の低い萱葺《かやぶ》きの屋根、黒く煤《すす》けた天井、自在鉤《かぎ》のさがっているとば口の囲炉裏、そしてまわりは畠《はたけ》と田圃《たんぼ》と奥羽《おうう》山系の山々。彼はそこで半年前は、友だちと山鳩を追っかけ、魚を釣り、口笛を吹きながら、のんびりと土手の草でも刈っていただろう。それが今はどうだ……。金網の中の禁錮囚だ。

「うちといやあ、そうだ、昨日お前んとこへ小包がきてたぞ。手紙や慰問袋と一緒にチストん中へ入れておいたけど。」

「そうですか。」と花田はちょっと目もとをゆるめて、「きっと中身は干柿です。内地をたつまえ、うちからそんなハガキがありましたから。かまわないからあとでみんなであけて食べて下さい。」

「いいよ。お前がここを出るときの楽しみにしとけ。そのときはおれたちもご馳走《ちそう》になるから。」

するとと花田が言いにくそうに、

「あの……、デッキじゃわたしのことを色々言ってるんでしょうね。」

「そりゃ、なかにゃ言ってるやつもいるけど、でもそんなことといちいち気にしてたら、お前これからやっていけないぞ。」

「酒保どめはまだつづいてるんでしょう?」

「うん、落書の犯人があがらないうちは、まだ当分つづくんじゃないかな、きっと……。」

「そうでしょうね。」

と花田は急に考えこんでしまったが、やがて思いつめたような声でこう言った。

「北野さん、あの落書ね、……あれを書いたものを、わたしは知っているんです。」

「なに、知ってる？」おれはびっくりして金網に顔をおしつけた。「誰だ、そりゃ。」

「坪井兵長だと思います」

「なに、坪井？　それ本当か。」

「はあ、あのとき、ちょうどわたしは外にチンケースのゴミを捨てにいったでしょう。あの帰りがけに見たんです。むこうは気がつかなかったようですが……。」

「それで坪井兵長一人だけか。」

「いえ、ほかにもいっしょに二、三人いたようですが、みんな寝そべっていて顔も暗くてよくわかりませんでした。でも坪井兵長がチョークで何か書いているのは、ローソクの光でたしかに……。」

花田はそこまで言ってあわてて口をつぐんでしまった。上のラッタルをおりてくる足音をききつけたからである。番兵だ。ひまがとれたのは、ついでに煙草盆あたりで一服してきたのだろう。もう二人でこんな話なんかしちゃいられない。そこでおれも空の食器をうけとって、あわてて腰をあげながら言った。

「おい、いまのこと、だれかほかにも話したのか。」

「いえ、まだだれにも……。」

「そうか。いいか、このことはだれにも言うな。ここだけの話だぞ。ばれるとまたえらいことになるからな。」

「はい、わかっています。」

「じゃ、おれはかえるぞ。お前もあともう少しだから頑張れよ。またおれあしたくるから……。」

「はあ、どうもすいませんでした。」

おれは、それから入ってきた番兵と入れちがいに禁錮室を出たが、デッキに戻ってからも花田の言ったことが頭をはなれなかった。やっぱりあの落書は兵長たちの仕業だった。おれが想像していたとおりである。

けれどもおれは、それをみんなにばらす気にはなれなかった。たとえばらしたところで、それをそのままうけて黙っているような兵長たちじゃなし、またそれにはどうしても目撃者の花田を引きあいにださなくちゃならない。そうなればデッキはどんなことになるか。それこそ積んだ火薬に火をつけるようなものだろう。そんなら酒保止めぐらいで、このままそっとしておいたほうがまだしもだ、とおれは考えたのである。

それから三日目の午後、花田は拘禁をとかれて、まる十日ぶりでデッキにかえってきた。花田のその後のあつかいについては、まえもって分隊長や分隊士から固く言われていたので、兵長や下士官たちもそっとして、あたらずさわらずだった。ただ塚本班長だけが、長々とおきまりの説教をたれたぐらいのものである。

おれはやっぱりあの落書の一件は、言わずにおいてよかったと思った。もしあれをばらしておいたら、帰りばな花田はまたどんな目にあわされたかわからない。おれはその晩、もういっぺん花田に口止めしておいた。

第四章

1

紀元節だ。こういうたまの祝日は、どの艦でもたいてい朝から休業ときまっている。ところが播磨ではそれどころじゃなかった。実は、本艦がいよいよ今日から姉妹艦の大和にかわって、連合艦隊の旗艦になるのだ。

いつもの朝の「日課手入れ」がすむと、おれたち乗組員はさっそく二種軍装に着かえ、勲章のあるものは勲章をつけて前甲板に集合した。まず紀元節の儀式だ。これは例によって艦長の勅諭奉読と訓示、宮城遙拝《ようはい》で三十分程で済んだ。普通ならこれですぐ解散になり、「酒保開け」があって、分隊ごとに即席の演芸会でもはじまるところだが、今日ばかりはそうはいかない。まもなく山本《やまもと》司令長官が、幕僚とともに乗りこんでくる。それを「総員登舷礼《とうげんれい》」

をもって迎えなくちゃならないのだ。

式後おれたち乗組員は、こんどは右舷の露天甲板に整列し、そこで大和からやってくる長官の到着を待っていた。

やがて大将旗を艦尾に立てて長官艇が右舷梯《げんてい》に横づけになった。艦上は急に水をうったように静まりかえった。おれたちは当直将校の号令で、総員不動の姿勢をとって舷門に注目した。

長官が舷梯をあがって、舷内に一歩足をかけると、同時に軍楽隊が吹奏楽をはじめ、運用士は登舷礼のホイッスルを吹き鳴らし、マストには長官旗が掲げられた。

舷門をおりたところで長官は、ちょっとの間足をとめ、ひょいと艦橋のほうを見上げた。きちんと折目のついた二種軍装を着て、片手に紫の綸子《りんず》の袋に包んだ軍刀をさげ、口を一の字に結んで立っているところは、銅像のようにどっしりとして、いかにも艦隊を率いる提督にふさわしかった。といって、猛将気どりのいかつさや陰険さはどこにもない。もしある画家が長官の肖像を描くとしたら予《あらかじ》めこの程度の特徴は抑えるだろう。「小柄で中肉、頭は五分刈、理知的な広い額、太い眉毛《まゆげ》、一重瞼《まぶた》の黒い目、真っ直ぐな鼻、肉の厚いひきしまった唇、とがった下あご。」けれども肖像画がおれたちに縁がないのと同じように、長官ともなると、あんまりえらすぎて、正直のところピンとこないのだ。

長官は、本艦の艦長となにやら二言、三言言葉をかわしていたが、まもなく軍刀を左手にもちかえ、まわりに棒のように固くなって立っている士官たちの敬礼を受けながら、艦長の先導で、足早に長官公室のハッチを降りていった。そのあとにぞろぞろと金モールの幕僚たちがつづいた。

おれたちは解散し、まもなくそこを退いた。

本艦が旗艦になって喜んだのは、なかでも現役パリパリの下士官と兵長たちだった。彼らが自慢して言うのには、旗艦にはいろんな恩典がある。まず叙勲の際、勲章にあぶれることはないし、進級率もよその艦にくらべたらずっと割がいい。それに、旗艦の乗組員だといえば、はたの聞えもいい。だから、どうせなら旗艦に乗ってなくちゃ損だというわけだ。

けれども、おれたち若い兵隊は、そんなに手ばなしで喜んじゃいられない。むろん勲章がもらえて、進級がいいのにこしたことはないが、それよりも、旗艦としてこれから日増しに厳しくなっていく軍規風紀だ。そのほうが勲章なんかより、おれたちにとってははるかに切実だった。

事実、その翌日から、すべてが旗艦中心主義になり、艦内の空気は一変した。それは、いろんな細かい勤務の点にまでおよんだ。

例えば、作業中暑くても上着をぬいではいけない。露天甲板は駆足で通らなくちゃいけない。番兵は自今二種軍装に脚絆《きゃはん》をつけなくちゃいけない。また朝夕の軍艦旗の揚げ卸しには、総員後甲板に整列しなくちゃいけない。それから夜の甲板整列だ。これがまた一段とはげしくなった。おれたちは、そこで毎晩兵長たちから〝お前らはそんなことで旗艦の兵隊がつとまるか〟という、あらたな口実をおしつけられたのである。

それればかりじゃない。旗艦になると、居住区はとたんに窮屈になった。だいいち二千三百人もの乗員をかかえていたところへ、あらたに二百人余りの司令部要員が乗りこんできたのである。分隊によっては、だからそれまで倉庫にしていた通風のよくない最下甲板にまで居住区を移さなければならなかった。

おまけに長官室のある右舷の通路と露天甲板は通行が禁止された。長官に足音がひびいてはいけないというので……。そのためおれたち乗員は、右舷に用事がある場合でも、わざわざ左舷の通路をまわっていかなくちゃならなかった。いわば播磨は、司令部に片舷をそっくり占領されてしまったようなものだった。

長官は、朝夕の軍艦旗の揚げ卸しには、いつもきちんと正装して幕僚たちと後甲板に出てきたが、ふだんはめったに顔をみせなかった。それに長官のいる右舷中部の露天甲板は、ぐるりを横幕でかこって、外からはなにも見えないようにしてしまった。

従兵の話では、長官は日中そこで食後の涼みをとったり、ときには幕僚たちを相手に輪投げをしたり、手裏剣投げをしたりしてくつろぐこともあるが、それ以外は、たいてい公室か私室にこもりっきりになっているらしかった。そんなわけで、同じ艦に乗っていても、おれたちは殆《ほと》んど長官と顔をあわせることはなかった。

長官といえばこんなことがある。いつも昼食の時間になると、長官公室のすぐ上の露天甲板に、正装した軍楽隊員が整列する。最初、おれはなんだろうと思ってそばの番兵に聞いてみると、それは長官が昼めしを食べている間、音楽を聞かせてやるのだという。従兵の合図で、長官が箸《はし》をとると同時に、楽長が指揮棒を振りはじめる。そして長官が箸をおくまで演奏をつづけているんだそうだ。

これにはおれもびっくりした。だって長官は、冷房のきいた公室でゆったりと食事をとっているのに、軍楽隊のほうは、そのあいだじゅう、きゅうくつな詰襟服を着て、炎天下に汗びっしょりになってラッパやクラリネットを吹いていなくちゃならないのだ。これがもしおれだったら、気が気じゃなくて、きっと飯ものどを通らないだろう。

いつだったたか、娑婆《しゃば》で読んだ「山本長官」の伝記には、長官は部下思いのさばけた提督だと書いてあったが、事実はあべこべじゃないか。

なるほど長官一人の威力はたいへんなものかもしれない。そして、そこにはそれなりの理由があるのかもしれない。けれども、もし本当に部下思いの長官なら、冗談にもこんな真似はさせないはずだ。それを長官は平気なんだ。なんとも思わないんだ。あとでこのことを木暮に話したら、「そりゃお前が長官でないからよ。」と笑われたが、おれはそれ以来、長官を今までとはちがった目でみるようになった。

〈間奏〉

（洗濯日。どの分隊の甲板にも、それぞれ配給の真水を入れたオスタップが並べてある。オスタップは、分隊で大中小四組、これだけの水で、分隊員百四十六名の洗いからすすぎまでまかなう。水兵たちは、それぞれ石鹼《せっけん》と洗濯ものをかかえてオスタップのまわりに立っている。みんなはだしで、ズボンの裾《すそ》を膝《ひざ》の上までまくりあげている。その間を、甲板棒をもった甲板士官と三人の艦内甲板下士官が、かけ足で各分隊の用意を見とどけていく。それがすむと、舷門から高声令達器で〝洗濯はじめ〟の号令がかかる。）

望田上曹　（しゃがみながら）「桶谷、われもっと離れろ。そんな汚ねえもの、おれの前にひろげやがって……。」

岡沢兵長　「誰だ、おれがここにおいた石鹼箱もってったのは……。」

中元兵長（若い兵隊のほうを見ながら）「さあ、これから四十分間だ。てっとり早くやれ。時計は待っちゃいないぞ。」
門部二曹「阿部、この野郎、そんないんかん服を、いきなりオスタップにつけるやつがあるか。」
平屋兵長「貴様、ここをどこだと思ってるんだ。いくらでも水の使える娑婆のつもりしやがって……。」（言いながら、阿部を甲板につき倒す。）
阿部一水（起きあがって）「はい、すみません。」
須東兵長「おい、新兵、誰がそんな洗濯の仕方を教えた。いいか、いんかん服みたいな大きいもんは、こうして下に敷いておいて、その上で、まず小ものから先に洗っていくんだ。そうすりゃ、しぜんに下にしみこんで、水はちっとも無駄にならねえだろうが……。」
桶谷兵長「ほら、江南、石鹸ってものは、先に水洗いしておいてからつけるもんだ。そんなんできれいになるかい。」
菅野一曹（うしろの花田に）「おい、マンドリン、そんなにぴちゃぴちゃ泡をとばすな、もっと気をつけてやれ。」
中元兵長（舌うちして）「まったく世話のやけるやつらだ。こっちがいちいち言わなくちゃ、ちょうきゅうに（きちんと）洗濯もできねえんだから、……いいか、口で言ってわからなけりゃ、わかるようにしてやるぞ。」

野瀬兵長 「そんなこと言ったたって、なにも水さえたっぷり配給してくれりゃ文句はねえんだ。」

門部二曹 「士官にゃ毎晩風呂《バス》にたてる水はあっても、下士官兵の洗濯にまわす水なんかないんだとよお。」

望田上曹 (襦袢《じゅばん》に石鹸をこすりつけながら、うんざりした声で)「あーぁ、ちきしょう、ちゃんとかあちゃんがいるっていうのに、こんな洗濯なんかさせやがって……。」

須東兵長 「ほら、若い兵隊は、さっさと下士官たちのやつを洗ってやらんかい。自分のだけやればいいと思ったら大間違いだぞ。」

平屋兵長 (ふんと鼻をならして)「おれらの若いころは、古い下士官なんかに洗濯なんかさせなかったもんだ。それをこのごろの若いのときたら、どいつもこいつもでれでれしやがって……。」

北野上水 (そばの江南に小声で)「おれがあとをやってやるから、お前は行って望田兵曹のを洗ってやれ。早くしないと、またやられるから……。」

(江南はあわてて望田兵曹のところへとんでいく。)

花田一水　（額に石鹸の泡をつけたまま、塚本兵曹の前にはいつくばるようにしている。）「わたしが洗います、班長、わたしが……。」

塚本上曹　（じゃけんに）「いいったら、お前なんかにやってもらったら、あとがおっそろしくて……。」

花田一水　「班長、やらせて下さい。やらせて下さい。わたしにやらせて下さい。」

中元兵長　「あほんだら。言われてっからやるようじゃおそいわい。ぼやぼやしやがって。それとも貴様、この石鹸、口ん中につっこんでほしいか、ふん……。」

坪井兵長　「おい中元、あんまり言うなよ。またおじけづいて逃げられると面倒だからよ。」

中元兵長　「なに逃げたって、艦ん中じゃたかが知れてますよ。どうせ厠《かわや》か砲塔の中ですからね。」

門部二曹　（時計を見て）「さあ、洗いおわったら、そろそろゆすごうぜ。みんな石鹸水をよくしぼって……。」

菅野一曹　「では、水のきれいなうちにゆすがせてもらいますかね。すまないねえ。」

（下士官から階級順にゆすぎはじめる。）

坪井兵長「おい、原口、お前なんかまださがってろ。兵長だってゆすいじゃいないぞ。それから野瀬、われのそのきたねえ褌《ふんどし》もあとまわし、あとまわし。」
野瀬兵長（頓狂《とんきょう》な声で）「ひえッ、そんな無茶な。これでも大事なあそこのハンモックだからね。」
坪井兵長「なにをぬかす。毎晩せんずりこいて、汚していやがってからに……。」

（みんな笑う）

平屋兵長（金歯をむいて）「そら石毛、そんなにぼたぼたこぼすやつがあるか。水をなんと思ってるんだ。いいか、軍艦じゃ、水の一滴は血の一滴だぞ。」
塚本上曹「そういうやつにゃ、これからてめえの小便《しょんべん》でゆすがせろ。」
山岸上水（オスタップの黒く濁った水を見ながら小声で）「やっとおれたちの順番がくるとこれだもの……。これでシャツや靴下が黄色になんなきゃ不思議だよ。」
桜田上水「まったくだ。でも仕方がないや。くよくよすんない。どだい配給の水がすくねえんだ。」

2

旗艦になって四日目の朝だった。播磨は演習のため久しぶりに泊地を出港した。この演習には、同じ戦隊の大和と長門、それに三戦隊の金剛、榛名もくわわった。

風のないおだやかな日で、視界もよく、航海にはもってこいの天気だった。五隻の戦艦は、両側に駆逐艦を哨戒《しょうかい》に立て、八時には、旗艦の播磨を先頭に外海へ出ていった。

その日は一日、測的、応急、対空、対潜などの各訓練を行なって、夜は洋上に錨《いかり》をおろして仮泊した。

翌日は昼から実弾射撃が行なわれた。

各艦は射撃前になると、いっせいに最大戦速をあげて、針路《コース》を東北方にとって進んだ。そのはるか沖合を、駆逐艦が標的を曳航《えいこう》していく。標的は、望遠鏡でやっと見えるくらいの小さな一つの点だ。それにむかって各艦が日ごろの腕を競うわけだ。

おれたち砲員は、いつもより早めに昼食をすませて配置についた。みんな戦闘服装に白鉢巻で顔つきも真剣だ。けれども、実弾といったって別にあわてることはない。やることはふだんの操法とかわりはないのだ。それに方位盤照準だから、標的に命中するしないは、すべて指揮所《トップ》の射手の腕前いかんで、直接砲員には関係がない。おれたちはただ砲側で発射に間に合うように弾薬を装塡《そうてん》してやればいいのである。砲員長の塚本兵曹も、いよいよ時間になると、くどいほどそんな意味のことを言って、固くなっている砲員たちの気持を落着かせようとつとめたものだ。

ところが、なにごともその場になってみなくちゃわからないもので、おれたちの砲はこの射撃であやうく一発ミスを出すところだった。五番砲手の江南が、初弾の音にびっくりして、手にした二発目の火薬囊《のう》を砲鞍《ほうあん》下に落してしまったのである。おまけに小便までもらして、すっかりあがってしまった。

あわてたのは一番砲手のおれだ。いくら弾こめがすんでも火薬がなくちゃ弾は出ていかない。射手だって、照準角度に砲身をもっていくことができない。むろん二メートル下の砲鞍下から落した火薬を拾いあげてくるだけの時間の余裕もない。これにはさすがの砲員長も血相かえてしまった。無理もない。砲員にとってミスを出すほど不面目なことはないからである。

そこで、おれがとっさに思いついたのは、常時砲側においてある三発の予備火薬だ。ただしこれは緊急の実戦用のもので、ふだんは無断で手をふれてはいけないことになっている。けれども、いまはそんなことといっちゃいられない。いくら演習でも、弾が出るか出ないかの瀬戸際だ。

そこでおれはいきなりそいつを引っぱりだして、こめるが早いか尾栓をしめてやった。見ると、中と左砲の二門はすでに照準に入っている。だが、まだ発射はしていない。間に合ったのだ。それは時間にしたらほんの五、六秒の間のことだったが、さいわいこの時はまだ指《ト》揮所《ツプ》のほうが初弾の弾着を観測中で、引金をひいていなかったので、こんな芸当もできたのである。

それでも射手の門部兵曹が、砲を大急ぎで照準点にもっていったのとほとんど同時くらいに発射したから、あと一秒も遅れていたらとても一斉射撃には間にあわなかったろう。まったくきわどいところだった。もっともその次からは、江南も正気にかえったので、別にまごつくこともなく無事にのこりの四発を打ち終ることができた。

けれども射撃がすんでからの江南はみじめだった。彼は早速砲員長に呼びつけられ、指揮棒でいやというほどぶん殴られたあげく、その罰直として、落した火薬嚢を両手で頭の上に支えさせられた。重さ五貫目もある火薬嚢を……。しかも、そうして二時間近く四十度をこす暑い砲塔のなかに立っていなければならなかった。

まったく最近の彼は、はた目にもはっとするほどげっそりやせてしまった。おれと一緒に転勤してきたころは、顔もまだ子供っぽく、すべすべしてツヤがあったのに、今ではそこらじゅう田虫やアセモにおかされて見るかげもない。わずか二カ月足らずのうちに、どうしてこんなにしなびたように変ってしまったかと思われるほどだ。もしここへ彼のおっ母《か》さんを連れてきて、「これがあなたの息子さんです。」といったって、おそらく本当にしないだろう。

3

戦艦戦隊は、三時すぎそろって帰路についた。二日間にわたった演習も、これで終ったのである。

播磨はその先頭を十八ノットの速力で走っていく。午後から風が出て、海はいくぶん時化《しけ》てきたが、このままいけば二時間後には泊地につくというから、日没前にはらくに入港できるだろう。

おれたちは急いで砲塔の後始末をすますと、甲板へおりていった。長いこと暑い砲塔にこもっていたあとだけに、甲板の爽快《そうかい》さはまた格別だ。艦首のほうから風がびゅうびゅう吹きこんできて、とても涼しい。おれたちは夢中で汗だくになった胸をひろげた。

けれども、それからいくらもたたないうちである。とつぜん分隊長から、分隊員集合の号令がかかった。航海中いったいなんだろう。ひょっとすると、江南のことでも洩《も》れたのか。

おれたちはぶつぶつ言いながら受持甲板に整列したが、みんな内心、気が気じゃない。総員集合というと、きまってろくなことはないからである。けれどもやがてあらわれた分隊長は、珍らしくご機嫌だった。射撃の成績が予想以上によかったらしい。なんでもおれたちの副砲は、初弾で標的を全部ひっくりかえしてしまったのだそうだ。

山根大尉はいやにはずんだ声で、

「これもお前たち砲員が、日ごろから指揮所と一体になって訓練に励んできた結果であるとわしは思う。もちろん山本長官はじめ艦長も大変満足しておられた。そこでだ、きょうの成績にめんじて、特別に本日から分隊の酒保どめをとくことにする……。」

とたんに分隊員の顔は喜びにかがやいた。なにしろ一月あまり続いた酒保どめがやっととけたのだ。それにあの艦底の落書の一件もこれでどうやら時効になったらしい。おれたちは、弾が命中したことなんかより、このほうがはるかにうれしかった。

おまけにその晩はさっそく入港後、射撃祝いとして、二人に三本あてのビールと酒二合、それに酒の肴《さかな》として、鰯《いわし》や鮭の罐詰《かんづめ》、羊かんなどが乗組員全員に配給になった。これにはみんな目の色を変えた。だってこんな豪勢な配給にありつけるなんて、予想もしていなかったからである。とにかくこれだけあれば、久かたぶりに酒保気分が味わえるというもんだ。

やがて時間になると、分隊では食卓をたたんでビームの上にあげ、床にケンバスを敷いて、その上にみんなあぐらをかいて坐《すわ》りこんだ。おれたちの前には、ビール瓶や一升瓶がずらりと煙突のように並んでいる。宴会はまず先任下士官の乾杯の音頭ではじまったが、今日ばかりは艦をあげてのお祝いだから、若い兵隊もおおっぴらだ。飲めるやつは遠慮しなくてもいい。要するに無礼講だ。そこでみんなはさかんに湯呑《ゆのみ》をあけ、くしゃくしゃと罐詰をつつきあった。その間を若い兵隊たちが下士官、兵長たちのお酌にたちまわる。デッキはたちまち市《いち》がたったようなさわぎだ。

「おい、みんな景気よくやれ、景気よく……。」

「大きいことといって、そんなに飲むほどあるのか。」

「心配するな、なくなったらかまうこたあねえ、士官室にいって、ヤマネコの名前で箱ごとひっかついでこい。」

「ちきしょう、もう下のほうがポッポしておったたってきやがったぜ……。」

「阿呆《あほう》、いくらおったたったって、ここにゃ毛のはえたはまぐりなんかどこにもねえぞ。」

「それじゃこの一升瓶で間にあわしちまえ。」

「あーあー、いれたいな、すっぽりいれたいなー。」

笑いがとび、声がもつれあった。だんだん酔いがまわってきたのである。すると、みんなの声を圧して、どら声をはりあげて歌いだしたのは野瀬兵長だ。

腰のバンドにすがりつき
つれていきゃんせ　どこまでも
つれていくのは　やすけれど
女のせない　いくさ艦
女のせない　軍艦《ふね》ならば
みどり黒髪　たちきって
…………

すると今度は菅野兵曹が真っ赤な顔をふって歌いだした。それにみんなが手拍子をうってあわせる。

わたしとあなたは　卵の黄身よ
さあ　よい　よい
わたしゃ白身で　ヤレホニ　黄身をだく
マタハリヌ　チンダラカヌシャマヨ

いれてもちゃげて　気のいくときは
さあ　よい　よい
…………

と、そのあとをまた別の声が追っかける。

いやじゃありませんか　海軍は
鉄《かね》の茶碗《ちゃわん》に　竹の箸
仏さまでもあるまいし
一膳《いちぜん》めしとは　なさけない

みんな大声で、口々にうたった。うたごえはまわりの壁をふるわせ、天井にどよめき、ふたたび舞いおりて、そこからまた別の歌をうたいついでいく……。

歌はつづいた。けれどももう歌詞も曲もあったもんじゃない。ただ出まかせにわめいているだけだ。ケンバスの上では空罐がころがり、湯呑がとび、一升瓶がひっくりかえった。もうこうなると、射撃祝いというより酒保止めのうさばらしだ。デッキはやがてめちゃくちゃに荒れだした。

「おい、五箇条はどうした、五箇条」

ヒゲの先にビールの泡をくっつけたまま望田兵曹がどなった。

「やれい、べらぼうめ、酒保止めの解禁祝いだ、……おい、みんな、やれい、五箇条やれい。」

一つ軍人は要領を尽すを本分とすべし
一つ軍人は外出を正しくすべし
一つ軍人は女を尚《とうと》ぶべし
一つ軍人はギンバイを重んずべし
一つ軍人は満期を旨とすべし

「つぎ、軍艦操典やれ、軍艦操典、誰かやらんか。」

「よーし、おれがやるわ。」

立ち上がったのは平屋兵長だ。

「おお、まってました……。」

「やれ、やれ。」

「東西、東西。」

平屋兵長は開いた両手でみんなの騒ぎをおさえるようにして、

「下士官兵とは何ぞや。」

と酔いのまわっただみ声をはりあげた。

「下士官兵とは、おおむね農家の二男、三男にして、平時にありては重量物の運搬に適し、戦時にありては準士官以上の弾よけとなる……。」

「馬鹿野郎、ぬかすな。」

「それからどうした。」

「日に三度の銀めしをあたうれば、喜々として万歳を三唱す。夜ともなれば空中高く六尺のハンモックを吊《つ》り、殴られた尻《ケツ》をなぜながらおもむろに袋にはいり、水虫の手入れをなし、果ては穴熊のごとく安眠を貪《むさ》ぼる。朝ともなれば、東天の白む頃、鶏の如く裸足《はだし》にて飛びおきて、弁慶蟹《がに》の如く甲板を這《は》いずりまわるみじめな動物なり。」

これを聞いてどなったのが塚本兵曹だ。

「なんだと、下士官兵、下士官兵って馬鹿にすんない。ふん、下士官兵がいなかったら、この七万トンの戦艦だって動きゃしねえんだぞ。」

「そうだ、そうだ。」

「そんだったら、もっと酒もってこい。」

「こんどは士官はー？」

かわって立ちあがった坪井兵長は、腰からうえ裸だ。

「士官とは何ぞや。」

「士官とはおおむね学校出の天狗《てんぐ》にして、腰におもちゃの如き短剣をちゃらつかせ、無為無能のくせに、事ある毎に命令を発して威張り散らす。」

「ようよう、その通り。」

「ヤマネコをひっぱってきて聞かしてやれ。」

「ほれ、その先は……。」

「艦内にあっては美食をくらい、私室にうたたね、入港すれば毎晩の上陸をいいことにして、レス（料亭）に砲を据え、ハーフ（半玉）だ、P《ピー》（女郎）だ、S《エス》（芸者）だのと、あやしげな陰語をまじえて酒色に溺《おぼ》れ、またひとたび戦闘ともなれば、あぶらげを巻上げる狐の如く、下士官兵の武功を横どりにして、おのれの勲章をふやすことに憂身をやつす、極めて下劣なる動物なり。」

「うまいぞ、大統領。」

「ヤマネコそっくりだあ。」

「あああ、よかチンチン、よかチンチン。」

「ミルクが出るまでよかチンチン。」

おれはビスケットをかじりながら、この乱痴気さわぎをぼんやりと眺めていたが、気分はそれほどはずまなかった。むろんおれも飲むには飲んでいる。いまも目のまわりが赤くほてって、ちょっとしたほろよい気分だ。だがいくら無礼講でも、下士官、兵長たちと一緒だと、これ以上は酔いがまわらない。やっぱりどこかで緊張しているんだ。だから今夜もおれたち若い兵隊は、たいていのものが二、三杯で遠慮して、残りは下士官、兵長たちのほうにまわしてしまった。新兵にいたっては、あとのたたりをおそれて、殆んど口にしていないくらいだ。むろん下士官たちの胃袋には、おれたちの分まで入っているわけで、そのせいか騒ぎはますます派手《はで》になって、しまいには裸踊りまでとびだす始末だった。

まったくこういうときの彼らは底抜けに機嫌がいい。まるで別人のようだ。けれども、これもアルコールが効いている間だけで、さめればまた麻薬のきれた中毒患者のように、もとの彼らにかえるのだ。そうなると、いったい飲んでいるときの彼らが本当なのか、しらふのときの彼らが本当なのか、おれにはわからない。おそらくそのどちらも本当なのかもしれない。

4

「食卓番、手を洗え」の号令があって間もなくである。

　おれが食卓で江南らといっしょに食器をふいていると、そこへさっき烹炊所《ほうすいじょ》に鍋《なべ》をさげに行っていた花田が、青くなってかけこんできた。見ると、運んできたのはめし鍋だけだ。おかしいと思って、どうしたんだ、と聞いてみると、汁鍋がいくら探してもどこにも見つからないというのだ。

「なんだって？　パクられたのか。」

「はあ、……いってみたらもうないんです。」

　これを聞いてあわてたのはおれたち班の若い兵隊だ。こんなことでまた配食が遅れたらどんな目にあうか。それによその班ではもう配食にかかっているし、甲板の煙草盆で一服つけている古い兵隊たちも、そろそろデッキにおりてくる時間だ。

　そこでおれは山岸にあとを頼んで、急いで烹炊所にかけていった。……とにかく早くなんとかしなくちゃならない。花田と江南も、途方に暮れた顔をふってあとを追ってきた。

　鍋の格納棚は烹炊所前の通路に面して、両側に分隊ごとに並んでいる。おれたちの分隊の棚は、ちょうどその一番はずれの茶湯タンクのとなりにあるが、来てみると、なるほど花田の言うとおり棚は空っぽだ。

それにしても、鍋の腹にはちゃんと黒ペンキで大きく2/4という分隊と班の記号が入れてあるのだから、よほどのあわて者でもない限り間違うわけがない。また、そんならそれでちゃんとかわりの鍋があっていいはずだ。ところがどの棚を見ても、すでに持ち去ったあとで、一つも残っていない。してみると、前にも一度となりの三班でやられたように、やっぱり他分隊のやつにパクられたのだ。しかしだからといって、まさかこのまま手ぶらじゃデッキに帰れない。そうなれば、あとは烹炊所を拝みたおす以外に手はないのだ。

烹炊所の入口には「兵員立入禁止」の木の札がぶらさがっている。けれども、もうそんなことをいっちゃいられない。そこでおれは思いきって扉をあけて中へ入っていった。むっとするすえたような生ぬるい臭い……。中では、ゴム長に、しみだらけの前掛をかけた若い主計兵たちが、ホースでさかんに空の蒸気釜を洗っている。するとその中の眼鏡をかけた肥《ふと》っちょの男が、いきなり立っておれを怒鳴りつけた。

「おッ、入口の札が目に入らんのか。」

見ると、胸の名札は一等兵だ。けれどもこっちは立場上、下士官に対するよりもていねいな口調で、汁鍋をパクられたわけを話して、したでに頼みこんだものだ。ところが眼鏡はて

んで相手にしない。いよいよ横柄に肩をそびやかして、

「なにいってんだ、ぼやぼやしやがって、今ごろおかずなんかあるわけがねえじゃねえか。」

ないわけがあるか。さっきもおれは機関科の兵長が南瓜《かぼちゃ》の煮こみをごっそりもらって裏口から出ていったのを見ている。

「でも、少しでいいですから……。」

おれはねばった。すると相手は、そこの調理台の上にあったシャベルのような大きなしゃもじをとりあげて、

「うるせえなあ、帰れ、帰れ、……帰らないとこれだぞ。」

畜生、一等兵のくせにしやがって……。おれはそのしゃもじをひったくって、あべこべにこの男の顔をぶんなぐってやろうと思ったが、やっと我慢した。そんなことをしたら、あとが面倒だからである。そこで今度は、眼鏡から別の男に当ってみた。ところがその男もくえないやつで、なにを言っても返事もしない。

いったい主計兵で話のわかるのはごくまれだ。たいていのやつがこんなふうに横柄で、ケチで、威張屋だ。むろんこれはどの艦でも共通で、誰が威張っているといったって、この主計兵ほど幅をきかして威張っているやつはいない。

それというのも、めしの煮炊きを一手に引きうけているから、そこにどうしても、自分た

ちがみんなに食わせてやっているのだという、ごうまんな親分気取りがでてくるのだ。おまけにそれが始終海の上にいて、食べること以外なんの楽しみもない兵隊を相手ときているから余計だ。

だから、ふだんかげでは、

〝めし炊き主計が兵隊ならば、ちょうちょトンボも鳥のうち〟

などと馬鹿にしているおれたちも、いったん彼らの前に出ると頭があがらない。食べたい一心から、つい心にもなく卑屈になる。乞食《こじき》根性まるだしになる。そこで彼らはますます増長するというわけだ。

おれはねばった。だがどいつもこいつも、おれなんか肩にとまった蠅ほどにも思っちゃいないらしい。あげくのはてに、ホースで水をぶっかけられて外に追いだされてしまった。外には花田と江南が心配して待っていたが、もうこうなったらのぞみはない。あきらめて引きあげよう、糞《くそ》ッ！　あとはどうにでもなれだ。

けれどもそれからである。おれたちにとって一層みじめだったのは……。長いこと待ちぼうけをくったところへ、戻ってきたおれたちは手ぶらときている。班の古い兵隊たちはいきりたった。理由はどうだろうと、かんじんの腹の虫がおさまらない。門部兵曹はすっかり顔をふくらませて、

「大体てめえらがぼやぼやしてるから、こんなことになるんだ。」

するとと平屋兵長が、

「そうじゃねえんだ……。」と食卓のはじに茫然《ぼうぜん》としているおれたちを憎々しげににらみつけて、「こいつら、おかしくておれたちのめし上げなんかできないんだとよおー。」

「まったくうちの若いもんはよくしてくれるぜ、ありがとうさんよ。」

望田兵曹も黙っちゃいない。箸を両手にもって空の食器を叩《たた》きながら、

「はやくおまんまちょうだいよう、ちょうだいよう……。」

班長は、というと、これまたそっぽをむいたままウンともスンともいわない。彼がふてくされたときのくせだが、なんとも無気味だ。しかし今さらわびを入れてみたところでどうなるものでもない。へたに何かいえば相手をよけいたきつけるだけの話だ。

だが、このまま放っておいちゃ班のしめしがつかない。そこで班長の考えついたのが、「食卓あげ」の罰直である。これを聞いておれたちはふるえあがった。だってこの罰直ときたら、あまたある罰直の中でも、きついことにかけちゃ天下一品だ。おれも前に一度駆逐艦でこいつをくらったことがあるが、死ぬ思いをしたもんだ。ところが今度のやつは前のより少し念がいっていて、ただの食卓あげじゃなかった。その上に食卓番をのせるおまけまでくっついたのである。

そこでおれたちは言われたとおり、食卓番の花田と江南を食卓の上にのせて、それを下から五人で頭の上に支えあげたものだ。食卓といっても厚手の板で、長さは四メートルもあるテーブルだ。おまけにその上には、人間二人のほかに、薬罐《やかん》や鍋や並べた食器が乗っかっているから、それを落さないように、みんなでできるだけ平らに持ちあげていなくちゃならない。

おれたちは両足をふんばり、歯をくいしばって、全身の力を平均に両腕にかけたが、これで、班長が「よし」というまでは下におろすことができない。おそらく昼休みいっぱいはこのままだろう。するとたっぷり一時間。ああ、しかしそれまで持ちこたえられるだろうか、持ちこたえたいものだ。

おれたちをとりまいてしばらく文句をつけていた班の古い兵隊は、やがて食欲には勝てなかったとみえて、空いたとなりの食卓をかりておそまきの食事についた。おかずは手持の罐詰をもち出して間にあわせたようだ。うまそうな罐詰の匂いがぷんぷん匂ってくる。まるで空《す》きっ腹のおれたちに意地悪くあてつけているかのように……。

よその班ではもうだいたい食事がすんだらしい。食器を片付ける音ががちゃがちゃ聞えてくる。すると食事のすんだ他班の古い兵隊たちが、妻楊子《つまようじ》をくわえながらおれたちのまわりに集まってくる。煙草盆にあがる前、しばしの見物だ。

「なあんだ、お神輿《みこし》か。」

そう言ってとぼけているのは坪井兵長だ。

「お前たち、ばかに景気がいいじゃねえか、うん。」

菅野兵曹が上を見て笑っていった。

「江南も花田もえらくなったなあ。ええ、そんな高いところへあがっちゃってよお……。」

「おれものっけてもらおうかな、らくちんだろうが。」

中元兵長も笑う。

「おい、どうだお前たち、ついでにそのまんま艦ん中をひと廻《まわ》りしてきたら……。きっとたっぷりお布施が出るぞ。」

だが、若い兵隊たちは決してこっちを見ようとしない。見るのはつらい。怖ろしい。いや見るのが怖ろしいんじゃない。今日は無事に食事をすませても、同じ罰直が明日にも自分たちにふりかかってこないともかぎらない。まったくひとごとじゃない。

おれたちは支えていた。

力んでいるおれの前では、山岸が苦しまぎれにあごをつきだしている。その日焼けした細い首には、血管が青く、縄のようによれている。その向う側で真っ赤な顔をふっているのは、市毛と阿部だ。鍛冶屋《かじ》のふいごのようにのどをひゅうひゅう鳴らしている。けれども、こうしてじっと支えていられるのもはじめのうちだけだった。

そのうちにおれたちの腕はだんだんなまってくる。膝はがくがくする。息づかいは荒くなる。汗が吹き出し目先がぼーとかすんでくる。

すると、それにつれて食卓のほうも、まるで荒海にのりだしたボートのように揺れはじめる。……食器が落ちる。鍋がすべる。薬罐がひっくりかえる。すると兵長たちが怒鳴る。喚《わめ》く。

「おー、お前らのかわりはあっても、薬罐のかわりはねえんだぞ、気をつけろ！」

「そんなことで、こいつらへこたれやがって、だばけるない。」

「なんだ横着して、もっと上にあげんかい、上に……。」

だが、いくらわめかれようと、怒鳴られようと、十本きりのおれたちの腕は、もういうことをきかない。くの字にしなったまま、いまにもポッキリ折れてしまいそうだ。

むろん上にのっかっている二人だって、生きた心地はしない。腕に重量こそかかっていないが、おれたちの力であやうく宙にもちあげられているのだ。二人とも顔をくしゃくしゃにして、ふるえている。おそらく気持の上じゃ、下のおれたちより、もっともっと辛《つら》いにちがいない。

それにしてもどこのどいつだ。あの南瓜汁を鍋ごとギンバイしやがったのは。自分が食卓番なら、鍋をとられればこっちがどんな目にあうかぐらいはわかっているはずだ。それを承知で畜生！　こんど見つけたら半殺しにして海に放りこんでやるぞ……。

おれたちは支えつづけた。

「それ、もっと、それ、もっと、それ、もっと……。」

おれたちは自分で自分を鞭《むち》うった。このままへたばるか、最後までもちこたえるか、全人生はいま、この一事にかかっているのだ。

5

内側短艇庫の中には、箱づめの玉葱《たまねぎ》が山に積んである。これはせんだって内地から輸送船が運んできたものだが、おれたちは、ふだん味もそっけもない乾燥野菜ばかり食わされているので、たまにこういう新鮮な生野菜を見ると目がない。おまけにそれが、かんたんに生でも食える玉葱となるとよけいだ。ナイフでうすめに刻んで醬油《しょうゆ》をかければ、玉葱だってどうして捨てたもんじゃない。なかなか乙な味だ。とりわけその刺激的なところが、暑さでうだっているおれたちの胃袋にゃもってこいだ。

そこでおれたちはときどきこいつをギンバイに出かける。そうすれば班の下士官や兵長たちもご機嫌だし、ついでにこちらの口にも入るからである。むろんねらうのはたいてい夜で、それも一度にたくさんだと目だつので、出かけるたびに二つか三つぐらいずつ小出しに箱からぬいてくるのである。

その晩もおれは消灯後艦内が寝静まったころを見計らって、こっそりギンバイに出かけたものだ。別にこんなに遅くなってからでなくてもいいのだが、まあ用心するにこしたことはない。ついこのあいだも、宵の口にやったところを主計科の兵隊に見つかって散々あごをとられた桜田の例もあるからである。

ラッタルを二つあがって後部上甲板の通路に出ると、そこの流し場のとなりが短艇庫だ。夜間だから入口の防水扉はしめてあるが、コーミング（扉につけてある円い抜け穴）がついているから出入りには差支えない。おれはちょっとあたりをうかがって、それからすばやく中にもぐりこんだ。

むろん中は真っ暗で、あいかわらずきつい玉葱の匂いがむれている。おれは一分ほどそこに立ちどまって、目を暗いのに馴《な》らした。やがて壁ぎわに積みあげてある箱の山が闇の中からぼんやり浮き上がってきた。おれは足もとに用心しながら、すり足でそのほうに体を寄せていった。

するとそのときだった。何か低くささやくような人声を聞きつけたのである。おれはぎょっとしてその場に立ちすくんだ。こいつはいけない。奥に誰かいるんだ。……でもこっちへすぐに寄ってくる気配のないところをみると、張番ではなさそうだ。同じギンバイかもしれない。が、どっちにしても見つかっては面倒だ。おれはあきらめてその場を離れた。急に高くなった奥の声にじっと聞き耳をたてながら……。けれどもすぐまた立ち止まった。なんだかその声に聞きおぼえのあるような気がしたからである。

そこで念のため、おれはもう一度耳をすましてみた。するとこんどは、はっきり聞えた。低いが張りのある声と、声がわりしたばかりのような変につぶれたかすれ声――おれは思わず身体を前にのりだした。だってそれは、こんなところでは予想もしなかった班長と江南の声だったのである。

それにしても、班長がなんでまたこんなところへ……。まさか江南を連れてギンバイにきたわけでもあるまい。そのとき何か物の落ちる音がした。つづいて、いやにねばねばした班長の含み声。おれはとっさに壁ぎわにとんだ。その声の調子から、突然犬のような本能で、ある何事かを嗅《か》ぎつけたのである。たしかに奥の二人の間に何かがある。何かが起っている。おれはもうじっとしていることができなかった。

それからそのまま足音をしのばせて、壁づたいに奥のほうへすり足で進んでいった。するとおれの目に、黒い大きな影がぼんやりかぶさってきた。格納してあるカッターだ。カッターは、運搬台の上にのっているので、実際よりずっと高く見えた。おれはそのへりにぴったり体をくっつけた。そこは、右手が厠、左手は分隊のギヤ（要具庫）になっている。声はそのギヤの中から聞えてくる。

相手に甘くまといつくような班長の下卑た低い笑い声。

「ほら、いいじゃないか……江南、なにが、……うん、バカ……。」

「班長、そ、そんな、……よして、班長、よして下さい、……あ、あ痛い、あ……ああ……。」

と何かもだえているらしいのは、まぎれもなく江南の声だ。

江南のそのうわずった声が、おれの疑惑をさらにかきたてた。もう玉葱どころじゃない。おれはそこから這うようにして、急いでカッターの向う側に廻りこんだ。そこまでくると、厠の常夜燈の光が、管制幕の裾からかすかに洩《も》れていて、しまっているギヤの金網戸のあたりがうすぼんやりと浮いてみえる。略帽の庇《ひさし》をうしろにまわすと、おれは思いきってカッターのかげから、顔をのぞかせ、そのままじっと中のほうをうかがった。が、次の瞬間、どろどろした熱いかたまりを顔いっぱいにぶっかけられたような気がして、おれは反射的に首をひっこめた。

二人とも腰から下は裸だった。江南のほうは、滑車やワイヤロープをのせてある棚にしがみついたまま、前こごみになって苦しそうに首を横にねじっている。それを塚本班長がうしろから両手でおさえつけるように抱きかかえながら、相手の尻《しり》に自分の体をおしつけているじゃないか。もうこれだけ見れば疑う余地はない。班長は江南をここに引っぱりこんでいたずらしているのだ。おかまだ。

おれは血がいっぺんに頭にふきあがってきたような感じにおそわれ、息をはずませた。なんだか自分も一緒に同じ目にあわされているようなざらざらした気持だ。というのも、かつておれも新兵のとき、ある兵長にいたずらされた経験があるからである。

なんといっても殺風景な長い海上生活で、古い兵隊たちは女にこがれ、女にうえている。むろん全部が全部そうだというわけじゃないが、そこにはたえずおびただしい欲求不満がはびこっている。ところが艦には女はいない。女は遠い海のむこうだ。

若い新兵は、いわばそのための代用品だ。はけ口だ。これは多かれ少なかれ、どの艦にも共通な現象らしい。したがって、何のいたずらも受けずにすんだ新兵なんてごく稀《まれ》だろう。それもたいていが、まだ十五、六の若い志願兵が対象である。彼らはまだそれほど兵隊ずれしていない。娑婆の匂いとやわらかさをもっている。それが古い兵隊たちに「女」を感じさせるのかもしれない。

突然、江南の悲鳴が聞えた。どこか体の一部をえぐられたような声だ。が、すぐに口をもごもごさせて聞きとれなくなった。班長に手で口をおさえられてしまったらしい。おれは頭がぐらぐらした。だが、どうすることもできない。相手はデッキの神様である古参の下士官であり、班長だ。ここでへたな手出しはできない。しかし、それにしても班長をかさにきて、なんというざまだ。罰直で江南を食卓にのせたのも命令なら、おかまも命令だというのか。さかりのついたこの野良犬め……。

おれはなにかしてやりたい気持をおさえることができなかった。まわりが暗いのは幸いだ。おれは立ち上がった。それから手で顔の汗をふきながら、そっとカッターの前を離れた。厠の入口に手洗用の洗面器がおいてあるのに気がついたのだ。洗面器には赤い昇汞水《しょうこうすい》がなみなみと入れてある。おれはそれを両手にもって、音のしないように、急いで向う側の壁に身体を寄せた。それから息をころしてそろそろとギヤのほうに近づいていった。

江南はまだ苦しげに呻《うめ》いている。すると一瞬金網戸ごしに、微妙に起伏してゆれている班長の丸い背中が見えた。おれは片足をうしろにひくと、いきなりそれに向って昇汞水をぶっかけた。洗面器ごと下からあおりあげるようにして……。水がぱっと散り、同時にあっという叫び声が中で聞えたが、おれはその間にあらかじめ見当つけておいた艦尾にむかって一目散に逃げ出した。……デッキへ帰って釣床にもぐりこんだのはそれから数分後である。

むろん途中誰にもあわなかったから、班長もこのことで誰をうらんだらいいのか、まるで見当がつかなかったろう。もっとも翌朝には、班長はもうけろりとしていた。昨夜のことなんか、おくびにも顔に出さなかった。それればかりか、朝食になると、いつもの調子で玉葱を食卓番に催促していたくらいである。だが江南は相当ショックをうけたようだ。それから一週間ばかりというものは、すっかりふさぎこんで、ろくに口もきかなかった。同年兵たちが、まわりであれこれ心配していたが、事情を知っているおれはなにも言わなかった。

6

内地から演芸慰問団がやってきた。浪曲家、漫才、歌手、落語家などからなる男四人に女三人の一行だ。なんでもけさ早く司令部差廻しの飛行艇でマニラから飛んできたという。一行はここで五日間艦隊を慰問したあと、パラオ、ニューギニヤ、スマトラ方面の各基地を訪問する予定だそうだが、はからずも播磨がその初日になったわけだ。これも旗艦の余得かもしれない。

兵隊たちは沸いた。こんなことは滅多《めった》にないからである。もっとも、艦にも慰安が全然ないわけじゃない。たまには分隊ごとに即席の演芸会をやったり、映画も、平均月に一度くらいはやっている。映画は司令部がフィルムを何本かもっていて、そのつど希望の艦に貸出すのである。せんだってても播磨では、「無法松の一生」と「秀子の応援団長」の二本をやったが、こんどはとにかくほんものの芸人だ。しかもはるばる内地からやってきてくれたのである。

そこで播磨では、急に日課を変更して、午後その慰問をうけることになった。それにはまず舞台が必要だ。折角の演芸も舞台がなくては感じがでない、というわけで、副長はさっそく工作科の兵隊に舞台づくりを命じたが、そこは腕利きぞろいの工作兵だ。応急用の角材や道板をもち出してきて、二時間ばかりトントンやったと思うと、たちまち前甲板にりっぱな舞台をこさえてしまった。並べた道板の上にはケンバスを敷き、ぐるりは天幕でかこい、カナキンをうまくつなぎあわせて、ちゃんと引幕までつけたものだ。

昼食がすむと、おれたちは舞台の前に集まった。士官室士官以上は帆布製の折畳椅子に坐り、あとは甲板にじかにあぐらをかいて坐った。まもなく艦長に先導されて山本長官も幕僚たちといっしょにやってきた。長官は艦長と並んで正面の椅子にゆったりと腰をおろし、両足を前にくんで坐った。これで、見張と番兵の当直をのぞいて乗組員全部が顔をそろえたのである。

演芸会は眼鏡をかけたでぶの座長のあいさつがあって落語からはじまった。顔をみただけでおかしくなるような鼻の大きい出っ歯の落語家は、舞台のはなにきちんと坐って、扇子でたくみに話のあやをとりながら、一席「そこつ者」を話してくれた。

手品師は、袖《そで》に飾りのついた白いしゃれた上衣に、黒のラッパズボンをはいて、シルクハットの中から皿をとり出したり、切った二本の紐《ひも》を気合もろともつなぎあわせたり、細い棒の先にささえあげたお盆をひょいと鼻の上にのせて風車のようにクルクルまわしてみせたりした。

おれたちはそのたびに拍手で舞台をつつんだ。

手品師のあとに出てきたのは女の漫才だ。一人はやせて、ちょっと狐みたいな顔をしていたが、髪をひさしに結っているもう一人の女のほうは、胸のふっくらした明るい顔立ちだった。二人ともあずき色のそろいのモンペに白足袋《たび》をはいて、口もとにはうっすらと紅をさしている。これをみると、下士官兵長たちは、奇蹟《きせき》でもおこったように、いっせいに腰をうかせたものだ。なにしろ海の上にいちゃ、女というものにはまるで縁がない。せいぜい夢の中でお目にかかれるぐらいなものだ。それがいまこうして二人の若い女が顔をそろえて、正面に嫣然《えんぜん》と立っているのである。

下士官兵長たちはもう夢中だった。漫才の話なんか聞いちゃいない。彼らの関心はもっぱら女のほうにあったのである。おれの横に坐っている平屋兵長のごときは、ついに感きわまって、うめき声をあげて、これも興奮して口をぱくぱくやっている野瀬兵長の片膝に抱きついた。「畜生、あれと一丁よお、……そうしたらおれはもう死んでもいいぞ。」

そのとなりでは、班長の塚本兵曹がうっとりと見とれたまま鳥のように首をのばしたりちぢめたりしている。気持がうきたって、どうにもじっとしていられないといった様子だ。
舞台はそれから物真似、講談、流行歌とつづいたが、なかでもうけたのは流行歌だ。兵隊にはそれがやっぱりいちばん馴染《なじ》みがあるからである。おまけに歌手も、色白で細おもてのなかなかの別嬪《べつぴん》さんで、声もよかった。紫の地に赤い牡丹《ぼたん》の花をあしらったたもとの着物を着て、かるく両手を前にくみ、こころもち顔を右にかしげながら、「並木の道」や「旅の夜風」をやったあと、さいごに「誰か故郷を想わざる」を歌ってくれたが、これがまたたいへんな人気だった。

花摘む野辺に　日は落ちて
みんなで肩を　くみながら
唄《うた》をうたった　帰り道
幼馴染の　あの友この友
ああ　誰か故郷を想わざる

澄んだアコーディオンの音色と、哀愁をふくませたあまい優しい声と……。それはやわらかく甲板をつつみ、砲塔の天蓋《てんがい》をこえ、おれたちの心を遠くふるさとにいざないながら、マストの上の空に霧のように溶けこんでいく。前甲板はさながら深夜のように静まりかえる。誰も身動きひとつしない。そのうちに、あちこちから溜息《ためいき》や鼻をすする音が聞えてきた。

新兵の花田と江南はもう目を赤くうるませている。山岸の目もぬれているようだ。さっきまで陽気だった平屋兵長も、いまは手の平にあごをのせて、遠くのなにかを呼びさまそうとするかのように、じっと目をふせている。その前で、わざとつんと怒ったような顔をして真上の天幕をにらんでいるのは望田兵曹だ。中元兵長にいたっては、下唇をかんだまま、頬をつたう涙をふこうともしない。オニの目にも涙……。そこには棍棒《こんぼう》をもったときのあの役割の顔はなかった。

演芸会はそのあと浪曲「吉良《きら》の仁吉」があって幕じめになったが、一行はその晩、艦に泊ることになった。日程の関係で、在泊艦船を一隻ずつ慰問して廻ることはできない。そこで駆逐艦と、巡洋艦の兵隊には、収容能力のある播磨と大和が交代で場所を提供することになったのである。

右舷中部の上甲板に一行の部屋があてがわれた。大事なお客さんだというので、むろん待遇も士官なみで、四分後と五分隊から、それぞれ二人の世話係をつけることになった。うちの分隊は、女性の部屋の受持だったが、これには、分隊士の命令で木暮とおれが決まった。うち一水では気がきかない、といって、相手は女性だから、兵長ではかえって気がききすぎて面倒なことがおきても困る、そこで、さしずめ上水あたりが無難だろうということになったらしい。

おれは木暮といっしょに、急いで当番食事をすませると、先任下士官に連れられて彼女たちの部屋におもむいた。下士官兵長の手前、女の世話係なんてちょっと気がひけたが、それでもおれは内心この役まわりを喜んだ。デッキにいるよりずっと気楽で息ぬきができると思ったからである。そして、きょうはついているぞ、と思った。

部屋に入っていくと、彼女たちは椅子にすわってひと休みしているところだった。食卓の上には、サイダー瓶と飲みさしのコップがおいてある。かすかに白粉《おしろい》の匂いがした。先任下士官はへんに気どった声で、

「これがあなた方の世話係ですから……。」

と言って、おれたちを前に押し出すようにした。

「遠慮しないで何でも言いつけて下さい。」

おれは黙ってぺこりと頭を下げた。

「あら、それはどうも……。」

こちらに背中をむけていた女が立ち上がってふり返った。さっきの歌手だった。そばでみると、目のまわりに点々とそばかすがあって、舞台でみたよりだいぶふけてみえた。

世話係といっても食事のあげさげぐらいで、あとは寝台をおろしてやるまで、別にやることはないから、食事の後片付けがすんでしまうと、おれたちはもう時間をもてあましてしまった。といって、年上の女性を相手に話しこむだけの度胸もなければ話題もない。彼女たちのほうから話しかけられても、どぎまぎするばかりで返事をするのがやっとだった。それに、そのころから士官たちがひんぴんと部屋を訪ねてきた。むろん用事があるわけじゃない。それとなく女の顔をうかがいにやってくるのである。

衛兵司令の秋野少佐がやっと出ていったと思ったら、いれちがいに六分隊の音羽大尉が機関科の佐藤大尉といっしょにやってきた。二人はみやげにもってきたパイン罐をつっつきながら、彼女たちといい加減だべり散らして出ていったが、そのあとから、こんどは山根大尉が羊かんの包みをもって入ってきた。頭をてかてかにとかし、着ている防暑服もアイロンを当てたばかりとみえて、シワ一つない。彼は防水扉をうしろ手にしめて入ってくると、

「やあ、きょうはご苦労さま。お疲れでしたでしょう。」

と言って、額のハエでも追っぱらうようなくだけた敬礼をして笑った。

「いいえ、そんなことございません。」

歌手も笑って応じた。

「そうですか。……でも海の上におると、こんなことは滅多にありませんから、兵隊もとて

もよろこんどりました。」

「あら、ほんとでございますか……。」

漫才師の肥った女のほうが、気をひくような甘い声を出した。

「そう言っていただけるとうれしいですわ。」

「おかげで兵隊の士気もあがりましたよ。」

山根大尉はいいながら歌手のとなりに腰をおろして、もってきたものを無雑作に食卓の上にひろげた。

「さあ、つまらんものですが、どうぞ……。」

こうなると、女には甘いといわれている分隊長のことだ。いつ腰をあげるかわからない。おれたちはますます身のおきどころがない。おまけに相手はおれたちの分隊長だ。隅のほうに黙ってぼんやり控えているのも世話係としての格好がつかない。やっぱり目ざわりにならないように何かして動いているほうがいい。そこでおれは彼女たちに洗濯物があるかどうか聞いてみた。

すると、山根大尉がそばからおうようにうなずいて、

「あ、それがいい、やってやれ。」

と言って、女たちのほうに顔をまわした。

「あんた方、暑いところだから汚れものがあるでしょう。」

「いいですわ、兵隊さんにやってもらうなんて、ばちがあたりますもの……。」

目の細い、八重歯の漫才師が手をふった。

「いや、遠慮せんでもいいですよ。出して下さい、どうぞどうぞ、すぐ乾きますから。」

山根大尉にそういわれると、彼女たちもやっとその気になって、トランクやカバンから襦袢や簡単服《ワンピース》などをひっぱり出した。それとなくおれたちの立場に同情してくれたのかもしれない。さいごまで遠慮していた歌手も、白足袋を二足出してくれた。量はわずかだが、とにかくこれで仕事ができた。それをもって通路に出ると、木暮とおれは思わず溜息をついて顔を見合わせた。

「楽なようでも、やっぱり芯《しん》がつかれるなあ……。」

洗濯にはまず真水をギンバイしなくちゃならなかったが、これは心配なかった。洗濯日には、一滴の水も余分にくれない機関科のけちな給水係も、慰問団の洗濯だというと、二つ返事でオスタップになみなみと入れてくれたばかりじゃない、あと足りなかったらいくらでもやるから取りにこいと、気前のいいとこをみせたくらいである。

デッキはちょうど酒保の時間で、古い兵隊たちはたいてい椅子にすわって配給の干菓子をかじったり、将棋をさしたり、編物をいじったりしていたが、おれと木暮がオスタップを下げておりていくと、ファンの前でラムネをのんでいた平屋兵長が、目ざとくそれを見つけてのり出すように顔をまえにつき出した。

「北野、そりゃなんだ？　われのもってるもの……。」

「洗濯物です。慰問団の……。」

「なに、洗濯物？　彼女《あいつ》らのか、どれどれ。」

彼はいきなり立って、おれの手から洗濯物をひったくると、両手に襦袢をひろげて、みんなのほうにさわさわと振ってみせながら、はずんだ声をあげた。

「おい、見ろや、女の襦袢だぞ。」

下士官、兵長たちは、それをみると、もう将棋や編物なんかそっちのけにして、平屋兵長のまわりをとりかこんで襦袢を奪い合った。

「これに女の体がつつまってるんだなあ……、これによお。」

「どりゃ、おれにもさわらせてくれや。」

「おい、あんまりひっぱるなよ、破けちゃうじゃねえか。」

「ああ、思い出すなあ、思い出すなあ……。」

そう言って、つまみあげた襦袢の裾に鼻をくっつけて、犬のように匂いをかいでいるのは野瀬兵長だ。それをまたうしろから平屋兵長が引っぱっている。

「よう、野瀬、いい加減で離せったら……。」

中元兵長は、いつのまにか裸になって、水玉の簡単服を着こんでいる。肩口がつれていかにもつんつるてんだが、どうにか体は入ったらしい。山芋のようなまっ黒い毛脛《けずね》がその裾からとび出している。彼はその格好でその辺をしゃなりしゃなり歩いてみせる。

「どう、いかが、似合うでしょう。」

これには若い兵隊も体をくずして笑いこけた。ふだんはめったに笑い顔をみせたことのない新兵の江南まで、目に涙をためて笑っている。

「あら、江南さん、そんなに笑うもんじゃなくてよ。わたし恥かしいわ。」

中元兵長はいよいようすっぺらに調子にのっていく。それをそばで塚本班長と菅野兵曹がからかっている。

「おい、中元、われその格好で舷門番兵に立ってみろ、きっともてるぞ。」

坪井兵長は椅子にすわりこんで、九文《もん》の白足袋を、自分の十一文甲高の足にはめようとして夢中で指先をしごいたり、こはぜをひっぱったりしている。

「だめだ、煙突に靴下だ。それにしても、こりゃちいせえ足袋だな……。」

その横では望田兵曹が、ひろげた襦袢を、まわりに立っている兵隊たちの鼻っ先で旗のようにゆすりながら、ふざけた号令をかけている。

「どうだ、いい匂いがするだろう。さあもう一回深呼吸だ、……大きく息を吸って、はい、いーち、にーい……。」

みんなはそのたびに胸をひろげて笑っている。

中元兵長は、こんどは簡単服がぬげなくて困っているらしい。ネッチングの前で、門部兵曹と須東兵長が二人がかりで、両腕を前にのばして、かがんでいる中元兵長の頭のほうにまわって、わいわい言いながら袖口をひっぱっている。おれは、破けたら困ると思って、見ていて気が気でなかった。それに早く洗って乾かしておかないと、あすの間にあわない。

するとそこへ、野瀬兵長がにやにやしながら寄ってきた。

「北野、心配するな、おれたちがちゃんと洗ってやるからよ。それよりも、おい、女たちはどうしてる？……うん、おれに会いてえなんて言ってなかったか……。」

「さあ、言ってませんでしたよ。」

「なんだって、そうはっきりいうない。……だけどよ、お前、うまくやったな、きょうは。けっこう鼻のした長くしてるんじゃねえのか、……え、こっちゃなやましゅうて、なやましゅうて、今夜は眠れそうにもないっていうのによお……。」

野瀬兵長はそう言って、いやというほどおれの背中をどやしつけた。

彼らはそれからもしばらくなんだかんだと洗濯物をいじりまわしていたが、そのうちにオスタップのまわりにしゃがみこんで、その洗濯をはじめたものだ。それもおれたちには手もふれさせない。やろうとすると、「いいからいいから、これだきゃまかしとけ」と言いながら、ふだんは褌一本洗わない望田兵曹まで、よろこんで襦袢の襟をもんでいる。

それにしても、今夜の彼らの顔はなんと生々と輝いているだろう。いかにもあけすけで、ちゃかちゃかしすぎているが、こんなに明るく冴《さ》えた顔はついぞ見たことがない。それは花粉のようにやわやかな襦袢の布目《ぬのめ》の感触のせいだろうか。そしてそこからほのぼのとさしこんでくる娑婆の光線のせいだろうか……。

洗濯物をもって部屋に戻ってみると、彼女たちは、明日の打合せがあるとかで座長のいる男たちの部屋のほうに出ていったが、おれたちはそのあいだに、ビームに綱をわたして洗濯物を干してやって、ついでにはやばやと寝台もおろしてやって、巡検前にはデッキに戻ってきたが、その晩はめずらしく甲板整列はなかった。

第五章

1

おれたちは砲塔の天蓋《てんがい》の上にやってきた。ここは巡検後、おれたち同年兵がときおり息ぬきに落合う場所だ。

桜田はそこの測距儀筒にもたれて、木暮を相手に話をはじめた。桜田は、今夜はいつになく低気圧だ。それは手紙が検閲にひっかかって、夕方分隊士に呼びつけられ、こっぴどく油をとられたためである。

「なにを書いたって？　別にたいしたことじゃないんだ。」

彼は吐きすてるようにこう言った。

「弟のやつがよ、こんど志願したいって言ってきたから、馬鹿なこと言うな、海軍ってとこは、お前が娑婆《しゃば》で考えているような甘っちょろいところじゃねえぞって、一本釘《くぎ》をさしたんだ。それだけよ。そしたら片桐分隊士の野郎、それを危険な反軍思想だなんてぬかしやがって、こてん、こてん、こてんよ。」

「あんまり、はっきり書くからよ。」

と木暮が言った。

「だって、舎弟をここでなんとか思いとまらせるにゃ、そうよりほかに書きようがねえだろうが。どうせ軍艦マーチなんかでいかれていやがるんだから……。」

木暮はにやにやして、

「そういうお前も娑婆じゃ、そうだったんじゃないのか。」

「だからよ、こんなこたあ、おれ一人でたくさんだっていってるんだ。」

「いったいその弟っていくつなんだ。」

「こんど小学校の高等科を出るんだから十五だ。ところがやつの先生ってのがよ、しきりに志願をすすめているらしいんだ。自分の点数をかせごうと思って、……それだからやつは余計さ。」

と桜田はいまいましそうに舌をならして、

「畜生、これが内地だったら、面会にでもこさせてうんと言ってやるんだけど、だめだ、ここじゃ手紙も出せやしない。」

「それでその手紙はどうしたんだ。」

と、となりから口をはさんだのは弓村である。

「没収されちまったのか。」

「おー、目の前でビリビリよ。」

弓村はそこでしばらく考えこんでいたが、

「よし、それじゃな、その手紙、もう一度書きなおしとけ。おれがこんど従兵室で公用使にうまく頼んでやるから。大丈夫、ばれるようなへまな真似はしねえから。」

これを聞くと桜田は、とたんに元気をとりもどして、

「そうだ、そういう手があったな。こりゃいい、お嬢ちゃん、おい頼むぞ。」

「まかしとけ。」

弓村は言って、ぱちんと指をならした。

すると今度は山岸がはじめた。

「海軍なんか小学校出の来るところじゃないよ。ここでめしを食おうと思ったら兵学校出だ。ただの兵隊じゃ、いつになってもうだつはあがらないからな……。」

「そうよ、逆だちしたって学校出にゃかなわねえ。バカでもチョンでも、やつらの前途は

洋々としてらあ。まあ豚でいやあ、やつら血統証づきだ。そこへいくと、こっちゃみじめよ。いくらじたばたしてもたかがしれてらあ。なあ、そうじゃねえか。」

と弓村が言った。

これにはおれたちも賛成した。日ごろ骨身にしみているからである。桜田はすっかりこの話にのり気になって、

「おれもつくづくそう思うな。海軍ってところは、兵学校出のやつらの天下よ。早い話がみてみろ、士官を……。毎日さ、従兵がアイロンかけたこぎれいな服を着て、おれたちなんかより何層倍もうまい士官食を食ってるじゃないか。それでやることといったら、ただ命令を出すだけよ。あとは天幕の下で椅子にふんぞりかえって涼んだり、デッキビリヤードをやったり、釣りを楽しんだりしてさ。それにあきると私室に入ってベッドに寝そべっている。女を抱きたくなりゃ、島のピーヤへ行く。内地へいけば外泊は自由、むろん給料もいい。おまけに進級だってトントン拍子だ。ところが小学校出のおれたちなんか、せいぜい進級しても兵曹長か尉官どまり、それも百人のうち二人か三人ぐらいで、進級率だって、兵学校出が二、三年でいくところを、こっちゃ十五年も二十年もかかってやっとだ。そのくせ実際に軍艦を動かしているのはこっちなんだから、考えてみると全くバカバカしい話じゃないか。」

「本当だ。」とおれは相槌《あいづち》をうって、「だけどそれもやつらに金があって学校へ行けたからよ、

それだけのことよ。だからものをいっているのは、脳みそや実力なんかじゃない、金と学校だ。」

「まったくだ、ところがおれなんか、上の学校どころか、小学校を出るのがやっとだったんだ。いくらいきたくても、うちが貧乏じゃおよばぬ鯉の滝のぼりよ。」

桜田はそう言うと、急に暗い沖のほうを見つめたまま考えこんでしまった。彼の考えはむろん内地へとんでいるんだ。彼は千葉の、半農半漁の家の倅《せがれ》である。おまけにそこの六人兄弟の長男だ。東京湾に面した遠浅の単調な海岸。そこには利ザヤをはねる網元と、陰気なトタンぶきの小さな家がある。アサリと投網とあぐり網、それからわずかばかりの砂地の畠《はたけ》だ。一人でも食いぶちを減らさなくちゃならないその日暮らしの生活だ。

「おれの舎弟だって、どっちみち年がくりゃ兵隊にとられるだろうけれどさ。」と、やがて桜田は言って、「それまではどこか工場にでもいって働いてもらわなくちゃ。そのほうが、月給十三円十銭の水兵なんかよりずっと家の足しにゃなるからな。」

「まあそれが一番いいだろう。」

おれたちも彼の考えに同意した。

それからおれたちは足をのばして、天蓋にあおのけに寝ころがった。固い鉄板の上だが、このほうが釣床なんかより寝心地がいい。天蓋は夜露にぬれてしっとりしている。空には一面に星がこぼれている。それから舷側《げんそく》の静かな波の音と汐《しお》の香を含んだひんやりした風だ。こんな具合だと、いつになってもみこしがあがるまい。

そこで弓村はまた学校の話をもちだした。

「なあ、おい、人間にゃめすと、おすの区別のほかに、学校出とそうでないやつの区別があるだけじゃないのか。」としばらく考えこんでから、「それで、よ、世の中で人間らしくうまくやっているのは、たいてい学校出だろう？」

すると桜田が、

「きまってるじゃねえか。のさばっているのはみんな学校出だ。東西南北どっちを向いても学校出の天下よ。みろ、大臣だって士官だって役人だって、みんな学校出だ。」

というと、こんどは山岸が口をはさんできた。

「それじゃこの戦争も、もとはそういう学校出のやつがはじめたっていうわけか……。」

「そうよ、ほかにいったい誰がいるんだ。」

と桜田は、まるで裁判官みたいな口調で言い足した。

「だいいち無学のやつらにゃ、そんなことに働く頭なんかもっちゃいねえや。てめえが食っていくのが精一杯よ。それに、さてなにをしようたって、文無しでそのうえ無学ときちゃ誰も相手にしねえや。」

「そりゃそうだけど、でも学校は大事だぞ。なんといったって学問を教えるところだからな。」

と山岸が言うと、桜田はせせら笑って、

「なに、学問だって？　笑わせるな。そんなもの、いざとなると柄のとれたこえびしゃくと同じで、くその役にもたたねえや。」

するとと木暮もこれに同調して、

「本当だ。なにがあてにならないって、学校ほどあてにならないものはないぞ。おれも中学じゃいろいろ立派なことを教えられたけど、そんなものは、最初に頭を割られた戦死者を見たとき、きれいに吹っとんじまった。だからおれはそれ以来、学校だとか学問だとか信用しないことにしてるんだ。」

これは決して木暮が思いつきやなんかで言っているのじゃない。彼はミッドウェーで撃沈された赤城《あかぎ》の生き残りで、彼のことばも、いわばその時の体験から発したものである。

「ところが学校出の連中にゃ、そんなことはちっともわからないんだ。口じゃなんのかんのと、えらそうなことを言っちゃいるけどよ。」

するとそこへ上がってきたのは原口だ。腰をおろすと靴下をぬいで足の水虫を掻《か》きはじめたが、やがておれたちの話に割りこんできて、こう言った。

「お前ら、学校、学校っていうけど、軍隊じゃ学校出もへったくれもないぞ。いくら大学出だって、ここへくりゃただの一兵卒で、先任の小学校出にあごでこき使われるんだ。それを証拠に、みろ、あの三分隊ののっぽの大学出の一水を。毎日こてんこてんじゃないか。それも軍隊だからよ。すこしゃありがたく思え……。」

「どうもお前のおふくろは、軍服を着こんでお前を産んだらしいなあ。」

桜田がやり返すと、原口は、

「なに、もう一ぺん言ってみろ、こいつをなめさせるぞ。」

と言って、いきなり水虫だらけの足をつき出したので、桜田はあわてて起き上がって場所をはずしてしまった。

するとと弓村が、

「でも原口、いくらお前が軍隊さまさまだって、娑婆のほうがまだいいだろう。食う心配はしなくちゃならないけど、気楽で、自由で、だいいち棍棒《こんぼう》がないぞ。」

「そんなこと言うのは、お前がまだ娑婆で他人のめし食ったことがねえからだ。」

原口はそう言いながら、ごろりと横になったが、彼にはそう言うだけの過去があったのである。この男の家は高崎《たかさき》の大工だが、もとはといえば、彼はそこへ後妻に入った母親の連れ子だった。そのためか、どうしても新しい父親になじめず、しょっちゅう邪魔者にされて、小学校を出るが早いか、彼は家をとび出してしまった。とびだした以上は、自分の食いぶちは自分で稼がなくちゃならない。そこで彼は町に出て、二年ばかり酒屋の住込みや硝子《ガラス》工場の臨時工、牛乳配達、製材所の下働きというふうに職を転々とした。海軍に入ったのは、たまたま街頭で志願兵募集のポスターを見たのがきっかけだったが、それでなくとも、すでに娑婆の生活にいきづまっていたので、渡りに舟と飛びついたのだ。彼は兵隊になって、やっと食うことと着ることとの心配から解放されたばかりじゃない。はじめて対等に口をきける同年兵という友人を得て、長い間の孤独からも救われたのである。

「おれは早く短剣でもぶら下げてよ、町のやつらを見かえしてやろうと思っているんだ。」

原口は今からそうなったときの自分を想像して、おおいに得意になっているのだ。

「そうすりゃ、やつらもおれを見直すだろう。人は見かけによらないもんだってな……。畜生、いまにみていろ、ついでにあのクソ親爺《おやじ》の鼻っつらもあかしてやるから。」

「まあ、それもいいだろう。大いにやるんだな……。」

と言ったのはおれだ。

すると桜田が、

「だけど、おれは早く娑婆へ出たいなあ。そうして新規まき直しだ。軍隊《ここ》にいたつもりになりゃ、娑婆へ出てできないことなんてないからな……。」としばらく考えこんで、「でもよ、おれたちがほんとに娑婆へ出られるときが来るのかな。……たとえばさ、おれが職工、山岸が先生、木暮がうちの金物屋の跡つぎ、お嬢ちゃんが三等郵便局長、北野が百姓といった具合に、それぞれ地方人になるときがよお……。」

と言ったが、これには笑って誰も答えなかった。というのも、今のおれたちには、いつか軍服をぬいで、自分が地方人になれるなんていう実感がまるでないからである。むろんおれたちだって、娑婆のことを考えると、たまらなく心を惹《ひ》かれる。そこにもどっていけば、おれたちにも、再び新しい人生が開けるかも知れない。笑いと夢がよみがえってくるかも知れない、と思う。けれども、それもそう思うだけで、そこにはしっかりしたなんの手ごたえもないのである。いまのおれたちにとっては、娑婆はもう遠いよその世界だ。全く別の人間の幻の世界だ。

おれたちは、もう未来への夢も希望もなくしてしまっている。心から笑うことも泣くこともできなくなってしまっている。人生に対してだって、なんの期待も情熱も持っちゃいない。むろん、なにものも信じちゃいない。そんなものは、とうに不動の姿勢と敬礼と棍棒と罰直と血と砲火の中に消えてしまった。

それればかりじゃない。心は幾重にもこじれて、かんじんの若さと潑剌《はつらつ》さを失ない、がさつで捨て鉢になり、人間としても駄目になって、人生をまっとうに生きようなんていう、そんなけなげな気持はとうになくしてしまっているのだ。いってみれば、おれたちは、少年であって、もう少年じゃなくなったのである。

といっても、おれたちは、決して兵士の自覚と本分をなくしてしまっているわけじゃない。おれたち少年兵は、これまでにも勇敢だった。激烈を極める戦闘のなかでも、ひるまずに戦った。大人の兵隊たちにまけずに勇敢に戦ってきた。そしてこれからもやっぱりそうするだろう。それ以外のことは、すでに考えられなくなっているおれたちだ。

結局、おれたちには、人生だの希望だのという甘ったれた娑婆っ気を叩《たた》きだされてしまったあとに、この兵士の自覚だけが残されたのである。人間としてゼロになったかわりに、それだけ「勇敢なる水兵」に仕立てあげられたのである。それがいいか、わるいか、正しいか、正しくないか、そんなことはもうどうでもいい。おれたちにわかっていることは、おれたちがただ兵隊であるということだけだ。

2

おれはきのう医務室で足の手術をうけた。手術といっても、いたって簡単なやつだ。せんだって、砲術科倉庫で足の裏に釘をふんだのが、うっちゃっておいたら腫《は》れてうんでしまったので、そこを切開してもらったのである。手術がすんだあと、軍医はおれに三日の軽業を言い渡してくれたが、軍隊では、これもまさに一つの恩典だ。その間は訓練や作業もある程度大目に見られるからである。

おれは朝食をすますと、繃帯《ほうたい》の巻きかえに医務室へ出かけていった。

医務室は、前部左舷の上甲板にある。ちょうど錨《いかり》甲板の真下だ。いろんな薬瓶や医療器具の入った白い戸棚や、消毒器、手術台などのおいてあるところは、婆婆の病院とかわりはない。アルコールやクロロホルムの匂い。ここへくると反射的に婆婆を思い出すのも、その匂いのせいかもしれない。医務室のとなりは病室で、ここには二段つづきの箱型ベッドが二十個ほど並んでいるが、入っているのは盲腸患者とか、一部の内科系の患者たちだ。

おれがちんばをひきながら歩いていくと、医務室前の通路には、もう診察にきた兵隊たちが並んで順番を待っていた。腕に繃帯を巻いたもの、薬瓶を下げた青い顔、全身アセモにかぶれた若い兵隊など、さまざまだ。おれも診察券を受付に渡して、みんなのあとにくっついた。

するとそこへ、望田兵曹と坪井兵長がぶらりとやってきた。診察にきたものらしい。でも二人とも、そんな様子はなかったのに、どうしたんだろうと思って聞いてみると、どっちもにやにやしていて、あいまいに返事をそらしてしまった。けれどもおれにはそれだけでぴんと察しがついた。仮病《け》だ。それでうまく軍医を煙にまいて、二、三日休業にしてもらおうという魂胆である。

　まもなく眼鏡をかけたのっぽの軍医がやってきて、診察がはじまった。看護兵は、そこでみんなに体温計を配ってまわったが、今朝がたまでピンピンしていた二人に熱のあるはずがない。熱がなければ折角の仮病も通じないだろう。けれどもそこにはちゃんと奥の手がある。看護兵が中に入ってしまうと、二人ともこっそりと体温計の先を上衣の裾《すそ》でこすりだした。すると効果てき面、水銀は三十八、九度までぴんとはね上がったものである。

　軍医はその体温計を見て首をかしげる。その前で望田兵曹は、いかにも病人らしい格好で、ぐったりと丸い木の回転椅子に腰をおろしている。

「あ、こりゃだいぶ熱があるな。どうしたんだ。」

と軍医が言う。望田兵曹はそれを待っていたように、

「はあ……。」と首をうなだれるようにして、

「なんだかだるくって食欲も全然ないんです。」

と空っとぼけたが、食欲がないどころか、けさなんか、どっからか納豆をギンバイしてきて、おかわりまでしたくらいである。

　軍医はそれとはしらず、このヒゲをはやしたキツネの背中に聴診器をあてながら、

「それはいつからだ。」

「五日ばかり前からです。」

「五日、なぜもっと早くこんか。具合が悪いと思ったら、すぐ来るようにせい。」

おれはおかしくなった。なんのために聴診器をあてているのか。軍医も軍医である。もっとも、きょうの当直軍医は、まだ大学出たての少尉のほやほやだ。だから望田兵曹も、あらかじめそこを見込んで出かけてきたのにちがいない。ほかのうるさ型の古参軍医にかかったら、とてもこんな具合にはいかないからである。

軍医は聴診器を耳からぬいて、なにかわけのわからない横文字を診察用紙に書きこんでから、

「よし、薬をやるから、それでしばらく経過を見よう。」

と言って、ついでに二日の休業を与えた。軍医はまんまと釣針にかかったのである。望田兵曹はそれを聞くと、うれしさをかくすためにわざとむずかしい顔をして、いよいよ元気のない声で、軍医に一礼して立ち上がったが、そこを出てきて通路で待っている相棒の坪井兵長を見ると、にやりと片目をつむってみせた。むろん坪井兵長も、このあと同じような手口であっさりと軍医をまいてしまった。

まったく要領のいいやつにゃかなわない。ここらでほね休みしたいと思えば、自分の都合で、いつでも「病気」になれるのである。おまけに休業の扱いだから、一日中大威張りで寝

台にもぐっていられる。休業の木札さえぶらさげておけば、ときどきデッキの見廻《みまわ》りにやってくるうるさい甲板士官も文句は言わない。

そして、こういうさぼりやの遊び人は、どの分隊にもかならず二、三人はいるものだが、そのためにわざわざ医務室なんかへ出かけていくのはごく例外で、たいていの兵隊は、医務室というと嫌っていきたがらない。看護兵はくそ威張りに威張っているし、軍医の治療もいい加減で荒っぽいからである。だから、ちょっとぐらいのことでは我慢するか、さもなけりゃ、手持の薬で自分で癒《なお》してしまうのが普通である。

水虫なんかそのいい例だ。もっともこれはあんまり珍らしくはない。十人いればまず六、七人はかかっているといっていい。それもたまには手にくることもあるが、たいていが足だ。しょっちゅう海水につかっているのと靴で足が蒸れるせいだろう。はじめのうちは、足の裏に弾幕のように黒い小さなつぶつぶが散らばるが、ひどくなると指の間がただれたみたいにぬれて、白くふやけてくる。けれどもこの水虫には決定的な治療法というのがないから、すっかり病《や》もって歩行困難にでもならないかぎり、軍医もまじめに相手にしてくれない。そこでおれたちは自前でヨーチンやメンソレをすりこんだり、クレゾール液にひたしたり、患部を乾かすために歯磨粉をまぶしたりしているが、いずれもその場しのぎのもので、いっこうに効き目はない。むろん痒《かゆ》くて、ひとりでにむずむずしてくる。それでも日中は訓練や作業に追われてなんとかまぎれているが、たまらないのは、夜釣床にもぐってからだ。水虫手入れのはじまるのもおおむねこの時間で、はじめはみんな指でだましだましかいているが、そのうちにそれでは間にあわなくなって、釣床の吊綱《ストップ》や寝台の網を指の間にはさみつけて、寝ながら夢中でごしごしこすったりする。なにしろ、一度かきだしたら血がにじんでくるまでやめられない。そして毎日こんな治療を繰返しているわけだが、軍医にいわせると、水虫はいちど肌にくいこんだがさいご、棺桶《かんおけ》に入るまで癒らないということだから、これにはおれたちのほうもカブトをぬいで、なかばあきらめてしまっている。

それから最近、この水虫に輪をかけたように流行しているのが毛虱《けじらみ》とインキンだ。これなんかも、たいてい自分で治療している。とりわけインキンのほうは、場所が場所だから余計だが、実際、これにはみんな手をやいている。なにしろその痒いことといったら猛烈で、一度かきだしたらいてもたってもいられない。

そのうちに、かいたあとが、赤くただれてじゅくじゅく水が出てくる。こうなるともう頭の芯《しん》まで痒くなったようで、夜もろくに眠れなくなる。むろんこれは、艦に真水が不足で、まめに下着の洗濯ができないのと、バスに入れないのと、それからこの熱帯の暑さが原因なんだ。いわば軍艦にはつきものの一種の皮膚病である。

そこでおれたちは、内地を出港するまえに外出先の薬局で、こいつに一番よくきくサルチル酸を買いこんで、めいめい自分の手箱の中に入れておく。そうすれば自分で自由につけられるし、医務室の厄介にならなくてもすむからである。

だから夜になると、あっちでもこっちでもこの治療で大変だ。それでも若い兵隊は恥かしがって廁《かわや》の中か甲板の暗がりでこそこそやっているが、古い兵隊になると恥かしいなんていっちゃいない。堂々とズボンを脱いでおおっぴらだ。ところがこのサルチル酸というのが、つけたが最後、焼けつくようにしみて、とても我慢できない。

そこで彼らは、若い兵隊を一人ずつ前に立たせておいて、扇子かなにかで急いで患部をあおがせるのである。つけたほうは顔を真っ赤にして、両手で股《また》をかかえたままそこらを夢中ではねまわる。するとあおぎ手のほうもそれにくっついて、まるでうなぎ屋の親爺のようにバタバタと扇子を使いながら、一生懸命相手の股ぐらに風を送ってやるのである。

それから毛虱だ。こいつも痒いことにかけちゃインキンにまさるとも劣らない。おまけに、ちぢれた股毛の間にもぐりこんでいるから、しつっこくて、いくらとってもラチがあかない。薬はたいてい水銀軟膏《なんこう》で間に合わせているが、それでもじきに卵がかえって、あとからあとから、うようよわいてくるのである。近ごろこれがまた目立って流行《はや》っている。どうもバスからうつってくるらしいが、中でもおれの班の野瀬兵長が一番たくさんこいつをしょっている。「ジャングル」というあだ名があるくらいで、人一倍毛深いせいかもしれない。

彼は、毛虱には揮発油《ガソリン》がなによりだといって、ときどきそれをこすりつけている。けれどもいっこう効き目がない。そこで万事に悠長な彼も、ついに業を煮やして、ある唐突な一策を講じたものである。

それは、あそこだけ湯呑《ゆのみ》でかくしておいて、毛の間に揮発油をすりこんで虱ごと焼き払ってやろうという寸法だ。ところが、いざやってみると、この焼打療法もすっかりあてがはずれてしまった。少しずつチリチリ焼けていくと思ったのが、火薬のように一ぺんに燃え上がってしまったのである。

まったくそのときの彼のあわてかたといったらなかった。おさえていた湯呑をおっぽりだすと、

「あっちちち、……助けてくれーえ。」

と両手で火元を押えながら、何を思ったか、横っとびに隅の防火用水のところへ駆けていったが、おそらくカチカチ山のタヌキだって、この時の彼ほどにはあわてなかったろう。おかげで、虱だけは見事に退治できたが、へそのあたりまで火傷《やけど》してしまって、あとあとまでえらく手こずったものだ。しかし野瀬兵長は、その間一度も医務室へ足をむけようとしなかった。自分でどっからか油薬を探してきて間に合わせていたようである。もっともそんなことでノコノコ出かけていったら、軍医や看護兵のいい笑いものになっただろうが……。

おれが診察を終えて帰ってみると、みんな作業に出払ってがらんとしたデッキに、望田兵曹と坪井兵長はもう寝台をおろして、その上にながながと眠りこんでいた。むろん寝台のはじには、さっき軍医からもらってきたばかりの休業札がれいれいしくぶら下げてあった。

3

おれたちは海軍にはいってたいていのことには馴《な》れてしまったが、ただ甲板整列だけは別だった。これだけはどうしても馴れることはできなかった。下士官、兵長たちに言わせると、〝太鼓は叩けばたたくほどよく鳴る。兵隊は殴ればなぐるほど強くなる〟というが、殴られるおれたちにしてみれば、この整列ほど、兵隊であることのみじめさを感ずることはない。牛だって棒をふりあげられれば首をふって逃げようとする。ところがおれたちは、ちゃんと殴られることがわかっていながら、そこを一センチも動くことができない。それどころか、わざわざ「お願いします」と頭を下げて、進んで自分の尻《しり》を棍棒の前にもっていかなくちゃならないのだ。

考えてみると、おれも入団してもう丸二年になるが、殴られずにすんだ日は、ほんとに数えるぐらいしかない。明けても暮れても棍棒の恐怖におびえてきたといっていい。

おれははじめて棍棒というものを尻にかまされた新兵当時の恐怖を、いまも忘れることができない。そのころ、まだやわなおれの体は、いつもその最初の一撃で、木っ葉のように吹っ飛ぶのだった。そしてそのまま甲板にぶっ倒れたなり、息がつまって、しばらくは腰がたたないのだ。

　すると、きまってうしろから、「こらッ、起《た》て、たばけるな。」と、「気つけぐすり」の海水をぶっかけられる。おれは首っ玉をつかまれて引きおこされ、そこでさらに悲愴《ひそう》な声をしぼりださなくちゃならない。「一つ、軍人は忠節を尽すを本分とすべし。」「元気がない、もう一度。」「一つ軍人は……、」「声が小さい、貴様、殴られるのがそんなにおっそろしいか、おっそろしいか。こんなものがおっそろしくて、よくものこのこ志願なんかしてきやがったな、それ、もう一度。」「一つ、軍人は……、」すると、おれの声はいよいよふるえをおびてくるのだ。「一つ、軍人は……、」「わかったか、よし、その通りッ。」と、力まかせの棍棒の一撃。おお、おれは、もはや自分を支える力をうしなって、このままひと思いに海にとびこんで死んでしまいたいとさえ思う。前方にひろがる暗い海への誘惑と、うしろにかまえられた太い樫《かし》の棍棒。おれはこの両方に呑《の》まれて、心の中では夢中で母の名を呼びつづけた。そして、ああ、そのあい間にも、その一撃ごとに、おれのなかから必ず何かを奪いとっていく棍棒は、当然のように、容赦なく尻に打ちこまれてくるのだ。

そしてそれがやっとすんだとき、肛門《こうもん》からはじたじたと生ぬるい血がたれてくる。腰から下はしびれて全く感じがない。足もひきつれて思うように歩けない。まるで尻をさかいに、体を二つに引き裂かれてしまったかのようだ。けれども、うわべだけは泰然としていなくちゃならない。ちょっとでも、尻なんかおさえてふらふらしようものなら、その場でまたたっぷりおまけをつけられるからである。

おれたちは陰で歌った。

菊花輝く軍艦は
艦底一枚下地獄
艦底一枚上地獄
どちらもみじめな生地獄
こんなとことはつゆ知らず
志願したのが運のつき
ビンタ、バッタの雨が降る
天皇陛下に見せたいな

4

新兵の江南が死んだ。

死んだのは、ゆうべの巡検後だ。それも病気なんかじゃない。甲板整列で殴り殺されたんだ。やったのは、役割の中元兵長だ。

おそろしく月の冴《さ》えた晩だった。おれたちは、背中にふりそそぐ月の光をあびて、いつものように露天甲板に並んで殴られる順番を待っていた。

兵長たちの文句ときたら、あいかわらず、ベトベトする牛のよだれのようにくどくて長い。やっと一人がひっこんで、もうこれでおしまいかと思うと、すぐまた次のやつが出てきて、同じ文句を並べるのだ。

おれたちは、もういい加減うんざりしていた。どうせ、このあとは棍棒にきまっているんだ。そんなら文句ぬきで、ひと思いに殴ってもらいたい。全く殴られる瞬間をまっているのは、焼けた鉛のかたまりを心臓に押しつけられているようで、たまらなくいやな気持だ。もう何本かまされてもいい。とにかくおれたちは、一刻も早くこの場をのがれたかった。

やがて中元兵長は列前に出てくると、先頭にいる新兵から、一人一人名前を名乗らせて棍棒をかませていったが、だいぶ酒保の酒が入っていたらしい。ふりまわす棍棒も、いつになく乱暴ではげしかった。

江南はちょうどその五番目だった。前の市毛が、よろよろと顔をしかめながら戻ってきたのと入れちがいに、江南は、

「江南一水、お願いします。」

という声といっしょに、飛びこむように前に出ていった。自分にいまどんな運命がおそいかかってくるのかも知らずに……。

彼はいつもするように、両足を開いて手を上にあげ、奥歯をかんで目をとじて、おそるおそる尻をうしろにつきだしたのである。

中元兵長はそれを見て、ペッと手につばをふっかけた。さあ、いくぞという合図だ。それから片足をうしろに引きながら腰をひねると、ろくろく狙いもつけず、無雑作に棍棒を真横に振りはなったのである。そしてその瞬間だった。

江南は、はずみではねあがると、その場でぐーっと弓なりに体をのばした。まるでのびでもするように、両手を万歳の格好にあげながら、彼はいっときそこにそうして立っていた。が、それもほんの僅《わず》かだった。不意に前のほうに二、三歩たたらをふんで、くるりと体を一回転させたと思うと、そのままへたへたと崩れるように甲板に倒れてしまった。

これはあとでわかったのだが、このとき酔っていた中元兵長の手もとがくるって、尻にあてるつもりの棍棒が、まともに背中をうちすえたのだった。けれども、当の中元兵長にはそれがまだわからなかった。こんなことはよくあることだ。彼もはずみでぶっ倒れたぐらいに思ったらしく、うしろにまわりこむと、いきなり江南の横っ腹を蹴《け》とばしにかかった。

「立て、この野郎、立てったら……。」

「待て！」

そのとき横でこれを見ていた平屋兵長が、いきなり中元兵長をつきのけて叫んだ。

「血だ。おい、血を吐いているぞ。」

血ときいて、みんなは一瞬息をのんで、あわてて列をくずして江南のまわりに駆けよった。見ると、江南はのばした両腕のあいだに、小さな頭をつっこむようにして、うつぶせになっていた。その下から吐きだした血が縞《しま》になってジタジタと甲板に流れでている。口の中にもまだだいぶ含んでいるらしい。肩口がかすかにけいれんするたびに、泡だった血がかたまって口もとからあふれた。それは月の光に浮いて墨汁のように真っ黒にみえた。けれどもそれっきり、伸びきった体は動かなかった。みんなでいくらゆすったり、名を呼んでみたりしても、ぐんなりしてなんの手ごたえもなかった。ただ倒れるまぎわまで空をつかんでいた指先だけが、血につかったまま、かすかにふるえているだけだった。

江南はすぐさま担架で医務室へ運ばれた。けれども、そうするまでもなかった。医務室へかつぎこんだときには、すでに息をひきとってしまっていたのである。

むろん医務室では、できるだけの手当をこころみた。軍医はすぐにカンフルを打ち、それが駄目だとわかると、こんどは体をさかさにして、のどにつかえている血を吐かせ、胸に温湿布をあてて、長いこと人工呼吸もやってみた。が、もはやなんの効果もなかったのである。

軍医はさいごにもう一度、胸に聴診器をあてながらじっと首をかしげていたが、やがて体をおこすと、眼鏡のつるをおさえたまま、絶望的に頭をふった。それを見て、まわりを囲んでいたおれたちは、思わず目を伏せた。しばらくは息をつめて誰も顔をあげない。中元兵長にいたっては、雷にでも打たれたように頭をかかえて壁ぎわにしゃがみこんでしまった。

やがて分隊長が知らせをききつけてやってきた。バスにでも入っていたのだろう。分隊長の体からは、なまあたたかい湯気と石鹼《せっけん》の匂いがした。副直将校に立っていた森分隊士もいっしょだった。

分隊長は、診察台の江南の顔をのぞきこんで、さっと顔色をかえたが、それでも事情はすでに先任下士官から聞いてきたらしく、その声は思ったより冷静だった。彼は軍医にむかって言った。

「赤堀中尉、もう全然のぞみはないのかね。」

軍医は汗ばんだ顔をあげて、

「はあ、できるだけの手はうってみたんですが……。」

「それで死因は？」

軍医はそれには答えず、分隊長のほうに江南の背中をまわしてみせた。見ると、それはおそろしい一撃だったにちがいない。背中から左の脇腹にかけて、はっきりと打ちすえた棍棒の「歯形」がのこり、ところどころあざのように薄いむらさき色の斑点《はんてん》が浮いている。軍医はそこを指で軽くおさえてみせながら、

「ここをやられたショックで、多分心臓麻痺《まひ》を起したのでしょう。なにしろ、場所が心臓の真上ですからね。ひどいことをしたもんです。」

「うむ……。」

これにはさすがの分隊長も声がなかった。彼はそれだけ聞くと、副長のところへ行ってくると軍医に言って、すぐまた病室を出ていった。

江南の屍体《したい》はそれからまもなく、となりの隔離病室のほうに移された。そこがちょうど空いていたので、かりの霊安室になったのである。そのあと、つめかけていた分隊員はデッキへひきあげた。ただ、江南と同じ班の関係で、班長のほかに野瀬兵長と山岸とおれの三人だけがあとに残った。おれたちは看護兵に手伝って、血で汚れた江南の顔や手足をお湯できれ

いに拭《ふ》いてやった。おれは、なんだか気の遠くなるような気持がした。だって、目の前に死んで横たわっているのは、ついさっきまで、おれたちと一緒に食器を運び、釣床を吊《つ》り、油《あぶら》雑布《そうふ》をもってデッキを這《は》いずりまわっていた江南じゃないか……。おれはタオルを使いながら、ときどき江南の顔をじっとうかがった。ひょっとすると、まだ生きていて、口でも動かすんじゃないかと思ったのである。

けれども江南の体はつめたく冷えていくばかりだった。その顔はげっそりこけて、鼻のあたりがいやにとがってきた。皮膚の色も、急に血の気がひいて、白く透きとおったように青ざめてきた。だが、それはどう見てもおだやかな死顔じゃなかった。糸切歯をのぞかせて片方にひきつれている口もとには、殴られた瞬間の苦痛がそのまま凍りついている。それからその目はどうだろう。両方ともまぶたがめくれあがって、びっくりしたようにおっ開いたままだ。自分はどうしてこんなことになったのか、自分でもわけがわからないとでもいうようなけげんな目つきで、どこか遠くのほうを見つめている。

その目は、看護兵がいくら指でおさえてやっても、どうしてもふさがらなかった。

おれたちは、江南に白の二種軍装を着せてやった。これは彼が、おれといっしょに播磨に転勤してきたとき着てきた軍服である。軍服は、彼の体にまるで合っていなかった。上衣もズボンもだぶだぶで、どうしたって、子供に軍服を着せたとしか思えない。

野瀬兵長は、江南の腕から時計をはずしてやりながら、しきりに目をこすっていた。山岸は震え通しで、ろくろく手が動かなかった。

着がえがすむと、看護兵は脱脂綿をちぎって江南の鼻と口につめ、顔に二つ折りにした白いガーゼをかぶせた。そして、そのときになってはじめて、江南の死がなまなましい実感となって、おれにせまってきた。

おれは、頭がへんにくらくらして、これ以上ここにいるのが耐えられなかった。

するとそこへ分隊長が戻ってきて、班長だけ残ってあとはすぐ帰るように言った。まもなく副長や軍医長、衛兵司令たちが検視にやってくるのである。それを聞くと野瀬兵長は救われたようにあわてて部屋を出ていった。彼もきっといたたまれなかったにちがいない。おれも山岸といっしょに、急いで江南の衣類をまとめると、それをもって、左舷の通路に近いとなりの医務室のほうへ出ていった。

見ると医務室の隅のところに、中元兵長が向うむきに立っている。片桐分隊士も先任下士官も来ていて、彼は二人からいろいろ事情を聞かれているらしい。顔をふせたまま石のように固くなってうなだれている。ときどき手で鼻のあたりをこすっているところをみると、あるいは泣いているのかもしれない。けれどもおれには、彼に対する同情心なんか、これっぽっちもわいちゃこなかった。いまになって悔いくやんで、いくら泣いてみたところで、死んだ江南はもう生きかえっちゃこないのだ。そう思うと急に兇暴《きょうぼう》な怒りが、おれの胸に噴きあがってきた。畜生！　こんなことがあっていいのか。おれは中元に飛びかかって、蒼《あお》ざめたその横っつらを滅茶苦茶《めちゃくちゃ》に叩きのめしてやりたいと思った。

巡検後、おれは山岸と二人で、江南のチストのなかのものを整理して、官品と私物を分けてやった。江南はわりあい几帳面《きちょうめん》な男だったので、こまかい襟飾や袴下《こした》なども、きちんと規定通りにたたんで入れてあった。ついでに手箱も片付けてやったが、手箱には、洗面用具などといっしょに、書きかけの便箋《びんせん》が入っていた。あけてみると、それは母親にあてたものであった。

「お母さん、その後もお元気ですか。先日はお手紙ありがとうございました。懐かしく拝見しました。今度のは十日で着きましたよ。きっと便船の都合がよかったのでしょう。弘子からの絵はがきも一緒に受取りました。弘子は、だんだん字が上手になってきましたね。もうこんどは六年生ですね。しっかり勉強するように言って下さい。お母さんの痔《じ》のほうは、その後どうですか。まだ痛みますか。坐《すわ》り仕事だから大変ですね。痔には硫黄《いおう》のくすり湯が効くそうですから、ためしにやってみて下さい。根岸《ねぎし》の貞次おじさんが退院したとか、叔母《おば》さんや咲ちゃんも、きっと大喜びでしょう。僕からもよろしくと言って下さい。僕もこのごろでは軍艦生活にだいぶ馴れました。常夏の暑さももう平気です。昨夜は夜間訓練があったので、夜食に甘いお汁粉が出ました。とてもおいしかったので、お母さんや弘子にも食べさせてやりたいと思いました。困っていることや辛《つら》いことは少しもありません。毎日楽しく元気で軍務に精励していますから、どうか御安心下さい。それからこれはお願いですが、うちにメンソレータムか、たいおつ膏があったら送って下さい。体にすこし田虫ができたのでつけたいのです。でもたいしたことはありませんから、もしお母さんが……。」

手紙は、そこで切れていた。おれはじっと息をつめた。目がかすんで、手が急に震えだした。

〈間奏〉

（副長室の中である。入口の扉に「会議中」の赤い木の札をつるして、副長、砲術長、軍医長、衛兵司令、山根大尉、それに赤堀軍医中尉の六人が、江南一水の処置について協議している。電灯の暗幕は半分おろしてあるが、中はそれほど暗くない。五人が向い合って腰かけているテーブルの上には、氷を浮かせたジョッキ型のガラスの水差しとコップがおかれ、その端のほうで、ファンがかすかにうなっている。）

副　長〔名藤大佐〕「それで、四分隊長、このことは他分隊のものに口外しないように、分隊員にも固く口止めしておいてくれ。問題が問題だから、これが兵員の士気に影響せんともかぎらんから。」
山根大尉（うなずいて）「はあ、早速明朝にでも……。」
嶋田中佐〔砲術長〕「それから副長、江南一水の扱いですが、この場合、やっぱり戦病死ということになりますかな。」
副　長（コップを口にもっていきながら）「うむ、殉職にするのは考えものだし、まあそのへんが一番穏当じゃないかな……。」
秋野少佐〔衛兵司令〕「副長、これは事実をそのまま報告したら問題になりますよ。軍刑法では、一応、私的制裁は禁じられていますからね。」
副　長「そこなんだ問題は……。だから処罰はできるだけ慎重にせんと。」
馬淵中佐〔軍医長〕（くわえていた煙草を手にもって）「すると、鎮守府への提出書類のほうも、戦病死の扱いでいいわけですな。」
副　長「いや、これはあとで艦長の意見を聞いてみんとはっきり言えませんな。むろん艦長にも異論はないと思うが、手続きのほうはそれからにしてもらおう。」
山根大尉「戦病死ということになると、一階級進級するのが慣例になっていますが、江南の場合もそうしていただけますか、副長。」

副　長「それも艦長と相談してみんとわからんが、戦病死の扱いになれば、多分そうなるだろう。」

山根大尉（ちょっと頭を下げて）「ひとつ、よろしくお願いします。」

秋野少佐（指で軽くテーブルのはじをたたきながら）「ところで、中元兵長の処分はどうしますかな。」

副　長「うむ、それなんだが、ただ、さっきも言ったように、わしとしては、今度のことはなるべく公にしたくない。むろん刑法上からいえば、中元は当然軍法会議に送らにゃならんが、江南を戦病死の扱いにさせるとなると、そうもできん。だから、……わしとしては、できるだけ表沙汰《おもてざた》になるような処罰はせんで、ここは一応、訓戒処分程度のことですませたいと思っとるのだが、……それに中元には、最初から殺意があったわけではなく、あくまで過失なんだから、そこも考えてやらんといかん。」（と言いながら一同を見まわす。）

秋野少佐「訓戒処分ね、……でも副長、それでは少し軽すぎませんか。一応軍法会議のほうは見送るとしても、懲罰ぐらいはくわせておかんと……。」

副　長「それはわかっとる。しかし衛兵司令、問題は司令部だよ。懲罰とか禁錮《きんこ》とかさわぎたてて、それがひょっとして司令部の幕僚連中や長官の耳にでも入ったら面倒だからな。本艦が旗艦でないときとはまた事情がちがう。そこをよく考えんと……。」
嶋田中佐「まったく司令部といっしょだと、なにかと厄介ですからな。まあここのところは、なるべく内輪におさえておいたほうがいいでしょうな。」
副　長「四分隊長はどう思うか。」
山根大尉（副長の声にすがるような口調で）「責任者の私からこういうのはなんですが、やはり副長がおっしゃるようにしていただきたいと思います。中元には私のほうからきびしく言っておきますから……。」
秋野少佐（腕をくみながらそり身になって）「まあ、みんながそう言うんなら、それでいいでしょう。私だって別にことをあらだててまで処罰しようとは考えてはいませんからな。」
赤堀中尉「ちょっと待って下さい」（固まりかけたその場の空気をおしかえすように手をふって）「それは少し片手落ちじゃありませんか。内輪の問題は別として、私は、やはり中元兵長には、それ相当の処罰をくわえる必要があると思います。とにかくそのために元気な兵隊を一人死なしてしまったのですからね。道義的にも許されません。これが娑婆だったら、当然殺人罪か、過失致死罪として、たいへんな重刑です。」
副　長「ここは娑婆じゃありゃせん。軍艦だ。」
赤堀中尉（空のコップを両手に握りしめながら）「わかっています。でも、いくら軍艦といいましても、こういうことは、軍法にてらしてはっきりさせておいたほうがよくはないでしょうか。……それから、これを機会に私的制裁は一切禁止すべきだと、私は考えますが……。」

副　長　（むっとして）「考える？　赤堀中尉、君はそんなことは考えんでよい。考えるのはわしだ。」

赤堀中尉　「副長、私は軍医として言っているのです。副長もご覧になるとわかりますが、最近、診察にくる若い兵隊を裸にしてみますと、たいてい臀部《でんぶ》に青いあざのような殴られたあとがついています。それでいろんな症状が思わぬところから出てきます。以前、肋膜《ろくまく》炎で内地おくりになった工作科の兵隊の場合も、もとは殴られたのが原因でした。ですから私は……。」

嶋田中佐　（ヒゲの先を指でつまみながら）「君は、ただ江南に立ちあった参考人にすぎんのだから、それ以外のことは言わんほうがよい。」

秋野少佐　「そうですな。」

馬淵中佐　（煙草を灰皿にもみつぶしながら）「あんたの言わんとすることは、わしにもわからんでもないが、その問題は、いま、ここで詮議《せんぎ》する事柄じゃないだろう。」

赤堀中尉　（青ざめた顔をあげて）「いえ、軍医長、こんどの場合は、はっきりそこに原因があったわけですから、問題の根は一つだと思います。(ここで、かみての副長のほうに顔をむけて)で、繰返すようですが、私は軍医としての立場からお願いしたいのですが、これを機会に、兵員の甲板整列を、通達でぜひ禁止していただきたいのです。」

副　長　(額ごしに目で軍医をおさえつけて)「赤堀中尉、いまは戦争なんだ。それに兵隊というものはな、ちょうど桶の夕ガみたいなもんで、ある程度しめておかんことにゃ、いざというとき役に立たん。中尉も、戦艦ポチョムキンの故事を知らんわけじゃなかろう。早い話があれだ。兵隊なんてのは、こっちが手綱をゆるめると、すぐに増長して手がつけられなくなる。兵隊には、安っぽいセンチメンタリズムは禁物だ。……むろんわしとしても、二度とこんな不始末がないように対策は考えておくが……。」

赤堀中尉　(声よりむしろ体を固くして)「でも対策といっても、副長……。」

副　長　「もうええ……聞く必要はない。」

5

翌日の夕方、江南は水葬にふされることになった。

「軍艦旗おろし」がすんで間もなくである。江南の屍体は、おれたちの手でこっそりと艦尾に運ばれた。水葬だから、むろん棺桶もなにもない。屍体はただ毛布にくるんで軍艦旗をかぶせ、それを上から釣床のように細引《ロープ》でくくってあるだけだ。そのかわり頭のほうに十五サンチの演習弾が一発くくりつけてある。これはおもりだ。

艦尾には、幌《ほろ》をかけたランチがもう横づけして待っていた。江南はすぐにそれに乗せられた。するとそこへ副長と砲術長、衛兵司令と赤堀軍医中尉、少し遅れて、山根分隊長に先導されて艦長も姿をみせた。水葬ときいて、一応見送りにやってきたのである。けれどもあとは衛兵隊と、おれたちの分隊員だけで、他分隊の兵隊は一人も出ていない。これも、なるべく人目につかないようにという副長の配慮からだ。

ランチには、艇員のほかに、分隊から、艇指揮《チャージ》をかねて、分隊士の片桐少尉と班長と須東兵長とおれと、それに同年兵を代表して、新兵の市毛一水の五人が乗って、最後の場所まで江南を送っていくことになった。ランチは、衛兵隊の捧銃《ささげつつ》と各個の敬礼を受けながら、静かにもやいを切って舷側をはなれた。これで江南はもう二度と艦に帰ることはないのである。

おれは市毛といっしょに、両側から江南の屍体をしっかりおさえて立っていた。ランチが上下にがぶるたびに、ねかせてある道板の上からずり落ちそうになるからである。班長と須東兵長は、そこから少し離れたところに腰をおろして、ぼんやりと沖のほうに目をやっている。二人ともひとことも言わない。

それにしても、今こうしてランチにゆられていると、おれの目に甦《よみがえ》ってくるのは、同じこのランチに乗せられて、江南といっしょに播磨に転勤になった日のことだ。はじめて戦艦の甲板に上がって、その大きさに、小学生のように目をみはっていた江南。艦内見学のさい、通路に迷って、三十分もたってからやっと上がってきて、「あんまりいりくんでいるので、魔法にかかったみたいで出口がわかりませんでした、すごいもんですね。」と汗をふきふき笑っていた江南……。そして、それもつい先だってのことだったのだ。

考えてみると、彼は海軍に入ってまだ半年ぐらいしかたっていない。つい半年前までは娑婆にいて、近所の子供らと一緒にコマまわしや凧《たこ》あげでもしていたかもしれない。そんなことをしていても、まだちっともおかしくない年ごろだったのだ。

それを自分から進んで志願してきたのには、軍艦に対する彼なりのあこがれと夢があったのにちがいない。純真な向うみずな気持から、海と艦に男の生甲斐《いきがい》を感じたのかもしれない。しかし、思いかなってその海軍に入ってからの彼に、果して何があったか。またその彼を軍艦はどんなふうにあつかったか。一日中、けもののように追いまわされ、罰直だといっては、「ウグイスの谷渡り」をやり、食卓の上に乗っけられ、重い火薬嚢《のう》を砲室で二時間近くも支え、班長には「おかま」の辱《はずか》しめをうけなければならなかった江南……。それこそ、いっとき一秒も心のやすまる時はなく、くる日もくる日も恐怖と苦痛と不安と屈辱の連続だったのだ。そして、あげくの果にこれだ。棍棒の犠牲だ。惨死だ。いったい、彼はなんのためにこうなったのか。短い彼の十六年の生涯は、そもそも彼にとってなんの意味があったのか。

　おれは江南のおっ母《か》さんのことを思いだした。まえに何度か彼に写真を見せてもらったことがあるが、彼に似て小柄な、いかにも善良そうなおっ母さんだ。うちは信州《しんしゅう》の小さな仕立屋さんで、彼はそこの一人息子だった。もっとも下に一人妹がいるが、鉄道員だった父親は彼が六つのとき病死したので、おっ母さんはそれからは子供だけを頼りにずっと一人でやってきたという。

　そのおっ母さんのことだ。きっとこの今も、遠く離れた息子のことを考えているだろう。ミシンの前で、あるいは息子の旧《ふる》い手紙を読みかえしているかもしれない。けれどもいま息子が、どんなことになっているのか、おっ母さんは知らないのだ。

　江南はどちらかというと筆まめなほうだった。おっ母さんはおそらくこれからも、何通か息子の手紙を受取るだろう。本人は死んでしまっても、手紙がおっ母さんに語りかけるだろう。だがそれもちょっとの間だ。そのうち遠からず、分隊長から息子の死亡について、辻褄《つじつま》をあわせた手紙が舞いこむだろう。それを見ておっ母さんはどんなに驚くだろう。どんなに悲しむだろう。おっ母さんはおそらくそれっきり、生きる張り合いをなくして、あけてもくれても死んだ息子のことばかり考えて途方にくれるだけだろう。可哀想なおっ母さん。そしてたった一人の妹……。

日が暮れた。ランチはようやく沖に出た。泊地の艦隊は、もう冬島の陰で見えなかった。片桐少尉はさっきから艇尾《とも》に立って、しきりに双眼鏡を目にあてていたが、もうここらでいいと思ったのだろう、やがて艇長に向ってこう言った。

「どこまでいっても同じだ。この辺でおろそう。」

江南は道板ごと入口のところへ運ばれた。ランチは機関を止めた。すると横揺《ローリング》が急にはげしくなった。おれはよろけないように両手で江南の体をしっかり抱きかかえた。目の前には、暮方の鉛色の海が茫々《ぼうぼう》とひろがっている。おれは心の中で江南に言った。

「江南、いよいよおまえともお別れだ。思えば、おまえとおれとは短いつきあいだった。それもたった三カ月。しかしその間おれたちは、同じデッキで同じ鍋《なべ》のめしを食べあってきた仲だ。それだから言うのじゃないが、おれはお前が好きだった。誰よりも兵隊らしくないところが好きだった。おまえは、ついに兵隊の要領というものを知らなかった。なにごとにもひたむきで一生懸命だった。それがいい加減兵隊ずれしているおれをどんなに惹きつけたことだろう。それなのに、おれはおまえにロクなことをしてやれなかった。あの時だって、目の前でお前が倒されるのを見ていながら、どうしてやることもできなかった。自分だけふるえて立っているのがやっとだった。江南、どうか許してくれ。……江南よ、ここはおまえも知っている冬島沖だ。ほら、おれたちがはじめて千歳で着いたところだ。そして、おれはいまここにおまえを沈めなくちゃならない。海の上じゃ墓標も立てちゃやれないが、おれはこの場所をいつまでも忘れないだろう。そして江南よ、せめて魂だけでも、早く信州のおっ母さんのところへ帰ってくれ。おっ母さんはきっとお前を待っているだろう。……じゃ江南、これでお別れだ。お前のいくところは塩辛い海の底だが、そのかわり、そこにはもう棍棒もなければ、兵長や下士官もいない。おまえだけの世界だ。……江南、どうか静かに眠ってくれ。そして、いままでの疲れを休めてくれ。ただ、そこではおまえはたった一人だが、でも今は戦争だ。おれだって、この戦争を生きぬいていかれるとは思っちゃいない。いずれおれも死ぬだろう。そのときは、同じこの海の底で、おまえとふたたび相まみゆることがあるかもしれない……。」

江南の屍体は道板ごとランチのへりにのせられた。ランチは横波をうけて左へ左へと動いている。そのたびに、下げた道板の先端にぴたぴたと飛沫がはじく。おれは道板のはじをもって、及び腰に体をかまえた。……海がまわる、ランチがまわる、道板がまわる、なにもかもみんなぐるぐるまわっている……。そしてべとべとの汗と暗いめまいだ。おれはそれに耐えて、しっかり奥歯を噛《か》んだ。

おれのうしろには、艇長と機関長とバーメンが並んで立っている。その横には、頭をたれた班長と須東兵長と山岸だ。だが、もうなにもわからない。まわりのあらゆるものが暗くかすんでしまっている。

「では、静かにおろせ……敬礼！」

分隊士が言った。

おれは、ぎくっとして不気味な重量感を腕に感じながら、そっと道板のはじを持ちあげた。江南の屍体は、傾いたその板の上を、ずるずると海へ滑り落ちた。同時に波がはねかえり、毛布は海水をふくんで、ところどころぷくっとふくれあがった。そして、それは一瞬、いやいやでもするように波間にたゆたった。が、つぎにはもう砲弾のおもりで、頭のほうを下に棒立ちになると、そのまま呑まれるように海の深みに吸いこまれていった。そのとき、くるんだ毛布のはじから、ちらっと江南の足の裏がのぞいて見えたが、それは、ちょうど子供の足のように、白くて小さかった。

第六章

1

舫綱《もやいづな》をたぐるように幾日も幾日も過ぎていった。

おれたちにとって、この泊地の生活ほど無味単調で退屈なものはなかった。毎日、同じ海と同じ空の下で、定規のようにきまりきった日課と訓練の繰返しである。おまけに連日、灼《や》けつくような熱帯の暑さだ。

けれども戦線は平穏なわけじゃない。おれたちが、ここにこうしている間にも、ブーゲンビルやラボール方面では、はげしい戦闘が続けられているのだ。しかもその戦況たるや、どれも悲観的で、胸のすくような明るいニュースはどっからも入ってこない。

すでにガダルカナルは惨敗し、東部ニューギニヤからソロモン諸島にわたる海域も、いまは完全に敵の制空権下におかれ、味方はいたるところで圧迫され、にっちもさっちもいかなくなっているのである。それなのに、おれたちだけは、ずっと錨地《びょうち》に腰をすえっぱなしだ。出撃しそうな気配はちっともない。もっとも、今までにも何度か出撃のうわさはあるにはあったが、そんなとき、出ていくのは、たいてい足の速い駆逐艦か巡洋艦で、図体《ずうたい》の大きいおれたち主力艦のほうは、いっこうに錨地を動こうとしなかった。

そういう四月の半ばのある日のことである。突然、山本長官の死が伝えられた。ちょうど朝食後まもなくだった。おれたちの分隊では、まず従兵の弓村が、いちはやくそのニュースをデッキへもってきた。

従兵というのは、だいたいいつも士官のそばにくっついている関係で、ニュースというと、なんでも早くて確実性があったが、しかしこのときばかりは、誰もそれを本当にしなかった。それというのも、現役の艦隊司令長官が戦死するなんていうことは、これまでの海軍にも、まったくその例がなかったからである。塚本班長は体をのりだすようにして、弓村にもう一度念を押した。

「おまえ、それ、まさかデマじゃないだろうな。」

「いえ、本当です。」弓村の顔は真剣だった。

「さっき司令部付きの従兵から聞いたんですから間違いありません。それで、もう後任の長官が、二、三日のうちに内地から飛行機で着くとかで、司令部の中はいま大騒ぎなんだそうです。」

「そうか、それじゃ間違いねえだろう。しかし、どえらいことになったもんだなあ……。」

「でもこれは、軍の機密上当分極秘にして公表はしないんだそうですから、誰にもしゃべらないでおいて下さい。ここだけの話にして誰にも、……お願いします。」

弓村はそれだけ言うと、これから分隊長の洗濯があるからといって、あわててデッキをとび出していった。

それから二日目の昼近くだった。おれが用事で砲術科倉庫にいった帰り、なにげなく前甲板に出てみると、右舷《うげん》の舷門のまえに、士官たちが十四、五人並んで立っている。それもみんな佐官級のお偉方《えらがた》だ。司令部の参謀たちにまじって艦長や副長の姿も見えたが、いつになく舷門詰所あたりがあわただしい。これはきっと誰か「上の偉い人」の出迎えにちがいない。いったい誰だろう。そう思っておれが波よけ前の繋留索《けいりゅう》のかげから下の舷梯《げんてい》のほうをのぞいてみると、ちょうど今着いたばかりの水雷艇から、看護兵に両肩を支えられた将官らしいやせた年配の士官と、一台の担架が舷梯を上がってくるところだった。担架のほうは、上に白い毛布をかぶせてあるのでわからなかったが、士官のほうは重傷らしく、頭も手足も繃帯《ほうたい》だらけだった。……すると、もう一隻の水雷艇から、こんどは胸に金モールを下げた士官が、白い布に包んだ小さな箱を両手に高く捧《ささ》げるようにして出てきた。遺骨だ。つづいて同じ白い箱が二つ、三つ……。数えてみると、みんなで七柱だ。遺骨は甲板にあがると、出迎えの士官たちにかこまれて、すぐさまかくれるように長官公室のハッチを降りてしまった。まるで、兵員にこの場を見られるのを恐れてでもいるように……。そのときになって、おれは、あの遺骨のうち一つは、山本長官のだ、ということがわかった。もう間違いない。弓村の話はやっぱり本当だったのである。

長官戦死の報は、たちまち艦内に知れわたった。この衝撃は大きかったので、どこのデッキもこの話でもちきりだった。そのうちに、そのときのくわしい状況までわかってきた。それによると、こうだ。

山本長官は、四月はじめから、マストの将旗をおろしてずっとラボール方面に出張中だった。七月から発動された、航空機によるガダルカナル島総攻撃の「い号作戦」を、現地で直接指揮するのが目的であったが、その作戦も十五日には一応終ったので、二十日ごろには、ふたたび本艦に帰ることになっていた。ところが長官は、出張のついでということもあって、途中で急に予定をかえ、ショートランド島方面のバラレ、ブイン基地の視察を思いたった。宇垣《うがき》参謀長以下九人の司令部幕僚もいっしょだった。十八日、一行は一式陸攻《りくこう》二機に分乗、これに零戦《れいせん》六機を護衛につけ、〇六〇〇《マルロクマルマル》、ラボール基地を発《た》つと、約三千の高度で、ブーゲンビル島の海岸沿いを通って、最初の目的地であるバラレに向った。ラボールからバラレまでは、飛行二時間ほどの距離である。ところが、ブイン基地まであと五、六分という目と鼻の先へ来て、不意に敵の戦闘機（P38）二十数機にぶつかってしまったのである。敵機はまるで網をはってこの機会を待ちかまえていたように、一行の進路を断ちふさいで、いっせいに襲いかかってきた。むろん、護衛の零戦は陸攻機をかばいながら、必死の応戦につとめたが、数からいっても優勢な相手には、それも通じなかったらしい。たちまち長官の一番機は、火をふいてジャングルの中に突っこみ、つづいて二番機も、近くの海に叩《たた》き落されてしまった。

長官は、墜落の衝撃で、いくつにも折れた機体からはじきだされ、そこから少し離れた、焼けこげたジャングルの灰の上に、片手に軍刀を握ったまま横むきになって倒れていたが、すでに機上で、後頭部から左胸にかけて貫通銃弾を受けていて、即死だったという。結局このとき助かったのは、二番機からあやうく海面に這《は》いあがった宇垣参謀長と艦隊主計長、それに操縦員の三人だけで、あとの幕僚は、搭乗員もろとも全滅だったそうだ。

弓村はこの話を、同じ通信科の従兵から聞いてきたといって、おれたちに話してくれたが、そのあとおれたちはまた砲塔にもぐりこんで、しばらくその話をした。原口は装塡《そうてん》機のうえに腰をおろすと、

「だけど、くやしいなあ、えー、よりによって長官をやられちまったなんて。」

「まったくだ……。」

と溜息《ためいき》をついたのは木暮である。

「こっちの大事なカブトを、いきなり取られてしまったようなもんだぜ。」

「カブトどころか、連合艦隊の首がなくなっちまったと同じよ。」

するとと山岸が、

「長官は、ラボールへ自殺しにいったんだっていう噂があるけど、ありゃ、本当なんか。」

「自殺？　なんでまた……。」

「さっき、デッキで菅野兵曹たちがそう言っているのを聞いたんだけど、なんでもミッドウエー作戦で失敗してから、大本営も軍令部も長官を相手にしなくなっちゃって、それで長官は、責任上辞《や》めるにも辞められず、死ぬ機会を待っていたんだって……。」

「そんなことあるもんか。」弓村が言った。

「それによ、もしそうだったら、なにもあんなに大勢幕僚を道連れにしなくたっていいじゃないか。副官と二人ぐらいでこっそり出ていくだろうが……。」

「それもそうだな……。」

「だけど長官は、なんでまたラボールなんか出かけていったんだろう。本艦にいたって、ちゃんと指揮がとれたろうに……。」

原口が言うと、木暮が答えて、

「きっとあせっていたんだ。あのミッドウェーからこっち、ずっと敵におされ通しだろう。だからよ、ここらでなんとかそれを挽回《ばんかい》しようと思ってさ。」

「そうかもしれないなあ、長官の身になってみると……。」

と、原口はうなずいたが、

「それにしても、艦隊はなにやってるんだろう。長官が戦死したっていうのに、こんなところにまごまごしてやがって。どんどん出てって、アメ公のやつらぶっ叩いてやりゃいいのに……。」

「そうよ、昔だったら、さっそく弔い合戦といくところだ。」

と言ったのは弓村である。

「だけど、長官が死んじゃって、これから戦争やっていけるのかな。いったいどうなるんだろう。」

山岸が心配そうにそう言うと、それまで足の水虫に赤チンを塗りつけていた桜田が笑いだして、

「馬鹿、そんなこたあ、お前が心配しなくたって、ちゃんと上の連中が考えてらあ。おれた

ちゃ、黙って大砲のケツでも磨いてりゃいいんだ。それによ、後任の古賀《こが》大将ってのが、あしたにも着任してくるっていうじゃないか。」

「でもさ、山本長官みたいな偉い大将は、もう日本にいないんじゃないのか……。」

「そんなことあるかい。大将なんて、掃いて捨てるほどいらあ。それにな、大将ともなりゃ、よっぽどの頓馬《とんま》でないかぎり、誰が長官になったっておんなじよ。なにも、山本大将でなくちゃ、長官がつとまらないっていうわけじゃないんだ。」

これを聞くと、原口は例によってすぐむかっ腹をたてて、

「なんだって、てめえ、長官が戦死しても、なんとも思わねえのか。」

「なんとも思いませんね……。」

いったいに桜田というやつは、へんに深刻ぶることの嫌いな男で、こんなときになると、よけい心にもない駄じゃれをとばして、相手を茶化《ちゃか》しちまうんだ。

「だってよ、五十六《いそろく》さんは、うちの親父《おとつぁん》じゃないもの……。」

「なに、この野郎、もういっぺん言ってみろ。」

原口はそう言うと、いきなり装塡機をまたいで、向う側に坐《すわ》っている桜田にとびかかっていこうとしたが、木暮と弓村がやっとそこをひっつかまえて、

「よせ、よせ。こんなところで騒いで、番兵にでもみつかったらどうするんだ。」

と、なだめにかかったが、原口はまだおさまらないで、

「ふん、この罰あたり。その素っ首、ひんぬいてやるぞ。」

と、いきまいて、しばらく桜田をにらみつけていたが、やがて腰をおろすと、こんどはおれに向ってこう聞いた。

「北野、お前はどうなんだ。さっきからずっと黙っているけど……。」

原口ときたら、なんでも相手が自分の考えに同調しないと気がすまないんだ。が、そこは同年兵だから、こっちも遠慮することはない。そこでおれは、

「そうだな、大将だなんていうと、おれにゃあんまり縁が遠すぎて、お前ほどむきになれないな……。」

と言ってやったが、これは別に桜田みたいに、原口をからかうつもりで言ったわけじゃない。正直なおれの気持だ。それ以外に言いようがないのである。言えば誇張になるか、嘘になるか、どっちかだ。

むろん、おれだって長官の戦死に胸をつかれた。そればかりじゃない。なんだか、急に足もとが暗くなったような気がして、おれもじっとしちゃいられないぞ、と思ったのも事実だ。だから原口の口惜《くや》しがる気持も決してわからないわけじゃない。わかる。よくわかる。

けれどもそれはそれとしても、艦隊長官ともなると、おれみたいな一水兵にとっては、ま

さに雲の上の近よりがたい存在だ。偶然、旗艦として同じ艦にのりあわせていても、実際には、なんのなじみもなければ接触もない。まともに顔を見ることすらまれである。だから戦死と聞いても、個人的にはそれほど心を動かされない。実感も稀薄《きはく》だ。

そこへいくと、せんだってのあの江南の場合のほうが、おれにはずっとこたえた。切実だった。煮えるような怒りと悲しみがあった。そして、それはいまも、心のひだ深く突きささって、ちりちりとうずいている。夜半、寝汗をかいて夢でうなされているほどだ。

たしかに、この二人の死は、おれの場合、その切実さにおいて比較にならない。もっとも、これもひとつには、江南の死のなまなましさをかかえているところへ、ふいに長官の死が二重におっかぶさってきたせいかも知れないが……。

原口たちはそれからも、なんだかんだと長官のことを話しあっていたが、おれだけはなにも言わなかった。

2

今日は五月一日。定期の進級日だ。下士官兵の定期進級は、五月と十一月の年二回だが、兵隊にとってこの進級ほどうれしいものはない。だって進級すれば、それだけのことはあるんだ。だいいち、昨日と今日とでは、入る厠《かわや》からして違うし、甲板掃除でも、汚ない雑布《そうふ》のかわりに箒《ほうき》をもったって誰も文句を言わない。バスにも、いままでより早く入れる。外出だって、前に日帰りだったのが、こんどから外泊できるし、任官すればしたで、隔週に二泊三日の入湯上陸《にゅうとう》が許される。そんなわけで、こんどの進級予定者たちは、指折りかぞえてこの日を待っていたのである。九時にその進級式が行なわれた。

その時間になると、二種軍装に着かえた進級者たちは、全員前甲板に整列して、艦長からそれぞれ進級の申渡しと、お祝いの訓辞をうける。下士官の進級は、任命が鎮守府だから「○等兵曹ニ任ズ」、兵の場合は、所轄長（艦長）だから「○等水兵ヲ命ズ」、いずれも辞令はなく、ただ艦長の口頭申渡しだ。

むろん艦が大きいから、進級者の数も大変だ。なんでも、艦全体では四百人近くいるそうで、これはちょっとした駆逐艦一隻分の数だ。おれたちの分隊でも、数えてみたら、下士官、兵とりまぜて、二十七人も進級した。

けれども進級資格があるからといって、全部が全部そのままトントン拍子に進級できるというわけじゃない。中には、当然何人かお茶っぴき（進級に洩《も》れる）が出る。それでも進級率は、陸上勤務に較べたら、艦隊勤務のほうがずっと割がいいから、まず兵長までは文句なしだ。何か特別のことでもないかぎり、めったにお茶を引くことはない。ここまでは、その年次がきさえすれば、たいていのものがトコロテン式にいく。

ところが問題は、兵長から下士官になるときだ。ここへくると、とたんに梯子《はしご》が高くなる。誰もが簡単にのぼれるというわけにはいかなくなる。もっともそのために、砲術とか航海、電機、通信、工作などの各学校の練習生（これは志願兵に多い）を卒《お》えてきている、いわゆる特修兵（章もち）は別だが、そうでない無章の兵長となると、いくら要領がよくて技倆《ぎりょう》優秀なものでも、まず早くて二回、悪くすれば三、四回お茶を引くのが普通である。

おれたちの分隊では、さしずめ坪井兵長や平屋兵長などがその組だ。中でも平屋兵長は最古参で、五回の記録をもっていたが、どういうわけか、こんどもお茶を引いてしまった。そのため今日はおそろしく機嫌が悪い。ふだんはいくら万年兵長を鼻にかけている彼でも、いざとなると、やっぱり面白くないらしい。いまもむずかしい顔をして、長椅子のかみてにあぐらをかいて、とげとげしいいやみたっぷりな調子で、となりの班の桶谷兵曹にからんでいる。昼休みで、みんながデッキにいるので、よけいごねてみたいらしい。

「桶谷、われも下士官たあ、えらくなったもんだなあ。」

桶谷兵曹は、さっきから筆で新しく交付された軍衣袴《ぐんいこ》や襦袢《じゅばん》に名前を入れながら、聞えないふりをして黙っている。相手は自分より一年年次の古い兵長で、おまけにお茶っぴきだ。こんなとき、下手に受けこたえしたら面倒なことになる。そこで何を言われても黙っていたが、それがまた平屋兵長には気にくわない。

「ふん、いやにしゃあしゃあしてやがるな……。おい桶谷、任官したらおかしくって、おれなんかたあ口はきけねえのか。」

「別に、なにもそんな……。」

軍隊でものを言うのは階級じゃない。入ってからの麦めしの数だ。年次だ。だからたとえ階級が上になっても、年次の古いものには頭があがらない。桶谷兵曹は、やっとそれだけ言ったが、彼もそれ以上、相手に言葉をかえすことはできない。すると平屋兵長はわざと大きな声で、

「いいか桶谷、はじめに断っておくけどな、われ、いくら任官したからって、おれの前で下士官づらなんかこきやがったら、ただじゃおかねえぞ。」

これはむろん桶谷兵曹だけに言っているんじゃない。まわりにいる進級者にも、いっしょにあてつけているのだ。彼の顔はみるみるふくらんでいった。この調子だと、平屋兵長をかしらに、お茶っぴきの連中は、当分また荒れるだろう。そのうっぷんを、甲板整列の度ごとにぶちまけるだろう。

おれたちには、それがはじめからわかっているので、こんども、なんとしても彼らに進級してもらいたかった。誰よりも彼らの任官を願っていた。任官すればいくらじゃくった兵長

でも、たいていおとなしく下士官の座におさまって、デッキのことにも直接口出ししなくなるからである。ところがこういう古ダヌキになると、なかなかこっちの注文通りにゃ進級してくれないのだ。こんども一番がっかりしたのは、当の本人よりも、案外おれたち若い兵隊のほうだったかもしれない。

けれども、こんどの進級で意外だったのは、なんといっても中元兵長が任官したことだった。彼は五年兵で、すでに任官の資格はあるにはあったが、なにしろ最近あの江南のことがあったので、誰も彼が任官できるとは思っていなかった。それどころか、彼のこれから先の進級は、もはや絶望的であり、ひょっとすると、現在の兵長から降等されるんじゃないかという噂まで出ていたくらいだから、一週間前その内示があって、彼が任官するときいたときには、みんなまさかと驚いたのである。

むろん彼は、海兵団での成績はずばぬけていたし、無章兵とはいえ、艦に乗ってからも、もちまえの勤勉と才気と要領で口もきいたので、兵長まではいつも最右翼できたが、今度ばかりは、そこに全く別の事情が動いたのである。

だいたい下士官の進級は、その任命権が直接艦長にある兵の場合と違って、鎮守府が任用権をもっている。つまり鎮守府は、艦から提出される「下士官任用進級抜擢《ばってき》名簿」にもとづいて進級者を決定することになっているので、いったん鎮守府が決定を下したものに対して、艦のほうでそれを勝手に変更したり取消したりすることはできない。

ところが江南の事件があったのは、ちょうどその名簿を鎮守府長官に提出したあとだった。むろんそこには、ちゃんと中元兵長の名前ものっていたのだが、それをあとになって取消すことは、手続き上面倒でむずかしかったのである。とはいっても、それ相当の理由さえあれば、それもできないことはなかったのだが、まさかそのために、やっと内輪におさめて、すでに戦病死として報告ずみの江南のことを、あらためて事実はこうだったと報告し直すわけにもいかない。またそうかといって、何か別の理由をつければ、抜擢名簿そのものの信憑性《しんぴょう》を疑われ、それに署名捺印《なついん》した艦長の信用問題にもかかわるというわけで、結局そのままにしておかざるをえなかったのである。

おれたちは、このことを従兵の弓村から聞いて、なるほどと思った。それでなければ、いくら中元兵長でも、まっとうに任官できるわけがない。

「それじゃあれだな……。」山岸が言った。「けっきょく江南のことも、中元兵長の進級をストップできなかったわけだな。」

「そうよ、それにしてもこじゃくだなあ、まったく……。」

と、吐きだすように言ったのは桜田である。おれはうなずいたが、彼もやっぱり同じことを考えていたのである。

「上のやつら、口じゃえらそうなことを言ったって、いよいよとなると自分のことしか考えないんだ。死んだやつなんかどうだっていい、御身《おんみ》大切というわけよ。ふん、これじゃ江南のやつはますますうかばれなくなる、可哀想によお。」

するとと山岸が、

「だけどこうなると、進級なんて水もんだなあ。上のものの胸三寸でどうにでもなるんだから。」

これを聞くと木暮が笑って、

「なんだ、お前、いまごろそんなことに気がついたのか、もともと進級なんてそんなもんよ。」

「いや、そりゃわかっていたけどよ、こんなにひどいもんだとは思っていなかったんだ。」

「だからさ」とおれは口を出して、「軍隊じゃ階級なんてあてにゃならないから、そのかわり、みんな年次にものをいわしてるんだ。麦めしの数でいったほうがずっと確実だからな……。」

山岸はうなずいて、

「でも、中元さんも、いくら任官させてもらっても、江南のことがあっちゃ、あと味はよくないだろうな、きっと……。」

「でも、どうだかな、内心じゃ、帽子にヒサシが出てみると、やっぱり悪い気持はしないだろう。」

「山岸、お前そんなに気になるんだったら、やつにじかに聞いてみろ。」

桜田がからかい半分にそう言うと、山岸はあわてて手をふって、

「やだよ、そんなこと。おれはもうあいつの顔なんか見るのもいやなんだ。」

すると、ちょうどそこへ噂の中元兵曹が、のっそり入ってきたのである。見ると主計科の被服庫からもらってきたのだろう。手に新しい下士官用の被服を一揃いかかえている。けれども彼は、いかにも浮かない顔をして、みんなの視線を避けるようにしている。考えてみると、こういうぎごちないおどおどした動作は、いぜんの彼には見られなかったものである。たしかにあれ以来、彼はひとが変ってしまった。人一倍張切り屋で、〈焼玉エンジン〉の渾名《あだな》にふさわしく、うるさくて騒々しい男だったのに、このごろでは鳴かず飛ばずで、いるのかいないのかわからないほどで、笑うこともなく、必要なこと以外めったに口もきかない。むっつりして、しょっちゅう何か考えこんでいるふうだ。やっぱり江南のことが彼なりにこたえているんだ。

中元兵曹は、おれたちのほうには見向きもしないで、かかえてきた被服を無雑作にチストの中におしこむと、すぐまたデッキを出ていこうとした。

すると、それをうしろから呼びとめたのが坪井兵長だ。

「おい、中元、おめでとうよ。われ、こんだあうまくやったじゃねえか。」

相手は古参の兵長だから、そっけなく振りきっていくわけにもいかない。中元兵曹は立ちどまってふりかえったが、あきらかに、どう返事したらいいのかわからないように見えた。

「そんなことないですよ。……わたしとしちゃ落してもらったほうがよかったんです。」

「わかってるよ、でもくよくよすんない。向うで上げてくれるっていうんだから、黙ってあげてもらってりゃいいじゃねえか。」

坪井兵長はそう言って、彼にしてはめずらしく中元に同情を示したものである。というのも、彼もあのときは中元といっしょに棍棒《こんぼう》をふった組だから、まんざら関係がないわけじゃない。すると、中元とは同年兵の早川兵長も相槌《あいづち》をうって、

「うんだ、うんだ、すんじまったこと、今さらくよくよ考えたってどうにもならねえからな……。そのかわり中元、今夜の進級祝いにゃ、うんとおごらしてもらうぞ。いいか、ビールの一本や二本でごまかそうたってだめだぞ。」

「うん、そりゃ出すけど、でもおれは飲みたくないな……。」

「馬鹿、お前は飲みたくなくたって、お祝いにおれたちに飲ませりゃいいんだ。」

坪井兵長が言った。

するとそのそばで、菅野兵曹と並んで編物をしていた望田兵曹が顔をあげて、

「ところで、どうだ、今夜の進級祝いにゃよ、今日進級したやつらから、みんなあがった給

料の一カ月分を出させて手荒くやろうじゃないか。そうすりゃ盛大にできるぜ。」

これには菅野兵曹も賛成した。

「うん、そりゃいい考えだ。それがいい。そうすりゃ、こっちのふところは痛まねえで、ロハでごってり飲ましてもらえらあ……。」

「でも、一カ月分って、いったい幾らなんですか。」

そばから小宮兵長が口を出した。彼はおれたちより半年古い上水で、きょう兵長に進級したのである。

「なにを、この野郎とぼけやがって。」坪井兵長が言った。「自分の給料ぐらいよくおぼえておけ。いいか、お前は、今度三円上がって十六円になったんだから、それを全部出すんだ。」

「ひえー、十六円そっくり……。」

小宮兵長がそう言って唸《うな》ると、菅野兵曹は笑って、

「よし、小宮、いいわ、そんなに出すのがいやなら、われの兵長はおあずけだ。上水なみにこき使ってやるからそう思え……。」

「うわー、ますますひでえことになってきたなあ。」

そういう小宮の口調はすでに兵長気取りだ。すると平屋兵長がそれを聞きつけて、向うから怒鳴りつけた。

「おい、小宮、なんだてめえ、もう兵長づらして、古い下士官なんかとなれなれしい口ききやがって、態度太いぞ……。だいたいなあ、てめえが兵長だなんて、こっちの兵長が泣くわ。なりたてのおちょうちんのくせしやがって、いいか、同じ兵長といったって、ピンからキリまであるんだぞ。てめえなんかといっしょくたにされてたまるかい。すっこんでろ。」

小宮兵長は忽《たちま》ち小さくなってしまった。そこで平屋兵長は、こんどは中元兵曹に向ってこう言った。

「中元、今夜はおみきを一本買って江南にあげてやれ。さもないと、今夜あたり江南のやつがお前をのろって出てくるぞ。」

この一言は効いたらしい。中元兵曹は黙って風のようにデッキを出ていってしまった。おれたちはそれを見て、なんだか胸がすーっとした。こっちが言いたくても言えないことを、平屋兵長が言ってくれたからである。

それからこの日は、同時に善行章（山型《やまがた》）のつく日だ。善行章には、普通善行章と特別善行章の二つがあって、普通善行章のほうは満三年に一本（入院したような場合は、その期間分だけ遅れる）、特別章のほうは、人命救助とか、なにか特別の善行のあった場合に限られているが、これをつけている兵隊はめったにいない。今日一本ついたのは、ほとんどが志願兵（徴募兵は来年の一月十日）だが、うちの分隊では、先任下士官が四線、塚本班長が三線、菅野兵曹が二線、兵長五人は一線で、須東兵長や岡沢兵長がその口だ。まえの駆逐艦には、上水（二水）で一本つけた（これを楽長《がくちょう》と呼んでいた）のが、二、三人いたものだが、播磨には、さすがにそういうあぶれはいない。もっとも平屋兵長は、もとは楽長だったんだそうだ。

いずれにしろこの善行章が一本つけば、デッキじゃ「神様」だ。それまではいくら兵長でも頭があがらないが、もうおしもおされもしない。もっとも章もちの志願兵の多い主砲分隊なんかとちがって、うちの分隊には、徴兵あがりの古参の兵長がごろごろしているから、つけたてじゃそんなに大きな顔もできないが、それでも、善行賞を一本つけているといないとでは、えらいちがいだ。甲板整列だって、もう若い兵隊なみに並ばなくたっていい。列外に出て、星でも見ながらのんびり手を組んでいられるし、場合によっちゃ、大威張りで、殴り手にまわることだってできるのだ。

　そのせいか、一本つけた連中は、たいしたご機嫌だ。きのうまでは小さくなって影のうすかった岡沢兵長なんかも、今日は通路を歩きながら、片手をズボンのポケットにつっこんだりして、ゆとりのあるところを見せている。前から押しのつよい須東兵長になると、食器の持ち方から、敬礼の手つきまで変っている。けさも、おれたちが敬礼すると、あげた右手を途中でまえに放りだすような、ぞんざいな敬礼をしてみせたものだ。おまけに彼は、今日から任官した中元兵長のあとをうけて役割になったので、よけい鼻息があらかった。

3

進級があると、たいていそのあとにくるのが配置の移動と転勤だ。艦の戦闘配置は、だいたい階級によってきまっている。この配置は兵長、この配置は同じ下士官でも章もちの一曹というふうに——。だから、その配置にあるものがもし進級すると、新しく配置をかえるか、転勤させるかしなくちゃならない。それで播磨では、こんども百名近くよそへ転勤することになった。いずれも配置からはみ出てしまった進級者である。

おれたちの分隊では六名だったが、その顔ぶれを見て、喜んだのは、おれたち若い兵隊だ。だって、そのなかに中元兵曹が入っていたからである。

ただ、ほかの五人の転勤先は、そろってどこかの艦なのに、どういうわけか、中元兵曹だけは陸上勤務で、それもあまりパッとしないスマトラ方面の沿岸防備隊だった。きっと分隊長あたりが、よくよくもてあました末に、この機会にと思って、辺鄙《へんぴ》へ厄介ばらいを喰《く》わしたのかも知れない。

「これでいくらかせいせいするな……。」

デッキの壁にはりだした転勤者名簿を見てきて、木幕が言った。

山岸もにやにやして、

「ほんとだ、……だけど中元さん、うれしそうだったぜ。さっき煙草盆で、みんなと転勤の話してたけど。」

「そりゃそうだろう。これであれ以来、いづらくなっている播磨とも、きっぱり縁が切れるんだもの……。」

そう言ったのはおれである。

「それにいったん向うへいってしまえば、もう誰もやつの過去を知ってるものはいないから、気持だって落着いて、江南のこともだんだん忘れられるだろうからな。」

すると桜田が、

「それにしても、〈焼玉エンジン〉をこのまま行かすっていう法はないぞ。転勤前に、ひとつ、江南にかわって、こてんこてんにのしてやらなくちゃ……。」

と言ったが、むろん口ではそう言っても、いくら彼だって、そんなことが軍艦のなかで実行可能だとは思っちゃいない。たしかにいい機会にゃちがいないが、相手はとにかく下士官だ。夜うまく甲板に呼び出して、やってやれないことはないが、あとがおおごとだ。だいいち古い兵隊、ことに中元兵曹の同年兵が黙っちゃいないだろう。それこそ、江南の二の舞いも辞さない覚悟と度胸がなくちゃ、うっかり手出しはできない。それにしても、桜田の言い草じゃないが、やつをこのまま黙って行かすという法はない。

そこでおれたちは相談して、さしあたりもっと別の方法を考えたのである。

いよいよ転勤だという前の晩だった。おれたちは、夜中デッキが寝しずまるのを待って、分隊で可燃物置場に使っている最下甲板へ、こっそり中元兵曹の衣嚢《いのう》を持ちこんだのである。衣嚢は、もう明日持ち出すばかりになって、八つ折りにした三枚の毛布とだき合わせに細引でくくってあったが、本人を殴ってやるかわりに、こいつにあたってやれという魂胆だ。原口と山岸は当直、弓村はまだ従兵室から戻ってきていないが、こういうことは、人数が少ないほうがかえって目立たなくていい。

「おい、デッキのほうは大丈夫だろうな。」

と、おれが小声で言うと、桜田が、

「心配するな。二直の不寝番には、いま山岸が立っているんだ。なにかあったら、あいつがここへ甲板刷毛《ブラシ》を放りこんで合図することになっているんだ。かんじんの中元も、消灯前まで平屋兵長らと転勤祝いの酒を飲んでいたが、もうとっくに寝台へあがってしまった。」

そこでおれたちは、さっそく仕事にとりかかったのである。

まず、音のしないように細引をといて、衣嚢の中身を全部外に引っぱりだした。出てきたのは、せんだって交付されたばかりの下士官用のまっさらな襦袢や軍服だ。おれたちはこの時の用意にハサミと赤インキを持ってきていた。そこでおれは、筆にたっぷりインキを含ませておいて、白い二種軍装の上衣の背中に大きく〝江南を忘れるな〟と書きこんでやった。木暮は木暮で、ハサミで軍服や襦袢のボタンというボタンをみんな切りおとしてしまった。

おれたちのはじめの相談では、このへんまでだったが、桜田は、それだけじゃまだ足りないといって、こんどは袴下《こした》と事業服の袖《そで》をひきちぎって、ついでに、「水虫の予防にゃこれが一番だ」と言いながら、靴下の先っぽも、七足ともハサミで切ってしまった。

おれたちは最後に残った赤インキを、そっくり一装用の軍服にしみこませてから、それをまた急いでたたみ直し、衣嚢の中につめこんで、元通りきちんとくくりあげた。済んだ。こうしておけば、どうせ誰の仕業かわかりっこない。それに明日は朝早く出発するのだから、中元だってどうすることもできないだろう。

桜田は、ひと息ついて、顔の汗をふきふきこう言った。

「このほうが、ぶん殴るよりずっと効き目があるぞ。痛いのはそのときだけだからな。中元の野郎、向うへ行ってあけてみてきっとあわてるぞ。……そのときの顔がみたいもんだ……。」

おれたちは、それからまもなく、さっきおいてあったデッキの隅のネッチングの前に衣嚢を担ぎあげておいて、釣床にもぐりこんだが、三人とも興奮してしばらくは寝つけなかった。考えてみると、コソ泥式なケチな復讐《ふくしゅう》で、われながらうしろめたい気がしないでもなかったが、あの江南のことを思うと、何かひとつ仕返しをしてやらないことには、おれたちの腹の虫はおさまらなかったのである。

翌朝は、総員露天甲板に並んで転勤者を見送った。

中元兵曹は知らぬが仏で、例の衣嚢をかついで、ほかの転勤者といっしょに送りの大発《だいはつ》に乗りこんだ。

「総員、帽ふれ!」

副直将校の号令で、おれたちは出ていく大発にむかって、いっせいに帽子をふった。転勤者のほうも、大発のサイドに並んで帽子をふってそれに応《こた》える。海軍式の別れの挨拶《あいさつ》だ。中元兵曹も、そのへさきに立って、頭の上にさかんに帽子の輪をえがいている。それを見て桜田が、目でおれに合図したが、おれはわざとそっぽをむいて、ついでに帽子もさげてしまった。ふいに、こっちを見上げて笑っているような中元兵曹の顔が目にはいったからである。

ランチはやがて、白い航跡だけを残して、手前の大和のかげにかくれてしまった。

それから一週間ほどして、かわりの兵隊が転勤してきた。それで空いていた戦闘配置がふさがり、分隊には欠員はなくなった。

新しく来た兵隊は、おもに年とった補充兵だった。それもたいがい三十を過ぎているらしい。中には、もう生えぎわがうすくはげあがっているのや、背中の曲ったのや、片目に星が入っているのもいるといった具合で、兵隊としては、いかにも頼りない感じだが、こういう補充兵が播磨に乗ってきたのはこれが最初である。兵隊も、若い現役だけではもう間に合わなくなってきたのかも知れない。

なんでもこの連中は、この一月に召集され、海兵団で三カ月の速成教育を受けて送られてきたというから、むろん艦隊の勤務については何も知っちゃいない。古い兵隊たちの身の廻《まわ》りの仕方から甲板洗いの刷毛の持ち方まで、いちいちこっちが教えてやらなくちゃならなかった。

けれどもおれたちはそれどころじゃなかった。実は噂が本当になったのである。播磨がいよいよ内地へ帰るというのだ。その情報が流れたのは、昨日だ。

それによると、今度の帰港は、これまでずっと極秘にしておいた山本長官の戦死を正式に公表して、国葬にふすることになったので、あれ以来、本艦に安置したままになっている長官の遺骨を内地へ送還するためだそうだが、目的はしかしそれだけじゃなくて、こんどはこの泊地にいる艦隊も、そのほとんどが播磨といっしょに内地に帰るということだから、むろん乗員の休養もかねている、というのである。これは、森分隊士が上の下士官たちにそう話したというのだから、たぶん間違いないだろう。

しかし、おれたちは、この情報もなるべく信じないようにした。これまでにも何回かこんな噂でだまされてきたからである。本気にしていて、あとでまたがっかりさせられてはかなわない。それでも、なんだか一日中妙に落着かなかった。こんなとき従兵の弓村に聞けばもっとはっきりするだろうが、彼はあいにく昨日から公用で出張した分隊長のお伴で、春島の港務部のほうへ出かけていて留守だった。

けれども弓村に聞くまでもなかった。翌日の朝の課業始めに、副長からまったくその通りのことが全員に発表されたのである。

おれは目をとじて、もう一度副長のことばを心の中で繰返した。

「本艦は、明後日、〇八三〇《マルヤーサンマル》、山本長官の遺骨送還のため、在泊艦隊とともに内地へ向けて出航する。」

おれは思わず両手をにぎりしめた。こんどこそ本当なんだ。考えてみると、おれが内地を離れてもう二年になる。その間まだ一度も内地の土を踏んでいない。一度も陸《おか》の空気にふれていない。それがこんどこそかなえられるんだ。この足で娑婆《しゃば》の土と匂いにふれることができるのだ。——そう思うと、急にわくわくして、足の裏までしびれたようにふるえてきた。

4

今日はいよいよ出航だ。

艦内は朝から出航気分にあふれ、明るく活気にみちている。七時、「両舷直出港準備」の号令で、おれたちは朝食もそこそこに露天甲板にかけあがった。〇八三〇《マルハーサンマル》の出航だから準備もよっぽど急がないと間に合わない。おれたち両舷直のやることはいっぱいある。おろしてあるランチやカッターや舷梯をあげなくちゃならない。天幕支柱やハンドレールも倒して格納しなくちゃならない。両舷の防潜網もはずさなくちゃならない。それから航海中の不測の事故に備えて、救助艇の用意もしなくちゃならない……。

手前の大和でも、兵隊たちが忙しそうに甲板をかけまわっている。ときどき風の具合で叫び声や号笛の音がこっちにまで聞えてくる。長門では、ちょうどクレーンで水雷艇を高々と吊《つ》り上げているところだ。その向うにいる巡洋艦の鳥海では、もう錨《いかり》を巻き上げているらしく錨鎖《びょうさ》を洗うホースの水が、艦首から白く滝のようにほとばしっている。

そして、その左手にひらけている北水道のはるか沖合には、一足先に出ていった二隻の駆逐艦が遊弋《ゆうよく》している。附近の対潜哨戒《しょうかい》にあたっているのだ。その駆逐艦との間に、各艦が忙しく発光信号を取り交している。まもなく播磨と大和の水上偵察機もキャタパルトから発射されて哨戒にとび立っていった。

喧騒《けんそう》と罵言《ばげん》がわいわい一時間もつづいたかと思うと、播磨はいっさいの準備を完了した。両舷直はふたたび受持甲板に整列し、「出港用意」の位置につく。

かっきり〇八三〇《マルヤーサンマル》「出港用意」のラッパが鳴った。

同時に、マストに「われ出港」の旗旒《きりゅう》があがり、艦橋からは、いろんな号令が一時に下の機関室に発せられた。……艦尾に白い泡がざわざわと渦を巻いてひろがる。スクリューが回転をはじめたのだ。軍楽隊は、それを合図に「軍艦マーチ」の吹奏だ。しんと静まりかえった艦上に、はぎれのよいマーチの旋律が流れる……。

播磨は、そのなかを、七万二千トンの巨体をかすかに震わせながら、ゆっくりと動き出した。艦首にかきおこされた扇形のゆるい波のしまが、やっとそれとわかるほどの速さで、徐々に後ろに退いていく。ついに内地への航路についたのである。

播磨は、前進微速でそのまましばらく徐航したのち、やがて艦首を北水道に向けた。舵《かじ》が大きく右へ切られた。それにつれてまわりの海が、空が、島が、ぐらりと傾いて、まわり舞台のように左へ左へと廻っていく……。

見ると、いつのまにか大和がうしろにぴったりついている。そのあとを長門、榛名、金剛、伊勢、日向《ひゅうが》の順につづく。それから少し離れた右手のほうに、巡洋艦の愛宕、鳥海、羽黒《はぐろ》、妙高《みょうこう》、利根、筑摩などの姿が見える。空母の翔鶴《しょうかく》、瑞鶴《ずいかく》、飛鷹《ひよう》などもいっしょだ。

これに駆逐艦を加えたら、合わせてざっと二十五、六隻はいるだろう。まるで泊地全体が動き出したような感じだ。残っているのは、春島ぞいにいる数隻の輸送船と工作艦の明石ぐらいなものだ。

春から初夏にかけての海は割合おだやかだというが、今日も天候はいい。風はなし、波はなし、空は晴れているし、雲はなし、おかげで見通しはきくし、航海にはもってこいの日和だ。

前方の海面には、ちょうど内地の鷹《たか》に似た胴体の白い鳥が、ときどきその長い口ばしを水につけながら、のんびりと羽根を動かしている。鳥たちは、それまでぼんやりしているらしく、艦が近づくと、びっくりしたように、あわててマストすれすれに舞い上がっていく……。

艦隊は、まもなく北水道をぬけ、そろって外海にのりだした。安全な環礁内とちがって、いったん外海へ出ると、いつ敵の潜水艦が出没するかわからない。そこで艦隊は、あらたに航行隊形を整え、それから速力を十八ノットにあげ、針路を北々東に向けた。播磨は右翼陣形の中央だ。その両側にはぴったりと駆逐艦秋霜《あきしも》、浜波《はまなみ》の二隻が護衛についた。

拡声器は次の号令を艦内に伝えた。

「両舷直解散。」

「艦内哨戒第二《ふた》配備、甲直見張員配置に就け。」

甲板につよい風が吹きつけてきた。速力のせいだ。正面に体を向けると、とたんに背中が袋のようにふくらんで、うしろにもっていかれそうになる。頭のうえでは、マストの鋼索《リギン》が、びゅうびゅう風に唸っている。下からは甲板をふるわせて、機関のひびきが重々しく聞えてくる。正確なスクリューの回転がわかるような軽快なひびきだ。そしてこのスクリューの一回転ごとに、艦は着実に内地へ近づいていくのだ。

やがて、左舷に、ボートをさかさにふせたような小さな島が見えてきた。群島からすこし離れて、一つだけそこにぽつんとうずくまっているような、いかにも孤独な感じの無人島だ。岸には、やせた椰子《やし》の木が四、五本腰を曲げて立っている。あとはまばらに生えたクナイ草だけだ。しかしおれは、この島にははっきり見覚えがあった。つい一カ月前、江南を葬ったのは、ちょうどこの島のまん前だったのだ。

江南は、いまもこの海の底に、毛布にくるまったまま、砲弾を枕に横たわっているだろう。おれたちがその上を通過して、いま内地へ帰っていくのも知らずに……。それにしても、もし彼が生きていたら、この日をどんなに喜んだろう。そのときのうれしそうな、はしゃいだ彼の顔が目に見えるようだ。そしてあの晩のことさえなかったら、江南はきょう、おれたちと一緒に内地へ帰ることができたのである。

彼は誰よりも内地へ帰りたがっていた。はじめて親元を離れて遠い異境にきたことが、彼にはたまらなく不安で淋《さび》しかったにちがいない。内地行きの噂が流れるたびに、いつもそれを本気にしてそわそわしていたのも彼である。

「内地に帰ったら、自分は一番さきにおっ母《か》さんを面会に呼ぼうと思っています。」

「なんだ、お前、おっぱいでもしゃぶろうっていうのか……。」

そんなとき、おれたちがわざとからかってみせると、彼は困ったように顔を赤くして、

「そうじゃないですよ。ただあんこのいっぱいついたボタモチを持ってきてもらおうと思って……。それがたのしみなんです。」

そう言って、いかにも少年らしく糸切歯をのぞかせて、恥かしそうに笑っていた彼であった。しかし彼は、もう内地へ帰ることができない。おっ母さんにも妹にも会えない。好きだったボタモチも、もう口にすることができないのだ。

哨戒機がマストの上をとんだ。海は波一つなく、目のとどくかぎり群青色に澄んでいる。水平線にとり巻かれた一枚の青い円板のようだ。艦隊はその上を、白い航跡の帯をひいて、北東にみよしを並べて進んでいく……。おれは舷側《サイド》に立って、島のほうを見ながら、いまも砲弾を枕に海底に横たわっている江南一水と、死んだのちもなお、こうして艦隊を引き従え

て内地へ帰っていく山本長官を較べてみないではいられなかった。

まったく、同じ軍人の死であっても、それはなんという違いだろう。あまりにも対照的だ。長官の死は、文字どおり栄光につつまれている。その遺骨は、艦隊とともに丁重に内地へ送られる。死後も、無言の権威を艦隊の上に放っている。そして内地に帰れば、国葬にふされ、軍神としてあがめられる。とにかく軍人としては、最高の栄誉を受けるのだ。

ところが一方、江南の場合はどうだろう。犬死もいいとこだ。なにもかも、うやむやにされ、あげくの果に石ころのように海に捨てられてしまった。

けれどもこのちがいは、決して死因だけによるのじゃない。それはそのまま大将と一水という、気の遠くなるような階級のちがいからくるのである。生前がそうであったように、その死後も、階級がりっぱにものを言うのである。わかりきったことだが、死はそれによって、人間が見ることも聞くことも感じることもなくなって、この地上から忽然《こつぜん》と消えることである。地上の一切を失なうことである。とすれば、山本大将がその一切を失なったように、江南一水もまた彼の地上の一切を失なったはずである。にもかかわらず、大将はやっぱり大将であり、一水は一水にすぎない。光はてっぺんだけにあたって、光のさしこまない底のほうはいつも真っ暗なんだ。しかも江南には、栄誉はおろか、内地へ送る一片の遺骨すらないのである——。

おれは江南が可京想だと思った。

揺磨はまもなくその島のま横をそっけなく通過したが、海底の江南には、いまのスクリューの音が聞えただろうか……。

島はそれからも、艦隊のあとを追いかけてでもくるかのように、白くうねる航跡のむこうに、いつまでも小さく見えていた。

〈間奏〉

（日没後のデッキの中。航海中だから、あと二〇一五《フタマルヒトゴー》の「釣床おろし」の時間まで別にすることもない。兵隊たちはのんびりと食卓に坐りこんで、いましがた酒保から配給されたビスケットをかじりながら、てんでに駄弁《だべ》りあっている。リズミカルな機関のひびき、小刻みに震動している壁ぎわのチストや寝台、外舷にあたって砕ける波の音などが、兵隊たちの話や笑い声にまじって断続的に聞えている。）

野瀬兵長　「これであとは黙っていたって、横須賀だ。畜生、こたえられねえな。」

須東兵長　「ほんとだ。なんだか信じられないね。」

望田上曹　「それにしても、もっと速く走らねえかな、おい平屋、われ艦長んとこへ行って、もっと速力だすように言ってこいや。それでないと、うちの望田兵曹は、もうもたないってな……。」
平屋兵長「もたないのはお互いさまですよ。こっちゃ、もう泊地を出てからずっと立ちっぱなしだもの。」(笑いながら握りこぶしを前につきだしてみせる)
望田上曹「なにをこく、チョンガーのくせしやがって。てめえなんか、黙ってせんずりでもこいてりゃいいんだ。」
坪井兵長「入港したら、すぐ半舷上陸くれるだろうな。ところで、こんだあ上陸はどっちが先だっけ……。左舷か、右舷か?」
野瀬兵長「右舷ですよ。おれたちだ。わるいけど、入港したら一足先にしゅっしゅっとしてね……。」
坪井兵長(ビスケットを口の中に放りこんで)「それで、おまえどこへいこうってんだ。」
野瀬兵長「わかってるじゃないの、野暮《やぼ》なことは聞かないこと……。」
平屋兵長「野瀬、玉ちゃんはな、どっかの旦那《だんな》に身請《う》けされて、もうあの安浦《やすうら》の海楽楼にゃいないとよお。」
野瀬兵長「そんなこたあないですよ。せんだってちゃんと手紙がきたばっかりだもの。」
菅野一曹「だけど野瀬よ、われどんな顔して玉公とつるむんだ。いちど、ひとつ見てえなあ。え？　こうか……。」（と言いながら、いきなりとなりの早川兵長の首っ玉に抱きついて、つくり声で）「……ねえ、ほら、玉ちゃん、根っきりいれたよ、いーい、うん、……それぴちょ、それぴちょ、うん、いーい、いーい、あ、玉ちゃん……。」

早川兵長　（あわててとびのきながら）「ひえー、あ、あ、あ、よして下さいよ。おーい、誰か塩まけや、塩を……。」（みんなどっと笑う）

野瀬兵長　「ああ、玉ちゃんか、待遠しいねえ、おれは上がったらよ、一晩中ズボンなんかはかねえぞ。」

塚本上曹　「なにをぬかしやがる。野瀬、まだろくすっぽまらの病気もなおっていないくせして……。いいか、言っておくけどな、衛生的見地からお前は、こんどは、内地にいる間外出止めだ。」

野瀬兵長　「うわー、班長、そんな殺生な……。」

塚本上曹　（笑いながら）「なにが殺生だ。よし、よし、おれがあしたな、軍医によく話して、休業札をもらってきてやるから、お前は入港中は残留だ。艦ん中でゆっくり休んでろ。そのかわりおれが玉公をこってり可愛がってやるから、心配するな。」

桶谷二曹　「そうだ、それがいいや。そうでもして早く癒《なお》してもらわなくちゃ、こっちもあぶなくて、おちおちバスにも入られねえからな。」

野瀬兵長「なんだと、なりたての下士官のくせに。えらそうな口きくない。」
望田上曹（ヒゲをなぜなぜ）「まったくチョンガーのやつら、これだから困るよ。女郎なんかにのぼせやあがって、おかしくて聞いちゃいられねえ。えー、そこへいくと、こしとらちょいとちがうね。帰りゃうちでかあちゃんが、いきのいいおまんこパクパクさせて、ちゃんと待ってら。タダでやり放題よ。」
菅野一曹「それで朝になると、かあちゃんはコンニャクみたいにくにゃくにゃになっちゃって、あんたはあんたで、ぼーっとして、太陽が黄色くなって二つにも三つにも見えるっていうわけだね。」（みんなくっくっ笑う）
望田上曹「阿呆《あほう》、そんなこたあどうだっていいじゃねえか。こっちゃ三年もぬかずにたまっているミルクをぬくんだ。いくつやったたって足りねえや。」
門部二曹（ビスケットの袋をまるめながら、となりのデッキから入ってくる）「なんだ、おい、またおまんこの話か。もう少し、ましな話したらどうだ。ましな話……。」
平屋兵長「なにいってんだ、内地へ帰るっていうのに、これ以上ましな話がありますかって、……あったら一つ聞かせてもらいたいな。」（笑い）
須東兵長（立ち上がって）「さて、おりゃこれからひとつネズミでも二、三匹つかまえてくるかな。入港したら、さっそくそれで鼠上陸だ。甲板士官《おやかんばん》のところへもっていきゃ、一匹につき入湯上陸一回もらえるからな、さあ、ネズミだ、ネズミだ……。」
菅野一曹「馬鹿こけ、老朽艦《ボロバケツ》じゃあるまいし、ネズミなんかいるかい。」
岡沢兵長「それじゃ油虫はどう？　油虫は……。」
桶谷二曹（首をふって）「ありゃ大変だ、二百匹で上陸一回だもの、とてもとても……。」
坪井兵長「おれも、きのう烹炊《ほうすい》所の流し場をちょっとのぞいてみたけど、てんでさっぱりよ。」
平屋兵長「おれは、まえはボロバケツにいたから、ネズミでも油虫でも、いくらでもござれだった。そこへいくと、やっぱり新品はだめだな。」
塚本上曹（長椅子の上にあぐらをかいて）「平屋兵長、だったらな、油虫のかわりに毛虱《けじらみ》をもっていくんだな。二、三人にズボンおろしてもらったら二百匹ぐらいちょろいぞ。」
坪井兵長「うん、それがいいや、なんならおれのやつも提供してもいいぜ。」
平屋兵長（手をふって）「やだやだ。いくらスペヤの上陸がしたいったって、それだきゃ……。」（みんな笑う）

5

それから艦隊は、二日の間すばらしい天候に恵まれながら航海した。播磨は、舷窓をのぞいて、通路の防水扉も昇降口《ハッチ》も開放した。

空には、うすいわた雲が悠々とただよい、波一つない海は鏡のように滑らかだった。ときおり飛魚が目に入った。サンマぐらいの大きさで、群をなして水の中から躍り出ると、燕《つばめ》の羽根のように長くて光った鰭《ひれ》をピンと張って、海面すれすれに飛んでいく。見ていると、落ちそうでなかなか着水しない。小さな水煙をあげて、一気に百メートルちかく飛んだ。

夜なかすぎ、艦隊はテニアン島の北を廻って、マリアナ海に入った。あくる日も、昼前うちは同じようないい天気だった。はるか沖合に、マリアナの島々が青く見えたりかくれたりしていた。が、その天気も、午後から急に崩れだした。

どこから這いだしてきたのか、毛ばだった灰色の厚い雲の塊りが飛ぶように空を低く流れ、まもなく海の上にも強い西南の風が吹きつけてきた。うねりは大きくなり、駆逐艦あたりは、そろそろがぶりだした。晴雨計はぐんぐん下がっていく。それでも、その日一日はどうにかもちこたえたが、次の日は朝から暴風雨になった。

播磨では、きのうのうちに「荒天準備」をすませてあったので、別に慌てることもなかったが、総員起し後、おれたちは甲板士官の命令で、もう一度受持甲板を調べてまわった。

甲板へ出ると、海はもう昨日までの静かな面影はなかった。鋭い三角波が山のようにうねり、はげしい雨と風が横なぐりに吹きつけている。おれたちはその中を、短艇庫に格納してあるランチやカッター、ダビット［小型クレーン］に吊《つる》してある救助艇、通風筒下に積み上げてある応急用の角材や道板、砲口覆など、固縛しておいたロープがゆるんでいないかどうか、いちいち見てまわったが、一つの場所からつぎの場所へいくのも容易じゃない。腰を低く曲げて、首をちぢめ、両手を無格好に前に泳がせながら、体の平衡をとって、横っとびに走っていく。うっかりすると、ふらふらと足もとがもつれて、風に吹きとばされそうになる。雨合羽《あまがっぱ》を着て出たのに、一廻りして帰ってきたときには、みんな体じゅうずぶ濡《ぬ》れになってしまった。

昼ごろになると、嵐は最高潮に達した。海は広さがちぢまって、視界は急に悪くなった。どっちを向いても、低くたれこめた灰色の雨雲と、けわしくうねっている波の尾根のほかは、もう何も見えない。波は流れの速い底潮を突いて、折り重なるようにつぎつぎともり上がってくる。するとたちまち風にその頭をけずりとられて、ぱっと細かいガラス屑《くず》のような飛沫を宙にまき散らした。

ひっきりなしにビューービューーと吠《ほ》えているのは、弓のようにたわんだマストのリギン（鋼索）だ。それは荒れ狂う波と風の中で、何か悲壮に聞えた。風はあいかわらず艦首のほうから吹きつけていたが、風が強まると、しぜん波の腰も弾力をおびて強くなってくるので、いまはどの艦もそれを砕いて進むのに懸命だった。見ていると、まるで全艦が巨大な鋸《のこぎり》の歯のうえに乗っかって走っているような感じだ。

艦首はそこへ正面から鋭く切りこんでいく。斬りこまれた波は、頭を二つに割って、さっと左右に分れ、そのまますごい勢いで艦尾に走っていく。するとまたそのあとを追いかけてきた次の波が、白い牙《きば》をむいて、どてっ腹に襲いかかる。砕けた飛沫は、高々と艦橋のこびんをかすめ、滝のように甲板に崩れ落ちた。こうなると、いままでびくともしなかった播磨も、たまりかねたように、ようやくピッチングしはじめた。そのたびに水平線は上がったり、下がったりした。それでも図体が大きいだけに、まだよかった。

駆逐艦となると、見ているほうがつらかった。そのがぶりかたもひと通りじゃない。いまにも赤っ腹をさらして、ひっくりかえるかと思われるほどだ。波はたえず石段でもまたぐようにいっきに甲板の上を乗りこえていく。――艦は恐ろしい力でぐいと波の峯《みね》にもち上げられると、こんどは艦尾を宙に浮かしながら、のめったようにその谷底へ落ちこんでいく。そのまま起き上がれないのかと思うと、ちょうど潜水艦が浮上するときのように、また波の刃の間から、むくむくと鼻づらを持ち上げてくる。ときおり突っこんだひょうしに、空廻りをしているスクリューの翼が無気味に光って見えた。これではもう戦艦の護衛どころじゃない。どうにか自身の針路を保って、艦隊におくれないでついてくるのがやっとだ。

波に翻弄《ほんろう》されているのは、しかし艦ばかりじゃなかった。それに乗っている兵員だって同じだ。播磨でも、そのうちにだんだん艦に酔うものが出てきた。もっともそれは、たいてい艦に馴《な》れていない新兵や補充兵だったが、彼らは船酔特有のどんよりした目つきに、血の気のない青い顔をして、しきりに生つばをのみこんでいる。そうかと思うと、中には手で口をおさえながら、こっそり厠にかけこんで、ゲーゲーやっているものもいる。

むろんこんなときは横になってじっと目を閉じていられればいい。ところがそうはいかない。まわりには、時化《しけ》よりももっと恐ろしい古い兵隊の目が光っているのだ。ちょっとでも酔った素振りなんか見せようものなら、たちまち寄ってたかって気合をかけられてしまう。だから表面だけでもしゃんとしていなくちゃならない。

彼らは、食事にも手をつけようとしなかった。食べたところで胃袋のほうがうけつけないし、だいいち、食べものを見ただけですぐぬるっと吐気がくるのだ。ところが、酔っていない元気な連中にとっては、そのほうが都合がよかった。酔った連中の分までたらふく食べられるからだ。彼らはご機嫌だったが、そのかわり、新兵や補充兵たちは一日で見ちがえるほどげっそりしてしまった。

時化は夜になってもおさまらなかった。風は海を縦にも横にも引き裂いて吼《ほ》えつづけた。艦のまわりには、たえず氷山のようなけわしい波が持ち上がった。空も海も艦も、すべてのものが闇の中ではげしく揺れ動いていた。

デッキは朝からずっと通風機を止めてあるので、むしむしして変に息苦しかった。天井から壁、床のリノリュームまでじっとりとつぶつぶの汗をかいている。おれは釣床の中に横になったまま、なかなか寝つかれなかった。じっと目をとじて、まわりのみんなの寝息や舷側にぶち当る波の音などを聞いていると、不思議につぎからつぎといろんなことが思いだされた。

おれは、これまでの自分の身の上のことも考えてみた。

……おれの生まれた土地は、富士《ふじ》の山麓《さんろく》にへばりついた小さな村だ。おまけに貧しい。とくにこれという産物もなく、とれるものといえば、僅《わず》かばかりの米麦とそばぐらいなもので、あとは養蚕を副業にしているだけだ。むろんそれだけではやっていけないので、農閑期になると、どこの農家でも、炭焼や営林署の植付や下刈人夫、森林の伐採、製材所の下働き、土方、それから遠くお茶摘みや蜜柑《みかん》切りなどの出稼ぎに出ていく。

おれの家でも、農閑期の畑仕事は母の手にまかされ、父はほとんど外に出ていた。田畑合わせてやっと八反足らずの百姓。おれはそこの次男坊だったが、ほかには人手がないので、学校から帰ると、たいていいつも二つ年上の兄といっしょに畑へ出された。外の明るいうちは落着いて宿題もやっていられなかった。それでも学校の成績はわりあい良かったので、六年になると、早速受持の先生が家にやってきて、小学校だけでは勿体《もったい》ないから中学へ上げたらどうかと、さかんにすすめてくれたが、高等科へ上げるのもやっとだという父は、それには頑として応じなかった。下にはまだ小さい妹や弟がいたし、もともとそれだけの余裕もなかったのである。

支那《しな》事変（日中戦争）がはじまったのは、おれが高等科に入った年だった。山囲いの静かだった村も急に騒々しくなり、召集の赤紙がつぎつぎに舞いこんでくるようになる。おれたち小学生はそのたびに、日の丸の小旗を振って出征兵士を見送った。

天に代りて不義を打つ
忠勇無双の我が兵は
歓呼の声に送られて
今ぞいで立つ父母の国
勝たずば生きて帰らじと
…………

そして何カ月かたつと、そのうちの何人かは、丈一尺足らずの小さな白い箱に入って村に帰ってきた。それは友だちのお父さんだったり、兄さんだったり、となりのおじさんだったり、いずれも身近かな顔見知りの人たちばかりだった。それだけにおれには、戦争というものがひとごとに思えなかった。ひしひしと肌身にせまってきた。そしてちょうどそのころである。おれがはっきりと志願の意志を固めたのは……。

おれはもうじっとしちゃいられなかった。自分だけが、戦死者の犠牲をよそに、おめおめと生きているのが恥かしかった。すまなかった。どうしてもそれを自分にゆるせなかった。そうだ、おれも早く天皇のため、同胞のために、直接役立つ兵隊になろう。そして一生懸命戦って、戦死したおじさんたちの仇《かたき》をとってやろう。もうそれ以外に、おれの生きる道はない。そしてそれだけが「英霊」にこたえるたった一つの道なんだ、と思いつめたのである。

むろん、それはいかにも子供っぽい単純な義憤から発したものだったが、その時のおれは、とにかく真剣だった。目の色までかえて、まるで自分一人で戦争を背負っているような深刻な気持だった。それにおれ自身、もともと兵隊が好きだったし、とりわけ海と艦にはあこがれていたから、いったんそう思いこむと、もう矢も楯《たて》もたまらなかったのである——。そして、いまこうして軍艦にのり、波の音を聞きながら、釣床に揺られているのだ。

考えてみると、あれからちょうどまる二年になる。二年まえのおれは、まだ無邪気で、なんのくったくもなかった。うちの仕事のひまなときには、友だちと田んぼの中を転げまわり、河原でやまめやかじかを釣り、山にいっては野うさぎのあとを追っかけまわしていたものだ。

赤いぼけの花。かっこうの啼《な》き声。桑畑と白い繭玉。裏山の蟬しぐれ。高く積み上げた稲束。そこに集まる雀の群れ。稲がらを焼く煙の匂い。氏神さまの祭りばやし。軒先の赤い干柿。粉をひく水車の音。雲をかぶった富士や赤石《あかいし》の山々……。おれはあの時分のことに思いふけろうとした。けれども、それは馴染《なじ》みのない影絵のように変によそよそしく、もう疾《と》うに、自分はそこから切り離されてしまっている兵隊であることを、おれに思い出させるだけだった。

翌日は、うそのようにいい天気だった。嵐は夜のうちに去ってしまったらしい。波はまだ高かったが、空は一皮むいたようにからりと晴れ上がって、艦橋にのぼれば三万メートルぐらいまでは肉眼でも見えそうだった。内地に近づいたせいか、空気もさわやかに冷えこんで、海の色もだんだん暗青色にかわってきた。すでに防暑服をぬいで、白い事業服に着かえていたおれたちは甲板に上がって、久しぶりに冷たい外の空気を胸いっぱいに吸いこんだ。むろん、酔っていた連中も、これで息を吹っかえしたように、急に元気をとりもどした。

艦隊は北回帰線を通過し、昼前には小笠原《おがさわら》島の北端を抜けきった。

第七章

1

夜が明けた。

航海もあと数時間、もうじきすればいよいよ待望の横須賀だ。そのせいか、けさは総員起しのラッパも、いつになく威勢よく聞える。一〇三〇《ヒトマルサンマル》には入港だというから、艦はもう大島《おおしま》沖を廻《まわ》っているかも知れない。そろそろ内地の山々も望見できるだろう。おれたちはもうじっとしちゃいられない。急いで釣床や寝台を片付けて露天甲板にかけ上がった。が、あいにく海は一面の霧だった。大島どころか、どっちを向いても白一色、僚艦の姿すら見えない。頭上のマストも、艦橋も溶けたように白く濁って、ぼんやりかすんでいる。まるで牛乳の中を手さぐりで走っているような感じだ。

まもなくいつもの早朝訓棟がはじまったが、たれこめた霧はいっこうにあがりそうにない。そのうちに、粉のような霧雨が舞ってきた。雨になるのかもしれない。そうなったら折角の入港も台無しだ。おれたちは、うらめしそうに空ばかり見上げていた。

けれども、八時すぎになると、霧はようやく上がりはじめた。いったん上がりだすと引くのも早い。ちょうど垂幕でも引きあげるようにみるみる消えていく。空がひらける。陽がさしこんでくる。海と空の線がわかれる。それにつれて、海はしだいに奥ゆきをまし、視界は急に開けていった。

するとまもなくはるか前方の海ぎわに、房総《ぼうそう》半島の突端がくっきりと浮びあがってきた。その少し左手には、三浦《みうら》半島の稜線《りょうせん》も見える。どちらも濃いあやめ色の空を背景に、ゆるやかな起伏を描いて手招きするように横たわっている。おれたちは甲板に立って、なんともいえない懐かしさに胸がいっぱいになる思いがした。泊地を出て五日目、航程千九百浬《カイリ》、とうとう内地へ帰ってきたのである。

艦隊はやがて大島沖をぐるりと廻って相模灘《さがみなだ》に入った。おだやかな海だ。まるで今日のためにローラーで平らにならしておいてくれたようである。艦隊はその上を、播磨を先頭に、一列縦陣で進んでいく。見ていると、どの艦も、いまはすっかり入港気分に浮きたっている感じだ。マストには、色とりどりの旗旒《きりゅう》がにぎやかに風になびき、艦と艦との間に発光信号が、昼の花火のように打ちかわされている。前方には、どこから飛びたってきたのか、十数機の偵察機が低空で哨戒《しょうかい》にあたってくれている。といっても、もうここまでくれば敵の潜水艦の心配はない。播磨では、まもなく哨戒配備をといて、両舷直《りょうげんちょく》は入港準備にとりかかった。

おれたちは、まず、短艇庫からランチや水雷艇を外へ運びだした。カッターもそれぞれ固縛索《ロープ》を解いて、後部のクレーンの下に引きだす。入港したら、早速これに乗って上陸するのである。それから砲口覆をとりはずし、飛沫でところどころ白く塩のふいている砲身を、乾いた布できれいに拭《ふ》きとった。各昇降口や通路の防水扉も全部あけ、舷梯《げんてい》はすぐ降ろせるように、ダビットに吊《つ》りあげた。こうしておけば、あとはもう入港ラッパを待つばかりである。

それから三十分もすると、両側の半島にはさまれて、急に海の幅がせばまってきた。いよいよ浦賀《うらが》水道に入ったのである。いまはもう陸《おか》の風景が、手にとるようにはっきり見える。海沿いに、へばりつくように立っている軒の低い小さな家々、庭先には洗濯ものがのんびり風にゆれている。荷を積んだ馬力のあとを、子供らの一団がかけていく。その部落のすぐ裏手には、垂直に岩肌のきり立った鋸形《のこぎりがた》の山が、若葉におおわれた木立の間にそびえ、その裾《すそ》を、汽車が白い煙をはいて黒い帯のように走っていく。久しぶりに聞くなつかしい汽笛の音……。

陸《おか》の風景は、艦の動きにつれてゆっくりと後ろに流れていく。おれたちはその流れに吸いよせられたまま、甲板を動くことができない。なにもかも、はじめて見るような新鮮さで心に迫ってくるのだ。

わん曲した砂浜、松林、火の見櫓《やぐら》、社《やしろ》の森、陽の光を反射して、鏡のように光っている水をはった田圃《たんぼ》、その中で忙しそうに動いている牛や百姓たち、黄色に色づいた麦畑の間に点々と散らばっている茅《かや》ぶきの農家、その一軒の軒先から、太いむらさき色の煙がたちのぼっている。煙は途中で崩れながら、裏の竹藪《たけやぶ》のほうへゆらゆらとなびいていく。それはおれに、黒く煤《すす》けたへっついの前に火吹竹をもってしゃがんでいる母親の姿を思い出させた。

陸《おか》のほうから風が吹きよせている。土の匂いを含んださわやかな風だ。左前方に、もう観《かん》音崎《のんざき》の灯台が見える。あの灯台を向うにかわってしまえば母港だ。そのはるか後方に、東京の市街が小さくかすんでいる。それから立ち並んでいる工場の煙突……。この分では、多分、昼には半舷上陸が許されるだろう。それより遅れるということはまずあるまい。いずれにしろ、あと二時間もたてば、おれたちは陸《おか》にあがって娑婆《しゃば》の空気にふれることができるのだ。

対岸にもやっている漁船の船頭たちが、こちらに向ってさかんに手拭《てぬぐ》いをふっている。丘の上から両手を振っている人たちもいる。おれたちも、目前に迫った入港のよろこびに胸をはずませながら、帽子を振りつづけた。

けれども、それから間もなくだった。その入港のよろこびも、たちまち吹っとんでしまっ

た。従兵の弓村が、とんだニュースを士官室からもってきたのである。弓村は、おれたちのところへかけてきて、

「いま聞いたばかりだが、新造艦の播磨だけは機密保持のため横須賀には入港しない」というのだ。みんな弓村をとりまいてぽかんとしてしまった。なんの機密かしらないが、ここまで来てそんな話ってあるか。

「おい、そりゃ本当か。」

と顔色をかえたのは望田兵曹である。

「はあ、司令部付の従兵がそう言っていましたから。」

「それじゃ一体どこへ入るんだ。」

「なんでも、一時木更津《きさらづ》沖に仮泊するとか言っていました。」

するとこんどは塚本兵曹がつめよって、

「一時仮泊だって？　じゃお前、木更津からまたどっかへ入るっていうのか。」

弓村はいくぶんうわずった声で、

「いえ、それが長官の遺骨をおろしたら、本艦だけ食糧と弾薬を補給して、すぐまたトラック基地へ戻るんだっていう話もあるんです。」

「なんだって？　遺骨だけ上げて、肝腎《かんじん》のおれたちゃ罐詰《かんづめ》だって……。」

そこへ平屋兵長が顔をつき出して、

「じゃ、なんのために、ありもしない重油を使って、はるばるここまでやってきたんだ。」

「全くだ。」横から門部兵曹が口を入れた。

「それにしても、こんな新品の艦なんかに乗ってると、いざっていうときにロクなこたあねえな。」

「畜生、太《ふて》えしくじりだな、もしそうだとすりゃ、かあちゃんどころじゃねえや、手荒いことになったぞ、こりゃ……。」

望田兵曹がそう言うと、野瀬兵長は、真上の艦橋をにらみつけるようにして、

「ふん、なんとでも勝手にしやがれ。おれは、今夜は泳いででも陸《おか》へあがってやるからな。クソ、いまいましい。」

「でも、こりゃまだ噂だけですから、もう少したつとはっきりすると思いますけど……。」

弓村は、慰め半分にそんなことを言って逃げてしまったが、おれたちはもう気が気じゃない。眼前の風景も、なんだか急に白々しく色あせてしまった。折角ここまできて、一歩も陸《おか》へあがれず、このままむざむざ引返すなんて、思っただけでもたまらない。なにはともあれ、内地の土を踏んでみたい一心でおれたちはやってきたのだ。おれたちは、それが気まぐれな、単なる噂であってくれればいいと祈るような気持だった。

けれども、観音崎にさしかかって間もなくだった。それまでずっと先導艦だった播磨は、急に面舵《おもかじ》をとって、縦陣から右にそれてしまった。向きはどう見ても、横須賀とはあべこべの方角だ。弓村の情報は、やっぱり本当だったのだ。

振りむいてみると、すぐ目の前を後続艦の大和が通っていく。つづいて長門と日向が通る。高雄が通る。いずれも観音崎の鼻を左に迂回《うかい》しながら、進路を横須賀に向けて、転舵《てんだ》した播磨を尻目《しりめ》に、悠々と前を遠ざかっていく。

とたんにおれたちはしゅんとなってしまった。もう手を振る元気もない。それこそ煮湯を呑《の》まされたような思いで、遠ざかっていく幸運な僚艦をうらめしく見送るばかりだった。

それから三十分後、播磨は木更津沖に錨《いかり》を投げこんだ。

けれどもこうなると、おさまらないのは古い兵長や下士官たちだ。なにしろ折角の上陸が、いともあっさり吹っとんでしまったのだから、そのうっぷんたるや、ひととおりじゃない。彼らはふてくされ、ことごとに当りちらした。といっても、まさか煙突や大砲に当るわけにもいかないので、それは当然、おれたち若い兵隊にふりかかってきた。うさばらしにはもってこいの、いいあて馬というわけである。

それでも昼のうちは作業に追われてなんとかかわすことができたが、案の定、夜は散々だった。釣床おろしがすむと、おれたちは早速甲板にひきすえられて、棍棒《こんぼう》を滅茶苦茶《めちゃくちゃ》にかまされた。それにしても、内地の空の下でかまされる棍棒ほどこたえるものはない。まるでおっ母《か》さんの目の前で殴られるようないやな気持だ。ああ、おっ母さん、おれたちはなんでこんな目にあわなくちゃいけないんでしょう?

整列がやっとすんだと思ったら、こんどは「前へ支え」の罰直だ。これは、伏せた体の重みを両腕と両足の爪先だけで支えるのだが、はじめのうちはどうにか我慢できても、じきに腕がなえてしまって、いくら力んでも、支えている下腹がだんだん落ちてくる。だが、ちょっとでも膝《ひざ》や腹を甲板につけようものなら、待っていましたとばかり兵長たちが尻をけとばす。背中に足をのせて、ぎゅうぎゅう踏んづける。……ふん、こんなことでもうへこたれやがって、もっと腹をあげんかい、腹を。それとも、きさまら頭に水でもぶっかけてほしいか……。

おれたちは、そのたびに首をふり、掌《てのひら》をふみかえふみかえ、やっとのことで下腹をもちあげながら、顔をおこして目を前方の闇にすえる。

海をへだてて、闇のむこうにひろがっているのは木更津の町だ。灯火管制をしいているので、そこもやはり真っ暗だが、それでもところどころ、黄色い灯がもれている。船乗りにとって娑婆の灯ぐらいしんみりさせられるものはない。ここは〝ビンタ、バッタの雨が降る〟殺伐とした艦の上だが、あの灯の下には、チャブ台があり、長火鉢があり、畳の上の団欒《だんらん》がある。そこには風呂《ふろ》がわいているだろう。蒲団《ふとん》もしいてあるだろう。子供たちはトランプでもやっているだろう。そのそばで母親はつくろいものをしているだろう。父親はチャブ台にもたれて、のんびり新聞でも読んでいるだろう。そのうちに、上の息子が口笛を吹きながら、映画館から帰ってくるだろう。そうして、今夜の映画について、両親たちに話してきかせてから、風呂に入って、「ああ、ねむいや」といいながら蒲団にもぐりこむだろう。そこには甲板整列もなければ、罰直もない。巡検もなければ総員起しもない。息子はなんの不安もなく、なんの恐怖もなく、あくる朝母親に起されるまでそのままぐっすりと眠ることができるのだ。

それなのに、おれたちはどうだ。夜露にぬれた暗い甲板に、あぶら汗を流しながら、踏みつぶされたひき蛙みたいに四つん這《ば》いにされているんだ。

2

翌日、山本長官の遺骨は、東京芝《しば》の水交社《すいこうしゃ》に移されることになった。〇九三〇《マルキューサンマル》には横須賀から駆逐艦が使いにたって、遺骨を引取りにくるという。そこで播磨では、そのまえに艦内だけの告別式が行なわれた。

朝「日課手入れ」がすむと、おれたちは総員紺の第一種軍装に着かえ、前甲板の祭壇の前に整列した。祭壇は五段に組まれ、その上には、長官の生前の写真、軍帽、帯剣、それからきのう陸《おか》からもってきた果物や生花などのほかに、ちょっとブリキの灰皿ぐらいはありそうな大きな勲章が二つ、正面の遺骨の前にのせてあったが、これはだいぶみんなの目をひいたらしい。原口がそっとおれを突っついて、

「おい、あれを見ろ。」

と言ったのは、むろん勲章のことである。おれはうなずいてみせたが、それ以上なにもいいたくなかった。たしかにこんなときでもなければ、めったに見られない最高の勲章にはちがいないが、それがでかかろうが、立派だろうが、おれ自身にはなんの関係もないからである。そんなことよりも、おれはむしろあの豪華な勲章のかげに、いったいどれだけの兵隊が死んでいったのか、また死ななければならなかったのか、まずそのことを考えてしまうのだ。むろん山本大将はすぐれた提督だったし、艦隊長官としても大勲位に値いするだけの勲功があったにちがいない。おれもそう思う。そう思うけれども、やはりそれと同時に、長官が海図にあてたコンパスに、己れのすべてを賭《か》けて死んでいった無名の兵士のことも忘れてもらいたくないと思うのだ。

式は後任の古賀長官の拝礼ではじまったが、告別式といっても、別に坊主の読経もなけれ

ば、弔辞の朗読もない。ただ焼香だけだ。それも士官は個人で、下士官兵は分隊ごとに代表で先任下士官が焼香したあと、一礼して退《さが》るという簡単なものだった。

焼香がすむと、おれたちは一番主砲台の横に引きさがって、次の指示を待っていた。

艦上は墓地のようにひっそりして、聞えるのは焼香に出はいりする兵隊の低い靴の音だけだ。祭壇からうす紫の線香の煙がたちのぼっている。煙は張りわたした天幕の下をゆらゆらとたゆたいながら舷外に出ると、急にむきをかえて、もつれるように沖のほうへ流れていく。おれはその煙の糸を追いながら、いまも冬島沖に石ころのように沈んでいる江南のことを思った。

長官の遺骨はそのあと参謀の手に捧持《ほうじ》され、軍楽隊の葬送曲に送られて、水雷艇で、右舷後方に待機中の駆逐艦夕雲《ゆうぐも》にむかった。

山本大将が、軍刀を片手に、幕僚を引具して、大和から本艦に移乗してきたのはこの二月十一日だった。長門、大和とかわって、播磨は長官にとって三代目の旗艦だったが、それも在艦わずか二カ月に過ぎなかった。

おれたちは右舷甲板に整列し、「目礼目送」で、遠ざかっていく水雷艇を見送った。

やがて遺骨を引取った夕雲は、軍艦旗を半旗に掲げ、低く号笛を鳴らしながら、播磨のまわりをゆっくりと左廻りに一周すると、随伴艦の秋雲《あきぐも》とともに、静かに東京湾のほうへ去っていった。
そして、これで播磨の遺骨送還の任務は終ったのである。

3

デッキは湧きにわいた。播磨がとつぜん横須賀に入港することになったのである。おまけに、入港したら早速、半舷上陸がゆるされるという。木更津に投錨《とうびょう》して、やっと四日目になって、もう半ばあきらめていた上陸の夢が実現するのだ。

現金なもので、こうなると、いままでくさっていた下士官、兵長たちも、とたんにうきうきして、飛び上がって奇声を発したり、抱きあって肩を叩《たた》きあったり、たいしたご機嫌だ。あたりもすっかりやわらかくなった。が、彼ら以上に喜んでほっとしたのはおれたち若い兵隊だ。もしもこのまま外地へ引返してしまったら、それでなくてさえ気のたっている兵長たちのことだ。やけをおこしてどんなふうに荒れだすかわかったもんじゃない。それこそ、おれたちの体はいくつあっても足りないくらいだろう。それがとにかく、こうしてひとまず避けられたのだ。おれたちは、上陸そのものよりも、そのことのほうが、はるかにうれしかった。

八時、「軍艦旗揚げ方」がすむと、播磨は錨をぬいて木更津沖を出た。横須賀までは、ほんのひとまたぎの距離だ。そして九時前には、港内第三区のブイに繋留《けいりゅう》された。とうとう待望の母港に入ったのである。その播磨から少し西へ寄った第二区のほうには、いっしょにきた長門や愛宕、摩耶《まや》、高雄などが碇泊《ていはく》している。駆逐艦も、奥の防波堤の前に、艦首をこちらむきにして並んでいる。しかし、大和の姿はどこにも見えなかった。二日ほど前、所轄の呉に廻航《かいこう》されたらしい。

港内はあいかわらずランチや汽艇の往来でにぎやかだ。油が浮いて青黒く濁っている海の向うには、まわりに濃い緑の防空色をまだらにほどこした工廠《こうしょう》の大きな建物が並んでいる。ドックの高い櫓《やぐら》、溶接の青い火花、頭をふっている何台ものクレーン。街は工廠の裏手に、北と西を山にかこまれてひろがっている。四階建のさいか屋のビル、海仁会《かいじんかい》集会所のあさぎ色の建物、山の斜面に小ぢんまりと立っているトタンぶきの家々……。いずれもおれたちにはお馴染《なじ》みの深いなつかしい母港の街だ。そして、これからそのふところへ上がっていくのだ。つかまえどころのないやわやわした水の上から、どっしりと踏みごたえのある固い土の上にあがっていくのだ。

「外出員、外出用意。」

まもなく号令が高声令達器から舷内に流れる。舷門伝令が同じ号令を連呼しながら、威勢よく号笛《ホイツスル》を吹きふき甲板をかけていく。まったく久しぶりに聞く号令だ。この号令だけはいつ聞いてもいい。何回でもそう言って叫んでいてもらいたいものだ。

「外出員、外出用意。」

これを聞くと、上陸番にあたっている右舷直の兵隊たちは、それっとばかりデッキへ駆けこんだ。まるで、不意に戦闘配置につくときのようなあわてかただ。おれも急いで砲塔をおりた。あいにくきょうは当直だが、それでも知らん顔しちゃいられない。外出する班の下士官や古い兵隊の支度を見てやらなくちゃならないのだ。

デッキはごったがえしていた。

「おい、つぎは袴下《こした》だ。袴下、それから靴下、……ついでにカラーも襟にはめてくれ。」

開けたチストの前で、襦袢《じゅばん》に腕を通しながら、市毛にそう言っているのは菅野兵曹だ。その横では野瀬兵長が、鏡をのぞきこんで、軽石のようなそのあばた面に、さかんにクリームをこすりつけている。それを見て平屋兵長が、

「よう、野瀬、われそんなおしゃれして、ほんとは外出どめじゃなかったのか。」

「なに言ってるの。たとえ火の雨槍《やり》の雨……。恋しい玉ちゃんが待ってるわ……。」

望田兵曹は、褌《ふんどし》ひとつになって、昨日砲術科倉庫からギンバイしてきたサラシを下腹に巻きつけるのに夢中だ。入ってきたおれを見ると、

「おー、北野、われいいとこへ来た。すまんがそっちのはじつかんで、ぴんとはって、ひとつここへ巻きつけてくれ。」

と言って腹をつき出した。

「なんですか、これ腹巻ですか。」

「知れたことよ、かあちゃんのお土産だ。娑婆にゃもう純綿がねえっていうからな……。」

なるほど、腹巻にみせかけて、うまく舩門から持ち出そうというわけだ。

おれはさっそくその二反のサラシを、胸ぐらから下っ腹へかけて、きっちり巻きつけてやった。

望田兵曹は巻きおわると、平手でポンと腹をたたいて、

「よし、これでよかろう。さあ袴下かしてくれ、それからズボン、それから、ほいバンド……。ああ忙しい忙しい。」

「おい、外出番の若い兵隊、お前らひとのこたあいいから、さっさと自分の支度をしろ、自分の……、遅れるぞ。」

食卓の前に立ってそう言っているのは、班長の塚本兵曹だ。班長は、今日は当直だが、こと外出のことになると、なかなかものわかりがいい。

「それからみんな外出証忘れるな、外出証。」

「誰だ、ここにおいたおれの服刷毛《ブラシ》もっていきやがったのは。」

桶谷兵曹がむこうの食卓でどなっている。

「早くしろ、もう時間がないぞ。」

役割の須東兵長だ。

「それから、おい貴重品、みんな出したか、早くしないと貴重品箱しめちまうぞ。」

「おっと、と、と、そうだ、ガマ口だ。かんじんのガマ口忘れちゃ、安浦名物の肉のはまぐりが買えねえからな……。須東、待ってくれ。」

そう言って、襟飾の紐《ひも》をしめしめ駆け出していくのは坪井兵長だ。

やがて外出員は、ぞろぞろとデッキをあがっていく。

山岸は班長のまえに来て敬礼して、

「班長、山岸上水、外出いたします。」

「おお、いってこい、時間にゃ遅れるな。」

と言ったが、班長はまた山岸をよびとめて、

「山岸、お前はきょうは入湯《にゅうとう》（外泊）じゃなかったな。」

「はあ、ちがいます。」

「じゃあな、マンドリンといっしょに行って、帰りもちゃんと連れてきてくれ。ありゃ、へ

たにおっぱなすとあぶねえからな。……おい花田、お前はきょうは山岸と行動を共にするんだ。わかったな……。」

「はいッ……、班長、花田一水外出いたします。」花田は敬礼して威勢よくデッキを飛び出していった。

「外出員整列、五分前。」

この号令で兵隊たちは前甲板にあがって分隊番号順に整列した。たいていのものが一年か二年ぶりに外出札をにぎったのだ。彼らの顔は燃えたつようにいきいきと冴《さ》えていた。ふだんは萎縮《いしゅく》して、ほこりをかぶったような新兵たちの顔も、きょうは全く違って見えた。それはデッキのなかの顔じゃない。すでに陸《おか》にとんでいる顔だ。下士官、兵長たちの、いきに着こなした上衣にも、しわ一つない。ズボンには、手のきれそうな折り目が通っている。そして、はいているその靴もぴかぴかだったが、それはゆうべおれたちが、消灯後、おそくまでかかって磨いてやったものだ。甲板は、かすかに軍服のナフタリンの匂いがした。

整列した兵隊たちの間を、さっきからボール箱をもった看護兵がいったりきたりしている。女とのあれに使う、小さいチューブ入りのゼリーと衛生サックの配給だ。看護兵は、それをごくあたりまえの顔をして事務的に一人一人に手渡していく。それはまだ、そんなものの使いみちを全く知らない十五、六の新兵にいたるまで全員に配られる。使う使わないは別として、それを持たないことには、上陸させてもらえないのだ。いわば上陸の通行証のようなものだ。

全員の点呼がすんだところで、当直の先任衛兵伍長《ごちょう》は、列前の右翼に立って、副直将校にその員数を申告する。

「外出員、下士官×××名、兵×××名、合計××××名、うち入湯上陸×××名。」

それから今度は服装と所持品の検査だ。

胸に双眼鏡を下げ、肩に弾火薬庫の鍵《かぎ》を入れた茶色の皮の小さな鞄《かばん》をさげた副直将校は、先任衛兵伍長の先導で、前列から順に検査をすすめていったが、副直将校もやはりその点に着目した。服装や洗面袋などの所持品の検査のほうは多少はぶいても、衛生サックの有無についてはいちいち目をつけて、ときには立ち止まって、わざと二、三の兵隊にその使いみちについて質問したりした。古い兵隊たちはくつくつ笑ったが、それでも副直将校が前に来ると、みんなそれをうやうやしく掌にのせて差しだしてみせるのだった。外出札はめいめい取次が持ってまわる木の箱のなかに放りこむ。

検査がひととおり済むと、副直将校はその旨を外出員数とともに当直将校に報告する。当直将校は、それから号令台に立って外出上の注意を与えたが、それは例によって判をおしたように決まりきったものだった。

「外出にあたって一番注意しなければならんのは帰艦時刻である。……はじめに言ったように、外出員は本日の夕食時まで、入湯上陸はひきつづき明日朝食時まで外泊を許されるが、ただし、この時刻の少なくとも三十分前には、かならず波止場に帰って、迎えの艇《ふね》を待っているようにする。……とくに、きょうはじめて外出を許される新兵や補充兵は、この時刻を厳守して、絶対に遅れんようにせい。もし万一、事故で遅れるような場合は、その旨ただちに港湾警備隊を通じて艦に連絡をとっておく。なお久しぶりの外出であるからおおいに浩然《こうぜん》の気を養うのはいいが、そのため余り度をすごして、旗艦の乗員としての体面を汚すような行動は厳につつしまなければならん……。」

それから最後に、副直将校は、登楼する場合の注意として、登楼するのももとより結構だが、いざ突撃という際には、あわてることなく、必らず今渡されたゴムのカブトを装着することを忘れてはならない。性病は癒《なお》りにくい恐ろしい病気である。それをこの大事な艦にもちこむことは兵隊としての恥であるばかりでなく、艦全体の士気にも影響すること大であるから、各自よく注意して不摂生にわたることのないようにと、とくにその点をくどくどしく強調した。

彼らは出発した。

艦内は急に閑散としてしまった。半舷が出たあとのデッキはどこもガラ空きだ。まもなく

「課業始め」になったが、むろん残った半舷だけでは訓練にもならない。そこで午前中は兵器整備、午後は身の廻りの整理ということで休業になった。おれたちは、まずあしたの外出にそなえて、交代で床屋をしたり、靴をみがいたり、軍服に刷毛をかけたりした。

そのあとでおれは、久しぶりに家に手紙を書いた。手紙といえば、きょうの外出員も、だいぶ腹巻きの下なんかにしのばせていったらしい。きびしい検閲のある軍事郵便では書けないことが、おおっぴらになんでも書けるからである。

そのかわり、それを投函《とうかん》しているところを巡邏《じゅんら》にでもみつかると面倒なことになるので、そこは用心して下宿の人か、遊廓《ゆうかく》の女か、それとも買物に入った店のものにこっそり頼んでポストに入れてもらう。もともとこっそり出すくらいだから、その内容はおおよそきまっている。たいていが面会の頼みか小包のお願いだ。

おれもおしまいに、艦が入港したから誰か暇をみて、餅《もち》か、おすしでも持って面会にきてほしいと書きかけたが、考えてみると、いま田舎じゃ麦刈りと田植えの仕度で一年中で一番忙しいときだ。それどころじゃないだろう。むろん頼めば来てくれないこともないが、遠いところをそれも気の毒だ。そこで面会のほうはあきらめて、かわりに何か食べものでも送ってほしいと書いてやった。封筒の裏書は、用心してわざと女の名前にした。いずれにしろ、あしたはこれをうまく投函してやるつもりだ。

〈間奏〉

（消灯後のデッキ。奥の壁ぎわの寝台のほうでは、下士官や兵長たちが、まだ起きて騒いだり笑ったりしている。上陸して味わった女の話らしい。ときどき奇妙な女の声色も聞える。若い兵隊たちは、隅の常夜灯の下にしゃがんで、古い兵隊の靴や薬罐《やかん》、洗面器などを磨いている。あたりをはばかる彼らの声は低い……。）

桜田上水（靴刷毛を動かしながら）「おい、北野、おれの電報忘れないで頼んでくれたろうな……。」

北野上水「うん。外食券食堂のおばさんに、おれの手紙といっしょに、ほまれをやって、ちゃんと頼んだよ。もうとっくにうちにゃ着いてらあ。」

桜田上水「そうか。……じゃ、あさっては、おふくろか誰か来てくれるな。しめしめ、きっとおれの好きなかしわ餅をもってきてくれるぞ。」

木暮上水「そうしたら、おい、少しゃ艦に持ってかえって、おれたちにも食わせろよ。」

桜田上水「心配すんな。そんなこたあ言われなくたってわかってらあ。」

木暮上水　（洗面器に歯磨粉をふりかけながら）「山田、お前はゆうべはどこへ錨をおろしたんだ？」
山田上水　「わたしですか、集会所に泊ったんです。ほかにいくとこないもの……。」
木暮上水　「なんだ、安浦（遊廓街）に行ったんじゃないのか。」
山田上水　「とんでもないですよ。……うっかりあんなところに行って、デッキの兵長にでも見つかったら、あとが恐ろしいからね。」
木暮上水　「本当だ。上水あたりでデカイつらしやがって上がったなんて、あとあとまでそいつをタネにやられるからな……。」
桜田上水　（にやにやして）「そりゃそうと、市毛、お前、もらったあのサックどうした。……まさかこっそり使ったんじゃないだろうな。」
市毛一水　（あわてて顔をあげて）「いいえ、違います。波止場へあがったら、平屋兵長が、子供にゃ用のないもんだからおれによこせって言いましたから上げてしまいました。」
花田一水　「わたしも桶谷兵曹に上げました。」
桜田上水　「ばか、やるこたあないんだ。ありゃな、ボカ沈くったときに、金や時計なんかを入れておくと、濡《ぬ》れないで重宝なもんだ。これからちゃんととっておけ……。」
木暮上水　「だけど原口は、今夜あたり上がったんじゃねえか。出がけに、坪井兵長が、野郎、はじめてでどんな顔するか、面白いからいっしょに連れてくんだって言ってたから……。」

北野上水（洗面器の底をこすりながら）「あいつのことだ、きっと行ったろう。……せんだっても、女ってどんなものか、こんど一度ためしに行ってみるんだって、おれにも言ってたから。」

桜田上水「へえー、やつは年にしちゃませてやがるからな。町ば育ちゃやっぱり違うよ。」

北野上水「花田、どうだった、外出は楽しかったか。」

花田一水「はあ、集会所で汁粉とうどん食べて、それから山岸さんの逗子《ずし》の下宿で、帰りまでゆっくり休ませてもらいました。」

今西上水（靴刷毛の手を休めて）「汁粉っていえば、集会所のも、前にくらべたら全然甘くなくなったですね。それも整列で、一人一杯しか売ってくんないんだから、しけてますよ。」

北野上水「おれは、砲術学校のときの下宿へ行って、一日畳の上に寝ころがっていた。外へ出たいけど、どこも兵隊がうようよしてやがって、下っぱのこっちゃ、敬礼ばっかりしてなくちゃならねえからな。……それがめんどくさくてさ。」

市毛一水「わたしなんか、波止場から集会所までずっと敬礼のしっぱなしで、一度も手をおろせませんでした。」

今西上水　（笑って）「そうだろう。新兵のお前より下のやつぁどこにもいないからな……。」
山岸上水　（薬罐のふたを磨きながら）「そんならまだいいや。こっちゃよ、逗子へ行く途中で、運悪く巡邏に欠礼でつかまっちゃってさ、花田といっしょに往復ビンタ四つもくわされた。……自動車をよけようと思って、道の向う側からやってきた巡邏に気がつかなかったんだけど、それもみんなの見ている前で殴られて、恥かしいのなんのって。……おかげで折角の外出気分も台無しよ、なあ花田。」
桜田上水　「それで巡邏に所轄を聞かれたろう？」
山岸上水　「うん、……帽子をとられて名前も見られたけど、何も書かれないで、ビンタだけですんだ。」
桜田上水　「だからよ、おれは、こんど外出して街へ出るときゃ、下宿で洋服か着物をかりて着て歩くつもりだ。それにさ、色めがねでもかけちゃえば、誰が誰だかわからねえだろう。そうすりゃ、前から大将が来たって知らん顔で素通りできらあ……。」
木暮上水　「バカ、そんな真似して見つかってみろ、懲罰問題だぞ。それに兵隊の変装っていうのは、巡邏が見りゃカンですぐわかるんだってさ。」
桜田上水　（いまいましげに）「ふーん、そうかなあ……。」
山田上水　「だけど、あれですね、外出ってもなかなかのんびりできないもんだねえ。出ていくときゃいいけど、上がると、今度はもう帰る時間ばっかり気になるし、敬礼はうるさいし、ちっとも落着けないね……。」

北野上水「まったくだ。外出も、したいしたいと思っているうちがはなで、いざとなると、それほどでもないんだな、……もっとも、外出にかぎらず何でもそんなもんだけど……。」

4

兵隊たちは思わず歓声をあげた。実は今日、家事整理と墓参の名目で全員に休暇を与えるという艦長通達が出たのである。全員を三回にわけ、日数は往復をいれて六日間だ。外出できてその上また休暇がもらえるなんて、こんなうれしいことはない。おれたちはもう有頂天だ。

むろんこうなると、外出のほうは急に影がうすくなってしまった。だって休暇と外出では、同じ上陸でもわけがちがう。だいいち外出だと、大船《おおふな》から先は禁止区域になっているので、出歩くところも、せいぜい横須賀周辺にかぎられてしまう。おまけにどこへいっても兵隊ばかりで、敬礼はうるさいし、巡邏の目は光っているし、下っぱのおれたちはおちおち道も歩けやしない。いってみれば外出も艦内生活の延長みたいなもんだ。それが今度は六日の間、しばられた艦の生活から解放されるんだ。その六日間をそっくり自分の手に入れて、はるばるくにへ帰ることができるんだ。

夕方、さっそくデッキに休暇の部割が貼りだされた。もうじっとしちゃいられない。みんな食事なんかそっちのけにしてその前にむらがった。帯に長くつないだわら半紙には、一回から三回までの日附と、それぞれの名前が書きこんである。見るとおれは二回目だ。おれは念をおすように、何度もそれをたしかめた。するとはじめて、これでいよいよ家へ帰れるんだという実感が胸にふきあげてきて、いても立ってもいられなくなった。

それから二日して一回目の組が出発したが、彼らが帰艦すれば、こんどはおれたちの出かける番だ。おれはその日の来るのがとても待遠しかった。なにしろ海軍に入って二年ぶりの、はじめての休暇なんだから……。

むろん、支度はもうちゃんとできている。紙製の小さなトランクには、着換えの襦袢や靴下も入れてあるし、汽車の時間表だって、往復ちゃんと調べてある。あとは休暇証をもらって、「休暇員整列」の号令を待つばかりだ。

ただ欲をいえば、何かうちに土産をほしいところだが、せんだって外出してみたところでは、町の店は統制で土産になりそうなものは売っていなかったし、艦でも酒保物品は、自分が吸う煙草以外は持ち出しを禁止されているので、それはあきらめなくちゃならない。むろん中には、菓子《キャラメル》や羊かんや、娑婆ではもうろくに配給がないという石鹸《せっけん》などを、うまく腹巻の下なんかに入れて出るものもいるが、おれはそうまでして持っていきたいとは思わない。
が、土産といえば、おれたちには、もっと別のたいへんなお土産があるんだ。それはこうだ。休暇に出る前の晩、兵長たちが、その部割の若い兵隊だけを集めて、これから休暇中の分をまとめてやるからといって、とくべつに棍棒をかませるのである。彼らはこれを、ふざけて「休暇土産」と称しているが、まったくとんだ土産もあったもんだ。そして帰れば帰ったで、こんどは、娑婆っ風にあたってたるんできやがった、という理由で、「帰艦祝」の気合をかけるのである。

おれもやっぱり出かける前の晩、木暮や花田らといっしょに、消灯後、最下甲板におろされて、この土産をもらった。それも、尻っ骨のくだけそうな、とてもきくやつを、一日一発の割の計算で六発だ。おれは六発目に、たまらなくなって、腰がういて、そのひょうしに壁の電気接断筐《きょう》に、いやというほど鼻をぶつけてしまった。とたんに鼻血が吹き出て、顔じゅう血だらけになってしまった。おれは顔をあおのけて、手で鼻をおさえながら、こんな思いをするくらいなら、いっそ休暇を返上してもいいと思ったくらいだ。デッキへもどってからも、足がつれて、釣床にあがるのがやっとだった。

それでも、さすがにあすはうちへ帰れるのだと思うと、うれしくてわくわくしたが、殴られたあとが火のようにほてってって、なかなか寝つかれなかった。翌朝気になったので、総員起し前に手鏡をもって廁《かわや》にいってのぞいてみたら、尻のあたりが、やっぱりインクをすりこんだように青くあざになっていた。おれは尻にこんな「土産」をつけていくなんて、なんとも情けない気がして、一生懸命指でもんでみたが、いくらもみほぐしてみても、あざは消えなかった。

第八章

1

おれは大船で下り列車に乗換えた。浜松《はままつ》行の鈍行だ。近距離のせいか、車内は割合すいている。おれは窓ぎわに腰をおろした。前のほうの入口近くの座席に、下士官服と水兵服が七、八人散らばっているが、さいわいおれのまわりには兵隊はいない。みんな地方人だ。となりの商人風の鳥打帽は、腕木にもたれたまま、こっくりこっくりやっている。前の席は年寄りの夫婦づれだ。おれは、はじめてのびのびした気持になって、ゆったりと座席にもたれ、大きく息をぬいた。――汽車に乗ってしまえばもうこっちのものだ――それから足をのばし、いっしょに心ものばした。

汽車は茅ケ崎《ちがさき》をすぎて、いま平塚《ひらつか》の間を走っている。その規則的な車輪の動揺《ゆれ》に身をまかせながら、おれはじっと窓わくにもたれて外に目をやっている。西陽をうけた明るい窓の外を、田圃《たんぼ》や畑や緑の木立や、立ち並んだ家々が飛ぶように過ぎていく。苗代の苗は緑の毛せんのように、さわさわと風に波うっている。それから線路ぞいのいろんな立看板、電柱、丘の雑木林。

やがて左手に海が見えてきた。まわりの乗客は珍らしそうにいっせいに顔をまわしたが、おれはうんざりした思いであわてて目をはずしてしまった。海はもうたくさんだ。見るのもいやだ。おれは今は、艦のことも砲塔のことも、デッキのことも何も考えたくなかった。すくなくも、この与えられた六日間だけでも、海の上でのことは一切忘れていたいと思った。そのための休暇じゃないか……。

汽車は一駅ごとにきちょうめんに停車し、走ってはまた停車する。おれはそのたびにじりじりして、時計ばかり眺めた。たったその一分か二分が、ときには二十分にも三十分にも長く感じられた。汽車というものが、こんなに遅くもどかしく思えたことはない。ほんとに、いっそひと思いに無停車でつっ走ってくれればいいと思った。

陽はてまえの山の斜《なぞえ》にさえぎられて、その頂きだけを黄色く染めだしている。汽車はいくつもトンネルをぬけて、やっと丹那《たんな》トンネルにはいった。このトンネルを向うにぬけてしまえば、もう富士の裾野《すその》だ。おれのふるさとだ。おれは興奮して目をとじた。

うちでは、まさかおれが帰っていくとは夢にも思っちゃいないだろう。急だったから手紙も出せなかったし、そのつもりでいた電報も、横須賀駅では、時間がなくて打てなかったので、うちのものはなにも知っちゃいない。きっとびっくりするにちがいない。おれはその瞬間を想像して体をふるわせた。

窓の外が急に明るくなった。トンネルをぬけたのである。おれは窓をあけて大きく息を吸いこんだ。もうここまでくると、吹きこんでくる風にも、どことなくふるさとの匂いがまじっている。やがて松林と梨畑のむこうに富士山が見えてきた。

この季節には珍らしく、富士は麓《ふもと》からてっぺんまでくっきりと晴れあがり、やわらかなガーゼのような薄雲を背景に、泰然自若とそびえている。おれはこの麓に育ったせいか、これまで富士をそんなに美しいと思ったことはない。むしろ高いだけがとりえの、単調平凡な、ありふれた山だと思っていた。

それが今はなんと美しく雄大に見えることだろう。目をこらすと、藍《あい》色のその山肌にすいよせられてしまいそうだ。おれは体をのりだして、おーい、帰ってきたぞ、と富士にむかって大声で叫びたくなった。

おれはもう席にじっとしていることができなかった。網棚からトランクをおろすと、急いで出口のほうへ出ていった。外には、田子浦《たごのうら》の葦《あし》の原っぱが流れている。その向うは、細かくさいの目に仕切って水をはった一面の田圃だ。汽車はまもなく富士駅の構内にすべりこんだ。

おれは待ちきれずに、まだしっかり停まりきらないその汽車をとびおりると、そのまま駆足でホームを突っきり、こんどは別のホームにすでに待っている身延《みのぶ》線の電車に飛びこんだ。これでもう乗りかえなしだ。時計はいま六時二十分。駅でうまく乗合自動車の連絡がつけば、おそくも八時ごろにはうちに着くだろう。

電車は裾野をなぞりながら、がたがたと田圃の間を走っていく。製紙工場の高い煙突。その構内に、山に積みあげたパルプ材。踏切りで手を振っている子供たち。麦束を積んだ荷車。富士に背をむけて、のんびり土手草をはんでいる牛。赤く咲き乱れたれんげ畑。田圃の中の麦藁《むぎわら》帽……。

おれは窓ごしに、あらわれては過ぎていくそれらの風景を目で追っかけながら、一方ではこっそりと、何度も腿《もも》のあたりをつねってみる。妙にちぐはぐな、夢でもみているような気がして……。でも、つねれば痛いところをみると、これはやっぱり現実《ほんとう》なんだ。艦の中でもまぼろしでもない。おれは電車の中にちゃんとこうして立っているんだ。

だが、こんなことがおれにゆるされていいのだろうか。こんな歓喜にとっぷり浸っていてもいいのだろうか。いやそんなことはない。かりにこれでいいとしても、きっとこの喜びとひきかえに、このあとに何かとてつもなく恐ろしい現実が待っているんだ。不吉などんでんがえしの仕掛けがあるんだ。ひょっとすると、こんど戦地へ出たら、おれは死ぬのかもしれない。きっとそうなんだ。だからよけいまわりの印象が強烈なんだ。鮮明なんだ。そしてこれがふるさとの見おさめ……。どうもそんな予感がしてならない……。

けれどもそんな予感も、じきたわいなく吹っとんでしまった。それはそれ、いまはいま、どうせ兵隊の運命なんてなるようにしかならないんだ……。

やっと電車がとまった。大宮《おおみや》駅だ。二年前、歌と旗で送られた思い出のホームだ。おれは、はやる心をおさえながら、わざとゆっくりみんなのあとについて、電車を降りた。

駅の改札口を出ると、おれはすぐ横の乗合自動車の乗り場に行ってみたが、いっしょに降りた連中で、こっちにまわってくるものは誰もいない。おれ一人だ。おかしいと思って、空っぽの車庫の前に立っていた女の車掌に聞いてみると、乗合は、この一月から木炭車にかわり、ついでに回数も、一日三本に減って、最終はもう三十分も前に出てしまったあとだという。おれはこれからうちまで、二里半の道を歩くのかと思うと、がっかりしたが、仕方がない、てくでいくことにした。

途中で日は暮れてしまった。森も林もうすずみ色にかすんで、まわりの田圃からは、蛙の声が重なりあうように湧いてきた。おれはなるべく近道をえらんで歩いた。なんどか休もうと思ったが、気がせいて、どうしても足をとめることができない。片手にトランク、もう一方の手に手拭《てぬぐ》いをもって、汗をふきふき、ほとんど駆け出すようにして歩いた。

2

長いつづら折りの坂をのぼりきると、急に平坦《へいたん》な台地が開ける。ここからはいよいよおれの村だ。歩きながらおれはあたりを見廻《みまわ》す。もう附近の山や木立や家や、道ばたの電柱一本でも、おれの知らないものはない。なにもかも馴染《なじ》みの景色だ。

道のわきを今日も大川が流れている。水は生いしげったふちの草を洗いながら、いきおいよく下の滝つぼに落ちこんでいる。滝つぼには、かじかやはやにまじって、やまめもいるはずだ。おれもよく友だちとここへ来ては釣竿《つりざお》を下げ、夏になるとみんなでわいわい水あびをしたもんだ。

取入口のある一本杉の下には、粉屋の水車が廻っている。陽のあるうちだったら、水車のまわりには虹《にじ》がきれいにはるところだ。粉屋の向い側は豆腐屋だ。通りがかりに中をのぞいてみると、おれたちが前から〝入道〟とあだ名で呼んでいた目玉の大きいのっぽの親父が、今日もおかからだらけの汚い前掛をして、たわしで釜《かま》を洗っている。その入口には、とっくりを下げた瀬戸《せと》の大きなたぬきが、ひょうきんな顔で往来を眺めている。学校のいきかえり、おれたちはよく面白がって、こいつにいたずらをして、そのたんびに何回あの入道におこられたことだろう。

あたりはもう真っ暗だ。たまにすれちがう人の顔もよくわからない。でも、いくら暗くたって、もうまわりの様子は自分の体のようにくわしい。蛙の声がいちだんと賑《にぎ》やかになった。上り坂になった。坂の上に八幡《はちまん》様の森が見える。あの森をかわればうちだ。坂の途中のポンプ小屋の横に、大きなダルマ石が立っている。これも二年前と同じだ……。だが、うちはあるだろうか。ひょっとして、火事にでもなったんじゃないか。なかったらどうしよう……。急に胸がドキドキしてきた。おれは坂をのぼりながら、わざとうちの方角を見ないようにして、そっぽを向いて歩いた。それから森のはずれまできて「えいっ」と掛声をかけるように、うちのほうへ顔をむけた。あッ、あった、あった。向うの田圃のはずれの暗がりの中に、かや葺《ぶ》きの屋根の輪郭が、ぼんやりと黒く浮いて見える。おれは思わず足を速めた。口の中はカラカラだ。

やがて細い田圃道をつっきって、川っぷちの檜《ひのき》の生垣にかこまれたうちの前に出た。二年ぶりにかぐこうばしい檜の葉の匂い、ああ、とうとう帰ってきた。……おれはなんだかぼーっとなって、庭先の牛小屋の横に立ちどまったまま、何度も何度もこみあげてくる生つばをのみこんだ。うちの中は、夕めしがすんだあとだと見えて、せどの川ばたのほうから、ガチャガチャと茶碗《ちゃわん》や鍋《なべ》を洗う音が聞えてくる。あの何か言っているのは母の声らしい。妹の笑い声といっしょに父のせきばらいも聞える。おれは駆け出した。

戸間口の引戸に手をかけた瞬間、おれの手はその声よりもふるえた。

「ただいま。」

おれは戸をあけて、内がわの防空用の暗幕をはねのけた。

「あッ、兄ちゃんだ。」

振りむいて頓狂《とんきょう》な声で叫んだのは、火じろばたで妹とざるのいり豆をかじっていた弟だ。妹もあわてて口の中のものをのみこんで目を丸くして立ち上がった。

「よう、兄ちゃんが帰ってきたよ、小さい兄ちゃんが……。」

その声で、母がうらの川ばたから洗いかけの鍋ぶたをもったままかけこんできた。母は、土間にまぶしそうに立っているおれを見ると、目をすえて、ああ、とかなんとか言ったきり、あとはひと言もいえない。つづいて兄と父があわてて奥の座敷のほうから出てきた。おれは敬礼した。

父はいっぺんに顔をくずして、

「おう、信次、帰ってきたか。」

「うん、急に休暇が出たもんだから……。」

声がうわずって、まだ自分の声のような気がしない。

父はそわそわと足ぶみして、

「そうか、そいつぁよかった。……それでお前、大宮からずっと歩いてきたのか。」

おれはうなずいた。すると兄がてれくさそうに目を細くして、

「なんだ、それだったら電報でも打ってくれりゃ、おれが駅まで自転車で迎えにいってやったもの。」

するとやっと母もやっと口を開いて、

「それで、お前、すこしゃゆっくりしていかれるのかい、それともすぐ……。」

「四日ぐらい、いられるよ。」

「そおー、……でもまあ、ほんとに無事でなによりだった。さあさあ早く上にあがんな、うんと疲れたずらに、さあ、信や……。」

おれは胸がいっぱいになってしまった。思えばこの二年間、誰からもこんなやさしい言葉をかけられたことはなかったのである。……おれはじっと奥歯をかみしめた。もうなんにも言うことができない。鼻の中がなんだかつーんとして、いまにも涙があふれてきそうだ。けれどもみんなの前で涙なんかみせるわけにはいかない。そういうことには、肉親はとりわけ

敏感だ。たちまちおれの涙の裏にかくされたものを嗅《か》ぎとってしまうだろう。それでは、折角の休暇も台無しだ。かりにも涙なんか見せてはならぬ。おれは勇敢であるべき水兵じゃないか……。

そこでおれは、急いでうらの川ばたに行って、顔を洗って、ついでにそこのかめの水を杓《しゃく》ですくって、がぶがぶ飲んだ。歯にしみるような冷たいふるさとの水だ。それでいくらか気持が落着いてきた。

おれはトランクをあけて、中から土産ものをとりだしたが、むろん土産といったって、たいしたものはない。外地で買った絵葉書と、前にもらって吸わずにとっておいた恩賜の煙草、それにおわたりの乾パン二袋、たったこれだけだ。

「土産はなんにもないよ。」

と、おれが言うと、母は笑いながら、

「なにが、土産なんかいるもんか。お前がこうして無事に帰ってきてくれたのが何よりの土産だに……。」

という声はもう半分涙声だ。

おれは座敷にあがって、母と妹が用意してくれたお膳《ぜん》の前に坐《すわ》った。畳の上だ。どうせ死ぬならせめて畳の上で死にたいと、艦でみんなが口ぐせのように言っているその畳の上に、おれはいま、こうしてあぐらをかいて坐っているのである。なんという安定した、くつろいだ坐り心地だろう。それからこの茶碗だ。お皿だ。小っちゃな湯呑《ゆのみ》だ。艦の脂くさい、ホーローびきのごつい鉄の食器とくらべて、これはまたなんとすべすべしたやわらかな口あたりだろう。……おれはそこではじめて娑婆《しゃば》に帰ってきた自分を感じた。

母は、おれのそばにくっついて離れなかった。いっときでもそばにいたがった。そうして、いかにもうれしそうにおれの動作や、ちょっとした表情の動きにも目をみはっている。

おれが風呂《ふろ》につかっていると母はそこへもやってきて、

「すこし燃してやろうか、ぬるくないかい？」

と言ったが、おれには母の気持がわかった。母はそれを口実に、おれと二人きりになりたかったのである。

「うん、ちょうどいい湯だよ。」

おれは笑って言った。すると母が急にのどにつかえたような低い声で、

「信や、どうだい？　軍艦ってつらいのかい。」

と、湯気のむこうから顔をつきだした。

おれはいきなりそう聞かれて返事につまってしまった。さっきから、これが母のいちばん聞きたかったことらしい。肩をすぼめるようにして、じっとおれを見つめている。瞬間、お

れはなにもかもぶちまけてしまいたい気持とたたかいながら、首をふった。この母を前にして、どうして本当のことが言えよう。それだけは、たとえ口がくさっても言うべきではない。また、かりに言ってみたところで、どうしてそれが娑婆の母に理解できよう。それでなくてさえ、人一倍心配性の母を、あとあとまでいたずらに苦しませるだけだ。

そこでおれは、わざとお湯をバシャバシャひっかきまわしながら、さりげなく、

「別につらいことなんて、なんにもないよ。」

と言ったが、母はそれだけではまだ納得しない。

「でもな、西口《にしぐち》の秋さんなんか、この冬入営したんだけど、そりゃつらいんだって、ぶん殴られ通しで、……せんだっても、おしげさんが面会にいったら、涙をこぼしていたっていうよ。」

「だってそりゃ陸軍の話だろう。」と、おれはつとめて陽気な声で言った。「陸軍のこたあどうか知らないけど、海軍にかぎっちゃそんなこたあないよ。それに海の上だろう。いろいろ面白いこともあるし、みんな結構たのしくやってるよ。」

「だけど、いくさのときなんか、ずいぶんおっかない目にもあうずらに……。」

おれは大げさに首をふって、

「なに、娑婆で思ってるほどのこたあないさ、実際は。……それに今度おれが乗った播磨っ

ては、七万トンもあるすごくでっかい戦艦なんだ。世界一の不沈艦ていわれているんだぜ。」

「ふちんかん？」

「うん、絶対沈まない艦だっていう意味さ。大きさは、そうだな、ざっとうらの大助山《だいすけやま》ぐらいあるかな、それだもの、心配することなんて、ちっともないよ。」

「そうかい、そんならいいけど……。」

母はそれでいくらか安心したように肩の力をぬいて、笑ってうなずいた。おれの出まかせは功を奏したのである。すると母は、こんどは流し台の前に立って、おれの背中を流してやるといってきかない。これには、さすがのおれもぎくっとした。

流し台の上には、四十燭《しょく》の裸の電球がぶらさがっている。その光の下で、母のほうに背中をむけたら、同時に尻《しり》の土産もみせなくちゃならない。そこには、ゆうべの殴られたあとが、青いあざになって、れきぜんと残っているじゃないか。もしそれを母が見たら何と思うか。きっと、「おまえ、ここんとこはどうしたずら……。」と聞くにきまっている。そう聞かれたら、おれにもうまく言いのがれる自信はない。いままでのことも、たちまちばれてしまうだろう。そこでおれは、とっさの思いつきで、沈んでいた桶《おけ》の中から立ち上がって、わざと手拭いで股《また》ぐらをかくして見せながら、

「いいよ、いいよ、おっ母《か》ちゃん、おれだってもう年ごろだからよ。」

と言ったら、さすがの母も間がわるそうに顔を赤くして出ていってしまった。

「じゃ、ゆっくりはいんなよ……。」

3

おれは、フーッと泥の眠りからさめた。……じき「総員起し」だ。それから朝礼、甲板洗い、早く起きてオスタップや刷毛《ブラシ》を用意しなくちゃ……。そう思って、半分寝ぼけまなこで、おれはあわてて釣床から降りようとして、片足を横へ投げ出した。が、足が下に落ちないじゃないか。変だぞ、おかしい。……あッ、そうだ、ゆうべうちへ帰ってきてたんだ。畳の上に寝てたんだ。そこで、おれはやっと正気にかえって、目をこすりながら座敷のなかを見まわす。そうだ、やっぱりうちだ。障子がある。タンスがある。天井がある。みんなまだ寝しずまっているが、となりの六畳からは、コッチン、コッチンと悠長な柱時計の音も聞える。おれはほっとして、片足をひっこめると、また蒲団《ふとん》のなかにもぐりこんだ。

つぎに目がさめたのは八時ちょっと前だった。艦にいたら今ごろはちょうど「日課手入れ」で、デッキのリノリュームのつや拭《ぶ》きだ。油雑布《あぶらそうふ》をもって「まわれッ、まわれッ」の最中だ。桜田や原口なんかきっと汗みずくになってデッキを這《は》いずりまわっているだろう。

……それをこっちは、こんな時間までのうのうと寝ていちゃ、まったく罰があたるな……。朝日が軒の影をうつして、縁側の障子に明るく差しこんでいる。座敷の中はやわらかな光でいっぱいだ。障子の桟《さん》と白い紙のかっきりした四角な仕切り。黒く煤《すす》けた天井板の波形の木目、梁《はり》にくっついている繭玉の糸くず、頭にほこりをかぶった戸棚の上の達磨《だるま》、外では雀が囀《さえず》っている。にわとりが餌箱をコトコトとつついている。それから水車小屋の取入口に流れこんでいる水の音……。見るものふれるものすべてが、おれには懐かしくもの珍らしい。ああ、婆婆にゃこんな朝があったんだなあ……。

おれは蒲団の中でもういっぺん思いきり背のびをして起き上がった。うちの中はひっそり閑としている。妹と弟は学校へ、父と兄もとっくに田圃の仕事へ出かけたらしい。牛小屋にも牛はいなかった。おれの起きた気配を察して、川端で牛蒡《ごぼう》を刻んでいた母が、前掛でぬれた手をふきふき土間に入ってきた。

「どうだい、よく眠れたかい。」

「うん……。」

と言って、おれは上がり框《かまち》に立ったまま、大きな屁《へ》を一発ぶーっとやった。誰はばからず、しかもそれを音にして出すなんて入団以来はじめてだ。母もおれも笑った。

食事後、おれは親戚《しんせき》の挨拶《あいさつ》廻りに出かけた。

空は晴れていい天気だ。富士はまだ頂上にところどころ雪を残して、とつきの雑木林のむこうにくっきりと聳《そび》えている。ちょうどその中腹のあたりに緑のほけだった白い雲が帯を巻いたようにかかっている。そのせいか、いやにとりすました感じだ。ゆうべは暗くて見えなかったが、裏手の山々も、遠くむらさきにかすんだ赤石の連山を背景に、萌《も》えるような濃い新緑におおわれている。

おれはゆっくりと川べりの道を下っていった。両側は一面の田圃だ。なかじろがすんで堆《げ》肥《す》をまいたのもあれば、荒《あら》おこしのままの田圃もある。鼻取りに鼻づらをとらえられて牛が前肢《まえあし》で泥水をとばしながら、のんびりと犂《すき》を引いていく。ときどきクックッと間のぬけたあぶくのような蛙の声が聞えるかと思うと、その上をつばめが白い腹をかえして水面すれすれに飛んでいく。ああ、おれは、いまほんとに娑婆にいるんだなあ……。

おれは何度も立ち止まってそこらを眺めた。別に急ぐこともない。散歩のつもりで夕方までに廻ればいいのだ。それにしても、こんなのんびりした気分で道の上を歩くなんて、何年ぶりだろう。なんだか一歩一歩がもったいないような、そのくせこうして歩いているのが自分であって自分でないような不思議な気持だ。

おれは、娑婆にいる間は、なるべく艦のことは考えないことにしようと思った。忘れていたいと思った。けれども、はたのものが、それじゃ承知しなかった。どこのうちへいっても、きまって艦や海戦のことを聞きたがった。……さあ話してくれや、ほんとの海戦談なんて、金を出したって聞かれにゃからな。なかには、播磨が新型の戦艦だということまで知ってい て、その大きさや性能について、しつっこく質問するものもいる。まるで、海軍のことなら、おれに聞けばなんでもわかるといった調子である。おれはそのたびに笑ってごまかしておいたが、しまいには、いい加減うんざりしてしまった。結局、誰の質問も同じことの繰返しだからである。

そこで途中から、はじめにあたりさわりのない南洋の土人の話か何かを二つか三つ聞かせてやって、あとは「軍機」いってんばりで押し通してしまったが、もともとおれはこの挨拶廻りは気がすすまなかったのである。父と母が、初めての帰省だし、村のしきたりもあることだから、一応顔だけでも出しておいてくれというので、やっとその気になったのだが、こんなことで折角の一日を潰《つぶ》してしまったと思うと、おれはとても惜しい気がした。

おれは夕方になってうちへ帰ってきた。

するとそこへ、こんどはチョビヒゲの大月先生がやってきた。先生は、おれが高等科のときの受持だった。背は五尺足らずなのに、でぶでぶと肥《ふと》っているので、おれたちは陰でビヤダルと呼んでいたが、わりかた人気はあった。それは、授業中でもよく脱線して、おれたちにその日のニュースや戦場美談などを聞かせてくれたからである。分数の計算などはときどき間違ったりして教壇で立往生することがあったが、そういう話になると、自分では経験がないくせに得意だった。

先生は自転車からとび降りると、

「やあ、しばらくだな。元気か。けさ生徒にお前が帰ってきたって聞いたもんだから、とんできたんだ。どうだい、海軍は……。」

と言って、さっそく例の方向へ話をもっていった。

「それで、スラバヤ沖の海戦にも出たのか。」

おれは、出た、とだけ答えた。

「ソロモン海戦も、そうか、じゃ珊瑚《さんご》海《かい》は？」

なんでも聞きたがるのは、いかにも学校の先生だ。

「だけど勇ましいずらな。あの広い海で、軍艦と軍艦が四つに組んで大砲でわたり合うんだから、どうだい、その時の気持は……。」

そこでおれは、海戦はとても相撲のようなわけにはいかないと答えると、先生は意味もなく両手を握りしめて、

「それはそうと、最近、海軍から華々しい戦果を聞かないな。連合艦隊はいったいどうしたんだ。まさか山本長官が戦死したんで意気消沈しているんじゃないだろうな。まあ、ここら

でひとつ、おおいに大和魂《やまと》を発揮して、ハワイを上回るような大戦果を挙げてもらいたいもんだ。」

と、高飛車なことを言われても、おれにはなんとも返事のしようがない。

先生は、それからも、なんだかんだと、勝手な熱をふいて、いっこうに腰をあげようとしない。しまいには縁側にあぐらをかいて、早いうちにアメリカ艦隊をせん滅して、そのあと大挙サンフランシスコあたりに敵前上陸して本土をかく乱してやれば、たかがヤンキーのことだ、雑作もなく手をあげるだろう、というようなことまで言いだしたが、そんなに景気のいいことを言う先生が、おれにはまるで子供のように思えた。それにしてもこの先生が、わざわざおれを訪ねてくるわけがない。きっとなにか用事にかこつけてきたんだなと思っていると、案の定しばらくして、

「実は、きょうはお前に頼みがあってきたんだがな、……どうだろう、あさって学校で、高等科の生徒にひとつ海軍の話を聞かせてやってくれないか。今年は学校に五名志願兵の割当がきているんだ。受かる受からないは別として、それだけはどうしても出さなくちゃならないんだ。そこでこの際、お前におおいに海軍のことを宣伝してもらおうと思ってな……。校長先生も、ちょうどいい機会だから是非行って頼んでこいというわけで来たんだけど、ひとつ母校のためだと思って頼むわ。なに、別にむずかしいことなんてないよ。ただな、軍艦生

活や海戦のことなんかを面白おかしく話してくれりゃそれでいいんだ。きっと生徒たちも喜ぶぞ。是非頼むわ。」

おれはむろん即座に断って、そういう話は艦を出るとき一切するなと言われてきたと答えた。

それでも先生はなかなかあきらめないで、あの手この手でしつっこく誘いをかけたが、おれがテコでも動きそうもないのをみると、急に固い顔になって、お茶のいれかえにきた母にもろくろく挨拶もしないで、ぷいと帰ってしまった。おれは勝手にしやがれと思った。そんなに生徒を勧誘したければ、自分がまず海軍に入ってみてからにすりゃいいんだ。そうすれば、おれがなぜ、むげに断ったかもわかるだろう。

むろんおれだって、生徒を喜ばせるにゃどんな話をしたらいいかぐらいは心得ている。二年も艦に乗ってりゃ材料はいくらもある。けれどもそれを話してやったところで、そもそも生徒に何がわかるだろう。それに、軍艦だの海戦だのと簡単に言うが、それは口なんかではとても説明できるもんじゃない。また、かりに事実をうまく説明できたとしても、その肝腎《かんじん》カナメのところは到底わかっちゃくれないだろう。勇ましくドカンドカン射《う》ち合うことだけが戦争じゃない。棍棒《こんぼう》で殴り殺されて、海に放りこまれてしまった兵隊だっているんだ。それをいくら無知の生徒の前だからといって、面白おかしくしゃれのめして話すなんていう芸当は、おれにはとてもできない。

4

おれは一日うちにひきこもっていた。村は一年中でいまがいちばん忙しい。麦刈りや田植の仕度でどこのうちもてんてこまいだ。そんなところへぶらぶら出ていくのも、なんとなく気がひけるからである。それに外に出れば、いやでも誰かと顔をあわせなくちゃならないし、そこでまたなにやかや聞かれるにきまっている。むろん聞かれれば、こっちもそれに適当に調子を合わせなくちゃならない。泣きたいようなことでも、笑って話さなくちゃならない。それがいやだ。やっぱり一人でいるのが気楽でいい。

八畳の硝子《ガラス》戸ごしに庭の柿の木が見える。白い筒形の小さな花が葉のあいだにのぞいている。花は、水車小屋の屋根の上にも地面にも落ちている。あやめや、つつじや、あじさいの花もいまがさかりだ。そのあじさいの横には上《うわ》ぶちに古いガラス戸をはめた小さな温室がある。おれが六年生のとき、兄といっしょに蜜柑《みかん》箱をつぶしてこさえたやつだ。その中には、おれが丹精して集めたシャボテンが入れてある。レイシやへちまの苗もこの温室で育てたものだ。

さつまぐらの上の電線には、つばめが一列に並んで羽根をやすめている。そこには、おれがいつか凧《たこ》あげしてひっかけたみず糸がまだぶら下がっている。牛小屋の軒先にも、おれが乗って遊んだ竹馬が転がっている。……なにもかも元のままだ。少しも変っちゃいない。ただ、おれだけがあのころのおれではない。

奥の座敷の隅には、おれの机がおいてある。おれはその前に坐りこんだ。正面の板壁には、おれが雑誌の口絵から切りとったいろんな軍艦の写真が四すみを鋲《びょう》で止めて貼ってある。あのころは、暇さえあるとこれを眺めて楽しんだものだ。その横の小さな本棚には、おれがくめんして買い集めた「海の友」や「海軍画報」、青い表紙の「海軍志願兵講義録」などが、教科書といっしょに並んでいる。それから机の抽出《ひきだ》しには、入団まで一日も欠かさずにつけていた日記帖《ちょう》が四冊入れてある。麻紐《あさひも》で二重にゆわえて、その上に「この日記は誰にも絶対見せないで下さい。そしておれが戦死したら、遺骨といっしょに軍人墓地に埋めて下さい」と書いた紙片が貼りつけてある。

おれは紐をほどいてそれをぺらぺらめくってみた。二度と手にすることはあるまいと思っていた日記帖を開いてみるのは、われながらなんとも妙な気持だ。むろんどこをめくってみても、あこがれの海軍だ。とりわけ最後の一冊は、一日としてそれについて書いていない日はない。

例えばこんな調子だ。

「十六年一月××日」

夜、義ちゃんたちと久方ぶりで学校へ映画を見に行った。入場料十五銭。そのうち半分は恤兵金《じゅつぺいきん》に廻すのだそうだ。映画は「蛇姫様」と漫画にニュース。「蛇姫様」のほうは、大人向きのもので、あまり面白くなかったが、ニュースはとても素晴らしかった。はじめにいきなり「軍艦マーチ」が鳴りひびき、つづいて戦艦陸奥を先頭に連合艦隊が映写幕いっぱいに映しだされたとき、おれは思わず息をつめて前にのりだしてしまった。こんどもし志願兵の試験に合格すれば、このおれも、今年中にはあの軍艦のどれかに乗組んで、七つの海を股にかけ、皇国の海の護《まも》りにつくことができるのだ。そう思うと、急にしびれるような歓喜と興奮とで、口の中がからからになり、しばらく体のふるえがとまらなかった。

「二月×日」

ついに合格の栄冠を獲得。朝九時から鷹岡町《たかおかちょう》の小学校で試験。読方も算術も思ったよりよく出来た。とくに算術はほとんど満点に近い自信がある。やっぱり努力した甲斐《かい》があった。東部管区七十六名の志願者中、合格者は二十八名。合格者はあとで徴募官の秋山海軍中佐から、「合格者がそのまま全員採用になるとは限らないが、しかし諸君は、名誉ある帝国海軍の適格者として選ばれたわけであるから、とくに摂生に注意し、後日採用通知があるまで、各自自宅で待機しているように。」……という意味の訓示があった。いずれにせよこれで第一の難関を突破したのだと思うと、実に愉快で晴々とした気持だ。あとは坐《ざ》して採用通知を待つのみだが、しかしきょうの成績からみて、自分でも採用はほとんど確定的だと思う。帰り、学校によって大月先生に報告したら、先生は、「そうか、それはおめでとう。これでお前も男になれるぞ。」と言って、ポンと肩を叩《たた》いてくれた。うれしかった。あんまりうれしくて、途中堂平《どうだいら》の原っぱで、夕焼の富士に向って三度逆立をしてやった。

そして入団前日の最後の頁は、とくに太字で、

いざおれは征《ゆ》く
憧《あこが》れの海へ
波高き太平洋へ……

といった高い調子で結んである。

おれはおかしくなった。これを書いたのが自分だとはどうしても思えないのだ。いまみると、まるで他人の日記である。

たしかに、あのころのおれの軍艦はつくられた軍艦だった。空想の蜜《みつ》で勝手にこねあげた軍艦だった。雑誌の口絵のように華やかな虹につつまれた幻の軍艦だった。そしてそれを事実と混同し、錯覚して、それに夢中であこがれていたのである。胸をときめかしていたのである。そしてそれは乗艦と同時に空箱のようにひっくりかえされたわけだが、それにしても、いったいあのころの自分はどこへ行ってしまったのだろう。あのはちきれるような胸の躍動と熱情はどこへ消えてしまったのだろう。

おれはもう一度あのころの自分を取り戻したいと思った。烈しく躍る血のなかに、もう一度自分をぶち込んでみたいと思った。

5

娑婆にいると日のたつのが早い。たちまち四日が過ぎてしまった。うちにいられるのも今日かぎりだ。あすはまた艦に帰らなくちゃならない。土の上から海の上へ、畳の上から甲板の上へ、母のそばから下士官、兵長たちの中へ……。

それを思うといささか憂鬱《ゆううつ》だ。重い荷物を背負って坂道でひと休みしたあとのように、艦のことが一層重っ苦しくのしかかってくる。できればあと一週間ぐらい、このままうちにいたいものだ。といって、おれはなにも艦にくらべて娑婆の生活のほうがはるかにましだと思っているわけじゃない。よくよく考えてみりゃ、つらいことにかけちゃどっちもおんなじようなもんだ。

なるほど娑婆には「巡検」もなけりゃ「総員起し」もない。下士官、兵長たちに追いまわされることもなけりゃ、いやな「甲板整列」もない。食いたいときに食い、休みたいときに休み、眠りたいときに眠れる。とにかく曲りなりにも自分が自分でいられる自由さがある。

けれどもそれだって、たまにこうして帰ってきて「お客さん」でいればのことであって、実際の百姓の生活はそんなに甘いもんじゃない。ふところ手でいられる金持や、のんきな町ばの月給取りならいざ知らず、文字どおりのどん百姓だ。火山灰土のやせた田圃と段々畑だ。きりつめた食事とボロと汗と土の労働だ。艦も辛《つら》いが百姓のくらしも辛い。どっちもどっち、窮々とした下積みの生活であることにゃ変りがないのだ。いずれにしろ、今のおれには艦をおいてほかに帰っていくところはないのだ。播磨だけがおれにとって唯一の生きる場所なんだ。軍艦こそおれのすべてだ。

うちの人は、あす帰るおれのことで頭がいっぱいらしい。いつもは暗くならないと帰ってこない父も、今日は陽のあるうちに田圃からあがってきて、おれの顔をそってくれたり、晩のおかずににわとりをひねってくれたりした。一足おくれて牛を引いて帰ってきた兄も、すぐその足で豆腐屋にとんでいった。母は母で、流し場とへっついの間を忙しそうに動きまわっている。妹や弟も母のそばにくっついて、なにやかや手伝っているようだ。そこからいろんな煮ものの匂いや油の匂いが流れてくる……。こうしてうちじゅうのものが、おれを中心に動いているのである。

おれはこんどほど肉親のありがたさを感じたことはない。その情愛にうたれたことはない。とりわけ母に対してそうだった。おれが帰ってきてから、母は殆《ほと》んど田圃仕事にも出なかった。別に手があいているわけじゃない。田植も、ゆいを頼んであと五日後に迫っていて、それこそ三つ子の手も借りたいほど仕事がつまっている。それをこの四日間というものは、おれにかかりっきりであった。……なにか食べたいものがあったらなんでも遠慮なく言いなよ、こんなときでもなけりゃお前にゃなにもしてやれないんだから……。そう言いながら母は、まるでおれの胃袋が三つも四つもあるようなつもりで、せっせと御馳走《ごちそう》をこさえてくれたものである。

今夜も最後の晩だというので、母は気を配っていろんな御馳走をお膳の上にのせてくれた。むろん御馳走といったって、みんなたかのしれた山菜の手料理だが、それだけに心のこもったものばかりだ。すしがある。ぼたもちがある。せりの入ったそばがある。鳥肉の煮こみがある。きんぴらがある。こんにゃくのしらあえがあり、ねぎぬたがある。どれもこれも、おれの好きでないものはない。

けれどもおれの気持はそれほどふくらんでこなかった。あすは帰っていくんだ。あの艦の中へ、棍棒の世界へ……。いまこうして家族そろってお膳をかこんでいても、明日はもうおれはここにいないんだ。きっと、当分思い出してやりきれないにちがいない。おれは母を喜ばせようと思って、出されたものはなんでも箸《はし》をつけたが、それを考えると、せっかくの御馳走ものどにつかえそうな気がした。

父は横座にすわって晩酌をやりながら、おれに言った。

「そりゃそうと、お前、あすは何時までに帰りゃいいんだ。」

おれはそれを聞くとわけもなくどきっとして、

「三時までに横須賀駅へ着けばいいのさ。」

「そうか、でもな、途中どんなことがあるかわからねえんだから、すこし余裕をみて、一番の乗合で帰ったほうがいいぞ。」

まるで艦を出るときの当直将校みたいな言い方だ。母もそれにうなずいて、

「そのほうがいいよ。汽車の事故でもあって、時間きったらたいへんなことずらから、……だけど、きてくれるのはうれしいけど、帰っていかれるのはつらいなーい……。」

と言って、あわてて目をふせた。

すると兄が茶碗をおいて言った。

「播磨はこんどどっちへ行くんだ。また南方か？　それでいつごろまた帰ってくるんだい。」

「さあ、そりゃわかんねえな、作戦の都合で……。」

「でも、ときどき内地へ弾や糧食なんか補給しにくるんだろう？」

「大きな海戦でもありゃ別だけど、そうちょいちょい帰ってくるっていうわけにゃいかないよ。」

「おれ、こんど入港したら面会に行ってやるからな、すぐ電報打ってよこせや。」

「兄ちゃん、また慰問袋を送ってやろうと思うけど、なにがいちばんうれしい。」

妹だ。おれは笑って、

「なんでもうれしいよ。だけど餅《もち》なんか駄目だぞ。艦にゃ焼くところはないんだから。この前送ってくれたカキ餅なんかも、どうしようもなかった。」

と言うと、妹は母と顔を見合わせて、急に頓狂な声で、

「あれッ、それじゃ先だって送った小包にも餅を入れてやったんだよ。兄ちゃんが帰ってくる二日ばかり前だけど、もう艦に着いたずらか……。」

「行きちがいくらいかな。でも大丈夫だよ。班のものに、着いたらあけて食べてくれって言ってきたから、きっと下宿へでも持ってって食べてらあ。いまは上陸できるんだから。」

「それじゃ今度は、おもに干柿とか栗とか切干しなんかにしよう。それだったらすぐ食べられるからいいずら。」

「うん、なるべくそういうもんのほうがいいなあ……。」

「小さい兄ちゃん、いつヒサシが出るんだい?」弟だ。

「ヒサシ?」

「うん、ヒサシのついた帽子のことさ。」

「ああ下士官か、そりゃまだまだ……。」

弟はのりまきを箸の先に通したまま、いかにもつまらなさそうに、

「ふーん、……でも兄ちゃん、早くヒサシを出しなよ。そうしたらおれ、学校で友だちにうんと自慢してやるんだから、たのむよ、兄ちゃん、きっとだよ。」

これには父まで吹きだした。四年生の弟の考えそうなことだ。海軍に入って足掛け三年にもなる兄貴が、まだジョンベラ服でアンパン帽をかぶっているのがもの足りないのだろう。

進級なんて木登りよりも簡単だと思っているんだ。弟の言うように、ヒサシの出るのは、順調にいってもまだ二、三年先の話だが、いまのおれは、毎日毎日が精一杯で、そんなことにはあまり関心がない。それに、それまで無事に生きていられるかどうかわからないじゃないか。

おれは早くから寝てしまった。みんなはまだ火じろばたを囲んでいる。低い話し声にまじって、ときどき弟の甲高《かん》い笑い声が聞えてくる。おれも前はああして家族の中にいたものである。けれども、そこにはもう、おれのすわる席はない。あってもそれは兵隊の仮の席だ。そしてあすは帰っていく身だ。

おれは何度も寝返りを打った。まるで眠れやしない。おれは蒲団から手を出して、そっと畳の上を撫《な》でてみた。ざらざらとしたやわらかな手ざわりだ。もし再び生きてうちに帰れれば、おれはまたこの畳の上に寝られるだろう。この天井も壁も障子もまたなにごとかをおれに囁《ささや》きかけるだろう。おれは一瞬の間それを信じようとした。信じてみた。けれどもそこにはなんの確信もなかった。おれは目を閉じたまま、いつまでも畳の上を撫でまわしていた。

6

うちを出たのは翌朝七時半だ。みんなは坂下の乗合の停留所まで送ってくれるといったが、おれは断った。別れるのはどこだっておんなじだ。そんならうちの前でさっぱり別れたほうがいい。あとあとまで尾をひくのはいやだ。

「そうか、じゃ体によく気をつけてな……。」

父はあっさり言ってくれたが、母はなんとも哀れだった。もう目のふちをほおずき色にして、顔もくしゃくしゃだ。それでも涙だけはみせまいとして、浅黄《あさぎ》色の前掛のはじを両手で握りしめている。これが母の見納めかもしれない、と思いながら、おれはどうしても母と目をあわすことができない。こっちまであぶなく溺《おぼ》れてしまいそうだ。

そこでおれはわざとそっぽをむいて、てれかくしに妹と弟の肩をたたきながら、……おい、しっかり勉強するんだぞ、と言って、急いで框の上のトランクをひきよせた。トランクは、母がいろいろ土産物をつめこんでくれたらしく、ずっしりと重い。でも開けてみる気にはなれなかった。

おれは立ち上がった。

すると母は顔をすりよせるようにして、しげしげとおれを見つめて、

「じゃ、たっしゃでな、……いいかい、お前は胃《はら》があんまり丈夫じゃないんだから、戦地へ行っても腹巻きだきゃ忘れちゃだめだよ。」

「うん。」

「それから信や。」母の声はもうふがふがのかすれ声だ。「死んじゃだめだよ、……いいかい、どんなことしても生きててくれよ、な、……な、お願いだから、いいかい、信や……。」

「うん、わかってるよ、おっ母ちゃん。」

おれは笑って言った。ここでのめりこんじゃいけない。別れぎわが肝腎なんだ。おれはもういっぺん笑って言った。

「それじゃ、みんなも達者でやってよ。」

庭《おもて》へ出ると、おれは救われたように、外の空気を胸いっぱい吸いこんだ。

まわりの田圃は水面に雲の影をうつして白く光っている。あじさいの花が川ばたに紫の毬《まり》のように群がって咲いている。富士はむこうの杉林のこずえに半分だけ峯《みね》をのぞかせている。朝露をふくんだ樹々の緑と、やわらかな土の匂いと、風と光と……。おれは一瞬まわりの一切を自分の鼓動のように感じた。だがそれはもはや自分のものではない。休暇はおわった。四日間つながっていた娑婆との架け橋は、きょうではずされてしまった。おれは帰らなくち

ゃならない。艦に帰らなくちゃ……。そのあたりまえのことがおれの胸を噛《か》む。おれはせいいっぱいでこらえている何かを感じた。頭だけが熱かった。もう何も言えない　何も言うことはない。じゃ、行くか……。

おれは裏の県道の入口のところでみんなと別れた。母は目を前掛の端でふきふき、そこの檜の生垣の前に立っていた。

「信ちゃん、さようなら。」

「元気でね、また来てよ。」

「に、い、ちゃあーん……。」

弟と妹が土手の上に並んで立って、両手を口にあてて叫んでいる。川向うの田圃の中やあぜ道にも、近所のおじさん、おばさん、子供たちが手をふっていてくれる。おれも県道を下りながら、ときどき振返っては手をふった。

やがてみんなの姿は切り通しの桑畑のかげに見えなくなった。おれは不意に途方にくれた気持になった。自分がどうしていいかわからない。なんだかぐったりして体の重心を失なってしまいそうだ。けれどもおれの足は前へ前へと動いた。足はしだいに速くなった。風が耳もとをかすっていく。帽子のペンネントがうしろでぴらぴら鳴る。そのたびに、別の冷たい風がみぞおちのあたりを吹きぬける。一瞬、おれの頭の中には、荒れた暗い海とマストが浮んで消えた。おれは興奮し、追ったてられたようにさらに足を速めた。それでも踏みしめていく地面の固い感触だけは、一歩一歩、大事に意識のうつわに拾いあげるようにして歩いた。おそらく、もう二度と再びこの道の上を歩くことはあるまい。この一歩一歩は、そのままおれの最後の足跡になるだろう。そう思うと、道ばたの草一本、石ころ一つにも、なにかしみじみしたものが感じられた。

＊

艦はちょうど午後の「課業やめ」のあとだった。

ランチからあがると、おれたちは舷門《げんもん》に整列して、副直将校の人員点呼をうけ、舷門に預けておいた外出証を受取った。これでおれたちの休暇は終ったのである。

おれは菅野兵曹や花田らといっしょに分隊のデッキのほうへ甲板を歩いていったが、歩いていてもまだなんとなく気持が板につかない。宙ぶらりんな、へんによそよそしい感じだ。

上甲板のハッチに足をかけると、例によってペンキと油と鉄の臭いの入りまじった艦特有の生ぬるい熱気がむっと下から吹きあげてきた。これだ、この臭いだ。おれは、ああ……帰ってきたと思った。同時に、それまでゆるんでいた体じゅうの関節が電気でもかけられたみたいにぴんと伸びきった。

デッキは閑散としていた。おれたちと入れかわりに、三部の休暇員が出ていったからである。おれの班でも、班長と山岸、市毛など六人がいなかった。

おれは望田兵曹に申告した。

「北野、ただいま帰りました。」

「おー、どうだった、休暇は？」

「はあ……。」

望田兵曹はにやにやして、

「えらく顔がふくぶくしてきたじゃねえか、うん、だいぶおふくろにもてたらしいな……。」

おれは早速トランクをあけて、中の土産物を食卓の上にとりだした。豆餅やすしや栗きんとん、かや飴《あめ》、落花生などが、一つ一つ経木の箱や紙にていねいに包んであった。いずれも母がこさえて入れてくれたものだが、それを今こうして艦の中でみると、胸がつまって涙がでそうだった。

おれは、かや飴と落花生だけは同年兵の分にとっておいて、あとはみんなにやってしまった。

「うん、こりゃうめえや……。」

望田兵曹がきんとんを頬ばりながら言うと、ひとのいい野瀬兵長も、

「そうか、すまねえなあ、じゃ、おれもごちそうになるかな……。」

と言って、すしの折りに手をのばした。

「おい阿部、お前らも貰《もら》ってたべろや。」

するとそこへ花田が水飴とネーブルをもってきた。小宮兵長は、小麦団子にボタ餅だ。よその班でも、同じように土産物をかこんで賑やかだった。表向きは飲食物の持込みは禁止されているが、休暇の場合は、うるさい舷門の検査もないので、正直に手ぶらで帰ってくる兵隊なんていないのである。

おれたちはすぐ事業服に着かえたが、下士官や古い兵長たちは、名残りおしそうになかなか外出着をぬごうとはしなかった。ボタンだけはずした格好で食卓にもたれたり、帽子をわざとあみだにかぶり直して椅子の上にあぐらをかいたりして、娑婆での話に夢中だった。彼らの顔には、まだ茶の間の空気が漂っていた。

その晩、休暇から帰った若い兵隊だけは、巡検後特別に整列をかけられた。おれたちは一人一人棍棒の前に出ていって両手をあげた。例の「帰艦祝」である。六日ぶりの棍棒は、やはり尻にひどくこたえた。古い兵長たちは、出がけに土産をもたせることを忘れなかったが、帰ってきたおれたちをまたしめ直すことも忘れなかったのである。

消灯後、下士官、兵長たちの靴だけ磨いておいて、おれは急いで釣床に入ってしまった。誰とも顔を合わせたくない。誰ともしゃべりたくない。おれは横になって静かに目をとじた。すると、けさがたうちを出てからずっとこらえにこらえていた熱いものが、はじめてせきをきったように目にあふれてきた。おれはこみあげてくる嗚咽《おえつ》をおさえながら、頭から毛布をひっかぶると、あわててそのはじを口の中につめこんだ……。

涙はあとからあとから瞼《まぶた》にあふれた。

第九章

1

おれたちは、ここ四、五日ずっと艦外作業に出ていた。田浦《たうら》の糧秣《りょうまつ》倉庫や吾妻島《あづましま》の弾薬庫から、食糧や弾火薬などを運び出す作業だが、今日もおれたちは門部兵曹に引率されて朝から吾妻島へ弾運びに行っていて、艦に帰ってきたのはいつものように日没近くだった。甲板はすでに外出員も出はらってひっそりしていた。中部のクレーンがわりに使っているダビットも内がわにひいてある。今日の搭載作業も終ったらしい。まわりには港務部のはしけも見えなかった。

おれはランチからあがると、みんなと別れて後部の浴室《バス》のほうへまわった。食事まえに早いとこ、作業員におわたりの当番風呂《バス》に入ろうと思ったのである。すると、三番主砲の横から、木暮がおれを見つけてあわてて駆けよってきた。

「おい、大変だぞ……。」

「なんだ、どうしたんだ？」

と、おれが言うと、木暮はおれに顔をつきつけるようにして、

「山岸が、山岸がまだ帰ってこないんだ。」

「なに？　山岸が……。」

おれは思わず生つばをのみこんだ。山岸は三部の休暇員で、実は今日の四時までに帰ってくることになっていたのだ。

「それで、何か連絡があったのか、山岸から……。」

「それが、まだなんにもないんだ。」

「ない？　だってもう六時すぎだぞ。二時間以上も時間きっちゃっているじゃないか。」

「そうなんだ、三時に逸見《へみ》の栈橋にも姿を見せなかったっていうんだ。」

「処置なしだな。……それで塚本班長は？」

「いったん帰ってきたけど、すぐまた先任下士官や原口らと栈橋へ探しに引きかえしていった。おれもさっきからずっとここでみんなの帰ってくるのを待っているんだけど……。」

木暮はそう言いながらも、波止場のほうにすえた目を離さなかった。おれもしばらくそこ

に立っていたが、木暮が、

「おい、いまのうちにお前食事しちゃってこいや。」

と言ったので、おれはあとを頼んでひとまずデッキへ降りていった。

デッキはもう、このことで荒れだしていた。てんでに山岸のことをぼろくそにこきおろして、帰ってきたら半殺しにしかねまじきいきおいだ。おちおち食事もしちゃいられない。おれはいよいよ小さくなって、食卓番が、食卓のはじに黄色い食卓カバーをかぶせて、とっておいてくれた食事をお茶づけにして、大急ぎで口に流しこんで立ち上がった。一刻も早く上に逃げだそうと思ったのである。するとそこへ、皮肉たっぷりにからんできたのは甲板係の平屋兵長だ。

「ねえ北野さん、あんたの同年兵がまだお帰りになりませんのよ、ご存知ですか。」

「はあ、いま上で木暮から聞きました。」おれは大きく息をひいて頭を下げた。「ほんとに心配かけてすいません。」

「いーえ、いーえ、なんのなんの、……きっとおっ母《か》さんのおっぱいがまだしゃぶり足りないんでしょう。」平屋兵長は、ケンをふくんだ目つきでにたりと笑った。「ほんまに結構なお話ですわ。」

「野郎、いまだに帰ってこないところをみると、逃げやがったかな。あいつぁ、ふだんからひょろひょろして、おれも危ねえと思っていたんだ。」と門部兵曹が言った。

「あの野郎、よくよく気合がぬけていやがるんだ。志願兵のくせしやがってよお。」

向うで誰かが言うと、坪井兵長が顔をあげて、

「まったくこのごろの志願兵ときやがったら、どいつもこいつも、えらく質が落ちたな。え？　ちょっと頭をなぜられただけで砲塔にゃもぐるし、陸《おか》におっぱなしゃおっぱなしたで帰ってきやがらない。」

「おい、あしたっから、これでうちの分隊だきゃ外出どめだなんていうんじゃないのか。」そう言っているのは菅野兵曹だ。「あのヤマネコのこったから、やりかねないぞ。」

「おい、おい、おどかさないでちょうだいよ、あしたあこっち入湯《にゆうとう》なんだからよ……。」野瀬兵長が言った。

「外出どめなんてぬかしてみろ、ただじゃおかねえから。」

「いまごろ、野郎、どこうろついていやがるんだろう。」

「帰ってきやがったら、あん畜生、四つにたたんで海にさぼりこんでやるから。」

「言うな言うな、お帰りは士官なみだとよお。」

おれは、やっと彼らのけんまくの下をかいくぐるようにしてデッキをとびだした。

それにしても、いったい山岸はどうしたんだろう。彼の実家は福島の若松《わかまつ》在だが、うちで

急に病気にでもなったのか。それとも途中汽車の事故にあって動きがとれないでいるのか。しかし、そんならそれで、前もって艦に連絡があるべきだ。ちゃんとした「事故証明」さえあれば、たとえ時間を切ってもそれで通るのだから。あの小心で、なにごとにも慎重な山岸がそれを知らないはずがない。またうちの者だって、まずそのことを一番先に考えて手を打つだろう。それがいまもって、本人からも、うちからもなんの連絡がないというのは、ただごとじゃない。なにか、どうにもならない突発的な事故があったとしか思えない。とにかく相手が同年兵だけに、おれは気が気じゃなかった。

巡検少し前になって、やっと班長たちが帰ってきたが、ランチの中には、やはり山岸の姿は見えなかった。先任下士官と班長は、舷門《げんもん》まで迎えに出たおれたちには、けわしくふくらんだ顔をふってみせただけで何も言わなかったが、原口の話によると、ちょっと時間をきったのが怖ろしくなって、帰るに帰れず、そこらをうろついているんじゃないかと思って、駅や海仁会集会所や波止場のまわりなどをぐるぐる探してまわったが、どこにも見当らなかった。むろん、いちばん気がかりだった汽車の事故についても、さっそく横須賀駅で確かめてみたが、東北《とうほく》各線は、昨日も今日もダイヤは平常通り動いているという。ついでに駅員に、向うの若松駅に鉄道電話を通してもらって、昨夜の遅い夜行か、けさの七時前の上りの汽車で、年は十七、八歳ぐらい、中背で右の目尻《めじり》に大きな黒子《ほくろ》のある、茶色の皮のトランクをさげた水兵が乗車したかどうかたずねてもらったが、当直の駅員に聞いたかぎりでは、心当りはないという返事だったそうだ。

原口は、せわしくパチパチ目ばたきしながら、「こりゃおかしいぞ。どうも変だぞ。こんなことってあるもんか……。」と言って、大げさに首をかしげていたが、いずれにしろ、もうここまできたら少々の遅刻ぐらいじゃすまされない。むろん艦が港内に碇泊《ていはく》している以上、いつまでも内輪にしておくこともできない。そこで当直将校は、先任下士官の報告を受けると、副長と相談の上、直ちに衛兵司令を通して港湾警備隊に連絡をとり、巡邏《じゅんら》隊にも手をまわした。そして山岸の実家には、分隊長の名で早速問い合わせの至急電報が打たれた。

やがて巡検になり、消灯時間になっても、山岸はやはり帰ってこなかった。すでにデッキの下士官たちは、やつはてっきり逃亡したんだ、いまになってはもうそれ以外に考えられん、と言っていたが、いったい山岸はどうなるのだ。かりに逃亡したところで逃げきるなんていうことはできっこない。いくら陸《おか》の上とはいえ、憲兵や警察の目がいたるところに光っている。たちまち張りめぐらした追手の網にひっとらえられてしまうだろう。不意におれの頭の中には、軍法会議、海軍刑務所という考えが浮んだが、一度射撃訓練の帰りにみた、あの大《おお》津《つ》の高いコンクリート塀の下におしつぶされていく山岸を想像して、おれは思わずぞっとして胸がかたくなった。

おれたちは消灯後も、同年兵だけで甲板に出て彼を待っていた。ときたま小さな赤ランプをつけたランチが舷梯《げんてい》につく。おれたちはそのたびに、こんどこそと思って、上から闇をすかすようにして舷梯をのぞきこむ。しかしたいていは、上陸がえりの士官か司令部付の兵隊が二、三人鞄《かばん》を下げて降りてくるだけだった。舷門の副直将校や衛兵伍長《ごちょう》も、いちいちハンドレールから顔をつきだして、艇指揮《チャージ》に山岸のことをたしかめていたが、答はいつもきまっていた。そしてとうとう二三三〇《フタサンサンマル》の最終便が帰ってきたが、それにも山岸は乗っていなかった。むろん実家のほうからも、なんの連絡もなかった。

そして、翌朝になってからだ。上陸員が全員帰艦したところで分隊集合がかけられた。これはきっと山岸のことだなと、ぴんと頭に来たが、そこまでは誰も予想していなかっただけに、分隊長の次のことばは、おれたちを打ちのめした。

「山岸は一昨日《おととい》郷里で自殺した。もちろんまだそのくわしいことはわからんが、けさ早く、うちと若松の憲兵隊のほうから連絡を受けたので、それだけ伝えておく。」

〈間奏〉

（消灯後の後甲板。カッターが一隻キャタパルトの横にあげてある。そのかげに、ともから桜田、原口、木暮、北野、弓村の順に肩を寄せあうようにしてしゃがんでいる。霧のかかった海、しめっぽい風。舷側に波がぴちゃぴちゃはねている。雨雲はマストの上まで低くたれ下がっている。ときおり陸《おか》のほうから電車の警笛の音がかすかに聞えてくる。暗い。)

木暮上水（空を見あげながら）「でも、おれはまだ信じられないなあ、山岸のやつが死んでしまったっていうことがよ……。」

北野上水「ほんとうだ、まさかと思っていたからな……。」

桜田上水（膝《ひざ》をかかえなおして）「おれは、ゆうべやつが帰ってきた夢をみたぜ。にこにこしながら大きな風呂敷《ふろしき》包みを背負ってデッキへおりてきたところを……。」

弓村上水「可哀想にな、いいやつだったのに……。」

木暮上水「だけど、自殺するくらいだから、よっぽど思いつめていたんだろうな、おれたちにゃ、あんまりそんなことは言わなかったけど……。」

原口上水（指で顴のニキビをいじりながら）「やつは、ふだんわりと無口だったからな……。」

北野上水（顔をあげて）「原口、お前は山岸と一緒に出たんだろう、途中なにか変ったところはなかったのか？」

原口上水「別に、……おれは上野《うえの》駅までいっしょだったけど、別れるときだって、笑ってさ、おれに手をふってたんだから。」

弓村上水　「そうすると、家へ帰ってからだな、やつがその気になったのは……。」

桜田上水　（ハンドレールをいじりながら）「きまってるじゃねえか。おれだってもよ、やっぱり帰る前の晩にゃ深刻に考えこんじゃったものな。またバッタもらいにいくのかと思って。そういうお嬢ちゃんだって、そうじゃなかったのか。」

弓村上水　（笑って）「まあそんなところだ。……だって同じ海でも、浦島さんみたいに龍《りゅう》宮《ぐう》城へ遊びに行くのとは、ちょっとわけがちがうからな。」

木暮上水　「まったくだ。帰ってくるところが帰ってくるところだからな。電車があの田浦駅に近づくと、水校（海軍水雷学校）の向うに、在泊艦のマストの先っぽがちらちら見えるだろう、おれは、あれを見たら、水でもぶっかけられたみたいに体がいっぺんに冷えちゃったっけ。」

桜田上水　「なんだ、お前もそうか……。」

北野上水　「田浦っていえば、ほら、あの前あたりから車掌が帽子にあごひもかけてまわってきて、〝ここから先は防諜《ぼうちょう》区域に指定されていますから、窓の鎧戸《よろいど》は全部おろして下さい〟って言うだろう。あれで電車の中が急に暗くなると、なんだか監獄にでも行くような気がして、とたんにがっくりくるな……。」

弓村上水（溜息《ためいき》をついて）「うん、ありゃいやなもんだ、これで娑婆《しゃば》ともおさらばかと思って……。でも、なかにゃ喜んで帰ってくるやつもいるのかな。」

木暮上水「もちろん、なかにゃそんなやつもいるだろうけど、たいていみんな仕方なく戻ってくるんだ。」

弓村上水「顔で笑って心で泣いてか……。」

桜田上水（舷外につばを吐いて）「だからさ、山岸だってこんな艦に帰ってくるくらいなら、いっそ死んだほうがましだと思ったんだろう、きっと……。それにやつはもともと兵隊がいやだったんだから余計だ。」

原口上水「やつは師範にでもいって先生になりゃよかったんだ。それが希望だったんだから。そうすりゃ、こんなことにもならなかったもの。」

弓村上水（指を折りながら）「もし師範へいってりゃ、そうだな？　いま四年生か、あとちょっとで教壇に立ててたんだ。」

木暮上水「やつはきっといい先生になれたぞ。」

北野上水（うなずいて）「おれもそう思うな。要領は悪くて動作は鈍かったけど、正直で、真面目で、てんでお人好《ひとよ》しのところがあったからな……。」

桜田上水「だけど先生になったってだめよ、どうせいつかは兵隊に引っぱられるんだ。

よっぽどの片輪か特権もちでもない限り、男となりゃ、いまはみんな首に縄がかかっているんだから。」

弓村上水「まあ、それもそうだな……。」

原口上水（咳《せき》ばらいをして）「でも、あいつもどうせ死ぬんなら、もうちっと我慢してて、戦地へ出てから死ぬとよかったな。そうすりゃ名誉の戦死でさ、下がり金だってたっぷりもらえたのに、これじゃまるで犬死だ。」

北野上水（憤然として）「なんだって、目ソロバン、でしゃばったことを言うな、山岸だってなにも好きこのんで自殺したわけじゃないぞ。それを金だなんだなんて、すこしゃやつの身にもなってみろ。」

原口上水（口をとがらして）「だからさ、おれは、やつのためにそう思ってるんだ。それともなにか、お前は、山岸が自殺したほうがよかったって言っているのか。」

北野上水「馬鹿野郎、そんなこと言ってるんじゃねえや、そらつかうな。」

原口上水「それじゃ、それでいいじゃねえか。なにをそんなにからむことがあるんだ……。とにかくおれは反対だな、自殺するなんていうのは……。」

桜田上水（足の水虫をかきながら）「原口の言うとおりだよ。わりゃ立派だよ。その意気で戦地へ行ったら山岸の分までやってくれ。」

原口上水　（なげやりな口調で）「ああ、やるとも……。」
木暮上水　「そりゃそうと、山岸のことで外出どめになるなんていう噂があるけど、ありゃ本当か……。」
弓村上水　「そんなことはあるもんか。いくらヤマネコが底意地悪いたって、そこまではできないよ。上陸の権限は艦長にあるんだから。」
木暮上水　「そうか、そんならいいけど、これで外出どめなんていったら、おれたち同年兵の立つ瀬はないからな。目もあてられないぜ。」
北野上水　「でも、兵長たちは、これで当分またおれたちにあたるな、いい材料ができたとばかり……。」
木暮上水　「うん、そりゃ覚悟しておかなくちゃあな……。」
原口上水　「ところでこの次にゃ、おれたち五人の中じゃ誰が死ぬのかな、敵さんとドカンとぶつかったときによ。」
弓村上水　（笑いながら）「そのときには、みんなで一緒に仲良く死のうや。そうすりゃ、お互いにうらみっこなしだ。」
木暮上水　「縁起でもないこと言うなよ。」
桜田上水　（いらいらして）「あーあ、畜生、酒でも飲んで酔っぱらって、なんでもかでもぶちこわしてやりてえな……。」

2

それから三日目だった、山岸の父親がはるばる横須賀にやってきたのは。それも逸見桟橋の衛兵詰所からの連絡でわかったのだが、なんでも息子のことで直接艦にお詫《わ》びをしにきたというのである。しかし艦ではこの申し出を断った。むろん分隊長もこの話にはてんから取りあおうとはしなかった。

すでに艦では、若松の憲兵隊から詳細な報告を受けとっているので、いまさら父親に会って何も聞きだすことはない。それに、艦がいやで軍人にあるまじき自殺を遂げた兵隊なんぞに、艦はもはや何の関係もない、というのである。けれども、この機会に本人の私物だけは渡してやれ、という分隊長の命令で、彼と同じ班だったおれがその使いに行くことになった。

おれは出かける前に、木暮たちと、山岸のチストや手箱や帽子罐《かん》の整理をして、私物だけをより分けた。千人針、手紙、便箋《びんせん》、アルバム、薬、爪切り、針箱など、どうせ兵隊の私物だからたいしたものはないが、それでも家族にとっては、大事なかたみだと思って、おれたちは洗濯紐《ひも》や消しゴムのようなものでも一つ残らず風呂敷に包んでやった。ついでに香典も二十円用意した。これは、細かいことによく気のつく木暮の発案で、五人の同年兵が四円ずつ出しあったのである。

おれは早目に当番食事をすますと、それをもって鎮守府行きの公用使といっしょに、艦発一二〇〇《ヒトフタマルマル》の水雷艇で出発した。

港屋旅館《りょかん》はすぐ見つかった。駅から少し離れた構えの小さな二階建の旅館だった。うしろに粘板岩の露出した山が屏風《びょうぶ》のように高く切りたっている。玄関に入って女中さんに取次をたのむと、まもなく二階の階段から、カーキ色の国民服を着て鉄ぶちの眼鏡をかけた、いかにも学校の先生らしい小柄な父親が降りてきたが、父親だけかと思ったら、藤色の矢絣《やがすり》のモンペをはいた若い娘さんも一緒に出てきた。山岸のお姉さんである。前に山岸からも、女学校を出て代用教員をしている姉さんのことは聞いていたし、写真も見せてもらったことがあるので、ひと目でわかった。そういえば、細面で目が大きくて、唇が内がわにすぼまっているところなんかは山岸にそっくりだ。

おれは玄関で持ってきたものを渡してすぐ帰るつもりでいたが、次の便までまだ時間があったし、それに、折角遠くから来たのだ。それではなんだかそっけないようで気がすまなかったので、引きとめられるままに部屋に上がった。

おれはそこであらためて二人と向い合ったが、むろんなんと悔みを言ったらいいのかわからないので、ただ口の中でもぐもぐ言って、なんべんも頭を下げた。それから例の包みと香典を渡しながら、自分が山岸君の同年兵であることと、かわりに今日艦から使いに来たわけを、気にさわらないように簡単に説明して、

「そんなわけで、わざわざ遠くから来てくださったのに、ほんとに申しわけないのですが……。」

と言うと、父親は四角にかしこまったまま頭を下げて、

「いや、それはもう、……実はこんなことになっちまってなんし、だれにも会えた義理じゃないんだべし。でも、ただ、……私《おら》は一度、あれに代ってお詫びせんことにゃ気がすまなかったべしな……。んでも、おめえさまが、こうして来てくれたべな、それだけでもう十分なべし……。おめえさま、うちの幸一と同年兵、そうなべかな……、あれがいろいろお世話かけたべしな、そのうえ、またこんなご心配《しんぺえ》までしてもらって、ほんとに、なんといってよかんべかな……。」

と言ったが、声にも目にも力がなかった。

姉さんは、私物の包みをみると、あらためて思い出したように、さっと顔をそむけたが、それっきり目を膝の上に落したままだ。見ると、目のあたりがげっそりこけて、顔色もぞっとするほど青い。とつぜん襲いかかった弟の死の重みを全身で耐えているふうだ。

おれは、それから結局二時間ばかり旅舘にいた。早く独りになって、次の便《びん》が出るまで集会所あたりで過ごそうかと思っていたが、そのうちに、土産のキナコ餅《もち》やせんべいを出されたりして、なかなか立つきっかけがつかめず、そのまま腰をすえてしまったのである。が、おれはそこで、二人からはじめて山岸の経過をかなりくわしく聞くことができた。

それによると、山岸は、帰った一日二日は別にこれといって変ったところはなかったという。こちらから話しかければ普通に話にのってきたし、姉さんを相手に、好きな「ピョンピョン」をやったり、トランプをやったり、ときには一人で蓄音機をかけたりしていたそうである。ただ、いかにも疲れている様子で、自分からはあんまり話したがらず、外にも殆《ほと》んど出ないで、一日中寝ころがって、ぼんやり天井を眺めていることが多かったが、もともと口の重い無愛想な子だったから、たいして気にもかけず、できるだけそっとしておいてやったという。

それが、帰る日の夕方、急に何を思ったのか、わざわざ古いつんつるてんの学生服を着て（彼は帰ってから一度も軍服を着なかったという）、母親には、となりの部落の従兄《いとこ》のところへ挨拶《あいさつ》に行くのだといって、ふらりと下駄《げた》がけで出ていった。となり部落といっても、片道二十分ぐらいのところだから、じきに帰ってくるだろうと思って、うちでは夕飯の仕度をして待っていた。

ところが七時すぎになっても帰ってこない。それでもはじめは、向うでめずらしがられて夕飯でもご馳走《ちそう》になっているのかなと思っていたが、その日は、晩の十二時ごろの夜行で帰ることになっていて、そのための仕度もあるのだから、いくらなんでもこれでは呑気《のんき》すぎる。そこで急いで伯母《おば》のうちへ呼びに行ってみると、こちらには来なかった、ということがわかって急に騒ぎだした。

むろん軍服を着ていないのだから、あのなりで艦に帰るはずがない。そこで血まなこになってそこらじゅうの心当りを探して歩き、隣組の男衆は男衆で、高張提灯《ちょうちん》をたてて方々をくまなく探してみたが、その晩はとうとう見つけ出すことができなかった。そして翌朝、部落から一里近くも奥へ入った山の窪地《くぼち》で、通りがかりの馬方に発見されたときには、すでに屍《し》体《たい》となっていた。山岸は、そこの榧《かや》の木の枝に、細引を首に巻いてぶら下がっていたということである。

「そのとき、弟のポケットからこれが出てきました。」

姉さんはそう言って、えんじ色の手提袋から、雑記帳を破いたらしい、四つ折りにした一枚の紙きれをおれに見せた。手にとってひろげてみると、鉛筆書きで、

「艦には、もう二度と帰りたくない。総《すべ》てに生きる望みを失なった。御両親様、姉上様、御許し下さい。」

という文句が、三行に分けて書いてあったが、おそらく暗いところで急いで書いたものらしく、紙に二、三箇所、鉛筆の芯《しん》の先で突いたような穴があき、字もひどく不揃いで行間も乱れていたが、それだけに死の直前の追いつめられた気持がじかにつたわってくるようだった。〝艦にはもう二度と帰りたくない〟——ああ、とおれは思った。おれの手はふるえた。

姉さんは横むきになって、そっと指で鼻をおさえていたが、やがてまた顔をおこして話をつづけた。

「それから二時間くらいたって、若松の憲兵隊から、サイドカーで憲兵の方が検視に来ました。伍長と曹長の二人でしたが、私はほんとに、あんな恐《こえ》い思いしたことありません。ただの検視ですむのかと思っていたのに、そうでねえべし。弟はそれまで榧《かや》の根っこにムシロをかぶせて寝せておいたべしが、曹長の方は、来たかと思ったら、そのムシロひっぺがして、村の人たちの、ぐるっとたかっている前で、〝この不忠者、国賊……〟とがなって、弟の顔や首をめちゃくちゃに蹴《け》とばしたんし。……みんなへのみせしめということもあったべしが、とても見ていられませんでした。弟があんまり可哀想で、可哀想で……。母は、そんで、おぼえがなくなって（気を失なって）たおれてしまって、いまもずっと気がふれたみたいになって、寝っきりになってますが、ほんとに人間の仕業《しわざ》と思えませんでした。だって、弟はもう死んでるんです。んだのに、んだのに、あんまりひどい、あんまり……。」

姉さんはそこで声をつまらせて、両手で顔をおおってしまったが、こっちも胸がつまって、顔があげられない。おれ自身が、拍車の長靴で蹴とばされたような気持だった。（憲兵のど畜生め！）

するとそれまで黙って卓子《テーブル》に目を落していた父親が、眼鏡のつるをもちあげながら、顔をあげて言った。

「おめえさまを前《めえ》にして、こんだこと言うのはなんだべしが、幸一のこんだの不始末も、実はこの私《おら》に責任があるんだべしな。おめえさまも、いっしょにいてくれなんしたで、知ってるべなんしが、あの子はもともと兵隊が好きでなかったべし。性格的にも向いていなかったべしな……。うちわったことを申すと、あれが志願した年、私《おら》はちょうど高等科二年の受持なんべしたが、その筋から、内々志願兵の割当があったべして、学校から少なくとも五、六名出すように言われたべし。そんで、校長からも、強《つえ》いさいそくを受けていたべし。……んでも、いくら私《おら》でも、自分の子供さほったらかして、他人《よそ》さまの子だけに行け行けとは、言えた義理じゃなかったべし。そんであれにも、因果ふくめて無理矢理志願をすすめたわけなべし。人数をこなすにゃ、まんず自分が模範を示さなくちゃなんめえしと思いやして……。私もあの子は、前《めえ》から師範さあげてえしと思っていたべし。本人もそのつもりでいたべしな。……んだもんで、はじめはやだ（いや）がって、どうしても承知してくれなかったべし。兵隊になるこんだけがお国のためじゃねえと言うべしてな……。んでも、私のおかれたつれえ立場をわかってくれたべし、おしめえにゃ、やっとその気になってくれたべなし。そんでも、よっぽどやだだったべしな、願書を出した日にゃ、夕飯も食べねえで、納戸《なんど》さもぐって泣いていたべし。その当座は、私《おら》とも口も聞かなかったべし。……んで、いまになってみると、ほんとに罪なことしたと思っていたべし。……勿論《もちろん》、あんどきいっしょに志願させした教え子たちにも、なんとお詫びしていいか、きっとあの子らもどっかの任地で私《おら》を恨んでいるかも知れねえべし。そんなわけでして、私《おら》もいろいろ考えたべし。んで、この機会《おり》に教壇を去ることにしたんす。あの子の罪ほろぼしといっちゃなんだべだが、もう二度と、こんだら思いはしたくねえべしな……。」

父親はそう言って、ふいに顔をあおのけて目を閉じた。みると眼鏡の下から涙がふき出るように流れている。おれはあわてて顔をふせたが、父親はじっと唇をかんだまま、それをふこうともしなかった。おれはこの父親の涙を一生思い出すだろうと思った。

おれは間もなく腰をあげた。まだ時間はあったが、これ以上いたたまれなかったのである。

二人は玄関まで送ってくれたが、おれは最後まで二人の顔をまともに見ることはできなかった。

第十章

1

天皇が近く播磨に行幸《ぎょうこう》になるんだそうだ。十日以内というだけで、日程はまだはっきりしていないが、昨日鎮守府から正式にその通告があったという分隊長の話だから間違いない。

おれたちはむろん仰天した。だって開戦以来、天皇が軍艦に行幸になったという例はまだ一度もないからである。陸軍のことは知らないが、すくなくとも海軍においてはそうだ。もっとも、いぜんは二年か三年に一回ぐらいの割で「観艦式」というものがあって、そのときは天皇も御召艦に乗御して各艦を「御親閲」したということだが、その観艦式も、三年前（昭和十五年）の横浜《よこはま》沖を最後にずっと行なわれていない。それだけに余計たまげたんだ。

そこで、これは新しく大作戦が発動される前ぶれだとか、山本長官亡きあとの艦隊司令部の士気を鼓舞するためだとか、いやそうじゃなくて、入港中のこの機会に、噂に聞く超弩級の本艦を見学にくるんだとか、いろんな憶測がとんだが、ただどういうわけか、こんどの行幸は、外部をはじめ、他の在泊艦艇にたいしても一切極秘で、いわば「覆面の行幸」なんだそうだ。

「だけど、なんで内緒でくるんだろう、久しぶりの行幸だっていうのに……。」

煙草盆に来てそう言ったのは原口である。

すると桜田が煙草《ほまれ》に火をつけながら、

「馬鹿、きまってるじゃねえか、一般に公表なんかしてみろ、秘密にしている播磨や大和のことが新聞なんかに出て、いっぺんにバレちゃうだろうが。だからよ。」

「ああ、そうか。」と原口は目をパチパチさせて、「でも天皇陛下は知ってるんだろう、播磨、大和のことは。」

「そりゃ、あるってことぐらい知ってるだろうや。」

「だけどよ、天皇も播磨に来てみてびっくりするだろう、あんまりでかいんで……。」

と、おれが言うと、木暮が相槌《あいづち》をうって、

「そりゃそうさ、ほれ、去年ソロモン海戦で沈んだあの御召艦はなんていったかな?」

「比叡《ひえい》だろう。」

「ああ、比叡、あれなんかに較べたら、同じ戦艦でもケタがちがうからな。」

するとと原口が、煙草の煙をふきあげながら、感にたえたような弾んだ声で、

「でもさ、生きているうちに天皇陛下の顔が拝めるなんて、光栄身にあまるってところだな、えー……。」

と言ったが、この気持はなにも原口だけのものじゃない。それぞれ多少の差はあっても、おれたちに共通したものだろう。少なくともおれはそうだ。

おれは小さいころからなにごとにも「天皇様々」だった。目はいつも天皇のほうに向けられていた。それがいつから、なぜそうなったかは自分でもよくわからないが、たとえばウンコのときでも、天皇の写真入りの新聞紙は、畏《おそ》れおおくて絶対使わなかったくらいだ。とにかく天皇は、おれにとって無二の絶対者であり、神であり、そしてそれ以上のものだった。おれはかつて入団前日の日記の一節にも、こんなふうに書いたものである。


昭和十六年四月二十九日。

朝四時ニ起キ湯殿ニテ身ヲ清メ、ヒトリ朝露踏ンデ三土《みど》原《はら》ノ丘ニ上ル。空曇レドモ周囲生気ニ満チ既ニ小鳥ノ声賑ワシ。

今日ハ目出度キ天長ノ佳節。

ワレ黎明ノ丘ニ立チテ遙カ東天ニ向イ天皇陛下オワシマス宮城ヲ遙拝、謹ミテ言上ス。「私ハ愈々《いよいよ》明日帝国海軍ノ一員トシテ皇国ノ海ノ守リニ就キマス。コノ上ハ醜《しこ》ノ御楯《みたて》トシテ粉骨砕身、尽忠報告《ママ》ノ誠ヲ尽ス覚悟デアリマス。モトヨリ私ノ体ハ陛下ヨリオ借リシタモノ、何時ノ日カ戦場ニテ必ラズ御返シ申シ上ゲマス。」

言イ終ルヤ、瞬間感極マリテ落涙、覚悟更ニ新タナルヲ覚ユレバ、ワレ、ヨシト思イ、暫シ粛然ト空ヲ仰ギタリ。

むろんいまのおれには、このときのようなつきつめた熱っぽさはもうなくなっている。火を落したボイラーみたいに、とうに醒《さ》めてしまっている。けれども、「天皇への忠誠」だけは、いまもその大根《おおね》のところは変っちゃいない。なにもかも茫々《ぼうぼう》と変ってしまったが、その一点だけは、埋《うも》れ火のように残っている。おれがこの生き地獄のような軍艦の生活（生活といえるかどうかは別として）にじっと耐えているのも、もとはといえばそのためである。なにごとも天皇のため……。それはいわばおれの初心だ。痴《こけ》の一念だ。おれはそこに全身の重みをかけ、いのちを賭《か》けている。

といっても、それは決して天皇個人だけを言っているわけじゃない。すくなくともおれの場合はそうだ。おれが天皇というとき、そのなかには同時に両親や兄妹、村のおじさん、おばさん、かわいい子供たち、そして馴染《なじ》みの山や川や森……。つまりこの国土の一切をそこに含めているのだ。そういうものをすべてひっくるめて、総称的な意味で、それをおれは天皇といっているのだ。

そしてその天皇が近く本艦にくるというのである。

けれどもその翌日からが大変だった。さっそく艦をあげて、その準備にとりかかったが、なにしろ相手は、「一天万乗《いってんばんじょう》の大君《おおきみ》」だ。万端ぬかりなく、すこしの手落ちもあってはならない、というわけで、その念の入れ方も、ひとかたじゃなかった。士官たちも、こんどばかりは茶の事業服を着て、総出で現場の監督にあたったものである。

まず外郭部のペンキ塗りからはじまったが、それもはげたところだけを部分的に塗るのかと思ったら、外舷《がいげん》からマストのてっぺんまで総塗りかえだ。むろんこれはおれたち両舷直の仕事だが、足場の悪い艦橋やマストや外舷の「塗り方」は楽じゃなかった。ブランコのように、ロープで吊《つる》したせまい道板の上に乗っかってやるので、うっかり身動きもできない。おまけに周りの監督（士官）がわいわいとうるさいので、こっちもよけいのぼせて、固くなって、かえってヘマばかりやってしまう。一度なんか、おれは上で罐《かん》をひっくりかえされて、頭からだらりペンキをかぶってしまった。花田にいたっては、甲板下士の門部兵曹に怒鳴られたひょうしに足を踏みはずして、まっさかさまに海におっこちて、あやうく土左衛門《どざえもん》になるところだった。こうして艦は一日一日見ちがえるほどきれいになっていったが、あべこべにおれたちは薄汚れて、着ているいんかん服なんかも、すっかりペンキだらけになってしまった。

外郭部がひととおりすむと、こんどは内部の塗装である。露天甲板の砂ずりである。通路やデッキのリノリュームの石鹼《せっけん》ずりである。油拭《あぶらふ》きである。真鍮《しんちゅう》の金具類の磨き方である。それから兵器手入れである。配置の整備である。居住区《デッキ》の整理整頓《せいとん》である。しかもその間、副長や分隊長や甲板士官の虫眼鏡でのぞくような徹底した検査検査の連続で、ちょっとでも目のつくところがあると、何回でも気のすむまで、やり直しをさせたものである。

こうして艦内のあらゆるものが、艦首の菊の紋章から、ハッチのネジ一本にいたるまでピカピカに磨きあげられていったが、しまいには、さすがのおれたちもへとへとになってしまった。古い兵隊たちも、むろん分隊長や分隊士がそばで目を光らせていて、さぼるどころか、なんでも若い兵隊なみにしぼられたので、その顔は日増しにふくらんできて、こんなことなら行幸なんかどうでもいい、かえってありがた迷惑だ、と、かげにまわってぶつぶつ言っていたほどだ。まる七日、両舷直はそれくらいコキ使われ追いまわされたのである。

2

いよいよその日になった。

この日は艦長の命令で、全員が煙草を禁止された。天皇は煙草を吸わない、そのにおいも好きでない。したがって、艦内に少しでもニコチンの気《け》があっては畏れおおいというわけだ。これで「軍艦旗揚げ方」になると、甲板の煙草盆は全部どこかへかたづけられてしまった。これで行幸がすむまで誰も煙草は吸えないことになったのである。

おれたち乗組員は、十時になると一種軍装に着かえた。むろん、もっている三着のうち一番いいほうにだ。軍服ばかりじゃない。襦袢《じゅばん》から袴下《こした》、褌《ふんどし》にいたるまで、すべていちばん新しいのを着ろ、という命令だ。それから分隊ごとに厳密な服装検査が行なわれた。

おれたちは班長の下検査を受けたあと、甲板に並んで分隊長の本検査をうけた。山根大尉は、文字どおり足のつま先から頭のてっぺんまで、一人一人丹念に見てまわったが、若い兵隊の番になると、襟飾りの紐《ひも》を結び直させたり、帽子のむきを直させたり、ときにはズボンの裾《すそ》をまくって新しい靴下かどうかをたしかめたりした。そして、それがすむと、分隊長は、三番主砲の塔側に上がって、今日畏《かしこ》くも天皇陛下の行幸を仰ぐということは、本艦の誇りであるばかりでなく、われわれ乗組員にとっても、これ以上名誉なことはない。本艦は近く出撃する予定であるが、戦場に出たならば、お前たちも今日の大元帥陛下の大御心《おおみこころ》を体して、勇戦奮闘するように……、という意味の、一場の訓示をこころみたが、見ると、きのうまでてかてかの長髪だった分隊長も、今日は坊主になっている。おそらく感ずるところがあって、この日のために自慢の長髪を思いきったらしい。そのせいか、顔がこぢんまりして、なんだか若返ったように見えた。

御召艇がやってきたのは、それから一時間ほどしてからだ。おれたち乗組員は、その間ずっと「総員登舷礼」の位置について待っていたのである。

御召艇は艇首をわずかに上下に振りながら、まっすぐこちらに向ってくる。艦尾に立てた赤い旗は天皇旗《ホール》だ。そのうしろに随員をのせた内火艇がもう一隻……。ふだんは南京《ナンキン》虫をばらまいたように出入りするランチや水雷艇でごったがえす港内も、今日は箒《ほうき》ではいたみたいにがらんとして、動いているのはこの二隻だけだ。艦内はとたんに水を打ったようにシーンと静まりかえった。物音一つしない。まるで戦闘配置について、砲戦開始の号令を待っているあの瞬間の静けさだ。

おれは儀仗《ぎじょう》兵として、舷門の正面に立っていたが、もう何時間もそこに立っているような気がした。小銃を握っている手のうらは、汗でぐっしょりだ。汗は額にもわきの下にもにじんできた。膝《ひざ》もしびれたようにふるえっぱなしだ。おれは列前に指揮刀をもって立っている秋野少佐の潮やけした黒いぼんのくぼに目をすえて、落着け落着け、と口の中で何度も自分に言いきかせた。

一瞬、舷門のまわりがかすかにざわついた。金モールの幕僚たちが一歩うしろへ体をひいた。その前で古賀長官が、首をのばして下をのぞきこんでいる。御召艦がついたのだ。下からチンチンという艇の停止の合図がきこえた。するとまもなく運用科士官の吹きならす舷門送迎の号笛《ホイッスル》と軍楽隊の吹奏する「君が代」の中を、艦長に先導された天皇が、ゆっくりと舷《げん》梯《てい》をあがってきた。それを見て秋野少佐の指揮刀が、さっと正面から右へ流れた。

「捧《ささ》げ銃《ツー》！」

おれは正面に目をすえなおして、両手に銃をしっかり握りしめた。みぞおちの辺がハンマーで叩《たた》かれているようにはげしく動悸《どうき》をうっている。むしょうに息苦しい。なんだか目の前が黄色っぽくちりちりとかすんでいくようだ。おれはおおきく息をひいた。するとその靄《もや》のようにかすんだ黄色い輪の中に、黒い棒杭のようなものがぼんやり浮き上がってきた。それが天皇だった。

天皇は舷門を降りたところで、古賀長官の敬礼をうけて立ちどまった。こんどはおれも正面からその姿をはっきり見ることができた。海軍大将の制服を着て、左の胸に大きな勲章を一つつけていたが、背丈は想像していたよりずっと小柄だ。顔の造作も写真なんかとはだいぶ感じがちがう。太くて濃いげじげじ眉毛《まゆげ》、細い円ぶちの眼鏡と柿の種みたいな形の目、肉の厚そうなうわむき加減の鼻翼《こばな》、上唇の横幅いっぱいに生やしたヒゲ。おまけに眉間《みけん》が開いているので、顔全体にしまりがなくて、なんとなく茫漠《ぼうばく》とした感じだ。

天皇はだいぶ興奮している様子で落着きがなかった。古賀長官が前に出て、会釈しながら何か言っているのに、天皇は、ただそれに機械的に首をふっているだけで、目のやり場に困ったように、とつつきの砲塔を見まわしたり、前甲板のほうに顔をむけたり、にわとりが上を見るときみたいに首を曲げて、ちらっと艦橋を見上げたりして、しきりにあたりを見廻《みまわ》している。そしてそのたびに眼鏡の玉がにぶく光って、うす赤く上気した頬やヒゲの口もとのあたりを神経質にぴくぴくけいれんさせた。

けれども天皇は、長くそこに立ちどまっているわけにゃいかなかった。まもなくもう一隻の内火艇から、高松宮《たかまつのみや》殿下や東条首相、嶋田《しまだ》海相らの随員が舷梯をあがってきたからである。そこで天皇は、ちょっと後ろを振りかえり、あわてたように猫背の肩をひくと、そのまま左右に並んでいる士官たちの敬礼を受けながら、古賀長官のあとについて、長官公室のハッチのほうへ歩いていった。見ているとその歩き方も、いくぶんガニ股《また》で、足を拾うたびに、うしろに尻《しり》がのこるようでぎごちなかった。

おれは意外だった。おれのこころの中にあった天皇の心象と、目の前の天皇とがあまりにかけはなれていたからである。これがあの天皇だろうか。奉安殿《ほうあんでん》の純白の絹幕の奥に安置されているあの「御真影」と同じ天皇だろうか……。おれが生身の天皇を見るのは、むろんこれがはじめてであるが、おれは天皇というのは「現人神《あらひとがみ》」というにふさわしく、もっと綽々《しやくしやく》たる威厳に溢《あふ》れているように思っていた。帝王の風格と、神聖にして侵しがたい何かがそこにあるように思いこんでいた。それがおれの天皇だった。そしてその心象と生身の天皇とは、全く同じ二枚のカードのようにぴったり合っていなくちゃいけなかった。ところが、いま、まのあたりにみた天皇には、そういうものが悉《ことごと》く欠けてしまっている。海軍大将の制服こそ着ているが、まるではじめて艦に乗せられた新兵のように落着きがない。目の動きといい、表情といい、手足の動きといい、どっしりとしたところは少しもない。あまりにもあたりまえだ。あたりまえすぎる。……それにしても、これが本当の天皇だろうか。おれは一瞬ニセモノじゃないかと思ったほどだ。……が、しかし、一方ではそういう疑いを躍起になって自分でうち消していた。いや、ニセモノなんかじゃ決してない。ホンモノなんだ。本当の天皇なんだ。おれは次の瞬間、かりにもそんな不敬なことを考えていた自分に、ドキリと胸を突かれた。なんだか取りかえしのつかない、罰当りなことを冒して、自分がひどく穢《けが》れたような気がした。おれは震え、慌てた。頭の中を黒い水母《くらげ》が無数に泳ぎまわる。ぬるぬるべたべたと、それは黒い汚点《しみ》になって体中にひろがっていく。……いけない、いけない、いやしくも天皇に対して、そんな世間並みに月旦《げったん》すべきじゃない。それは不忠な極道もののすることで、断じて許されないことだ。天皇はおれにとって、やはり「神」であり、「神」でなくちゃならないのだ。おれはいつかは天皇に殉ずる兵士の一人じゃないか。

天皇の一行が長官公室に降りてしまうと、おれたち乗組員は解散して、事業服に着かえ、ただちに戦闘配置についた。いわゆる天覧の戦闘訓練というわけだったが、天皇は長官室で古賀司令長官から簡単な戦況報告をうけたのち、艦橋指揮所と一番主砲の二箇所だけを見てまわっただけで、一時間足らずで退艦してしまった。まったくなんのために一週間も大騒ぎして、準備したのかわからないようなあっけない行幸だった。

夕方、天皇の御下賜品だといって、全員に恩賜の煙草一箱と二合瓶入りの正宗《まさむね》の清酒が一本ずつ支給された。

〈間奏〉

〈夜。デッキでは「行幸祝い」が行なわれている。下賜された二合瓶のほかに、特別配給のビール、罐詰、生菓子などが食卓カバーの上にのっかっている。兵隊たちはその前にあぐらをかいて、コの字型に坐《すわ》っている。蒸れた人いきれとアルコールの臭い。……）

花田一水（生菓子の袋をまるめながら）「わたしは天皇陛下って、背中に黄金の後光みたいなものを背負っているんじゃないかと思っていたんだけど、そうじゃないんですね。」

木暮上水「なんでよ……。」

花田一水「だって、神さんだ、神さんだというもんだから、なんだかそんなふうに思いこんでいたんです。」

木暮上水（笑いながら）「それじゃびっくりしたろう。後光どころか手も足もあるただの人間だったからな……。」

阿部一水（弓村の湯呑《ゆのみ》にビールをついでやりながら）「ねえ、弓村さん、天皇陛下は金の茶《ちゃ》碗《わん》と金の箸《はし》でめしを食べてるんだって聞いたけど、あれは本当なんですかね。」

弓村上水「さあ、どうかな……おれも前にそんな話、どっかで聞いたことあるけど。」

阿部一水「でも、天皇陛下ぐらいになると、きっとそうでしょうね。」

桜田上水（湯呑をおいて）「なに言ってるんだ、阿部、そんな心配しねえで、お前は黙って鉄の茶碗と竹の箸で食ってりゃいいんだ。」

原口上水「だけど、天皇陛下って、すごいもの持ちなんだなあ、え？　いまおれたちが着ているこの事業服だって、襦袢だって、靴だって、それからこの軍艦だって、みんな天皇陛下のものなんだから、たいしたもんだよ、な……。」

桜田上水（スルメの足をくいちぎりながら）「おまえのいのちだってそうだぞ。」

原口上水（目をパチパチやって）「もちよ、でもあれだろうな、あんまりうんと持ちすぎてるんで、天皇も自分じゃなにがどうなっているか、よくわからないだろうな、きっと……。」

北野上水「だからさ、兵長とか下士官とか士官とか、階級っていうものがあって、朕の命令でちゃんと監督してるじゃねえか。」

原口上水（ニヤニヤして）「そりゃそうと、天皇陛下もウンコはするんだろうな……。」

弓村上水「そりゃするだろうや、いくら生神《いきがみ》さんだって、体のできは人間なんだもの。」

原口上水「でも、あれかな、ウンコしたあと自分でふくのかな、それとも赤ん坊みたいにお付きの人がそばで待っててふいてやるのかな、え？」

桜田上水（湯呑みのビールを一口のんで）「ばかいえ、いくら天皇陛下だって、恥かしい気持は持ってるだろうや。」

木暮上水（サケ罐をつつきながら）「だけど天皇陛下はどうしてあんなにあわてて早く帰っちゃったんだろう。折角きたんだから、もうすこしゆっくりして、艦ん中をよくみていきゃよかったのに……。」

北野上水「ほんとだ。いっそ夜までいて、甲板整列でおれたちが、ぶん殴られるところを見ていって、貰《もら》いたかったな……。」

弓村上水（笑いながら）「でも、いくら天皇陛下でも、あれみたらびっくりして腰ぬかしちゃうだろう。」

木暮上水「おい、どうだ、そうしたら、帝国海軍から甲板整列ってものは一切なくなるかな？」

北野上水「そりゃどうだかな。いまだって、表向きじゃちゃんと禁じているのに堂々とやってるんだから。」

桜田上水「なに言ってるんだ。だいいち艦長が、そんなところを間違ったって見せるわけがねえじゃねえか。」

（上座に坐っている下士官、兵長たちの間でも、同じように天皇のことが話題になっている。）

須東兵長（湯呑みに酒をつぎたしながら）「行幸もいいけど、半日もタバコをとめられたのは、こたえたね。しまいにゃ体がふるえてきたっけ……。」

菅野一曹「お前はバカ正直だからよ。おれはかまうこたあねえ、ギヤにかくれて吸ってやった。天皇が吸う吸わねえはむこうの勝手だ。」
坪井兵長　（塩豆をつまみながら）「おれも外側短艇庫にもぐって吸ってやったけど、奥のほうにも先客が五、六人もぐりこんで、帽子で火をかくしてのんでたっけぞ。みんな結構やっていたんだ。」
須東兵長　「そこへいくと、艦長なんかより天皇陛下のほうがものわかりがいいね。ちゃんと恩賜の煙草をおいてったじゃないの……。」
菅野一曹　「そうよ、それを艦長のやつ、タバコをとめて気をきかしたつもりでいるんだから、やることがこまかいや……。」
早川兵長　（ほまれに火をつけて）「あれだね、天皇陛下っていやあ、日本で一番偉い人なんだけど、それにしちゃ、ちょっと貫録がないな、体も小づくりだし……。」
望田上曹　（笑いながら）「でも、おまえなんかよりずっと貫録はあるぞ。」
早川兵長　「そりゃそうですけど、いっしょに並んだところをみると、古賀長官やうちの艦長なんかのほうがずっと偉そうにみえたね。」
門部二曹　「でも、血がちがうわ。」
野瀬兵長　（くつくつ笑いながら）「ところでよ、天皇もやっぱりあれやるんだろうな、おい……。」

望田上曹（かみ手からミカンの空罐を投げつけて）「野瀬、わりゃ、またすぐ話をそっちへもっていく、この罰当り。」
野瀬兵長「だって、そこんところが、いちばん気になるもの……。」
望田上曹「心配するな。その証拠にちゃんと子供が半ダースもいるじゃねえか。」
野瀬兵長（栓抜きでビール瓶の頭を叩きながら）「でも不思議だなあ、天皇もやるなんて、……やっぱりやるときゃ、おれたちと同じ格好なのかなあ、え？　どうなんだろう。」
菅野一曹「なにをこく、人間、この道にかけちゃ誰もおんなじよ。」（笑う）
坪井兵長「だけど、野瀬みてえに、共同便所（遊廓《ゆうかく》）にゃいかねえから、六〇六号のお世話になるようなことはねえぞ……。」
須東兵長（湯吞の酒を一口のんで）「塚本班長や平屋兵長なんか、いまごろ安浦で、鼻の下長くしているんじゃないの。」
坪井兵長「おれは、あした入湯だから、うんとこさぬいてくるぞ。おい、岡沢、お前もあしたおれが連れてってやるから一緒にこい。お前はやわいからもてるぞ。」
岡沢兵長（頭をふって）「だけど、坪井兵長といってもいいけど、あとがおそろしいからね。」
望田上曹「畜生！　おれも半ダースもはらませるほどやってみてえな。スッポン、スッポン……。」

野瀬兵長（箸で空罐を叩きながら）「生きのいいおまんこ、パクパク、……はい、十二番さん、一丁あがり……。」

菅野一曹（股ぐらに二合瓶をかかえこんで）「天子さまのお神酒《みき》がきいたせいか、なんだか下のほうがむずむずしてきやがったぜ、……おい、せがれ、こりゃ、不敬にわたらんようにせい。」（笑い）

（高声令達器から「本日巡検なし、火の元点検」の号令が流れる。彼らの話は続く。）

3

巡検後だった。

おれたちはいつものようにデッキの隅にまるく固まって、下士官たちの靴や洗面器を磨いていた。といっても、もう一日はめられていたタガもはずされたも同じだ。甲板整列はすんだし、巡検も無事に終った。あとは、これさえやってしまえば時間は自分のものになる。おれは、これがすんだらうちに手紙を書こうと思っていた。休暇で戻ってからまだ一度も出していないし、それに近く出撃だという噂もあるので、なるべくいまのうちに書いておきたかった。

けれども、デッキというところは、気味の悪いジャングルのようなもので、いつ、なにがおこるか、一分先のことも見当はつかない。おれがそんなことを考えていると、そこへふいに役割の須東兵長がおれたちを呼びだしにきたのである。それもおれたち同年兵だけ、いますぐ右舷の内側《ないそく》短艇庫にこいというのだ。こいつはただごとじゃない。瞬間、おれたちはドキリとして、しゃがんだまま須東兵長の顔を見上げた。

「なんですか?」

「なんでもいい、すぐくるんだ。それから弓村も呼んでこい。」

つんとして、とりつくしまもない。須東兵長はそれだけ言うと、すぐまたデッキを出ていった。

桜田は立ち上がって、いまいましそうに持っていた靴刷毛《ブラシ》を放り出した。もう目の色がかわっている。木暮も原口も手をはたきながら、しぶったい顔をして腰をあげた。

「じゃ、おれが弓村を呼んでくるから先に行っててくれ。」

おれは、それから山田上水たちにあとを頼んで、弓村を呼びに前部の士官食器室のほうにかけて行ったが、短艇庫ときいてもう足のすくむ思いだった。あそこは、若い兵隊になにか特別に気合を入れてやるときに、兵長たちがこのんで使っている場所だ。おわたりの甲板整列とはわけがちがう。おれたちも前に二回ほど経験があるが、あそこへ呼びこまれたとなると、もう覚悟しなくちゃならない。なんの制裁も受けずに出てこられるなんていうのは、およそ奇蹟《きせき》に近い。それにしても、いったいなんでふいに呼び出しをくったのか。むろんそこには、なにかいわくがあるにはちがいないが、いくら首をひねってみても、おれにはこれだと思いあたるようなことはなかった。

おれと弓村が短艇庫に入っていくと、兵長たちは、もう中でおれたちの来るのを待っていた。見ると当直の兵長はほとんど顔をそろえている。いないのは、野瀬兵長とおちょうちんの小宮兵長ぐらいのものだ。

短艇庫は、いまはランチもカッターも全部下におろしてあるので、中はがらんとしている。床の軌条のうえに、空の運搬台が三台おいてあるだけだ。電灯も、はんぶんホロをおろした常夜灯が二つ、黄色い光の輪をうかせてぼんやりと庫内を照らしている。おれは弓村と木暮の横について並んだ。それを見とどけて須東兵長が言った。

「これで揃ったな、よし……。」

彼は両手を後ろにくんで前に出てきたが、ほかの兵長たちも坐っていた運搬台から立ち上がって、ぐるりとおれたちのまわりをとり囲んだ。

「貴様ら、このごろたるんでやがるぞ。」

まくらにいつものきまり文句をつけたあと、須東兵長は、その毛深いタワシのようなあさ黒い顔をおれたちのほうにつきつけた。

「貴様ら、きのうときょう砲塔でなにやってた？　うん、なにやってたか、言え。」

「修理作業をしていました。」

低い声で木暮が言うと、須東兵長はあごをふって、

「うそつけ、てめえら工員といっしょに砲塔で油をうってたろう？……。」

「ちがいます。」

おれも言ったが、彼はふんと鼻をならして突っぱねた。

「なにこく……。ごまかそうたって、こっちにゃちゃあんとわかってるんだ。それで貴様ら食事用意にも出てこない、デッキ掃除にも出てこない、そうだろうが……。」

それは本当だった。艦には三日前から工廠《こうしょう》の工員が七、八十人来て、各部の兵器の調整や修理をやっていた。おれの砲塔にも六人はいって、揚薬筺《きょう》を調整したり、漏油する油圧管をとりかえたりしていたが、それも出撃がせまっているので、できるだけ早く上げてしまう必要があった。そこでおれたち掌砲兵は、砲員長の命令でこの二日間ずっと工員の下働きのようなことをやっていたのだ。むろんその間に、デッキのこともやってやれないことはなかったが、工員のやりかけの仕事の都合があったりして、おいそれとは手が離せなかった。とこ

ろが兵長たちにしてみれば、デッキに顔を出さないと、それだけで、もうさぼっていると思っているのだ。おれたちはそれ以上もう何も言わないことにした。あたまからそう決めこんでしまっている相手に、いくら弁解したところで、わかってもらえないからである。

須東兵長はつづけた。

「だいたい貴様らにゃ気合が入ってないんだ、気合が……。そんなふうだから、みろ、同年兵の中から山岸みてえな分隊の面よごしがでるんだ。」

すると、そのあとをひきとって、こんどは平屋兵長が言った。

「てめえら、しゃあしゃあしてけつかるけど、山岸の野郎があぁなったのも、みんなてめえらの責任だぞ。同年兵同士がなっちゃいねえからだ。それでよう、前から一度やってやろうと思ってたけど、今日はみんな当直でそろってるからちょうどいい、これからおれたちが山岸のお通夜をやってやる。」

山岸のお通夜！　これではっきりした。砲塔のことは、この場のたんなる言いがかりで、彼らのほんとの狙いはそこにあったのだ。おれは観念して、そっとズボンのバンドをしめ直した。山岸のことでは、いつか何かのかたちでやられるだろうと思っていたが、とうときやがった。

おれたちはそれから二人ずつ向きあわせにさせられて、相手の顔を「よし」というまで交互に殴るようにいわれた。文字通りの対向ビンタだ。そしてこれが彼らの言うお通夜だったが、これは棍棒《こんぼう》でやられるよりもずっと辛《つら》い。なにしろ相手は兄弟みたいにしている同年兵だ。それをお互いに「心を鬼」にして殴らなくちゃならないのである。

おれは桜田と組まされたが、濃いまゆ毛のうえに汗の玉をのせて、まぶしそうにおれを見つめている彼にむかって、どうしても手があげられなかった。といって、殴らずにすますわけにもいかないので、できるだけ腕の力をぬいて軽くやっていると、それを見ていた須東兵長が、いきなり前にわりこんできて、「なんだその殴りかた、よし、おれが模範をしめしてやる。」と言いながら、おれを正面にひきすえて、がんと一発あごをかちあげた。そしてそれが見せしめになって、おれたちは、それからは相手が強くやると、こっちもつい腹がたって同じ強さでやりかえすという、同年兵同士のみじめな殴りあいをつづけていったが、やっと「よし」と言われて手をおろしたときには、おれたちの顔はまるでできそこないのトマトみたいに赤くふくれ上がっていた。

須東兵長は、ふたたびおれたちをもとの位置にならばせた。

「どうだ、貴様らすこしゃわかったか。」

そう言われてもなにがわかったのか、さっぱりわからなかったが、おれたちはこういうとき、いつもするように大きな声で返事をした。

ところがそのときだ。それまで腕をくんでじっと壁にもたれていた坪井兵長が、とつぜん桜田のえり首をふんづかんでどなった。桜田だけが返事をしなかった。それを見ていたのである。

「桜田、貴様、なぜ返事をしないか。」

「……」

「わかったのか、わからないのか、どっちだ。」

桜田は口を開かない。いってつな彼のことだ。きっと山岸のお通夜だなんて言われたことに肚《はら》をたてているにちがいない。でも、いくら強情をはっても相手は兵長だ。みすみすやられるだけじゃないか。おれはどうなることかとはらはらして、急いで桜田の足をふんづけてやった。とにかく返事だけはしておけ、という合図だったが、彼はそれにも動じない。

「おい、返事をしろ。」

坪井兵長はいよいよいきりたった。

「……」

そこへほかの兵長たちもつめ寄ってきた。

「貴様あ、おれたちをなめてやがるな。」

「おい、なんとかいえ。」

「この野郎、ふざけやがって……。」

兵長たちはまわりをとりまいて口々にわめいたが、桜田はやはり何も言わない。えり首をとられ、顔をうわむきにねじあげられたまま、がんこに口をつぐんでいる。

坪井兵長はついに目をむいて、

「よーし、わからなきゃわかるようにしてやるぞ。」

といいながら、まばらにひげの生えた下あごをぐいと桜田の顔につきつけた。

「前に出ろッ」

桜田は一瞬おびえたように肩をひいたが、これも覚悟してたのか、そのまま黙って前に出ていった。

「くせになるから、坪井、てってい的にのしてやれ。」

うしろで平屋兵長が顔をふった。

運搬台のかげにカッターのオールの折れたのが三、四本ころがっていた。もとのほうはだいたい梶棒くらいの太さだ。坪井兵長はその中から一本手ごろなやつをより出すと、すでにとっつきの壁の前に両手をあげて姿勢をとっている桜田のうしろにまわって、いきなりそれを打ちこんだ。

桜田はやっとのことで踏みこたえたが、おとし腰にばねをきかしているところをみると、相手は加減なしに打ちすえているらしい。三発目で棍棒《オール》が折れてしまった。

瞬間、桜田は弓なりにふんぞりかえって息をつめた。

「糞《くそ》ッ」

坪井兵長はかまわず二本目のオールをとって打ちこんだ。その一撃ごとに桜田は腰をひいて腹わたからしぼりだすような、ひくいうめき声をあげた。おれはもう見ていられなかった。このままでは、あの江南みたいに殴り殺されてしまう。どうしたらいいか……。

おれは、おれ自身が殴られているような恐怖にとらわれた。

「よたよたするないッ。」

坪井兵長はオールを振りつづけた。その首筋にも腕にも静脈が青く縄のようによれて浮き上がっている。オールの振りはいよいよ荒々しくはげしくなった。

「こ、れでもかッ、こ、れでもかッ……。」

そのたびに桜田の体は、はずみをくってあおられたように前におよぐ。

「どうした、どうした……。」

「これっぱかしのことでぐらぐらしやがって。」

「ほら、もっとしっかり足を踏んばらんかい。」

まわりで兵長たちも怒鳴った。

ふいに桜田は、尻をよじって壁ぎわにうずくまった。

「なんだ、へたばるにゃまだ早いぞ。」

つぎの棍棒をかまえながら坪井兵長がうしろで吠《ほ》えた。その声で、桜田はまた手の爪で壁をひっかくようにしてよろよろと立ちあがったが、固くこわばったその顔には、もう血の気がない。土色だ。ぬれたあごのへりに、ひとつらなりぷつぷつの汗がたれて、いまにも落ちそうにふるえている。そして、それを見た瞬間、おれの中で何かが炸裂《さくれつ》した。

「やめてくださいッ！」

おれはなぜそうしたのか自分でもわからなかった。気がついたときには、列から飛び出して、坪井兵長の棍棒に両手でしがみついていた。

「やめて、やめてくださいッ。」

「なにをしやがる……。」

坪井兵長は腰をひいてふり払おうとしたが、おれは頭を下げて、そのまま相手をぐいぐい壁ぎわにおしつけていった。行きながら兵長の一人にぶつかって、運搬台の上につきとばした。

「この野郎、ふざけた真似しやがって……。」

「やい、やい、やい、やい……。」

やつもある。

誰かがうしろから首に手をつっこんでひいている。めちゃくちゃに向脛《むこうずね》をけとばしている

「畜生、どけ、どけッ。」

「おい北野、なにするんだ、離せよ。」

兵長たちのわめき声にまじって、木暮のおどおどした声もきこえてきたが、おれはもう夢中だった。坪井兵長の胸ぐらに頭をつっこんだまま、握った棍棒は離さなかった。

「やめてください、お、お願いです。やめてくださいッ。」

おれは足をとられてひっくりかえされた。まうえに坪井兵長の興奮した赤い顔があった。つりあがった二つの目が、ひんまがった略帽のひさしの下から、刺すようにおれを見おろしている。瞬間、おれは自分のやったことにぞっとしたが、同時にもうひっこみはつかないと思った。越えちゃならないある線を、すでにまたいでしまったんだ。そしてそれをまたいでしまった以上、ここで引き下がっても、このまま押しこんでも結果は同じだ。いまとなっては、もういくところまでいく以外にない。

おれは床をけってはね起きた。まわりの兵長や同年兵の顔が妙に生々しく新鮮に、いままでとはまるでちがったふうに見える。おれは急いではだけた上衣のまえをかきあわせた。と、そこへ坪井兵長が、はげしい勢いで飛びかかってきた。彼はわめいた。

「やろ、やろ、やろ、……貴様もついでにのしてやる、こい……。」

おれは、とっさに体を横にかわして早口で言った。

「理由はなんですか、理由は……、それを言って下さい。わ、わたしたちゃ、砲塔でさぼってなんかいなかった。それは砲員長も知っています。」

「なんだってこの野郎、つべこべぬかすな、よお、よお、よお……。」

坪井兵長はうなりながら拳骨《げんこつ》をかためて殴りつけてきたが、おれは左手で顔をかばうようにして、つづけた。

「山岸のお通夜だなんて、そんな理由はありません。それじゃ、それじゃ山岸があんまり可哀想です。」

「しゃれた口をきくない。」

すぐ近くにつっ立っていた須東兵長が、いきなりとんできて、おれをつき飛ばした。

「貴様あー、山岸んこと、同年兵の恥だと思わねえのか。」

おれはうしろに足をひきながら、大きく息をついた。

「思いません。」

「思わないッ、この野郎、貴様らがそんな根性だから、ああいう恥っさらしがでるんだ、よーし……。」

兵長たちは桜田のほうはうっちゃって、こんどはおれのまわりに寄ってきた。おれはたちまち彼らに両手をねじあげられ、前にひっぱり出された。

「坪井兵長、こんどは私がやりますから。」

須東兵長がそう言いながらうしろへまわっていく。手にもっているのは、隅の壁にさしこんであったグランジパイプ（消防蛇管の筒先）だった。真鍮の先の部分が、電灯の光をはじいて鈍く光る。おれはちらっとそれを横目にはさんでどきっとしたが、もう避けることはできなかった。とたんに脳天をぬくようなはげしい痛みが尻にきた。おれはできるだけ尻の力をぬくようにして足を踏んばった。だが、こうなったら黙って殴られていることはない。こっちも言うだけのことは言ってやる。どっちにしたって殴られることにかわりはないんだ。

……瞬間、右の目尻に大きな黒子《ほくろ》のある山岸の顔がおれの頭をかすめた。〝艦にはもう二度と帰りたくない〟。彼の書置きの文句だ。〝あんまりひどい……〟そう言って、モンペの膝をふるわせて泣いていた山岸の姉さん……。おれはあれ以来、ずっと心の中に石のように沈んでいた怒りを、兵長たちにむかって叩きつけた。

「山岸が、山岸が自殺したのはあんたらのせいですよ。あんたらの、……あんたらが殺したもおなじだ。あいつは艦にかえって、こんな目にあうくらいなら死んだほうがましだと思ったんです。」

グランジパイプのはげしい打撃に耐えながら、おれはきれぎれに叫んだ。なにか叫んでいなければ自分を支えていられなかった。

「山岸はいいやつだった、一枚のせんべいでも一人じゃ食えないような、……あの江南だって、江南だって、……それをあんたらはよってたかって……。」

「この野郎、ぺらぺらなにをいいやがるか……。」

平屋兵長がおれのあごをはって、うなるように怒鳴った。

「貴様あ、それでも志願兵か、ふん、よくもしゃあしゃあと志願してきやがったな……。」

おれはもうあとさきのことも考えなかった。

「殴らなくたって、わたしたちゃ、いままで一生懸命やってきました。殴らなくたって……。戦争に、戦争になってから、あんたらはどこにいたかしりませんが、わたしは、ミッドウェーでも、スラバヤでも、ソロモン海でも一生懸命戦ってきた。……わたしたちゃ犬や畜生じゃない、殴られなくたってわかる。殴られなくたって、やるだけのことはちゃんとやっています……。」

「うるせえ、ぬかすな……。」

「おい、もっとのせのせ……。この野郎、くせになるからよお。」

兵長たちがわめくと、須東兵長の腕にはさらに力がくわわってきた。

「畜生！　それ、これでもくらえッ。」

その声をきくと、おれはカーッと頭に血がのぼってきた。はじめは相手の気のすむまで殴られようと覚悟していたが、こっちにも限度がある。それにお通夜なんていうふざけた理由で、これ以上殴られる必要があるか。

おれはさっとうしろむきになると、飛んできたグランジパイプを左にかわして、とっつきの壁にぴったり背中をおしつけた。そして顔をふって叫んだ。

「私的制裁は、理由のない私的制裁は、海軍懲罰令で禁じられていますよ。第、第二十四条にちゃんと書いてある。……お通夜だなんてそんな理由はありません。……それを、それを、あんたらは……。」

「なにが懲罰令だ、笑わせるない。」

坪井兵長が言ったが、おれはすかさずそれにおっかぶせた。

「それでも殴るんなら、艦長のまえで、艦長の前で殴って下さい。いますぐ艦長んところへ連れてって殴ってください。さあ、艦長のところへ……。」

「うるせい、だまれッ。」

「貴様、逃げるか、こい、こい、こい……。」

おれはまた前のほうに引っぱりこまれた。上衣の袖口《そでぐち》が裂け、略帽がふっとんだ。だが、まだ一つ彼らの横っつらに投げつけてやりたいことがある。この機会だ。おれは、はあはあえぎながら、からからののどをふりしぼった。

「あんたらは、……あんたらは勝手だ、あの艦底の落書だって、書いたのはあんたらだ。それを若い兵隊のせいにして、花田をあんな目にあわして、……でも、わたしゃ見て知ってますよ、名前を、名前を言ってやりましょうか。」

「なに、なに、なに、なに、この野郎。」

けれども、おれはそれをしまいまで言うことはできなかった。血相かえてとびかかってきた坪井兵長にひっくりかえされてしまった。そのひょうしに、わき腹を運搬台の角にぶっつけたらしい。息がつまってすぐには立てなかった。すると兵長たちは、そこを靴の先でところかまわず蹴《け》とばしてきた。おれは、ちぢめられるだけ体をちぢめて床にへばりついていた。

「桜田、どこへいく、そこ動くな……。」

「木暮と弓村と原口、お前らもそこを一歩でも動きやがったらどやしあげるぞ。」

木暮たちがみるにみかねてそばへ割りこんできたようだったが、倒れているおれにはわからなかった。

「わたしたちゃ、わたしたちゃ……。」

おれは兵長たちの足もとに倒れこんだまま、片手で顔だけかばいながら、なおもきれぎれに叫んだ。

「わたしたちゃ、いつ……死ぬかわからないんですよ、……海戦になったら、……あすにも死ぬかもしれない。……どうせ、……いつかはお互いに、戦場で死んでしまうんだ、それなのに……それなのに……わたしたちゃ、……なぜこんなして、お互いに……傷つけあわなくちゃいけないんですか、……殴らなくちゃ……いけないんですか、……なぜ……なぜ……。」

「こんだあ泣きごとか、ふん、おれたちゃそんなことで引っこみゃしねえぞ。」

「野郎、立て、早くたて、どうした。」

「さあ、立て、いままでのは序の口で、これからが本番だ、立てったら、たてッ。」

わき腹をおさえながら、おれがようやく立ち上がると、こんどは殴り手が平屋兵長にかわった。彼は金歯をむいて口をしゅうしゅう鳴らしながら、容赦なくせっかちに打ちこんできた。

「えい、くそッ、えい、くそッ、えい、くそッ……。」

「おい、背中だきゃ殴らんように気をつけろよ。」坪井兵長が言った。

おれはもう、立っているのがやっとだった。尻に真鍮製のグランジパイプがくいこむたびに目先がくらくらして、体がこなごなに分解してしまいそうな気がした。

そのうちに腰から下がしびれて、足の踏んばりがきかなくなった。もう何も言う気力もない。目をとじて、奥歯をかんで耐えているだけが精一杯だった。だが、それも長くはつづかなかった。吐き気につづいて、おそろしい目まいがきた。目の前の黄色い電灯の光の輪が割れてちりぢりにひろがっていく。その向うに、途方にくれたような木暮と桜田の青い顔がみえたが、それもだんだん形をちぢめて、ぼんやりと小さく遠くへかすんでいくようだ……。そしておれはそのまま、ふたふたと膝を折ってくずれるように倒れた。口から胃のものを吐いた。おれはそれにむせながら、しばらく首をふってあえいだ。瞬間、ふかい闇の底に吸いこまれそうなちぐはぐな自分を感じた。とじたまぶたの裏側に光の縞《しま》が波のようにおどっている。（……ああ誰だ、ここにいるのは誰だ、あッ、おれだ、でもそれがなぜおれでなくちゃいけないんだ……。）

おれは突然おそってきた幻覚の中で、ゆっくりと床の鉄板を指でまさぐりながら、もう一度立ちあがろうと顔をふってもがいた。だが、もうその力はなかった。「……おい、水、水、水もってこい、水ぶっかけてやれ……。」

そんな声がじれったいほど遠くのほうで、かすかに聞える。

……………。

それからどれくらいたったか知らない。気がついてみると、そばには同年兵だけで、兵長たちの姿は見えなかった。

おれは起きなおってからも、しばらくはぐったりしてその場を動けなかった。体を動かすたびにとび上がるほど尻が痛い。ときどきけいれんするように刺しこんでくる。……だが、いつまでもこんなところにずくんでいるわけにはいかなかった。いつ、衛兵伍長《ごちょう》か甲板下士が見廻りにやってくるかわからないのだ。

夜露にぬれた後甲板を、おれたちはデッキのほうへ歩いていった。木暮は少し前こごみになって指の爪をかんでいる。なにかを思いつめているふうだ。そのうしろを、片手で軽くハンドレールをたたきながら原口がついてくる。桜田は、顔をしかめて足をひいているおれのすぐ前を、肩をおとすようにして歩いていく。その正面には、艦橋の黒い巨大な影が闇の向うからのしかかるように迫っている。弓村は殴られたとき口の中を切ったのかもしれない。手であごをおさえながら、しきりに歯ぐきをならしている。……闇の中の五人の少年兵士だ。打ちのめされた心の底に、それぞれ、非命に斃《たお》れた仲間の影をかかえて、暗い海と空の下をなにも言わずに歩いていく……。

4

出撃だ。

噂によると、近く南太平洋水域で大規模な作戦が行なわれるらしい。そのため内地在泊の主力艦隊は急遽《きゅうきょ》トラック基地に集結し、そこからパラオ方面に進出するという。むろん作戦上のくわしいことは、おれたちにはよくわからないが、とにかく来るべきときがついにきたのである。

播磨はその日、夕刻一七三〇《ヒトナナサンマル》、いっさいの戦闘準備を完了して出撃の途についた。戦艦の長門、金剛、重巡の摩耶、鳥海、利根、筑摩、それに能代《のしろ》を旗艦とする水雷戦隊の駆逐艦七隻がいっしょだった。呉から出撃する空母をふくむ大和の一隊とは、あす沖縄の屋久島《やくしま》沖で合流することになった。

播磨はいま剣崎《つるぎさき》の灯台をかわろうとしている。その灯台の彼方《かなた》には、おおきな波が打っている。風が強い。おりおりうねりのてっぺんが砕けて、海は白くささくれたように泡だった。空も厚いいちめんの雲だ。どこにも切れ目がない。が、そのわりに視界はわるくなかった。

艦隊はそのまま原速力で浦賀水道をぬけ、房総沖を右へ迂回《うかい》しながら、やがてみよしをつらねて外海へ乗り出していった。海は奥ゆきをまし、水平線と空がくっきり分れた。

おれたちは砲塔の外に立ってひと息入れていた。出港時の砲戦訓練がやっとすんだのである。みんな陰気な浮かない顔をして、だんだん遠ざかっていく内地《おか》の方角を眺めている。舷側に飛沫がはねる。艦首から吹きつける風がびゅうびゅう耳もとを切っていく。

「おーい、あとで直射の照準孔もしめとけ、荒れてるから水がはいるかしらんぞ。」

一足先に下の甲板におりた塚本砲員長が、煙草盆のまえに立って、両手を口にあてて叫んでいる。そのうしろを哨戒機《しょうかい》が二機、手のとどきそうな低空で飛んだ。

「あーあ、これで玉ちゃんともおさらばか……。」

左舷のほうに太い首をつきだして、そう言っているのは野瀬兵長だ。

「玉公のやつ、いまごろきっとほろほろ泣いてるぜ。」

「阿呆《あほう》、もうちゃんと別のオスくわえてらあ。」

平屋兵長が金歯をむいて振りかえった。

「知らぬが仏は野瀬さんだけよ。」

「おれが艦長なら、面舵《おもかじ》一ぱいで、もう一回艦を横須賀へ入れちゃうがな……。」

菅野兵曹が言った。

「そんなわけにゃいかんかいな。」

「あの、今夜の夜食は汁粉だそうです。」

下から飲料水のタンクを担ぎあげてきた花田一水が、うれしそうに長いまつ毛をあげて言った。

「なに、汁粉……、わりゃまだ子供だなあ。」

門部兵曹が笑った。

「出撃だっていうのに、遠足にでもいく気でいやがる。」

「よう、山岸のうちへ礼状出しておいたか。」

木暮がおれに肩をよせるようにして小声で言った。

せんだって山岸のうちから、おれたち同年兵に落雁《らくがん》と南部せんべいを小包で送ってくれた。そのことを言っているのだ。おれはけさ最後の便《びん》で出したと言った。

「おい、北野、煙草ねえか、あったら一本くれや。おれ、デッキへ置いてきちゃった……。」

平屋兵長が指を一本まえにつきだして言った。

おれは黙ってほまれの袋をさしだしたが、わざと彼の顔は見なかった。三日前殴られた尻はまだズキズキしている。地ばれはひいたが、いまも厠《かわや》にしゃがむときや、ラッタルの上り降りにはひどくこたえる。寝るときもうまくあおむけには寝られない。だが、どういうわけか、兵長たちはあれ以来けろりとして何も言わない。桜田に言わせると、あのあと、おれたちが下士官にも泣きをいれなかったし、おまえも医務室へ行かずに通したから、それで一目《いちもく》おいたんだ、ということだが、彼らはそんな甘っちょろくない。いまは出撃のどさくさで爪をひっこめているが、そのうちたっぷりのしをつけて返してくるだろう。どっちにしろ当分縄尻をとられて、意地ずくで追いまわされるのだ。

おれは、煙草を耳にはさんで甲板へおりていく平屋兵長のきれいに剃刀《かみそり》をあてたもみあげのあたりに目をすえながら、ふん、勝手なやつと思った。

「あれ、もうこんなほうまできたのか、はやいな……。」

油だらけのいんかん服を着て、下の動力室から上がってきた桜田が、あたりを見廻しながら言った。

「大島はもう過ぎたのか。」

「まだ見えてるよ、ほら……。」

原口が右舷のほうを指さして言った。大島はなまずの頭のようにうす黒く見え、それが艦の動きにつれてゆっくり廻るように後ろへひいていく。

「これで、ほんまにお別れか。」

望田兵曹が指でひげの先をいじりながら言った。

「行きはよいよい、帰りはつらいか……。」

「こんどくるときゃお前なんか遺骨の口だぜ。」

うしろで岡沢兵長がだれかに言っている。

出港用意のラッパがひびきゃ

なんの未練も残しゃせぬ

さっきから塔壁にもたれて低い鼻声で「出港用意」の唄《うた》をうたっているのは坪井兵長だ。

住みなれし母港よ
さらばと見返る空に
浮かぶ三浦の山や丘
椿咲くかよあの大島を
航《い》けば黒潮渦を巻く
…………

「若い兵隊は下へ降りろ、もうじき甲板掃除の時間だぞ。」

須東兵長が腕の時計をみながら、顔をまわして言った。

「それから、つぎの見張当番は誰だ、……山田か、よしもう行け、でれでれするな……。」

「艦内哨戒第二《ふた》配備乙直見張員配置に就け。」

号令が高声令達器を流れた。

砲室の整備をすませておれがふたたび塔外に出てみると、通風甲板の上にはもう誰もいなかった。下の露天甲板もひっそりしている。おれは略帽にあご紐をかけ、右舷の砲甲板にまわってみた。

播磨はここへきてだいぶ速力をあげたらしい。機関の響きがいちだんとはきはきしてきた。艦首に切られた波がすごい勢いで白く砕けて艦尾に消えていく。長くくねったその航跡のうしろから、二番艦の長門が続いている。

日は暮れきった。西の空はまだいくぶん明るかったが、沖のほうはあいまいな色に暗くかすんでしまった。海面に薄闇がしのびよってきた。やがてその航跡のはるかむこうに、最後まで黒くにじんだように見えていた伊豆《いず》半島の突端も水平線に消えた。これで内地とのつながりはすべてたち切られたのだ。もう引返しはきかない。前進あるのみだ。

それにしても、いまみよしを並べて進んでいくこの艦船のうち、果して何隻が再び無事に内地へ戻ってこられるだろうか。また何人が生きて帰ってこられるだろうか……。

おれは砲甲板に立って、対岸のほうを見ていた。

うちのことが思いだされる。

いま八時少し前だ。うちのものは何をしているだろう。裏の田圃《たんぼ》からもう上がってきた頃かも知れない。父と兄は火じろばたで濡《ぬ》れた股引《ももひき》を乾かしながら、あすの仕事の段取りを話し合っているだろう。弟も遊びから帰って兎に草でもやっているだろう。妹は座敷で学校の宿題をやっているかもしれない。母は流し場でがちゃがちゃ夕めしの仕度をしているだろう。おれが、いま近海の洋上を出撃していくのもしらずに……。そしてお互いに、もうこれっきりになってしまうかも知れないのだ。

おれはすでに小学校三、四年頃から海軍にあこがれていたが、母はどういうわけかおれの志願をよろこばなかった。何かというと哀《かな》しそうに眉をよせて引きとめにかかった。ついに願書を出して、管区から試験日の通知があってからも、母はあきらめきれずに、くどくどとたしなめたものだ。

「……なあ、母ちゃんは悪いこたぁいわにゃから、性根《しょうね》をいれかえて海軍にいくのだきゃよしな。いくらものずきだって、なにもまだお前みたいな青ぼっくれの十五やそこらの子供がいかなくたっていい。戦争はなあ、いいかい、理窟《りくつ》はなんとでもくっつくけど、考えてみりゃ人の殺しっこだよ。いのちのとり合いだよ。それを子供のくせに調子づいて、なんていう料簡《りょうけん》ずら……。それに信や、艦っておっかねえぞ。鑑底《ふなそこ》一枚下は地獄だっていうんじゃんか……。」

いまにして思えば、地獄は鑑底の下だけでなく、その一枚上も同じだとわかったが、当時のおれは笑って頭から相手にしなかった。ときにはうるさがって、「母ちゃんの考えは非国民だ。」と口をきわめて母をののしったこともあった。それでも母は最後まで志願には反対で、入団当日の朝も、寄せ書きの軍艦旗を片手に意気揚々と発《た》っていくおれの顔を見るのがつらいといって、うちの中にひっこんだまま見送りにも出なかった。

そのころは、二十軒足らずの部落に六人もの戦死者が出ていたので、母は内心それをおそれていたのである。西口の春吉つぁんに、戦死の公報がはいったときだった。春吉つぁんは跡取り息子だったので、西口のおばさんは、とたんにがっくりして気がふれたみたいになってしまった。その日の夕方、母が悔みに行ったときも、ちょうどそこに来ていたせどのおばさんが、慰めてやるつもりで、「なあ志乃さん、おまはんも、心底辛いずらけど、これも天皇陛下のためだと思って、気をしっかりもってくんなよ」と言ったら、おばさんは顔を真っ赤にほほけらかして、「ふん、天皇陛下だって？　わしゃもうそんなごたくはききたくねえ。毛虫をみてもおっかながるような気のやさしい春を、無理矢理戦地へさ引っぱりだして、三年間も弾の下で散々おっかにゃ目にあわした挙句、殺しちまったじゃないか。なにが天皇陛下だい。それとも天皇陛下の子は、一人でも戦地へ行っているっていうのかい、誰もいっちゃいないずら。そんだったら、自分が真っ先に出ていきゃいいだ。そうすりゃ人の子が死ぬっていうことが、どんなことかよくわかるらに……。それをどうだい、自分は後ろっかあで、のうのうとしてえて、人の子ばっかり、赤紙一枚で、行け行けってひっぱりだして、……わしゃ、もうこうなったら天皇陛下もくそもありゃしない……。」と泣いてわめきちらしたという。母もその剣幕にびっくりして、早々に帰ってきたといっていたが、おれはそれを聞いて、なんて大それたことを言うおばさんだと思って、その場で母に、「いいかい、おっ母《か》ちゃん、おれが戦死しても、西口のおばさんみたいなことは、間違っても言わにゃあでくれよ。そのときゃはっきり、信次は天皇陛下のために死ぬんだって言ってたから、本人もさぞ本望ずらって言ってくれ。おれ、いまから、それちゃんと頼んでおくからな。いいかい、おっ母ちゃん……。」と言ったものだが、そのときの母はいつになく黙りこんで、ぼんやりと火箸で火じろの灰をいじりながら何も言わなかった——。

そして母も、いつかは春吉つぁんのおばさんのように、おれのために泣くことになるだろう。おれの墓標の前で身をもみたてることになるだろう。それを思うと、心にもなくうしろを向きたくなるが、いまとなってはもうどうなるもんでもない。おれははじめからいなかったものと思って、あきらめてもらわなくちゃならない。

おれはこれまでにもいくたびか死線をくぐってきた。スラバヤ沖に、ミッドウェーに、そしてソロモン海に……。一度なんか砲弾の破片で、戦闘服のうしろ襟をもっていかれたこともある。あのときは、あと二、三センチ首をおこしていたら即死だったろう。五人が同じ銃座についていて、至近弾に吹っ飛ばされて、助かったのは伝令の高橋とおれだけだったということもある。ミッドウェーでは、宮本と谷が死んだ。おれとよく気があって、ハーモニカの上手だった小島も、ソロモン海で胸を割られて死んだ。江南も山岸ももういない。みんな死んでしまった。

おれもおそらくこの戦争をこえて生きることはできないだろう。いつかは戦火のなかに消えていくだろう。そんならそれでいい。むろん死ぬことはおそろしいが、いままでの戦闘経験からも、いよいよその時になれば人間、案外肝っ玉がすわるもんだ。なんでもないことなのだ。そしてこんどはそのいい機会だ。おれはいたずらに生きながらえようとは思わない。力いっぱい戦って、いざというときには、むしろいさぎよく命を投げだすつもりだ。それによってひとつには、おどろおどろしたこの地獄のような軍艦からも救われるだろう。いまみたいに日々、生殺しのような棍棒の責苦をうけるくらいなら、いっそさっぱり死んでしまったほうが、あるいはいいかもしれない。どうせ遅かれ早かれ犠牲となる身だ。やっと固まりかけたこの気持が、へんになまってふやけてしまわないうちに、ふたたび日常的な生の執着がおきないうちに、最後をむかえたいとおれは思う。いずれにしろ戦火の中で果てること――それは戦争の中で生まれ、戦争の中で育ったおれたち世代のどうしようもないめぐりあわせなんだ。逃れることも、避けることもできない共通の宿命なんだ。自分だけに悲劇を誇張しちゃいけない。……それに今度は、思いがけなく休暇ももらってうちに帰ることができた。

久しぶりに陸《おか》にあがって娑婆《しゃば》の空気も吸ったし、畳の上にも寝たし、親兄弟にも会うこともできた。そして、これ以上なにを思い残すことがあるか。これでいいんだ。これでいいんだ。いいと思わなくちゃ……。

それにしても、このうつけた淋《さび》しさはなんだろう。別にこれというはっきりした理由があるわけじゃない。とりとまりのない、ごく漠然としたものだが、それでいて、冬のすきま風のように、妙につめたく心にしみこんでくる。なにもかも虚《うつ》ろで空《むな》しい。ちっとも気持がひきたってこないのだ。

だが、この折れこんだ気持もちょっとの間だろう。まだ休暇のなまぬるい反動が尾をひいているせいなんだ。あすにでもなれば、またもとのおれに戻るだろう。しゃんとなるだろう。いずれにしろ、いまは、こんなうじゃじゃけた気分にひたりこんでいるときじゃない。いっさいの未練と、凡情を断ちきって、顔をまっすぐ戦線にむけなくちゃならない秋《とき》だ。窮迫したこの戦局を挽回《ばんかい》して、しんに祖国を救うものは、前線のおれたちをおいてほかにないのだから……。

ドドッ、ドドッ、ドドドドド……。高波は舷側を噛《か》んで吼《ほ》えつづけた。

おれは顔をあげた。

「信や、いいかい、死んじゃ、死んじゃだめだよ……。」涙にかすれた母の声が、弟妹たちの声とだぶりながら、暗い沖のほうから遠いこだまのように聞えてくる。「兄ちゃん、元気でね、また来てよ……。」しかしその声も今はしだいに遠ざかって、打ちよせる波の音にかき消されていくかのようだ。

お父さん。

お母さん。

おれのことはもうあきらめて下さい。ほんとをいえば、おれはみんなと暮してお母さんにももっと甘えてみたかった。でもそんなことは許されません。いまは国運をかけて、のるかそるかの戦争なんですから……。おれはお父さんやお母さんが、安心して働けるように一生懸命戦うつもりです。それがおれのせめてもの親孝行なんですから。お母さん、「人柱」ということばがありますね。おれの好きなことばですが、おれはこれから天皇のため、郷土のため、同胞《みんな》のために、その人柱になりたいと思います。おれが死ぬことによって、日本に平和が訪れて、みんながしあわせに暮せるようになるんなら、おれはもうなにも言うことはありません。そのときはどうか泣かないでおれをほめて下さい。おれは死んでも、魂だけはきっとお母さんのそばに帰るでしょう。では元気でいってきます。

暗い夜の海だ。

星一つない暗い夜の空だ。

「対潜警戒を厳になせ。」

艦橋の見張指揮所のほうから、当直の見張員の声が聞えてくる。

「左舷前方をよく見張れ。」

「右六十二度、貨物船らしきもの右反航。」

「長門左変針、後続艦異状なし。」

播磨は僚艦の先頭を、針路を南々西にむけながら黙々と進んでいく……。そのゆくてに、どのような運命が待ちぶせているか、それは誰にもわからない。

おれは伸びあがるようにして、いまいちど内地のほうをふりかえってみた。しかし、ものものしい闇のほかには、もう何も見えなかった。


（了）

あとがき

私は十六歳のとき、自《みず》から志願して戦争に参加したひとりであるが、それだけに戦後はその無知と屈辱と罪責にさいなまれ、今日まで跼蹐《きょくせき》した日々をかこってきた。それにしても、戦争は私にとって何だったのか、どんな傷痕《きずあと》を残したのか……。私はそれをもう一度、過去の自分を赤裸々に再現してみることで、主体的にとらえなおしてみようと思った。そうして、ようやくまとめたのが本書である。

本書の内容は、陸軍でいえば「内務班」に相当するものであるが、私はここでは自分の体験を軸にして、軍艦の内部をできるだけありのままに書こうと努めた（構成上、艦名その他多少仮構した部分もあるが）。といっても、むろんこれだけが軍艦のすべてではない。軍艦はいうまでもなく戦闘においてその全容を一層あらわにする。従って、戦闘の中における軍艦と兵士の姿に光をあてなければ、軍艦を十分とらえたことにはならない。

私はいま、本書の第二部にあたる「戦闘篇」を書きすすめている『戦艦武蔵の最期』を指す」が、いずれにしろ「戦争」は私の一生をかけてのテーマであり、これからも私なりの仕方で戦争のなんであるかを問いつめながら、いくらかでも生き残りの「義務」を果していきたいと思っている。

本書の出版にあたっては、次の方々からいろいろ有益なご教示をうけた。野間宏《のまひろし》、安田武《やすだたけし》、早乙女《さおとめ》勝元《かつもと》の諸氏、とりわけ野間宏氏には、長い間にわたる励ましと懇切なご配慮をいただいた。また、朝日新聞社出版局図書編集第一部の方々にも一方ならぬお世話をおかけした。記して感謝の意を表したい。

一九六九年秋

渡辺《わたなべ》　清《きよし》

ある持続

鶴見《つるみ》　俊輔《しゅんすけ》（哲学者）

「庶民に拮抗《きっこう》しうる知識人」という言葉に、川本三郎《かわもとさぶろう》が吉本隆明《よしもとたかあき》を論じた文章*1で出会って、渡辺清を思った。

この言葉に吉本隆明と川本三郎がそれぞれ託した意味とは別に、渡辺清は、自分の内部の庶民に拮抗しうる知識人だった。

大東亜《だいとうあ》戦争下に十六歳で志願して兵士となり、十九歳で国家の敗北にたちあい、それまでの体験を理解し批判することに戦後の三十年余りをかけた。その経歴に、庶民に拮抗し得る知識人の軌跡がある。

一九六九年、彼が四十四歳の時に発表された小説『海の城』は、太平洋戦争を天皇の兵士として誠意をもってたたかった日々を、その精神形成の根もとから、うばいかえそうとする努力である。知識人は、自分のくらしが庶民のくらしにくらべて、たやすく、軽いことに負い目を感じる。そのために、自分の思想も、庶民の思想にくらべて軽いものに感じられる時があり、自分のくらしもろともに自分の思想をもおとしめてしまうという誘惑に直面する。自分の前半生の傷とともに生きることが後半生であった渡辺清にとって、彼の内部の庶民と知識人とは、そういう間柄にはなかった。戦中の前半生が必死のものであったことが記憶にとどまっているだけに、いま彼が考え、書くことは、戦中の誠意に拮抗し得る質をもっていなくてはならず、そのための努力を、彼は敗戦後の三六年にわたって持続した。

一九四三年、十八歳の上等水兵北野信次は、トラック島基地で、七万二千トンの戦艦『播磨』（武蔵）に砲手としてのりこむ。そこから、小説ははじまる。

主人公は北野上等水兵だが、同期の上水が六人おり、その六人が「おれたち若い兵隊」として共同の主人公となり、かれらの共同の視点から軍艦の日常生活（戦闘に入るまでの）がえがかれる。戦闘に入ってからは、記録『戦艦武蔵の最期』[*2]にあり、敗戦後の主人公の生活と思想は、『砕かれた神――ある復員兵の手記』[*3]と『私の天皇観』[*4]にあきらかである。軍艦内の日常生活にあって、直接にいじめつける兵長にむけられた憎悪は、敗戦後には、軍隊の機構と国家の政治構造そのものにむけられ、しっかりと天皇をその視野の中心にとらえる。

作者は、日本が平時にもどり好景気の時代に入ってからも、天皇の動きから目をそらさず、日記に書きとどめていた。

一九八一年四月二九日の天皇誕生日——それは作者のなくなる七月二三日からわずか三カ月前のことだが——に彼は書いた。

八十歳はたしかに長寿の大台であり、めでたいことにちがいないが、天皇の八十歳は、国民の側も、また天皇自身も、めでたいめでたいで、それを手放しで喜んでいいことなのか。

戦中、日本の男の平均寿命は二十三・七歳といわれていた。これは、戦争のために文字どおり人的資源として戦陣に狩り出されたためである。若者たちの多くは、こうして戦争という宿命的な死の谷に追いつめられ、三十歳はおろか、十代、二十代の若さで死を強制され、あえなく戦陣に斃《たお》れたのである。（略）日本の戦後は、こうして非命に斃れた死者との対話を忘れたことからはじまった。

『海の城』の主人公である「おれたち若い兵隊」のまなざしをもって、作者が戦後を見つづけたことがわかる。

この小説で、くりかえし出てくる場面は、甲板整列である。ここで兵長が、兵隊を棍棒《こんぼう》でなぐる。

「足を開け、手を上にあげろ」

という命令からはじまり、この命令をきくと、若い兵隊は、甲板に両足をひらいてたち、両手を上にあげ、尻《しり》をうしろにおくりながら肛門《こうもん》をきつくすぼめる。上官の命令は「朕の命令」だから、この甲板整列でうけるびんたは、朕から尻への日常の運動である。

江南一等水兵は甲板整列でなぐりころされ、山岸上等水兵は休暇帰省中に自殺して艦にもどらなかった。

生きのこった作者は、甲板整列での反射から解除されたあと、どう生きたか。

『戦没農民兵士の手紙』*5が発表されて、戦後の読書人の同情をあつめた時、渡辺清は、同情されることをこばんだ。彼自身は農民兵士のひとりであり、自分の責任において軍隊に入り、自分の意志で侵略に加担した。その責任をおうことから、自分をときはなちたくないと彼は述べた。

『海の城』に彼の記した戦時下の日本海軍の人間管理の方法は、年次を重んじる集団の区分から、甲板整列まで、細部にわたって計算されている。この人間管理の方法を記録することをとおして、作者は日本の過去を見るだけでなく、日本の現在を見ており、また日本の未来をも見ている。

＊1 川本三郎「主体意識の『自立』と『分裂』」『流動』一九七八年三月号。『吉本隆明・江藤淳』日本文学研究資料叢書、有精堂、一九八〇年所収。

＊2 渡辺清『戦艦武蔵の最期』朝日新聞社、一九七一年。朝日選書、一九八二年。〔編集部注：二〇二三年に角川新書として再刊〕

＊3 同『砕かれた神――ある復員兵の手記』評論社、一九七七年。

＊4 同『私の天皇観』辺境社、一九八一年。

＊5 岩手県農村文化懇談会編『戦没農民兵士の手紙』岩波新書、一九六一年。

解説　「天皇への問い」の起源――「海上の城塞」の閉鎖性と暴力

福間《ふくま》　良明《よしあき》（歴史社会学者）

元農民兵と海の「内務班」

一九六〇年代末、日本戦没学生記念会（第二次わだつみ会）は、大きく揺れていた。戦没学徒遺稿集『きけ　わだつみのこえ』（一九四九年）の刊行を契機に生まれたこの反戦思想団体には、安田武をはじめとする学徒兵世代（戦中派）の文化人が多く集っていた。彼らは、共産党の内紛に翻弄《ほんろう》された第一次わだつみ会への反省から、政治主義とは一定の距離を置き、戦争体験そのものを突き詰めて思考しようとした。それに対し、若い世代は苛立《いらだ》ちを隠さなかった。「政治の季節」を生きていた彼らからすれば、戦中派は戦争体験に閉じこもるばかりで、思想的・政治的有効性を顧みようともしない存在だった。シンポジウムや総会は、たびたび非難の応酬の場となった。一九六九年五月のわだつみ像破壊事件（立命館大学）は、これに拍車をかけ、会は空中分解の状態に陥った。

その後、わだつみ会（第三次）で事務局長を引き受け、立て直しを担ったのが、渡辺清である。渡辺清は、『砕かれた神』（一九七七年）・『私の天皇観』（一九八一年）などで、昭和天皇の戦争責任を厳しく問うたことで知られる。第三次わだつみ会でも、機関誌で計一一回にわたり「天皇問題」を特集した。

もっとも、渡辺の経歴は、わだつみ会ではやや異質だった。この会は『きけ　わだつみのこえ』にちなむだけに、そこに集った戦中派の多くは元学徒兵であり、戦時期に帝国大学や私立大学などで高等教育に触れていた。それに対し、渡辺は高等小学校を出た後、海軍に志願で入隊した元「農民兵」だった。

渡辺は、一九二五年に静岡県富士郡上野村精進川《しょうじんがわ》（現富士宮《ふじのみや》市）の農家の二男として生まれた。生家は自作農ではあったが、富士山麓《さんろく》の農地は痩《や》せており、農閑期の出稼ぎなしには生計が成り立たなかった。高等小学校では学業優秀で、教師は渡辺に旧制中学への進学を熱心に勧めたという。だが、家庭の経済状況から、それはあきらめざるを得なかった。

半ばその代わりとして選んだ進路が、海軍であった。「俺みたいな百姓の子だって兵隊になりゃ偉くなれるんだ」「国を守り天皇陛下に尽せるのは兵隊だけなんだ」「兵隊で死ねば俺みたいなやつでも天皇陛下がお詣りしてくれる靖国神社の神様になれるんだ」――こうした思いが、その動機だった（渡辺清『私の天皇観』辺境社、一九八一年）。渡辺は一六歳で海軍に志願し、二等水兵となった。

渡辺は戦艦武蔵に乗り組み、マリアナ海戦やレイテ沖海戦に参加している。戦艦武蔵はレイテ沖で撃沈されたが、渡辺はそこで奇跡的に生還を果たした。その凄惨《せいさん》な体験は、『戦艦武蔵の最期』（一九七一年、角川新書版に再録）に詳《つまび》らかに綴《つづ》られている。

とはいえ、渡辺が経験したのは、戦闘だけではなかった。そもそも、戦艦は常時戦闘に従事しているわけではない。海上を航行したり、訓練にあたったり、港に停泊するなど、直接的な戦闘から離れている時間のほうが、圧倒的に多い。だが、そのようなときでも、乗組員たちは一時的な「上陸」などを除いて、艦を離れることはできない。逃げ場のない戦艦は、陸軍で言えば「内務班」のようなものだった。

そこでの渡辺自身の体験を下敷きにして、「軍艦の内部をできるだけありのままに書こうと努めた」のが、本書『海の城』である。戦艦大和と同型艦の武蔵（本書では戦艦播磨との架空艦名で表記）は、「不沈艦」とされる頑強な「城」だった。だが、その頑強さは外敵に対してのものだけではない。水兵らを艦内に閉じ込め、さまざまな抑圧から逃れられない空間をも、生み出していた。本書は、当時の軍事技術の粋を集めた「海の城」の内部で再生産される暴力の構造を、余すところなく描いている。

鉄の閉鎖性と抑圧の移譲

軍隊のなかでは、私刑は禁じられていた。だが、艦内では、「教育」に名を借りた暴力が、横行した。下士官や兵長らは、末端水兵のささいな過失をとらえて、あるいは捏造《ねつぞう》さえして、日常的に凄惨な暴力を振るった。甲板整列では、バットのような棍棒《こんぼう》が新兵らの臀部《でんぶ》めがけて幾度も振り下ろされた。倒れて起き上がれなければ、殴り蹴《け》られ、気を失えば、海水をぶっかけて起こされては、再び棍棒が見舞われる。ときに鉄のチェーンやグランジパイプ（消火ホースの先に付いている金具）が用いられることさえあった。

それは、古年兵や下士官らの憂さ晴らしでしかない。進級が遅れる。外出が取り消される。上官から叱責《しっせき》される。その苛立ちは、無抵抗な新兵に向けられた。暴力が上官から下級者へと順に振り向けられ、「上官の命を承ること実は直に朕か命を承る義なりと心得よ」（軍人勅論）との論理でもって、正当化される。最末端の水兵たちは、その累積された暴力をひたすら引き受ける存在だった。「究極的価値たる天皇への相対的な近接の意識」のゆえに「上からの圧迫感を下への恣意の発揮によって順次に移譲」する「抑圧の移譲」を、そこに見ることができる（丸山眞男『超国家主義の論理と心理』岩波文庫、二〇一五年）。

もっとも、彼らも暴力のはけ口を持たないわけではない。古年兵や下士官らも、かつては最末端の水兵だった。上官の理不尽な暴力を、ただひたすら耐え忍んできた。だが、年月が経ち、彼らは新兵の上に立つ身分となった。ひたすら溜《た》め込んだ「抑圧」は、ようやく移譲する対象を見出《みいだ》したのである。

別段こっちに殴られる理由があるわけじゃない。理由はむこうが勝手につくっておしつけてくる。「太鼓は叩けば叩くほどよく鳴る、兵隊は殴れば殴るほど強くなる」というわけだ。むろんそこには下士官、兵長たちの「うらみ返し」もある。彼らもかつて「若い兵隊」だったころ散々殴られてきたが、殴られっぱなしじゃ気がすまない。そのうらみつらみは、いつか晴らさなくちゃならない。そして、いまになってやっとその爆発の機会が彼らに与えられたのだ。こころに何の痛みもなく、平気でひとを殴ることができるのは、自分もかつて同じような目にあわされた体験が根にあるからなんだ。

ここに作動しているのは、「抑圧の移譲」の無限ループである。

本書では「性暴力」にも触れられている。軍艦のなかは「男」だけの社会である。海上航行中の閉鎖的な軍艦では、ヘテロセクシャルな性欲を満たす機会はほぼない。そのはけ口も、しばしば新兵に向けられた。抵抗できない若い水兵を物陰で押さえつけ、口を封じ、「女」の代替として扱うこともないわけではなかった。

「顕彰」という断絶

これらの暴力は、ときに兵士たちの命を奪うものでもあった。班長のレイプを受けた水兵は、甲板整列で、酒に酔った兵長から箍《たが》の外れた暴力を受け、泡まじりの血を吐きながら死亡した（第五章 - 4）。別の水兵は、一時帰郷で実家に戻った際に山中で自殺する。生き地獄のような軍艦生活に耐えかねてのことだった（第九章 - 2）。

だが、こうした事態を招いた責任が問われることはない。甲板整列で水兵をなぶり殺した兵長は、軍法会議にかけられることもなく、軽微な訓戒処分で済まされた。兵長のみならず、艦上層部の責任も問われかねないうえに、連合艦隊の旗艦「播磨」の名誉をも傷つけることになる。それを避けるための措置だった。

加えて、その兵長はほどなく下士官に進級した。本来であれば進級対象から外されるはずであったが、事件時には、すでに艦長が進級の推薦リストを鎮守府に提出していた。事後になってそれを撤回することは、事件が艦外に公になることを意味する。それを防ぐ意味合いもあって、当該兵長は「進級」のままにされたのである（第六章 - 2）。

こうした「無責任の体系」に対する渡辺の怒りも、本書には綴られている。

上のやつら、口じゃえらそうなことを言ったって、いよいよとなると自分のことしか考えないんだ。死んだやつなんかどうだっていい、御身《おんみ》大切というわけよ。ふん、これじゃ江南〔殴殺された水兵〕のやつはますますうかばれなくなる、可哀想によお。

もっとも、死亡した水兵に「名誉」が与えられなかったわけではない。鎮守府への提出書類では「戦病死」とされ、その通例に則《のっと》って一階級進級の措置が取られた。だが、それも責任の所在を覆い隠すものでしかなかった。

帰郷中に自殺した水兵をめぐっては、組織の責任は議論の俎上《そじょう》にさえのぼらず、本人の「弱さ」と「不忠」が糾弾された。検視に来た憲兵は、遺体にかけられた莚《むしろ》を引きはがし、遺族のまえで「この不忠者、国賊……」と罵《ののし》りながら、遺体を長靴で幾度も蹴り上げた。

渡辺のこうした記述から思い起こされるのは、橋川文三《はしかわぶんそう》の論考「靖国思想の成立と変容」（一九七四年）である。橋川は一九七〇年前後の靖国《やすくに》神社国家護持運動を念頭に置きながら、こう述べている。

靖国を国家で護持するのは国民総体の心理だという論法は、しばしば死に直面したときの個々の戦死者の心情、心理に対する思いやりを欠き、生者の御都合によって死者の魂の姿を勝手に描きあげ、規制してしまうという政治の傲慢さが見られるということです。歴史の中で死者のあらわしたあらゆる苦悶、懐疑は切りすてられ、封じこめられてしまいます。（『橋川文三著作集2』筑摩書房、一九八五年）

靖国合祀《ごうし》をはじめ、死んだ兵士らを顕彰する動きは、いまもなお小さくはない。だが、死者を美化することは、死者に寄り添うのではなく、むしろ、死の間際の憤りや苦悶《くもん》から目を背け、都合よく口を封じることにほかならない。そこには、死者への謙虚さを欠いた生者の傲岸《ごうがん》さこそが、浮かび上がる。殴殺された先の水兵が「戦病死」扱いにされ、一階級進級の措置がとられたのは、まさに、これを裏打ちする。

それは、水兵の自殺を招いた組織病理を顧みることなく、遺体を蹴り上げる軍のありようとも、通じている。自殺した水兵は靖国に祀《まつ》られることはないが、その憎悪や絶望を顧みない点で、靖国合祀の顕彰のロジックと等価である。

「忠誠」から「反逆」へ

海軍の不条理に直面するなか、渡辺の胸中から「つきつめた熱っぽさ」が消えていった。渡辺（本書のなかでは北野信次上等水兵）は、入団前日の日記に「私ハ愈々《いよいよ》明日帝国海軍ノ一員トシテ皇国ノ海ノ守リニ就キマス。コノ上ハ醜《しこ》ノ御楯《みたて》トシテ粉骨砕身、尽忠報告《ママ》ノ誠ヲ尽ス覚悟デアリマス」と記すなど、今後の軍隊生活に期待感と高揚感を抱いていた。だが、海兵団での新兵教育は、「毎日あけてもくれても、不動の姿勢、敬礼、整列、かけ足、罵倒、殴打、それに、うぐいすの谷渡り、食卓のおみこし、ミンミン蟬、電気風呂など、卑劣きわまる罰直」の連続だった。艦隊勤務となっても、そこに変化はない。軍隊生活への憧《あこが》れが幻滅に変わるのに、さしたる時間を要しなかった。

それでも、天皇への「忠誠心」が揺らぐことはなかった。

むろんいまのおれには、このとき〔入団直前〕のようなつきつめた熱っぽさはもうなくなっている。火を落したボイラーみたいに、とうに醒《さ》めてしまっている。けれども、「天皇への忠誠」だけは、いまもその大根《おおね》のところは変っちゃいない。なにもかも茫々《ぼうぼう》と変ってしまったが、その一点だけは、埋《うも》れ火のように残っている。おれがこの生き地獄のような軍艦の生活（生活といえるかどうかは別として）にじっと耐えているのも、もとはといえばそのためである。なにごとも天皇のため……。それはいわばおれの初心だ。痴《こけ》の一念だ。おれはそこに全身の重みをかけ、いのちを賭《か》けている。

こうした情念を胸に迎えたのが、一九四四年一〇月のレイテ沖海戦である。渡辺が乗船していた戦艦武蔵は、そのなかで撃沈され、渡辺も一度は海に沈んだ。だが、船体の水中爆発で海面にまで引き上げられ、奇跡的に生き延びた。渡辺は艦が沈む際の阿鼻《あび》叫喚と無秩序を、『戦艦武蔵の最期』のなかで、以下のように記している。

> 露天甲板に上がってみると、ここも逃げまどっている生存者でごったがえしていた。仄暗《ほのぐら》い夜の空気をゆり動かして、青ざめた顔や恐怖におののいた声が龍巻《たつまき》のようにどよめいていた。上衣を脱いだまま、思案にくれて舷側をいったり来たりしているもの、両手を口にあてて大声で班員をかき集めている下士官、下のハッチから釣り床をひっぱりだしているもの、少しでも浮力をつけようと、カラの水筒を腰のバンドに巻きつけているもの、四、五人で一枚の道板を抱えて転げるように後甲板へ駈けていくものもある。
> そこにはもう軍規も階級もない。いまがいままで保たれていた艦の秩序はなかった。乗員を動かしているのは、もはや艦長ではなく、血も凍るような死の恐怖だった。（渡辺清『戦艦武蔵の最期』角川新書、二〇二三年）

だが、非戦闘時と戦闘時に、これらの凄惨な体験を経ながらも、渡辺の天皇崇拝の念は変わらなかった。それが一気に崩れ去ったのは、終戦して復員後に、昭和天皇とマッカーサーが並んだ記念写真(一九四五年九月)を新聞で目にしたときだった。そのときの激しい憤りを、渡辺はのちに「少年兵における戦後史の落丁」(一九六〇年、『私の天皇観』所収)のなかで、こう記している。

僕はすべてを天皇のためだと信じていたのだ。信じたが故に進んで志願までして戦場に赴いたのである。〔中略〕それがどうだ、敗戦の責任をとって自決するどころか、いのちからがら復員してみれば、当の御本人はチャッカリ、敵の司令官と握手している。〔中略〕厚顔無恥、なんというぬけぬけとした晏如たる居直りであろう。

僕は、羞恥と屈辱と吐きすてたいような憤りに息がつまりそうだった。それどころか、いまからでも飛んでいって宮城を焼き払ってやりたいと思った。あの壕の松に天皇をさかさにぶら下げて、僕らがかつて棍棒でやられたように、滅茶苦茶に殴ってやりたいと思った。いや、それでもおさまらない気持だった。できることなら、天皇をかつての海戦の場所に引っぱっていって、海底に引きずりおろして、そこに横たわっているはずの戦友の無残な死骸をその目に見せてやりたいと思った。これがあなたの命令ではじめられた戦争の結末です。こうして三百万ものあなたの「赤子《せきし》」が、あなたのためだと思って死んでいったのです。耳もとでそう叫んでやりたい気持だった。

天皇に対してこれほど激しい怒りを抱いたのは、逆説的ながら、天皇への強固な崇拝の念があったがゆえのことだった。「すべてを天皇のためだと信じていた」という思いがなければ、天皇に「裏切られた」との憤りを覚えることもあり得ない。甲板整列の暴力や戦艦武蔵撃沈時の凄惨な体験を経てもなお変わらぬ天皇崇拝の篤《あつ》さがあったがゆえに、天皇を苛烈《かれつ》に批判し、その責任を突き詰めて思考するに至ったのである。のちに、日本戦没学生記念会事務局長となった渡辺が、機関誌で「天皇問題」特集を頻繁に組んでいく起点も、ここにある。

自己への問い

もっとも、渡辺の議論は、単に昭和天皇の責任を問うだけではなく、自らの責任、ひいては兵士や一般国民の責任をも問うものであった。渡辺は、復員後を扱った自伝的小説『砕かれた神』（一九七七年）のなかで、「おれは天皇に裏切られた。欺された。しかし欺されたおれのほうにも、たしかに欺されるだけの弱点があったのだと思う」「天皇を責めることは、同時に天皇をかく信じていた自分をも責めることでなければならない」と綴っている（渡辺清『砕かれた神』岩波現代文庫、二〇〇四年）。

こうした姿勢は、実際の行動についての責任ばかりではなく、状況が違えば自らが犯したかもしれない罪をも思い起こさせた。渡辺は、同書のなかで、中国戦線で数十人もの現地住民を斬殺《ざんさつ》し、強姦《ごうかん》したことを誇らしげに語る近隣の復員兵に批判的に言及しながら、「たしかにおれは直接支那の戦線には出なかった。〔中略〕だがもしそこに居合わせたら、おれだって何をしでかしたかわからない」と記している。

そのことは、『海の城』の戦艦播磨において、水兵らに凄惨な暴力を振るった下士官や兵長らに重ねて見ることもできよう。彼らも海軍に入って間もない頃は、上官の暴力をひたすら堪え忍ぶだけの存在だった。こうした経験は、暴力を憎悪するのではなく、暴力を振るう矛先を見出すことにつながった。その対象が、新たに入団した新兵たちだった。先の復員兵にしても、暴力のはけ口を求めた点で、重なり合うものがある。そこに、丸山眞男「超国家主義の論理と心理」(一九四六年)の以下の文言を思い起こすことは容易であろう。

更にわれわれは、今次の戦争に於ける、中国や比律賓《フイリピン》での日本軍の暴虐な振舞についても、その責任の所在はともかく、直接の下手人は一般兵隊であったという痛ましい事実から目を蔽ってはならぬ。国内では「卑しい」人民であり、営内では二等兵でも、一たび外地に赴けば、皇軍として究極的価値と連なる事によって限りなき優越的地位に立つ。市民生活に於て、また軍隊生活に於て、圧迫を移譲すべき場所を持たない大衆が、一たび優越的地位に立つとき、己れにのしかかっていた全重圧から一挙に解放されんとする爆発的な衝動に駆り立てられたのは怪しむに足りない。

軍隊のなかでは、暴力を振るわれる側と振るう側の距離は、意外に小さい。天皇批判の延長で、自らの「責任」をも問う渡辺の議論は、暴力が生み出されるメカニズムを直視しようとするものでもあった。

「海の城」という起点

渡辺は、これらの思索を『私の天皇観』『砕かれた神』などに綴っていたが、その起点にあるのが、海軍での体験をもとにした『戦艦武蔵の最期』と本書『海の城』である。

もっとも、本書に記されたすべてが、渡辺が目にし、体験したものだったわけではない。新兵の殴殺事件への対応をめぐって、艦上層部や軍医らの「密談」の場面も描かれているが、むろん、そこに一水兵に過ぎなかった渡辺が同席するなどということはあり得ない。現に、渡辺も本書の冒頭で「私の四年余にわたる海軍での体験が主であるが、なかには間接に他艦の乗組員から聞いた事件なども含まれている」と断っている。

だとしても、そこで描かれているのが、末端の水兵から見た海軍の実像だったことは疑えない。渡辺自身も、「文中にあるような出来事は、多かれ少なかれ、どの艦にもあったとみて差支えない」と記している。渡辺個人の体験に加えて、戦死した他の水兵たちの体験や情念をも刻み込もうとしたのが、本書である。戦艦武蔵をモデルにしつつ、実在しない「播磨」を舞台としたのも、そのゆえだった。

こうした戦争体験を振り返るうえで、渡辺が「有効性」から距離を取ろうとしていたことも、押さえておくべきだろう。渡辺清は一九六七年の座談会で、「戦後派の若い人達は思想をいつも何か有効性において測っていこうとするように思う。その点僕はいつもひっかかるんです。それは僕の戦争体験からくる思想の空しさみたいなものだろうと思う。有効性で測ろうとすると案外もろいのではないかと思うわけです」と語っていた(座談会「戦記物ブームを考える」『わだつみのこえ』第三九号、一九六七年)。

ベトナム反戦運動や大学紛争、沖縄返還問題が焦点化されるなか、政治的な有効性の観点から戦争体験を読み込もうとする動きは、顕著に見られた。だが、渡辺はそれに違和感を覚えた。有効性やわかりやすさ、心地よさから距離を取りながら、末端の兵士の体験や情念にどう向き合うのか。そこから天皇、軍組織、ひいては兵士や一般国民の責任や暴力の構造をどう捉え返すのか。本書『海の城』は、渡辺清という「農民兵」の思想家の起点をなすものである。

本書は、一九八二年に朝日新聞社より刊行された朝日選書版を復刊したものです。故鶴見俊輔氏（一九二二〜二〇一五）の論考も再掲しました。

底本には一九八二年の初版を使用しました。

復刊にあたり、著作権継承者のご了解を得て、原本の誤記誤植を正し、一部旧字を新字に改めました。［］は今回の復刊で補記をしたものです。

本文中には職業差別を表す「乞食《こじき》」「百姓」「職工」「土方」、身体障害を揶揄《やゆ》する「あきめくら」「びっこ」「ちんば」「片輪」、精神障害への差別を助長しうる「気がふれた」「気ちがい」「くるったように」、人種差別的な「チョン」「土人」といった語句、また兵士間の性暴力を「おかま」と呼ぶ表現など、今日の人権擁護の見地に照らして不適切な箇所がありますが、作品の時代背景および著者が故人であることに鑑《かんが》み、底本のママとしました。

渡辺　清（わたなべ・きよし）
1925年、静岡県生まれ。1941年、横須賀海兵団に入団（志願兵）、1942年戦艦武蔵に乗り組む。マリアナ、レイテ沖海戦に参加。戦艦武蔵撃沈のさい、遭難し奇跡的に生還。1945年復員。太平洋戦争の生き残りとして戦火の経験を書き残すべく、執筆活動を行うとともに、1970年より日本戦没学生記念会（わだつみ会）事務局長を務めた。他の著書に、『戦艦武蔵の最期』（朝日選書、角川新書）、『砕かれた神　ある復員兵の手記』（朝日選書、岩波現代文庫）、『私の天皇観』（辺境社）など。1981年逝去。

海《うみ》の城《しろ》
海軍少年兵《かいぐんしようねんへい》の手記《しゅき》
渡辺《わたなべ》　清《きよし》

2024年 7月 10日　初版発行

発行者　山下直久
発　行　株式会社KADOKAWA
〒102-8177　東京都千代田区富士見2-13-3
電話　0570-002-301（ナビダイヤル）
装丁者　緒方修一（ラーフイン・ワークショップ）
ロゴデザイン　good design company
オビデザイン　Zapp!　白金正之
印刷所　株式会社暁印刷
製本所　本間製本株式会社

角川新書
 ISBN978-4-04-082510-6 C0221